ハヤカワ文庫SF

〈SF2300〉

歴史は不運の繰り返し

セント・メアリー歴史学研究所報告

ジョディ・テイラー

田辺千幸訳

早川書房

8563

JUST ONE DAMNED THING AFTER ANOTHER

by

Jodi Taylor

Translated by
Chiyuki Tanabe
Originally published in Great Britain 2013
First published 2020 in Japan by
HAYAKAWA PUBLISHING, INC.
This book is published in Japan by
arrangement with
HEADLINE PUBLISHING GROUP LIMITED
through THE ENGLISH AGENCY (JAPAN) LTD.

これは全部わたしの作り話。歴史家と物理学者のみなさん――お願いだから、
わたしを見かけても唾をかけないで。

ジョディ・テイラー

歴史はただの不運の繰り返し

――アーノルド・トインビー

歴史は不運の繰り返し

セント・メアリー歴史学研究所報告

登場人物

〈セント・メアリー歴史学研究所の人々〉

マデリーン・
　マックスウェル（マックス）………歴史家

ティム・ピーターソン
カリンダ（カル）・ブラック
………歴史家

デイヴィー・サスマン
ケヴィン・グラント
ラザフォード
スティーヴンス
ナグリー
ジョーダン
………………マックスの訓練生仲間

レオン・ファレル……………………チーフ。技術部門責任者
ディーター……………………………技術者
ヘレン・フォスター…………………医師
イアン・ガスリー……………………少佐。保安部門責任者

マーカム
ウィッセル
ビッグ・デイヴ・マードック
………ガスリーの部下

イザベラ（イジー）・バークレー………ＩＴ部門の部長
エドワード・Ｇ・ベアストウ博士……所長
ミセス・パートリッジ………………ベアストウの秘書

〈外部の人々〉

クライヴ・ロナン……………………かつてセント・メアリー
　にいた男。復讐者
シビル・ドゥウィンター……………マックスの恩師

第一章

なにもかもが大きく変わった瞬間が、これまでの人生で二度あった。どちらに転んでもおかしくない瞬間。選択を迫られた瞬間。

一度目は、例によって学校で規律を乱すようなことをしたあと、校長であるミセス・ドゥウィンターの前に立っていたときだ。わたしはむっつりと黙りこみ、退学を言い渡されるのを待っていた。〝三振即アウト〟の限度はとっくに超えていたからだ。けれど、そうはならなかった。

ミセス・ドゥウィンターは妙に切羽詰まった口調で言った。「マデリーン、家の事情で自分の人生をあきらめてはいけません。あなたは頭のいい子だわ――あなたには自分でも気づいていない能力がある。これはあなたに与えられた唯一のチャンスよ。わたしにはあなたを助けることができるの。そうさせてくれる気はあるかしら？」

　これまでだれもわたしに手を差し伸べてくれた人はいなかった。なにかがわたしの中でぴくりと反応したが、不信と疑念は簡単には消えない。

　ミセス・ドゥウィンターは静かに言葉を継いだ。「わたしはあなたを助けることができる。最後のチャンスですよ、マデリーン。イエス？　それともノー？」

　言葉が出なかった。わたしは自分で作った檻に囚われてしまっていた。

「イエス？　それともノー？」

　わたしは大きく息を吸って答えた。「イエス」

　ミセス・ドゥウィンターは一冊の本とノート、そして二本のペンを差し出した。

「古代エジプトから始めましょう。最初のふたつの章と第六章を読んでいらっしゃい。あなたは情報を吸収して、編集して、提示することを学ぶ必要があります。古代エジプト神話の女神マアトについて、金曜日までに一五〇〇ワードにまとめてきなさい」

「これは罰ですか？」

「いいえ、マデリーン。これはチャンスよ」

「でも……これを家に持って帰るわけにはいきません」

「学校の図書館を使ってかまいません。荷物はそこに置いておきなさい。ミス・ヒューズが待っています」

これがひとつめの瞬間だった。

ふたつめがやってきたのは一〇年後だ。突然、メールが送られてきたのだ。

親愛なるマデリーン

突然の手紙に驚いたことでしょう。ですがあなたがサースク大学を卒業して以来、わたしは興味と誇らしさを持って、あなたを見守ってきました。サースクでの成績は見事でしたよ、マックスウェル博士。かつての生徒がこれほど立派になったのを見るのは、本当にうれしいものです。子供の頃に大変な困難を克服してきたとあれば、なおさらです。今日は、きっとあなたがとても興味を持つに違いない仕事を紹介しようと思い、この手紙を書いています。

サースクに通っていたとき、姉妹施設であるセント・メアリー歴史学研究所のことは聞いていたと思います。ここは、あまり体系的ではない取り組みを好むあなたのような人が興味を持つであろう組織です。ここでは、実践的な歴史研究に重きを置いています。いまの段階では、それ以上は言えません。

研究所は、いまわたしが住んでいるラッシュフォードのすぐ郊外にあって、面接が来月四日に行われます。興味はありますか？　まさにあなたにぴったりの仕事だと思うので、ぜひ検討してみてください。あちこちに旅したことや考古学に首を突っ込んだことがおおいに役立つでしょうし、あなたこそ研究所が探している人材だとわたしは確信しています。

お給料はひどいものだし、条件ももっとひどいけれど、働くには素晴らしいところです。才能ある人が揃っていますよ。興味があるなら、下のリンクをクリックして、面接の日時を設定してください。

　このチャンスをむげにしないでくださいね。あなたが海外で働きたがっていたことは知っていますが、アメリカが再び国境を閉鎖したり、ＥＵが分裂したりする可能性があるいま、いくらか落ち着いた生活を送ることを考える潮時かもしれませんよ。

　それでは

シビル・ドゥウィンター

わたしの人生が本当に始まったのはセント・メアリーのゲートをくぐった日だと、わたしはいまも考えている。ゲートの看板にはこう書かれていた。

サースク大学
歴史学研究所
セント・メアリー・プライオリー・キャンパス
所長：エドワード・G・ベアストゥ博士
学士、修士、博士、王立歴史協会会員

ブザーを鳴らすと、応答があった。「どういったご用件でしょう？」

「マックスウェルといいます。ベアストゥ博士と二時に約束があります」

「私道をまっすぐ進んで、正面玄関を入ってください。間違いっこありませんよ」

それは楽観的すぎるだろうと思った。わたしは一度、階段で迷ったことがある。

正面玄関で名前を書いてから中に入ると、制服姿の警備員にやんわりと止められた。教育機関では珍しい。わたしはできるだけ無邪気そうな顔をした。玄関ホールから広間まで彼が案内してくれたところを見ると、うまくいったようだ。そこでは、サースクへとわたしを送り出してくれた日——家族という悪魔の発明から、わたしが逃げだした日——から少しも変わっていない、ミセス・ドゥウィンターが待っていた。

　わたしたちは笑顔で握手を交わした。

「面接の前に、中を案内しましょうか？」

「あなたはここで働いているんですか？」

「少し関わりがあるのよ。時々、採用を手伝ったり。こっちよ」

　大きな施設だった。中央のホールは元来の建物の一部で、中世の頃の細い窓があった。突き当たりは一〇段の浅い踏み段がある装飾を施したオーク材の階段で、広々とした踊場の先は左右に分かれ、ホールの四面をぐるりと取り囲む回廊につながっている。回廊にはいくつもの部屋があった。開いたドアの先に、衣装や道具をしまっておくらしい広々とした続き部屋が見えた。両手に布を抱え、口いっぱいにピンを頬張った人たちが忙しそうに駆けていく。いくつものハンガーや人型に、様々な制作段階の服が吊るされていた。日差しがいっぱいに射しこむその部屋は明るくて、にぎやかだった。

「映画やテレビの仕事をたくさんしているのよ」衣装部の責任者であるミセス・エンダビーが言った。ふっくらした小柄な女性で、笑顔がかわいらしい。「情報だけ求められることもあって、そういうときはふさわしい衣装や生地についての詳細を送るの。でもときには、こっちで作ることもあるのよ。たとえばこれは、チャールズ二世の生涯と王政復古の歴史ドラマ用なの。おっぱいは見えてるしお色気むんむんの衣装だけど、でもチャールズは君主としてずいぶん過小評価されてるってわたしは思ってるのよ。こっちのドレスはネル・グウィン（チャールズ二世の寵姫）の〝オレンジ売り〟時代のもので、あっちはフランスの娼婦のルイーズ・ドゥ・ケルアイユ（チャールズ二世の愛人）のドレス」

「素敵ですね」わたしは生地に触れないようにしながら応じた。「細かいところまでとてもよくできていると思います。でも残念ですけど、わたしには少し現代的すぎます」

「マックスウェル博士の専門は古代史なの」ミセス・ドゥウィンターの口調は、どこか申し訳なさそうだった。

「あら、そうなの」ミセス・エンダビーはため息をついた。「まあ、でもそんなに悪いわけじゃないわよね。トーガとかチュニックとかひだのあるゆったりした衣装があったんだから。それでも……」彼女の言葉が尻すぼみに途切れた。わたしはどうも彼女を落胆させたらしい。

その隣の部屋の主は、研究開発部の部長であるラプソン教授だった。典型的な奇人教授といった風体だったので、わたしはいささか緊張した。ものすごく背が高くて、ものすごく痩せていて、アインシュタインのような髪に駆逐艦の先端部を思わせるくちばしのような大きな鼻の持ち主だ。そしてなぜか眉毛がない――それを見て気づくべきだったのだが、彼はにこやかな笑みを浮かべて、雑然とした自分の王国にわたしたちを招き入れた。埋もれた机、あらゆるところに積み重ねられた本、そしてその奥に実験室のような設備が見えた。

「マックスウェル博士は面接がまだなのよ」ミセス・ドゥウィンターが警告するような口調で言った。

「おや、そうなのか。そうか、なるほど、わかった」彼はわたしの肘から手を離した。「これが、わしの考える〝実践的〟歴史というものなのだよ。ギリシア火薬の秘密？　取りかかっている。ローマ時代の二輪戦車のハンドル？　わしらが作るから、自分で確かめてみるといい。投石器《トレビュシェット》の届く範囲は？　死んだ牛をどこまで飛ばせるだろう？　人間の鼻から脳みそを引きずりだすのには、どれくらい時間がかかる？　そんな疑問を抱いたら、わしのところに来ればいい。きみのために答えを見つけるから。それがわしらの仕事なんだ！」

彼が振りまわした長い腕の片方が、防腐剤かもしれないし、不老不死の薬かもしれないし、ソクラテスのドクニンジンかもしれない、なにかどろりとしたものが入ったビーカーに当たり、ビーカーは床に落ちて砕けた。だれもがあとずさった。その液体はジュワジュワと泡立ちながら、床を侵食し始めた。よく見ると、同じような穴がいくつもあった。

「なんてこった！　ジェイミー！　ジェイミー！　ジェイミー、ちょっと下の階まで行ってきてくれないか？　ドーソン博士に、また天井からなにか落ちてくると言ってくれ！」

若者は快くうなずき、作業台から立ちあがると、作りかけの模型やなんだかわからない装置や崩れそうな本の山や汚れたホワイトボードの間をすり抜けるようにして、こちらに近づいてきた。わたしの横を通るときには、にっこりと笑顔になった。みんなとても感じがいい。唯一、妙に感じたのは、ミセス・ドゥウィンターがわたしを紹介するときに、面接はまだだと必ず言い添えたことだ。だれもが笑顔で握手を交わしてくれたけれど、わたしをドア口より先に案内することはなかった。

キッチンを預かっているミセス・マックに会った。二四時間、いつでも食事ができるのだと彼女は言った。歴史学研究所にどうしてそんな配慮が必要なのだろうと思ったけれど、答えは出なかった。もちろん、文句があるわけではない。私は一日中だってものを食べていられる人間だから。

隣の部屋のバーとラウンジは食堂と同じくらいの広さがあった。なにを重要視しているのかがよくわかる。どれもこれも長年使われてきたうえ、予算が足りないらしく、かなりぼろぼろだった。とりわけバーがひどい。

同じ廊下の先には、ペーパーバックやチョコレートや洗面道具やそのほか必需品を売っている小さな店があった。

わたしは、ホールと並んでこの建物の心臓部に違いない図書室に夢中になった。高い天井のおかげで広々として感じられるし、大きな暖炉が寛いだ雰囲気を醸し出している。座り心地のいい椅子があちらこちらに置かれ、一方の壁にあるいくつもの高い窓から明るい光が射しこんでいる。本がずらりと並んでいるだけでなく、最新式の電子検索システムが備えられ、学習室やデータ表があり、アーチ形の通路の先には記録保管所があるのが見えた。

「なんでも言ってみたまえ。どこかにあるから」図書室長であり記録官でもあるドーソン博士が言った。暴風雨帽のようなものをかぶっている。「上のあのバカ者が、わたしたちみんなを吹き飛ばしたりしなければの話だがね。ヘルメットをかぶらなくてはならないときがあるんだぞ。死にたくなければ、やつだけでなく、頭のいかれたやつのチーム全員をホーキングの反対側に隔離すべきだと、わたしはいつもエドワードに言っているんだ！」

「マックスウェル博士は面接がまだなの」ミセス・ドゥウィンターが口をはさむと、ドーソン博士は声を落とし、ぶつぶつと何事かをつぶやいた。ラテン語で。わたしは落ち着きなく天井を見つめた。確かに染みだらけだが、おそらくは重要文化財に指定されているだろうこの建物の建材が侵食されていることはなさそうだ。

「聞いたかね？　去年、やつの研究チームは軽騎兵旅団の突撃で使われた、ロシア軍の大砲を復元しようとして、射程の計算を間違えてクロック・タワーを破壊したんだ」

「いいえ」答えを求めているわけではないのだろうと思いながら、わたしは言った。「ごめんなさい、知りませんでした」

ミセス・ドゥウィンターはさらにわたしを連れて進んだ。

わたしたちは、長い廊下の入り口で一度足を止めた。その先は、キャンパスの中でもより現代的な区画に通じているようだ。「あっちはなんですか？」

「専門的な設備や機器を保管している格納庫よ。いまは見ている時間がないわ。ベアストウ博士のオフィスに行かないと」

だれかに話しかけられていることに気づいたとき、わたしはまだクリミア戦争とバラクラヴァの戦いのことを考えていた。わたしに話しかけていたのは中背で黒い髪の男性で、青みがかった淡い灰色の美しい瞳がありふれた顔立ちを印象的なものにしていた。オレンジ色のジャンプスーツを着ている。

「ごめんなさい。クリミア戦争のことを考えていて」

彼は微笑んだ。「きみはここにふさわしいね」

「チーフ、彼女はマックスウェル博士よ」

「面接がまだなんです」ちゃんと話を聞いていたことを伝えるために、わたしは言った。

彼の口の一方の隅がぴくりと引きつった。

「マックスウェル博士、こちらは技術部門責任者のレオン・ファレルよ」

わたしは片手を差し出した。「お会いできてうれしいです、ミスター・ファレル」

「ほとんどの人はぼくをチーフと呼びますよ、博士」彼はゆっくりと手を伸ばし、わたしたちは握手を交わした。彼の手は温かくて、乾いていて、胼胝《たこ》で固くなっていた。労働者の手だ。

「セント・メアリーにようこそ」

ミセス・ドゥウィンターが腕時計を叩いた。「ベアストウ博士が待っているわ」

それじゃあ、彼がエドワード・ベアストウ博士。わたしが入っていったとき、彼は窓に背を向けて立っていた。長身の痩せた男性で、頭を縁取る白い髪はハゲワシの首のまわりの羽根を思わせる。彼の片側でタブレットを前に座っている手ごわそうな女性は、仕立てのいいスーツを着ていた。優雅で、いかめしくて、厳しそうだ。ベアストウ博士は杖に寄りかかるようにしながら、手を差し出した。その手は、わたしのものと同じくらい冷たかった。

「マックスウェル博士、ようこそ。来てくれてうれしいですよ」静かで澄んだその声には本物の威厳があった。声を張りあげなくても、注目を浴びることのできる人だ。その鋭いまなざしがわたしを値踏みした。どういう結論に達したのかはわからない。普段は権威や権力におとなしく従うほうではないが、いまは慎重にならなければいけないとわかっていた。

「会ってくださってありがとうございます、ベアストゥ博士」

「彼女はわたしの秘書のミセス・パートリッジです。さあ、座りましょうか」

わたしたちは腰をおろし、面接が始まった。最初の一時間は、わたし自身についての話だった。親戚や個人的に親しい人間がいないことが、有利に働いているようだった。彼はわたしの資格についてはよく知っていて、大学院で学んだ考古学と人類学、そして職歴と旅の経験についてしばらく話をした。ベアストゥ博士はとりわけ、外国や違う文化の中で暮らすことをわたしがどう感じているのかに興味を示した。違う国の言葉を理解したり、自分の言いたいことを伝えたりするのはどれくらい難しい？　ほかのコミュニティに身を置いたとき、疎外されたように感じたことは？　どうやって人と付き合ってきた？　そこになじむまでどれくらいかかる？

「マックスウェル博士、きみはどうして歴史を選んだのだね？　この一〇年ばかり、宇宙開発に大きな進展があって、火星プロジェクトは最終段階に入っているというのに、なぜきみは前を向くのではなく、過去を振り返ろうと思ったのだね？」

わたしはしばし考えてから、頭の中の思いを言葉にした。わたしは九歳だった。ひどいクリスマスで、わたしは衣装ダンスの中に座っていた。なにかがお尻に食いこんだ。もぞもぞして引っ張り出してみると、小さな本だった――『ヘンリー五世とアジャンクールの戦い』。ぼろぼろになるまでその本を読んだ。その本がどこから来たのかはいまもわからない。その小さな本がわたしを歴史に目覚めさせた。いまも手元にある。子供時代のもので置いてあるのはそれだけだ。歴史を学ぶことはほかの世界とほかの時代への扉を開けることで、それがわたしの現実からの逃避であり、わたしの情熱の対象となった。これまでだれかに子供時代の話をしたことはなかったから、短く淡々とした言葉で説明した。

その後はセント・メアリーについての話題になった。ベアストウ博士が語るその施設は、大きくて、精力的で、型破りなものだった。わたしはますます興味を引かれた。はっきりこれと特定することはできないが、話が進むにつれ、なにかが抜けているという気がしてきたのだ。広いキャンパス。保安部があり、二四時間食事できる食堂があり、工場施設があり、技術部がある。博士が言葉を切り、書類をめくりながら、なにか質問はあるかとわたしに訊いた。

「はい。ホーキングってなんですか？」

彼は答えようとはせず、机からわずかに体を引いてミセス・パートリッジをちらりと見た。彼女はタブレットを置いて部屋を出ていった。わたしは彼女を眺め、それから博士に視線を戻した。空気が変わっていた。

博士が言った。「ホーキングのことをどうやって知った？」

「ええと」わたしはのろのろと答えた。「もちろん、だれもが知っていることではありません……」その先は言葉を濁した。博士はじっとわたしを見つめていて、沈黙だけが続いた。「歴史学研究所の格納庫に有名な物理学者の名前がつけられているのが妙だと思っただけです」

それでも反応はなかったが、今度はわたしもなにも言うつもりはなかった。わたしは沈黙を怖いとは思わない。多くの人とは違い、なにかを言わなければという焦燥感はわたしには無縁だ。わたしたちは無言で見つめ合い、沈黙がいつまで続くのだろうと思ったときミセス・パートリッジが戻ってきて、ベアストウ博士の前にファイルを置いた。博士はファイルを開き、机の上に書類を広げた。

「マックスウェル博士、きみがなにを聞かされているのかはわからないが、知っていることを話してもらえないか」

博士がわたしを問いただした。

「なにも知りません。その名前を耳にして、気になっただけです。それにここの職員の数がとても多いことにも興味を引かれました。どうして警備員や技術者が必要なのか？　どうしてわたしがまだ〝面接〟を受けていないことを、みんなに知らせる必要があるのか？　ここはいったいなにをしているんですか？」

「きみが知りたいことすべてを話すのに異存はないが、この書類にサインをしてもらってからでなくてはそれができない。この書類には法的拘束力があることを忘れないでもらいたい。法的用語はわかりにくいかもしれないが、もしきみがこれからわたしが話すことをひとことでも外部に漏らしたら、どの人権擁護団体ですらその存在を知らないある施設で、少なくとも一五年間は過ごすことになることは間違いない。この先に進む前に、時間をかけてじっくり考えてほしい」

じっくり考えるのは、だれかほかの人間がすることだ。「ペンはありますか？」

親切なミセス・パートリッジがペンを貸してくれ、わたしは膨大な数の書類にサインをした。わたしは彼女にペンを返した。それがわたしたちの関係をよく表していた。

「さてと」博士が言った。「お茶にしようか」

すでに夕方になっていた。ただの研究職の面接にしては、時間がかかりすぎている。ただの研究職でないことは間違いなかった。期待がむくむくとふくれあがっていく。なにかわくわくするようなことが起きようとしている。

博士は咳払いをした。「きみには安全な場所に逃げこむ良識がないようだから、これから新たに施設内を案内しよう」

「これは新たな面接なんですか？」

博士は微笑んで、紅茶をかき混ぜた。

「考古学や不確かな情報や、言ってしまえば当て推量などではなく、実際に歴史的な事件があった現場に戻って、自分の目でそれを目撃できたらどれほどいいだろうと考えたことはないかね？〝はい、リチャードの統治が終わるまで、王子たちはロンドン塔で生きていました。この目で見たから知っているのです〟と答えることができたら、どんなにいいだろうと」

「はい」わたしはうなずいた。「確かにそうでしょうね。ただ、断定することが歓迎されない場合もいくつか考えられますが」

博士は鋭いまなざしをわたしに向けた。

「たとえば？」

「そうですね、たとえばベツレヘムのある馬小屋とか。ポラロイドカメラを持って宿屋に行ってみたら、主人がさっとドアを開けて〝ようこそ。客はあなただけで、部屋はいっぱい空いていますよ〟と応じたらどうなるでしょう？　面倒なことになりかねません」

「面倒どころではすまないだろうな。だがきみは問題点をよく理解している」

「だから、タイムトラベルなんていうものがないのはいいことなんです」

博士はわずかに眉毛を吊りあげた。

「一般に公開されたタイムトラベルと言うべきでしたね」

「そのとおり。だが〝タイムトラベル〟という言葉はSFすぎるから、わたしたちは使わない。セント・メアリーでは**主要な歴史的事件を現在時間で調査**しているんだ」

その言葉で、すべての辻褄が合った。

「教えてくれないか、マックスウェル博士。あらゆる歴史がいまきみの前にぴかぴか光るリボンのように並んでいたら、どこに行く？　きみはなにを目撃したい？」

「トロイ戦争」次から次へと言葉がこぼれてきた。「テルモピュライに立つスパルタ軍。アジャンクールの戦いのヘンリー。ストーンヘンジ。ピラミッドの建設。破壊される前のペルセポリス。象でアルプスを越えたハンニバル。ウルに行って信仰の父アブラハムを探すのもいいですね」わたしは言葉を切って、息継ぎをした。「リストを作れます」

博士は小さく笑った。「いずれ、作ってもらおうか」

博士はカップを置いた。面接のあいだ中、彼がわたしを吟味し、情報を小出しにしながらわたしの反応を見ていたのだと、いまさらながら気づいた。わたしはなにか正しいことをしたらしく、彼はこう言った。「好奇心から訊いておきたいのだが、もし重要な歴史上の場面を訪れるチャンスがあるとしたら、きみはそれをつかむかね？」

「はい」

「そんなに簡単に答えていいのかい？　何人かは、無事に戻ってこられるかどうかを確認する。笑う者がいる。信じないと言う者もいる」

「はい」わたしはゆっくり答えた。「わたしは信じます。可能なことだと思います。ただ、いま現在、可能なのかどうかはわかりません」

ベアストウ博士は笑顔になったが、なにも言おうとしなかったので、わたしはさらに言葉を継いだ。「戻ってこられなかったら、どうなりますか？」

彼は憐れむような目つきでわたしを見た。「実のところ、それはもっともささいな問題にすぎない」

「そうなんですか？」

「技術はしばらく前から確立されている。最大の問題は歴史そのものなんだ」

　これですべてがはっきりした。けれどリサ・シンプソン（フォックスのアニメーション『ザ・シンプソンズ』に登場するキャラクター）が言っていたように〝口を開いて疑念をすべてなくすより、黙ったままばかだと思われているほうがいい〟から、わたしは黙ったままでいた。

「歴史を、防御機構を備えたひとつの生命体だと考えてみてほしい。歴史は、すでに起きた出来事を変えることを許さない。なにか変化が起きようとしているとほんの一瞬でも考えたら、歴史はなんのためらいもなく脅威となるウィルスを排除する。この場合、ウィルスは歴史家とも呼ばれるわけだ。

　簡単なことだ。脅威となるかもしれない歴史家がストーンヘンジの建設を観察していたとして、彼の上に一〇トンの石を落とすことは難しいだろうか？　紅茶のお代わりは？」

「はい、いただきます」わたしは博士の冷静さに感心しながらも、決して引けを取るまいと決めた。

「それでは」博士はカップをわたしに手渡しながら言った。「もう一度、訊こう。一六世紀のロンドン、そうだな、きみに与えられたのがエリザベス一世の戴冠式のパレード――戦場とか血とかではない――を見る機会だとしたら、それでも行きたいかね？」

「はい」

「観察と記録だけだということはわかっているだろうね？　歴史に関わる行動は軽率だと

いうだけではすまない。厳しく禁止されているのだ」

「もしそういった機会を与えてもらえるなら、その点についてはよくわかっています」

「正直に答えてもらいたいんだが、マックスウェル博士、きみのその称賛に価する冷静さは、心の奥の奥でわたしのことを頭がどうかしている、今夜のパブでの格好の話題だと思っているからではないだろうね？」

「実を言うと、ベアストウ博士、いまわたしは心の奥の奥で浮かれ騒いでいます」

博士は声をあげて笑った。

ミセス・パートリッジのオフィスでは、階段で会った素晴らしい瞳の持ち主の、物静かで色黒の男性が待っていた。

「あとはチーフに任せよう」ベアストウ博士は書類をまとめながら言った。「面白い夜がきみを待っているよ、マックスウェル博士。楽しむんだね」

わたしたちはオフィスを出ると、さっき見かけた長い廊下を進んだ。別の世界に入っていくような奇妙な感覚を覚えた。片側の壁には等間隔で窓が並び、床にいくつもの四角い光のプールができている。わたしたちは明るいところから暗いところへ、暖かいところからひんやりしたところへ、こちらの世界から向こうの世界へと進んでいった。廊下の突き当たりは、キーパッドのついたドアだった。

そのドアの先は広めの空間で、正面には大きな別のドアがあった。

「防爆扉《ブラストドア》だ」チーフはなにげなさそうに言った。

もちろんそうに決まっている。どんな歴史学研究所にだってブラストドアは必要だ。右手には上の階にあがる階段、その横には病院で見かけるようなサイズの大きなエレベーターがあった。「病棟だ」彼が言った。左側はなにも書かれていないドアがいくつか並ぶ廊下で、奥のほうは薄暗い。

「こっちだ」彼が言った。この男は単語でしか喋らないんだろうか？

大きなドアが開くと、そこは広大な格納庫のようなスペースだった。奥のほうに、ガラスに囲まれた部屋がふたつ見える。

「あれはオフィスだ。ひとつはＩＴ」彼は左側の部屋を指さした。「もうひとつがぼくら技術者のオフィス」そう言って右の部屋を示した。片側の高いところに構台があって、青いジャンプスーツを着た三、四人の人間が手すりに寄りかかっている。なにかを待っているようだ。

「歴史家たちだ」彼はわたしの視線に気づいて言った。「彼らは青を着る。技術者はオレンジ。ＩＴは黒、そして保安部は緑。三号機がもうすぐ戻ってくるんだ。歓迎委員会としてこうやって待っている」

「それは……素敵ね」

彼は眉間にしわを寄せた。「これは危険で難しい仕事だ。ぼくたちがしていることを支援してくれる組織はない。自分たちの面倒は自分たちで見なければいけない。だから歓迎委員会があるんだ。支援する人間がいることを教えるのと、彼らを思いとどまらせるためにね」

「なにを思いとどまらせるの？」

「今回の任務でクルーの身に起きたなにかをさ」

「なにかが起きたってどうしてわかるの？」

彼はため息をついた。「彼らは歴史家だ。いつだってなにかが起きる」

格納庫の両脇には台座が二列に並んでいた。くぼみから伸びる太くて黒い何本ものケーブルがそのまわりでのたくっている。いくつかの台座は空だったが、小さな構造体が上に載っているものもある。大きさや形が微妙に異なってはいるが、どれも石造りの薄汚れた小さな掘っ立て小屋のようだ。屋根は平らで窓はない。メソポタミアのウルでも、現代の都会の耕地でも、どこにあってもおかしくないようなものだ。壁に手作りの梯子を立てかけ、ドアの脇に壊れた車輪を置き、数羽の鶏をあたりにうろつかせたなら、なんなくその場に溶け込むだろう。

「あれは？」わたしはその構造体を示しながら尋ねた。

彼は初めて笑顔になった。「あれはぼくらの作戦基地だ。ポッドと呼んでいる。任務を与えられると、歴史家たちはあそこで生活しながら仕事をするんだ。一号機と二号機は」彼は指さした。「普段はシミュレーター兼訓練用として使っている。小さくて基本的な作りだから。三号機はすぐにでも戻ってくる。五号機は出発の準備をしているところだ。六号機は出払っている。八号機もだ」

「四と七は？」

彼は静かに答えた。「行方不明だ」射しこむ光の条《すじ》の中でほこりが舞う音が聞こえそうな沈黙だった。

「〝行方不明〟っていうのは、いまどこにいるのかわからないっていうこと？　それとも、なんらかの理由で戻ってこなかったということかしら？」

「どちらかかもしれないし、両方かもしれない。四号機は、十字軍の記録を取る任務で一二世紀のエルサレムに向かった。それっきり報告はなく、その後の救出作戦もすべて失敗に終わった。七号機は初期のローマン・ブリテンのセント・オルバンスに飛び、やはりそれっきり見つけることができなかった」

「でも探したんでしょう？」

「もちろんだ。その後何週間も。ぼくたちは決して仲間を置き去りにはしない。だが彼らは見つからなかった。ポッドも」

「行方がわからなくなったのは何人？」

「その二件の事故で、歴史家が五人行方がわからなくなった。礼拝堂の記念碑に名前が記されているよ」彼はわたしの当惑したような顔を見て言った。「戻ってこなかった者、死んだ者、もしくはその両方のための功労者名簿がある。ここの人員損耗率は高いんだよ。ベアストゥ博士から聞いていないの？」

「彼は……」どれくらい高いのかと訊こうとしたとき、〝3〟と記された台座の上のライトが点滅を始めた。オレンジ色の作業着の人々が、ケーブルや平台や作業に必要な道具を引きずりながらどこからともなく現われた。そして静かに、なんの騒ぎもなく、ファンファーレが鳴ることもなく、三号機が台座に出現した。

　なにも起きない。

　わたしはチーフを見あげた。「えーと……」

「ぼくらは中には入らない。彼らが出てくるんだ」

「どうして？」

「消毒が必要だから。ペスト、天然痘、コレラ、そういうものがあるからね。消毒が終わるまで、ぼくらは入ってはいけないことになっている」

「でも、中の人たちが怪我をしていたら？」

まさにそのときドアが開き、叫ぶ声がした。「医療班！」

オレンジ色の技術者たちが紅海のように左右に分かれ、ふたりの医者がその間を走っていく。ふたりはポッドに入っていった。

「なにがあったの？　あの中にはだれがいるの？　どこに行っていたの？」

「ロワーとベイヴァーストックだ。あのポッドは二〇世紀の中国、義和団の乱から戻ってきたところだ。医者を必要としてはいるようだが、重症ではないな」

「どうしてわかるの？」

「きみもぼくらと同じくらい帰還を見ていれば、わかるようになるさ。彼らは大丈夫だ」

そのままわたしたちは黙ってドアを見つめていたが、やがて東洋の服をまとった男女ふたりが足を引きずりながら現われた。ひとりは片方の目に包帯を巻き、もう一方は片腕を吊っている。ふたりは構台を見あげて手を振った。青の作業着の人たちが手を振り返しながら、ふたりをからかった。ふたりは医者と一緒にその場を離れていき、オレンジの技術者たちがポッドを取り囲んだ。

「見たいかい？」

「ええ、お願い」

近づいてみると、ポッドは遠くから見ていたときよりもさらに特徴がなく、目立たないことがわかった。

「ドア」彼が言うと、使い古された木のように見えるドアが音もなく開いた。広々とした格納庫から中に入ると、ポッドは小さくて狭苦しく感じられた。

「トイレとシャワーはあの中」彼は仕切られた一角を指さした。「これが制御装置だ」壁に据え付けられた大きなスクリーンの下に、わけのわからない計器や点滅するライトやダイヤルやスイッチが並ぶコンソールがあった。外部カメラには格納庫の様子が映っているだけだ。座り心地の悪そうな古い回転椅子が二脚、制御装置の前の床に固定されていた。

「コンピューターは手動でも口頭でも作動する。壁には任務に必要な装備を入れたロッカーがある。睡眠カプセルは必要なときにここから引き出すんだ。このポッドは、三人まではそれなりにゆっくり眠れる。窮屈なのを我慢すれば四人でも」

ケーブルの束が壁からタイル貼りの天井まで伸びていた。

いくらかみすぼらしくはあっても、先端技術であることは間違いない装置の中で、わたしは大きめの救急用品ロッカーの下の棚に鎮座する小さなケトルとふたつのマグカップを見つけて驚いた。

「そういうことだ」彼はあきらめたように答えた。「紅茶があれば、そこに少なくともふたりの歴史家がいる」

その小さなポッドの中は、むっとする体臭とキャベツと化学薬品と熱した電子機器と湿ったカーペット、そしてかすかにトイレのにおいがした。どのポッドもきっと同じにおいがするに違いないとわたしは思った。そして、技術者たちはまずにおいを作り、それからポッドを作っているんだと歴史家たちがジョークを言っているのだろうとも。

「どうやって動くの？」

彼はただわたしを見つめただけだった。ばかな質問だったらしい。

「このあとは？」

「ほかに見たいものはある？」

「ええ。全部」

というわけで、ほかのところも見せてもらうことになった。緑色の服の人たちが武器や装置をチェックし、モニターを眺め、紅茶を飲み、走り回り、互いに怒鳴りあっている保安部に向かった。

「なにかあったの？」わたしは尋ねた。

「いいや。あいにく、ここはうるさい人間の集まりなんだ。きみが神聖な学びの殿堂を期待していたわけじゃないといいんだけれどね」

長身で濃い金色の髪のガスリー少佐はなにかの作業中だったが、手を止めてわたしを見た。

「銃は撃てるか？　撃ったことはあるか？　馬には乗れるか？　泳げるか？　どれくらい鍛えている？」

「いいえ、いいえ、はい、はい、まったく」

少佐は口をつぐみ、じろじろと上から下までわたしを眺めた。「人を殺せるか？」

わたしもじろじろと上から下まで彼を眺めた。「いずれは」

彼は渋々といった感じで笑みを浮かべ、手を差し出した。「ガスリーだ」

「マックスウェルです」

「ようこそ」

「ありがとうございます」

「きみの進歩を興味深く拝見させてもらうよ」

うれしい言葉ではなかった。

施設内ツアーの最後は庭だった。芝生の古い焼け焦げや青い白鳥を見ないようにすれば、とても気持ちのいい散歩だと言えた。質問しようと口を開きかけたとき、二階から小さな爆発音が聞こえて、窓ががたがた揺れた。

「ちょっと待って」チーフが言った。「今週はぼくが当番なんだ。火災報知器が鳴るかどうかを確かめないと」

鳴らなかった。

「よかったってことよね？」

彼はため息をついた。「よくないよ。まただれかが電池をはずしたっていうことだからね」

ここは確かにわたしに向いている。

第二章

飼い主は飼っている犬に似てくるというが、セント・メアリーでは訓練生は施設に似てくるようだ。セント・メアリーはぼろぼろでみすぼらしいが、数週間もたつとわたしたちもぼろぼろでみすぼらしくなっていた。

訓練初日、現われた訓練生は七人だけだった。本当は一〇人のはずなのに。コースを無事修了できるのは、平均三・五人だということだった。

「〇・五人になるのはあんただな」長身の男がわたしに言った。わたしの背の低さをあてつけているらしい。わたしはそれを無視した。彼は書類をフォルダーに詰めこんでいたが、そのほとんどが下からこぼれていることに気づいていないようだ。彼の名札にはサスマンと書かれていた。黒い目と髪と顔立ちは地中海沿岸の人間のように見える。窓から外を眺めているだけで日焼けするようなタイプだ。

彼の隣にいるのがグラントで、砂色の髪と真面目そうな青い目のずんぐりした体形の男だった。無骨な大きい手で書類をきっちりとまとめ、フォルダーに丁寧に入れている。四角張った顔は思慮深さをたたえているだけでなく、なかなか感じがいい。隣に立っているナグリーの話にじっと耳を傾けているようだ。彼女は聡明そうだけれど気性も荒っぽく見える。視線と手が常に動いていて、穏やかなグラントとは対照的だ。ふたりはいいチームになりそうだ。

　もうひとりの女性のジョーダンは少し離れたところに立っていた。なんだか態度があやふやで、常に逃げ出す準備をしているように見えた。本当にこの仕事がしたいのかどうか、自分でもわかっていないのではないかと思ったが、わたしの考えは当たっていた。彼女はだれとも打ち解けることなく、最初の週のうちに姿を消した。なにがあったのかはわからない。昨日までいたのに、翌日にはいなくなっていたのだ。訊いても無駄なことはわかっていた。決して答えてはもらえないから。彼女の声を聞いたかどうかすら、記憶になかった。

　あとのふたり、ラザフォードとスティーヴンスはなにか話をしながら、書類をまとめていた。スティーヴンスはわたしたちよりいくらか年上で、小柄でぽっちゃりしていて熱心だった。興奮した面持ちで部屋を見まわし、見たものすべてを取りこもうとしているようだ。ラザフォードはラグビー選手のような、大柄で不愛想な男だった。

まずひとつめの衝撃は、肩書がなくなったことだった。わたしはまた、ミス・マックスウェルに戻った。各部署の長だけ、博士とか教授とか呼んでもらえる。わたしに異存はなかった。マックスウェル博士より、ミス・マックスウェルでいるほうが楽しいことがたくさんありそうだ。

与えられた部屋は、新しく建てられた職員棟にあった。わたしの部屋は小さくてみすぼらしく、バスルームはほかのふたりの女性ナグリーとジョーダンとの共用だった。ベッドの上には、歴史上もっとも醜いに違いない灰色のジャンプスーツが置かれていた。膝のところのポケットはタブレットがぴったり収まる大きさだ。ほかには荒天用の服、雨天用の服、灰色のＴシャツとショートパンツ、ソックスとブーツが用意されていた。わたしはわずかな荷物を片付けて、着替えた。鏡に映ったわたしは、赤褐色の髪を持つ興奮した灰色の袋のようだった。

再び階下に集合したわたしたちは、健康診断へと連れていかれた。フォスター医師は患者を嫌っていることを隠そうとはしなかったから、わたしも医者が嫌いなことを隠さなかった。彼女に白衣と聴診器は不釣り合いだ。その険しい表情には、体にぴったりした黒い革の服と乗馬の鞭のほうがよほど似合っていると思えた。

健康状態についての質問は際限がないように思えた。これまでのところわたしの経歴に問題はなさそうだったが、それでもあらゆるものに対する——文字通り、あらゆるものだった——ワクチンを接種された。また、将来に備えて、定期的に血液を採取しておくことを勧められた。

　健康診断が終わると、まだずきずき痛む注射のあとを撫でながら、広間へと駆け足で戻り、ベアストウ博士の歓迎の挨拶を聞いた。

「今日ここにいるきみたちに、おめでとうと言わせてもらおう。きみたちは面接を受けた候補者の中でも優秀だったわけだが、その中でもさらに優秀なものだけが訓練を修了できる。全員が合格できるわけではないことを覚えていてもらいたい。厳しい訓練がきみたちを待っている。もちろん、いつでも好きなときに辞めてもらってかまわない。強制はしない。だが出ていくときには、今日サインした機密保持書類が永久に効力を持つことを忘れないように。相手がだれであれ、どのような情報であれ、ひとことでも漏らしたりしたら、その結果がどういうことになるのかは、重々承知していることと思う」

　博士は言葉を切り、ひとりひとりの顔を順番に眺めた。わたしはごく冷静にその視線を受け止めた。

「きみたちの何人かが卒業したサースク大学と、わたしたちは協力関係にある。わたしたちには自治権があるが、彼らからの財政的支援に対する義務もある。彼らは内密の政府機関に対し、わたしたちの代わりに報告をすることになっているが、その政府機関はどこの干渉も受けないと言っておこう。

しかしながら、きみたちはわたしの指示には従ってもらわなくてはいけない」

ベアストウ博士は、わたしたちがその言葉を理解するのを待つかのように、再び間を置いた。

「ここは一風変わった歴史研究施設だが、だれにも迷惑はかけないと一般的には思われている。とりわけ近隣の村ではそう考えられていて、爆発事故の影響も消えつつある。きみたちには、このイメージをぜひ壊さないようにしてもらいたい。

今後数カ月のうちに、きみたちともっとよく知り合えることを期待している」彼の視線がわずかに揺らぎ、なにか不快なことが記憶に刻みつけられている人間の声になった。

「わたしの部屋のドアはいつでも開いていることを忘れないでいてもらいたい」彼の挨拶はそれで終わりだった。

その後は、スケジュールや組織図などのプリント類を渡され、さらにまたなにかの書類に記入させられた。セント・メアリーではペーパーレス化はまったく進んでいないようだ。

フォルダーに収めた書類をめくって、ようやくタイムテーブルを見つけた。最初の講義は翌朝午前九時からで、担当はチーフ・ファレル。彼のことは覚えていたが、そのあとの講義をするＩＴ部門の部長のミス・バークレーは記憶になかった。

翌朝、胸を高鳴らせ、目をきらきらさせながらわたしたちは教室に集まった。穏やかで信頼できるチーフ・ファレルは、話も聞きやすかったし、見た目もいい。だがイジー・バークレーはというと、講義の中身がまったく面白くないだけでなく、さっぱり関連もわからなかった。ほかの訓練生たちの目がうつろになっていくのが見える気がした。わたしはといえば、赤い髪が日光にきらめく様が全員によく見えるようなポーズを取っている彼女を眺めながら、片耳の半分で話を聞いていた。

ろくでなしのサスマンを除けば、これまでここで会った人たちはみんな感じがよかったので、バークレーに対して誤った判断をしてしまったのだと思う。わたしのミスだ。黙っていることはできた。黙っているべきだったのに、わたしがばかだった。ベアストウ博士とチーフ・ファレルに次いでセント・メアリーでは三番目の地位にいる彼女だが、おおらかなほかの人たちとは対照的だった。彼女は人望がなく、尊大で、ユーモアの遺伝子が欠けていた。

だしぬけに彼女が振り向き、鋭い声で言った。「あなた！　スティーヴンス！　わたしはいまなんて言った？」

彼女がどんなつまらない話をしていたのか、たとえほんの少しでもスティーヴンスが聞いていたとしても、その言葉のあまりの鋭さに一瞬で頭から消えたに違いない。彼はただバークレーを見つめるだけだった。赤毛のコブラに射すくめられて動けなくなった、森の小動物のようだ。沈黙が続いた。

わたしは顔をあげた。「一点の位置を相対的に考えることを説明していました。どんな点であれ固定してあるものとして考えるのではなく、常にあらゆるものとの関係から見る必要があると」

さらなる沈黙。「あなたの名前はスティーヴンスなの？」

しまった。これでは学校時代に逆戻りだ。

「いいえ」わたしはどうすることもできずに答えた。「マックスウェルです」

「あなたは自分を賢いと思っているようね」

さらなる沈黙。

「答えなさい」

「すみません、質問を聞いていませんでした」

ありがたいことに、講義の終わりとランチタイムを告げる鐘が鳴った。だれも動こうとしない。

　ようやく彼女が口を開いた。「解散」

　目をつけられてしまった。初日の二時間目の講義で。やってしまった。


　セント・メアリーは入り組んだ暗い廊下といくつもの小さな部屋からできている。築二〇〇年に満たないのは、職員棟とホーキング格納庫とキッチンだけだ。肩の高さより下の壁はペンキの痕跡がうっすらと残っているばかりだった。美しい古い羽目板は削られ、引っかかれ、何代もの訓練生の名前と日付がいたるところに刻まれていた。残っているカーペットは古くてすり切れていたし、家具はどれもがたがきている。薄くなったカーテンは向こうが透けて見え、湿った石のにおいとその日のランチの残り香がいつも漂っていた。

　定期的に起きる研究開発部のちょっとした爆発も、建物の保存に役立っているとは言えなかった。訓練が始まって間もないある日のこと、ラプソン教授がドアから顔をのぞかせて、穏やかな口調で言った。「差支えなければ、いますぐ建物から避難することをお勧めする」

　宇宙の秘密を明かしていたチーフ・ファレルは講義を中断して言った。「全員、外に出るように。いますぐだ。いや、ドアはだめだ、ミス・ナグリー。窓から出るんだ。急げ！」

窓から外に出たわたしたちは、南の庭でほかの人たちと合流した。ガスマスクをつけたガスリー少佐のチームが、建物の窓を次々と開けていく。緑色のなにかがふわりと流れていった。午後の講義はすべて中止になった。

ひどく疲れる。わくわくする。そして居心地が悪い。ほかの人たちとこれほど近い距離で生活し、訓練を受けることになるとは思っていなかった。歴史家たちはふたりひと組で行動する。もっとも強力で優れた結びつきは、互いを選んだ者たちの間に生まれるとセント・メアリーは考えていたので、パートナーを割り振られることはなかった。別れる確率の低い結婚のようなものなのだろう。可能な場合には、男女でペアを組むことになっている。グラントとナグリーはすぐに互いを選んだし、ラザフォードとスティーヴンスも気が合いそうだ。となると残るのはわたしと、あのうぬぼれ男のサスマンということになる。セント・メアリーに来るまで、わたしは様々な事情からひとりで過ごすことが多かった。それがいまは、いつどこを見てもそこにサスマンがいる。彼とわたしは相手がいない唯一の独身者だったので、くっつかなければならないらしい。

「おれと組むのになにか問題があるのか？」丸一日彼を避け続けていたわたしに、彼が問いただした。「おれがなにか言ったか？　口が臭いのか？　いったいどうしてだ？」

なんとか言葉を絞り出そうとした。「あなたが悪いんじゃなくて……」

「おいおい、まさかそのあと〝わたしのせいなの〟なんて言い出すんじゃないだろうな？」

「そうよ。でもそれがいやなら、違うことを言ってもいいけれど」わたしはそう言って、彼の脇を通り過ぎようとした。

「待ってくれ、悪かった。ちょっと待ってくれないか。おれがなにかしたんだろうか？　おれは時々、少しばかり……」

「違うの、わたしは……」言葉が出てこなかった。

サスマンは笑顔になって言った。「あんたはチームプレイが苦手だ。いまのところは。自分の身を任せるほど他人を信用していない。他人に頼るのが嫌いだし、とりわけおれに頼るのはいやだ。なぜならおれのことを知らないし、おれが好きじゃないし、おれを信用していないから。たったいまおれが死んでくれれば、あんたは自分の部屋に戻ってひとりになって、毎晩そこでしていることができるのにと考えているんだろう？」

「かなり近いわね。わたしが行こうとしているのは食堂だけれど、あとはまったくそのとおりよ」

「いいか、おれたちふたりにはほかに選択肢はないんだ、マックスウェル。あんたはおれと同じくらい優秀だ。おれはこんなことは滅多に言わない。おれはでかい口も叩くが、うぬぼれもかなりのもんだからな。いまおれたちは互いが必要だし、あんたとおれならかなりうまくやれると思う。あんたは一番になりたい。おれも同じだ。だがばらばらだとそいつは無理だ。なにもあんたの秘密を話せとか、おれと寝ろと言っているわけじゃない。ただおれと組もうと言っているだけだ。どうだ？」

わたしはかつて直感にさからってミセス・ドゥウィンターを信じ、その結果人生が変わった。もう一度同じことをしてもいいかもしれない。彼の足を見ながらうなずいた。彼は賢明にもそれ以上ごり押しすることはなかった。「よし、それじゃあ明日朝食で会おう」そう言って、その場を離れていった。

障壁がひとつ崩れると、あとは簡単だった。概して言えば、セント・メアリーにいるのはみんないい人だった。気まぐれで、うるさくて、変わっていて、理屈っぽくて、義理がたくて、ひたむきで、そしてもちろんせっかちではあったけれど、仲間としては最高の人たちだ。わたしは少しずつ肩の力が抜けていくのを感じていた。最初の数週間の混乱はやがて秩序とルーティンに形を変え、わたしたちはここでの暮らしに慣れ始めた。

午前中はほとんどが時間的力学、ポッドの扱い、数学、セント・メアリーの歴史と構造に関する講義に費やされた。午後は、自分たちの専門分野——わたしの場合は古代史——の進歩に遅れないようにするため、また考古学と人類学に関する最新の考え方を知るため、図書室で過ごした。専門分野をさらに二つ持つことを義務づけられたので、そのための研究も必要だった。

「二つの専門分野はなにを選んだ？」ある金曜日のランチタイム、本や書類、データキューブの箱やUSBドライブの重さでよろよろしながら自分の部屋に向かっていると、サスマンが尋ねてきた。ポケットの中のタブレットが膝に当たるし、紅茶が飲みたかったし、なにはともあれトイレに行きたくて仕方がなかった。

「中世とチューダーよ」わたしは答えた。「あんたは？」

サスマンがドアを開けてくれた。「ローマン・ブリテンと啓蒙時代だ」

その答えに感心した。彼の本来の専門は初期のビザンチンだ。大きなテーマだと言える。彼はただ顔がいいだけではなかった。彼と組むことにしてよかったと、わたしは考えるようになっていた。だれからも好かれるタイプではないが、よく知るにつれ、彼のことが好きになっていた。金曜日以外は。

金曜日の彼は、ただのいやなやつだった。

「今日は金曜日だ」そう言いながら彼は一枚の紙を差し出し、わたしたちは腰をおろした。

「もう、いい加減にしてよ、デイヴィー」

「いいじゃないか、マックス。ほんの数分のことだ」

「どうしてほかの人たちみたいに、普通に復習しないの？」

「面白くないからな。こっちのほうがずっとやりがいがある」

「あんたが今週ずっと追いかけまわしていた金髪の事務員ほどではないと思うけど。で、彼女はどんな具合？」

「問題ないね」彼はそう言いながら袖をまくりあげ、ペンを手に取った。

　毎週金曜日の午後、普通の人たちが週末を楽しみにしているか、もしくはミセス・マックの糖蜜タルトを食べすぎて眠くなっている（あるいはその両方）頃、わたしたちは小さな教室に押しこまれ、その週に学んだトピックについて延々と質問されることになっていた。小論文、選択問題、ときには実演——次々と問題が出される。そのすべてに合格する必要があった。失敗という選択肢はないという有名な言葉どおりだ。毎週のテストに一度でも落第したら、それで終わりだ。再試験も二度目のチャンスもない。ただ出ていくだけだ。

　というわけで、毎週金曜日のランチタイムはサスマン式試験勉強——腕にその週に習ったことを書いていくというのがその基本だ——に費やされた。見ているだけでいらついた。

真面目にこつこつと勉強しているわたしたちよりも彼のほうが高い点を取っていることを除いても、本当にいらつく！

サスマンは書き始めた。

「マックス、その時空座標にかんするくだりについて読みあげてくれないか。一杯おごるからさ」

ある日の午後、クロスカントリーから逃れて二階の小さな教室にこもっていると、サスマンがやってきた。

「聞いたか？」

「聞いてないに決まってる」わたしは読んでいた箇所を指で押さえた。邪魔するなと言いたいのが伝わるだろうか？「なにを？」

「ラザフォードが脚を折った」

「え？　大丈夫なの？」

「大丈夫じゃないさ。脚を折ったんだから。あんた、ばかか？」

わたしはマキサックの『一四世紀』を手にすると、投げつけるふりをした。「病棟にいるの？　それとも病院に？」

「ラッシュフォードに連れていったみたいだ。近いからな。じきに戻ってくるはずだ」

だが彼は戻ってこなかった。それっきり二度と見ることはなかった。噂によれば、大学院助手としてサースクに戻ったらしい。その結果、気の毒なスティーヴンスは無防備な立場に置かれてしまった。彼はこの仕事に就くことを熱望していて、必死で奮闘していた。学術面では問題ないのだが、それ以外はすべてが悲惨だったうえ、あのくそ女のバークレーが血のにおいを嗅ぎつけた鮫のように彼の毎日をみじめなものにしていた。スティーヴンスのことを話題にすると、わたしが好きになれないサスマンの一面が露わになる。もう少し言葉を和らげてほしいとわたしは頼んだ。サスマンは、なんなく結果を出している自分の存在が必死で努力しているスティーヴンスの目にどう映っているかに、気づいていなかった。それとも、気づこうとしていないだけなのかもしれない。

「どうしてだ？」彼は訊いた。「訓練を修了するのはたった三人、せいぜいが四人だ。おれ、あんた、グラント、そして多分ナグリー。やつをかばって、いったいなんの意味がある？」

「スティーヴンスを犠牲にしろって言いたいの？」

「だったらどうした？」

「彼は仲間よ。あんたって、本当に無神経ないやなやつね」

「あんたは急にチームプレイを始めたってわけか？」

「彼があんたの立場なら、チームプレイをするでしょうね」

「その必要はないね」

わたしはなにも言わなかった。サスマンにはそれが一番だ。

午前の運転シミュレーションのあと、図書室にあるお気に入りのデータテーブルに座って失敗の原因を探ろうとしていると、サスマンがやってきてわたしの向かいに腰をおろした。

「初めてのシミュレーションはどうだった？」

「上々よ」事実からはほど遠かった。

「どこに着いたんだ？」

「青銅器時代のクレタ島」

「わお。たいしたもんだ」

「ええ。あいにくわたしが目指していたのは、一五世紀初期のコンスタンティノープルだったんだけれどね」

「そうか。まあ、気にするな。次はうまくいくさ。スティーヴンスの話を聞いたか？」

「いいえ。どうしたの？」

「やつはイギリスのチューダー朝を目指した。正確に言うと一五八八年だ」

「で？」

「着いたのは、アルマダの海戦のただ中だった」

わたしは急いで頭の中の年表をめくった。「すごいじゃないの。アルマダの海戦は一五八八年よ」

「違うんだ、アルマダの海戦の文字通り真っただ中だ。東の海岸から約一五キロのところで、彼と彼のポッドはサンロレンソ号に一斉砲撃を受けながら人工波の中に姿を消したってわけだ。偶然とはいえ、やつがいったいどうやって安全手順を書き換えたのかを、チーフがいまも探っているところだ。バークレーは疲れたアナグマみたいな顔になっているよ。やつはかなり落ちこんでいるので、生きていく気力をなくす前に酒の力で励ましてやろうってことになっている。あんたも来るか？」

「行くわ」わたしは勉強道具をバッグに押しこむと、彼と一緒にバーに向かった。

ナグリーとわたしはスティーヴンスのためにできるだけのことをした。課外授業をし、復習をし、ノートを取るのを手伝った。グラントと文句たれのサスマンは、彼がたくましく見えるようにトレーニングをした。けれどわたしたちの努力は、彼の欠点を際立たせただけだったのかもしれない。

　時間的閉曲線についてのチーフ・ファレルの講義が終わろうとしていたとき、教室のドアが開いてバークレーがつかつかと入ってきた。スティーヴンスが青ざめた。こうなることを予期してはいたのだろうが、それがいま現実となったのだ。

「ミスター・スティーヴンス、こちらに来てちょうだい」

　たまたまなのか、意図的なのかはわからないが（バークレーとなればなおさらだ）ドアがきちんと閉まっていなかったので、一言一句残らず聞こえた。

「スティーヴンス、いますぐ荷物をまとめて。残念だけれど――あなたはくびよ」

　容赦のない言葉だった。全員が息を呑み、顔を見合わせた。途中まで進んでいた講義はきれいさっぱり消え失せ、チーフ・ファレルは廊下へと出ていった。話し声が聞こえ、やがて静かになった。チーフ・ファレルがスティーヴンスを連れて戻ってきた。スティーヴンスは手近にあった椅子にがっくりと座りこんだ。チーフは慰めるように彼の肩に手を置き、「今日の講義はここまでだ」と言い残して教室を出ていった。彼が廊下でバークレーを蹴飛ばしてくれればいいと思ったが、その願いがかなわないことはわかっていた。

　スティーヴンスはすっかり打ちのめされていて、応急手当をするためにグラントとサスマンが彼をバーに連れていった。ナグリーとわたしは彼の荷物をまとめながら、くそ女バークレーの苦痛に満ちた死に方をいくつも考えるという至福の半時間を過ごした。

出ていくとき、スティーヴンスは泣いていた。驚いたことにわたしも泣いたが、わたしたちに彼を悼んでいる時間はそれほどなかった。肉体の訓練が始まったからだ。これまでの訓練はまだまだ甘いものだったらしい。

「おはよう、諸君」ガスリー少佐は邪悪な笑みを浮かべまいとしていたが、我慢できなかったようだ。「これまできみたちは、学術的議論とやらを楽しんできたんだろうが、より〝実践的〟な訓練に取りかかるときがやってきた。残っているのはわずか四人ということだから、きみたちひとりひとりに、時間をかけた入念で徹底的な訓練ができるわけだ。目の前にあるフォルダーに新しいタイムテーブルが入っている。しっかり目を通しておくように。どういう理由であれ、欠席すると辛い結果になることを覚悟したまえ。

生き残るための基本戦略は常に逃げることだ。従って、付録Cにランニングのスケジュールを添付してある。これまでクロスカントリーをさぼっていたやつは」彼は不気味な笑いを浮かべた。「後悔することになるだろう」

ああ、どうしよう。

わたしたちは、保安部の人間をよく知ることになった。週に五回、全身を触ってくる人間のことはくわしくなって当然だ。肉体的に親密に触れ合う回数がわたしたちよりも少ない夫婦は大勢いるだろうと思う。まずわたしが知ることになったのは、ガスリーのナンバー2であるビッグ・デイヴ・マードックで、穏やかで礼儀正しい大男だった。

「おはよう、ミス・マックスウェル。今日わたしはあなたに強盗を働き、レイプし、絞め殺します。始めましょうか」

ウィッセルという肉弾戦の専門家もいた。歯並びの悪い小柄な男で、必要以上に相手に近づく癖があった。女好きの度が少しばかり過ぎているという話もあったが、実際は女嫌いに違いないとわたしは思っていた。ウィッセルとの授業にも彼の手にも常々不愉快な思いをさせられていたが、ある日、我慢の限界を超えた。

わたしは彼の手をつかんでねじりあげた。

「ああおお」彼が叫んだ。こぶしが飛んでくるのが見えたが、うまく避けることができなかった。

彼がさらに迫ってきた。

「上出来だ、ミス・マックスウェル」マードックがどこからともなく現われた。「だが彼の手首を——こんな風に——つかむほうが効果的だ。それからこうねじりあげ——こんな風に——最後は手のひらのつけ根でとどめを刺す——こんな風に」

わたしたちは、うずくまってうめいているウィッセルを眺めた。

「とてもためになりました」わたしは言った。「ありがとうございます、ミスター・マードック」

「どういたしまして、ミス・マックスウェル。親指は握りこまないように」

それ以降、わたしは必ずマードックの授業を受けるようにした。イタチ《ウィーゼル》――わたしたちはウィッセルをそう呼んだ――は、恐ろしいと感じたものを傷つけようとするタイプの男だった。彼からは距離を置き、礼儀正しい態度をとるようにしていたが、わたしが嫌っていることには気づいていたようで、いずれこの報いを受けることになるかもしれないとわたしは考えていた。

シミュレーション・プログラムは密度を増し、わたしたちは朝も昼も夜もホーキングにいるようになった。わたしはシミュレーションの授業が大好きだった。ナグリーやサスマンと冗談を言い合いながら、格納庫を歩くのが好きだった。ポッドに入り、特徴的なポッドのにおいを嗅ぐのが好きだった。ロッカーを確かめ、自分の持ち物をしまい、ごつごつした椅子に座り、一連の起動作業を行い、あらかじめ計算してあった座標をチーフ・ファレルに監視されながら入力し、大きく深呼吸をして、ジャンプを開始するのが好きだった。

その後に続く、ぞくぞくするようなシナリオに対処するのが好きだった。シミュレーションはとてもリアルだったので、ドアが開いてそこがまだホーキングであることがわかると、わたしはいつも驚くのだった。

すべてが計画どおりに進んだ任務のシミュレーションもあったが、ほんの数回だけだった。実際に計画どおりに進むことは、ほぼありえないからだ。

その時代の敵意ある人間に襲われた場合のシミュレーションをした。よくあることだ。

病気になったときのシミュレーションをした。これもよくあることだ。

ポッドが火事になった場合のシミュレーションをした。

そしてみんなのお気に入りは、乗員全員が死亡したというシミュレーションだった。これはいつも金曜日の午前中に行われるので、午後の試験に間に合うように終えることができた。これほど素晴らしい金曜日の朝があっただろうか？

最終試験が刻々と近づいてきていた。まもなく、これまでの努力が実るときがくる。ほとんど努力をしてこなかったサスマンを除いての話だが。試験の日程が発表された。どれも合格点は八〇点で、すべてに合格する必要があった。

最初の試験は月曜日で、格闘の技術についてだった。わたしは嬉々として手足を振り回し、腰や腿を狙った。ビッグ・デイヴ・マードックの攻撃をかわしただけでなく、二発ほどいいパンチをお見舞いすることにも成功した。自分を誇らしく思っていると、マードックがわたしを見てウィンクをした。

アーチェリーと射撃は楽勝だった。ガスリーが何事かを書きつけていて、それがいい兆候であることを願った。がらくたの山を与えられて、一五分で武器を作るという課題もあった。わたしは巨人ゴリアテを倒したダビデも満足するだろうと思えるほどのパチンコを完成させ、試し打ちを命じられると、二階の男性用トイレの小さな窓に命中させた。ガスリーはさらに何事かを書きつけた。

消火活動は簡単だった。電気によるものであれ、化学的なものであれ、うまく鎮火させた。いい評価をもらえたはずだ。

水曜日は護身術だった。ウィッセルがばかみたいににやにや笑いながら、乱暴にわたしを投げ続けるので、なにもできない。わたしはひときわ激しく床に叩きつけられるのを待って、下腹部に手を当てながら体を丸めて叫んだ。「ああ、赤ちゃんが！」

ウィッセルがその場に凍りついて「え……？」とつぶやいている間に、わたしは彼の脚をはらい、立ちあがり、彼をまたいで走り、警報機を鳴らした。それがこの演習の目的だ。

ウィッセルが憎々しげにわたしをにらみつけた。ガスリー少佐はなにも書くことなく、クリップボードを放り出してどこかに行ってしまった。

「ああ、どうしよう」

「いや、大丈夫だ。彼は笑っているところをだれにも見られないように、あっちに行ったのさ」横で眺めていたマードックが言った。

というわけでわたしは安堵し、木曜日のフィールド医学試験を迎えた。

まずは理論からだ。腺ペスト、コレラ、腸チフスなどの症状、単純骨折の手当の仕方、ショック症状、蘇生。なにも問題はないどころか、わたしは楽しんでいた。午後は実技だった。患者役のボランティアが敷地内に散らばっているので、そのうちのひとりを見つけなければいけない。彼らの腕には症状と怪我の具合を記したラベルが結びつけられていて、わたしたちはそれを見て診断をくだし、手当をするのだ。例によってわたしは運がいいので、イジー・バークレーに当たってしまった。

わたしたちは互いを嫌い合っている。わたしは彼女がスティーヴンスにした仕打ちを許していなかったし、彼女がわたしを嫌っていることも間違いない。見た目で言えば、わたしたちは似ている。どちらも小柄で赤毛だ。そのせいかもしれない。彼女が自分で思っているほど、わたしが彼女のことを魅力的だと考えていないからかもしれない。わからない。

バークレーはホーキングの入り口近くに倒れていた。寒さに負けじと顔まで衣服でくるみ、『天才のためのコンピューティング』だかなんだかそんな本を読んでいる。彼女のラベルには、爆発に巻きこまれたと記されていた。研究開発部のミスター・スワンソンが見守る中、わたしは彼女にあれこれと質問をし、作業に取りかかった。頭部に重篤な外傷、手足の骨折、火傷。包帯を巻き、即席の副木を当て、すべての手当を終えた。ミスター・スワンソンがなにかを書いている。わたしが満足してその場に座りこんだところで、ぐったりと横たわっているその女が言った。「ああ、そういえば、わたしに火がついているの！」

心臓が止まった。落第だ。

彼女のラベルを確かめた。

「いいえ、ついていない」

「ついている」

「あなたはそんなこと言わなかった」

「訊かれなかったもの」

わたしは大きく息を吸った。バークレーは薄ら笑いを浮かべている。これが試験であることはみんな知っている。みんな、それなりに手加減してくれた。マードックは必要もないのに何度も倒れていたし、ガスリーはわたしたちの点数をさげる代わりに、あげてくれた。ラプソン教授は包帯を巻きやすいように、折れていることになっている手足を言われる前から持ちあげていた。それなのにわたしが当たったのはくそ女のバークレーで、彼女はわたしをつぶそうとしていた。

わたしは言った。「それは大変ですね。緊急事態です。すぐになんとかしないと」

わたしは外に出て、バケツいっぱいに冷たい水を入れて戻ってくると、バークレーに頭から浴びせた。彼女は悲鳴をあげて、立ちあがった。全身、ずぶ濡れだ。素晴らしい眺めだった。わたしはあえてミスター・スワンソンを見ないようにした。バークレーはぽたぽたと水を滴らせながら、悲鳴を聞きつけて集まってきた技術者たちの脇をすり抜けていった。だれかがくすくす笑った。誓ってわたしではない。

その夜わたしは、落第だという知らせが届くのをずっと待っていた。

「落ち着け」サスマンが言った。「そんなささいなことで、どうしてあんたを落とすんだ？　あいつらはおれたちにたっぷり投資しているんだぞ。それに実際に彼女に火をつけたわけじゃない。おれならそうしてただろうがな。だがあんたは火を消してやった。全人類から感謝されるとは思わないほうがいいぜ」

彼の言ったとおりだった。バークレーは、自分の体重分くらい苦情を申し立てたに違いないが、この件についてわたしがなにか言われることはなかった。この日以来、彼女がますますわたしを愛するようになったのは言うまでもない！

次に待っていたのが、おぞましき課外サバイバル試験だった。金曜日と週末を使って行われることになっている。わたしは素手での戦闘を生き残った。応急処置と消火活動も切り抜けた。そういうわけでかなりいい気分でいたのだが、ガスリー少佐の言葉を聞いて笑っていられなくなった。わたしたちはどこか未知の場所に連れていかれ、丸二日、食べるものもなく、野ざらしにされるらしい。わたしは寒いのも濡れるのも大嫌いだったから、これが一一月の最終試験の一部だと知ったときから、計画を練り始めていた。不正ではない。間違ったことをするわけではないのだから。自分なりのやりかたで対処するにすぎない。

すでに準備は始めていた。初めてこの試験のことを聞いたときから、対策は考えていたのだ。わたしたちは別々にどこかに連れていかれ、日曜日のランチタイムまでにどうにかしてここに戻ってこなくてはならない。その点は問題なかった。そもそもわたしはこの建物から出るつもりがなかったから。

バークレーの黒のジャンプスーツを一着、失敬した。彼女は最高レベルのくそ女だから、なにかを盗むことにまったく良心の呵責は覚えなかった。人間は自分が見たいと思うものを見るものだ。灰色の服を脱いでしまえば、わたしは訓練生ではなくなる。技術者のような野球帽をかぶり、クリップボードを手にし、膝のポケットにタブレットを入れて、目的があってそこにいる人間のように振る舞えば、その場から逃げられるはずだ。

次に、ここに残るための方法を考えなくてはならない。わたしは事務室に忍びこみ、輸送車に乗せる人員のリストを探し出し、自分の名前を消して、印刷し直した。これで、それぞれの車の運転手は、わたしが別の車に乗っていると思ってくれるだろう。どの車に乗るのかと訊かれたら、「別の車」と曖昧に答えればいい。

ここまでは上々だった。あとは、二日半の間、身を隠しておく場所を見つけるだけだ。その時間を使って、直後に行われることになっているポッドの試験の準備をするつもりだったから、一石二鳥だ。わたしは人目につかないところを探した。当然のことながら、メインの建物や職員棟や公共のスペースは避けた。

ある日の夕方、病棟のエレベーターの向かいに暗い廊下があったことを思い出して行ってみた。廊下の突き当たりにある、塗料庫がよさそうだ。薄暗くて、ごちゃごちゃしていて、使われていないせいでほこりっぽいその部屋の奥には、黄色と黒のテープで仕切られたがらんとした空間があった。

壁にこんな掲示があった。

ここに物を置かないこと

L．ファレル（CTO）

そこは入口から見えない位置だったから、理想的だ。わたしは必要なものをそこに運んだ。寝袋、水、チョコレート、懐中電灯、電池、ポッドの復習ノート、バックパック。食料は前日の夜に手に入れて容器に入れ、バックパックに隠しておけばいい。静かにしていれば、見つからないはずだ。そもそも、その時間を復習に当てるつもりなのだから。不正をするのは義務のようなものだ。ほかの訓練生たちは不思議なくらい、自分の計画について触れようとはしなかった。彼らもみなどこかに、不測の事態に備えて物資を隠しているのだろうと思った。わたしと同じような計画を立てていないことを祈るばかりだ。だれも車に乗る人間がいないと、厄介なことになる。

金曜日の朝、わたしは迷彩柄の服でこれみよがしに食堂に行き、その日一日なにも食べなくても大丈夫なくらい、朝食をお腹いっぱいに詰めこんでから、そっとその場を離れた。

こんなことを言う日が来るとは夢にも思わなかったが、学校で学んだことは決して無駄にはならないらしい。授業を抜け出していた何年もの日々が、ようやく報われるときが来た。トイレに入り、タンクの上に立ち、迷彩柄の服を丸めて吊り天井の上に隠し、黒のジャンプスーツと帽子とクリップボードを取り出した。

　時々火災報知器を確認したり、書類に印をつけたりしながら、クリップボードを眺めつつゆっくりと長い廊下を進んだ。ひどく無防備な気がしたが、だれもわたしをじろじろ見る者はいなかったし、わたしの名前を呼びながら廊下を走ってくる人間もいなかったから、いなくなっていることに気づかれてはいないようだ。

　塗料庫に入り、ドアを閉めた。奥に積みあげられている蜘蛛の巣まみれの灰色のペンキの缶のうしろから、バックパックとそのほかの荷物を引っ張り出した。なにもないところのドアが開き、チーフ・ファレルが出てきたのはそのときだ。

　どちらがより驚いたのかを判断するのは難しい。わたしはその場に根が生えたように立ちつくし、本来ならわたしがどこにいるべきかに彼が気づいて、いまわたしがここにいる理由を悟り、この場でくびを告げられるのを待った。

　そうはならなかった。なにも起きることなく長い時間が過ぎ、やがて彼も同じくらいうしろめたそうな顔をしていることに、わたしはようやく気づいた。彼はいったいどこから出てきたの？　いきなり現われた。なにもないところに不意にドアが開いて、彼はそこから出てきたのだ。そしていま目の前に立っている。部屋の真ん中に。わたしたちは互いに見つめ合った。

「ミス・マックスウェル」彼はようやくのことで口を開いた。わたしがITの人間のふりをしているという事実は無視することにしたようだ。

「おはようございます、チーフ」わたしは礼儀正しく挨拶をした。

　これからどうする？　重大な危機にどう対処すべきかとふたりして悩んでいると、外の廊下から不意に声が聞こえてきた。わたしはパニックを起こし、隠れるところはないかとあわててあたりを見まわした。彼がわたしの腕をつかんだ。

「一緒に来るんだ。ドア！」

四歩進むと、そこはポッドの中だった。目をつぶっていてもわかっただろう。そのにおいは間違いようがない。まわりを見た。小さい。ひとり乗りだ。レイアウトも異なっていて、コンソールが左側の壁にあった。色も違う。通常の陰気な灰色ではなく、つまらないベージュだった。外から見えないというだけでなく、なにもかもが違っていた。

　これ以上困った事態にならないためにはなにを言えばいいのかわからなかったから、わたしは黙ったままでいた。彼も同じようなことを考えているのではないかと思った。それに、そもそも彼は口数が少ない。

永遠にも思える時間が過ぎた。バックパックが肩からずれてどさりと床に落ち、わたしたちは揃ってぎくりとした。ようやく彼が訊いた。「ここでなにをしているんだ？」

「ポッドの復習をするのに静かな場所を探していたの」わたしはそれで彼を納得させられるとでもいうように、フォルダーを取り出した。

「きみは本当なら……」

わたしは黙ってというような仕草をし、なんとも曖昧で複雑な声を出した。あなたがなにも訊かなければ、わたしは嘘をつく必要がないし、あなたもわたしたち双方が後悔するような行動を起こす必要もない。なぜなら、やるべきではないことをしているのはわたしだけではないから、といったことを伝えようとした。

わたしたちはどちらも、いま行われている重大な規則破りについて考えていた。

「紅茶を飲むかい？」

「ええ、飲みたい」

椅子がひとつしかなかったので、ふたりして床に座り、紅茶を飲んだ。

「きみは、塗料庫で……勉強するのに都合の悪い日を選んだよ。今日は在庫を調べる日で、一日中人が出入りするんだ」

ありそうなことだ。もともと、いい考えではなかったわけだ。

彼はため息をついた。「ここにいればいい」

わたしはまわりを見た。

「ぼくのポッドに」

わたしは彼を見た。

「これはぼくのポッドなんだ。ぼくだけの。ここに隠してある」

わたしは彼を見つめ続けた。

「実験用なんだよ」

「ああ、だからほかのものとは違っているのね」

「そうだ、試作品として使っている。問題がなければ、主力品として製造する」

うなずいた。

「ただ、みんながそれを知っているわけではない」

もう一度うなずいた。

彼はまっすぐにわたしを見つめた。「このことは、きみにとって問題かい？」

「いいえ」

「エドワードがそう言っていたよ」

「エドワード？」

「ベアストウ博士だ。ボスだよ。きみには、ほかのだれとも違っているところがあると言っていた。途方もないことを聞かされるごとに、きみはどんどん静かに、冷静になっていくとね。いまのきみがそうだ」

「だって、わたしは見えない部屋の中にいるのよ」

「外側からだけだ。それに〝見えない〟というのは適切な言葉じゃない」

「〝透明マント〟なんて言い出さないでね」

「カモフラージュしているだけだ。高解像度カメラと高度なコンピューター技術を組み合わせて、イメージを投影しているんだよ。ただの壁のようなシンプルな背景のときは効果的だ。だが複雑な場所――たとえばジャングルとか――では、あまりうまくいかない」

　わたしはうなずき、ポッドの中を改めて見まわした。小さな電話機のような物体が目に留まった。「電話があるの？」

「あれに気づくとは驚いたね。あれは遠隔操作装置だ。いずれ、きみも使う日が来るだろう」

　彼がなにを言っているのかさっぱりわからなかったが、とりあえずうなずいた。

「それじゃあぼくは行くから、きみは……復習をするといい。日曜日の朝六時半頃が、復習を終えて、林を抜けて東ゲートから帰ってくるのにいい時間だと思うね」

「わかった。ありがとう」

「きれいに使ってくれ」チーフはそこで言葉を切った。なにか言いたそうだったが、結局そのまま出ていった。わたしは彼の椅子に腰を落ち着け、ファイルを取り出した。

在庫管理の日だと言った彼の言葉は本当だった。一日中、だれかが出たり入ったりしていたが、その中にITのポリー・パーキンスと小柄で色黒の娘がいて、ふたりはものすごく興味深い話をしていた。ふたりが、格納庫の外の色である〝サンシャイン・イエロー〟の缶を数えていると、チーフがドアから顔をのぞかせ、わたしのほうに一切視線を向けることなく、〝ランプ・ブラック〟も数えるようにと命じた。

彼がいなくなると、ふたりは書類を置いて、お喋りに興じ始めた。

「彼って、バークレーとやっているの？」

わたしは外部音声の音量をあげ、スクリーンを見つめた。

「まさか。それは絶対にないわね、彼女はがんばっているけれど。手練手管のかぎりをつくしてるっていう感じ。このあいだのクリスマスパーティーのときなんて、まあ、すごかったわよ。見ている分には面白かったけどね」

「で、彼はどうしたの？」

「なにも。礼儀正しく、距離を置いていただけ。彼がどういう人だか、知っているでしょう？」

「まあね。彼女のこともよくわかっているし。決してあきらめたりしないわよね」

「あきらめたほうがいいかもね。彼はいま、ほかの人に興味を持っているっていう噂よ」

「そうなの？　だれ？」

「わからないの？」

「え？　彼女？　本当に？」

彼女？　彼女ってだれ？　どうしていつもわたしだけなにも知らないの？　ああ、お願いだから、はっきりさせて。

「チーフは引きずりまわされそうね」

「もうすでに引きずりまわされているみたいよ」

わたしはどうしてこんなに落ち込んでいるの？

「バークレーがあんなに怒るのも無理ないわ」

「ほんと。ざまあみろだわ」

「それに、あのうぬぼれ男のサスマンも彼女のまわりをうろついているっていう話よ」

なに？　だれ？

「このあいだ、彼女がバークレーにバケツの水を浴びせた話、聞いた？　みんな笑いをこらえるのに必死だったらしいわ。それにスワンソンは、その場で彼女のスコアを倍にしたんだって」

わお！　〝彼女〟はわたしだった。まったくの想定外だ。〝彼はわたしに興味なんてない。あるはずがない〟という声が頭の中で響いていたが、胸の内側はほんのりと温かくなっていた。

わたしはこのオアシスのような平和な場所で、四八時間近くも復習をすることができた。神経を解きほぐし、痛む体を休め、たっぷりと紅茶を飲み、サンドイッチを作り、チョコレートを食べ、眠り、そして存分に勉強をした。ときには、盗み聞きした話について考えた。作業や手順や指令に集中しようとしたけれど、あの会話の断片がしばしば邪魔をした。時折、気がつけばにやにやと笑っていた。

日曜日の朝六時半、わたしはポッドを出た。チーフの言ったとおり、いい時間だった。日曜の朝のこんな時間にはだれも起きていない。夜勤の警備員の勤務は終わりかけで、朝食のことを考えながら日誌をつけている頃だし、ほかはみなまだベッドの中だ。わたしは再び迷彩服に着替え、自信に満ちた足取りで林を目指した。激しい雨が降っていて、わたしは今回のサバイバル試験を回避したのは正しかったと改めて考えた。東ゲートまでは五キロあった。濡れた林の中を進み、木の根につまずき、水たまりに突っこみ、枝に顔を叩かれ、泥まみれになって進むうち、二週間も戸外にいたような有様になっていた。全身、ずぶ濡れだ。

二度、迷った――もともと方向感覚は鈍いほうだ――あげく、ようやくのことで東ゲートにたどり着いた。彼らはわたしを見て笑ったが、わたしがサインをしている間に熱い紅茶を持ってきてくれた。連絡してくれたらしく、中ではガスリー少佐がわたしを待っていた。少佐が疑っていることはわかっていたが、わたしはいかにも本物らしく見えた。びしょ濡れで、泥だらけで、出血していて、足を引きずっている。ほんの五キロほど歩いただけなのに。

「どうやって戻ってきた？」

「小川を見つけて、それをたどりました」

「小川をどうやって見つけた？」

「そこに落ちたんです」

「どこから入った？」

「東ゲートです」

「どうやって東ゲートを見つけた？」

「探していたのは南ゲートでした」

「おろされたのはどこだった？」

「風が吹きつけ、雨が降りしきる、だれにも知られていない人里離れた荒地でした」

「輸送車のリストにきみの名前がないようだが」

「本当ですか、サー？　わたしはこの試験を受けなくてもよかったんですか？」

長い長い沈黙。

わたしは天使のような無邪気さで彼の視線を受け止め、泥がこびりついたまつげでぱちぱちとまばたきをして見せた。わたしは不正をした。彼はそのことを重々承知していたが、いま実際にずぶ濡れのわたしを目の前にしては、できることはそれほどなかった。

「さっさと着替えて、なにか食べてきたまえ」

「はい、少佐」

イエイ！

その後、わたしはサスマンに尋ねた。「あんたはどうやったの？」

「見つからないように、おれの乗った車についてきてほしいとある男に頼んでおいた。彼に拾ってもらって、週末はラッシュフォードでクラブ遊びをしていたよ」

「え？　アシカの赤ちゃんと？」

「面白いね」

「グラントとナグリーは？」

「ふたりもあらかじめ計画していた。車に二台の携帯電話を隠しておいたんだ。GPSを使って居場所を確かめ、タクシーを呼んで、小さなホテルに泊まり、四八時間ひたすらやりまくっていたってわけだ」

　そしてその間わたしはサンドイッチで命をつなぎ、床で寝ていたのだ。ひとりで。

「このいまいましい試験をちゃんと受けた人っているの？」

「おれの知るかぎり、いないね。それが肝心なのさ。これは独創性のテストなんだ。おれたちが不正をしていることは、みんな知っている。最初からわかっているんだ。大事なのは、彼らの目をまっすぐに見て嘘をつくことだ」

　まったく、なんてこと！

　サバイバル試験については釈然としないままだったけれど、三日間にわたるポッド試験はクリアした。木曜日のシミュレーションもうまくいった。ゴールは目の前だ。もうへとへとだったから、ありがたい。最後の障害に足を引っかけるのはよくあることだ。けれどシミュレーションは最後の障害ではなかった。本当の最後は火曜日だ。火曜日が勝負だった。

第三章

火曜日は、この仕事につくために必要なものを自分たちが持っているのかどうか、それがついに判明する日だった。もう、理論や講義やシミュレーションの陰に隠れていることはできない。己の恐怖から逃げていることはできない。ようやくその日が来たのだ。わたしは布団を蹴飛ばし、ベッドから飛びおりた。こんな風に起きる朝は滅多にない。手早くシャワーを浴びて、服を着た。運がよければ、うんざりするこの灰色のジャンプスーツもこれが最後だ。廊下を駆けていき、サスマンの部屋のドアをどんどんと叩いた。

「起きて！　今日よ！」

彼がドアを開ける音がうしろから聞こえてきたが、わたしは足を止めなかった。はずむような足取りで角を曲がったところで、チーフ・ファレルにぶつかった。柔らかい壁にあたったような感触だった。彼はわたしを支えてくれて、わたしたちは笑顔で見つめ合った。これ以上鼓動が速くなったら、心臓が胸から飛び出していってしまいそうだ。「ごめんなさい、チーフ。痛かった？」

　彼は辛抱強く笑みを浮かべた。「いや、大丈夫だ、ミス・マックスウェル。今日はきみの大事な日だね？」

「そのとおりよ、チーフ。シュールズベリー、一四〇〇年頃。信じられる？」

「きみは先週、ひっきりなしにその話をしていたんじゃなかったかな。ところで、きみは八号機だ」

「素敵！　八はわたしのラッキーナンバーよ」わたしはばかみたいににやにや笑い、じっとしていられなくて片方の足からもう一方の足へと、しきりに体重を移し替えていた。

「なにか壊す前に早く行ったほうがいい、ミス・マックスウェル」

「それじゃあね、チーフ」

　わたしは卵とベーコンとハッシュ・ブラウンとグレープフルーツジュースを平らげた。ほかの人たちも朝食をとっていたが、ナグリーは皿の上のものをつついているだけだった。顔色がすぐれないように見えたし、わたしが話しかけてもうなずくだけだ。当然ながらサスマンは、わたしと同じくらいたらふくお腹につめこんでいた。

　朝食を終えたわたしたちは、衣装部に向かった。わたしに支給されたのは、目の粗い厚手のウールでできたくるぶしまでの長さの茶色いドレスだった。

「引きずるような長いドレスはなしよ」変身したわたしを眺めながら、ミセス・エンダビーが言った。「これは映画じゃないんだから。長い裾には、ほこりや泥や水や糞、ときには死んだ犬まで引っかかるの。中世の魅力的な道路を爪先立って歩くときには、きっとわたしたちに感謝するわね」彼女は親切にも、命からがら逃げなければならないかもしれないからとは言わなかった。わたしたちが目指していたのは、きちんとした家の若い妻だ。職人の妻か、もしくは裕福な家の上級メイドでもいい。無防備そうな若い未婚の娘が通りをうろついていれば、トラブルを招くようなものだ。

ドレスの下には数枚のリネンの肌着をつけ、さらにその下にはスポーツブラと保温性の高い現代の下着をつけた。早春の中世のシュールズベリーを下着もつけずにうろうろするなんて、ありえない。それにミセス・エンダビーが楽しげに語ったとおり、もしなにか問題が起きたら、変わった下着をつけていることを気にかけている暇はなくなる。

結婚していることを示すためにリネンの頭巾をかぶり、頑丈な革の靴を履き、濃い緑色のマントを羽織ってバスケットを持った。わたしたちは、必ずなにかを持つことになっている。そうすれば目立たなくなるし、手の置きどころができるからだ。

隠しポケットには防水マッチ、コンパス、浄水錠剤が、わからないように縫いこまれていた。

サスマンはヴィクトリア時代のある村で行われているクリケットの試合に、ナグリーは王政復古の頃のロンドンに、グラントはローマ時代のヨークに行くことになっている。どれも地味で平凡なジャンプなのは、これが最初で最後の単独ジャンプだからだ。ひとりで行くのは最初のジャンプだけと決められている。通常は、歴史家が最低でもふたり乗りこむことになっていた。

衣装部が時計やアクセサリーを確認したうえで、わたしたちを格納庫へと送りだした。わたしたちがどこに行くのかもその理由も、もちろんみんなが知っている。がんばってとか、幸運をとかいう声がわたしたちを追ってきた。ほかの三人がどうなのかは知らないが、わたしは心の中ででんぐり返しをしていたし、恐怖と興奮に引き裂かれそうになっていた。

格納庫は騒がしかった。今日はすべてのポッドが戻ってきていたから、大勢の人がいた。わたしたちはそれぞれのポッドに向かった。八号機は一番奥にある。チーフ・ファレルが待っていた。コンピューターがコードを読みあげ、ドアが開いた。わたしは中に入り、ぐるりと見まわした。このポッドでは、ドアの右側にコンソールがある。座標がすでに入力されているのが見えた。

「準備は整っている」チーフが言った。「このジャンプはすべて設定済みだ。きみはなにもせずに、ただ座って楽しんでいればいい。出発前のチェックをするから、少しだけ待っていてくれ」彼が膝のポケットからタブレットを取り出して、なにごとかを打ちこんでいる間、わたしはポッドの中を歩きまわり、あちらこちらを確かめていた。ロッカーのドアを開けると、携行食料がいっぱいに入っていたので驚いた。山ほどある。

「これはなに？」

「ああ、話すのを忘れていた。きみが帰ってきたらすぐに、このポッドは別の任務に出発することになっているんだ。だから一四日分の食料を積んである。トイレは使える。壊さないようにしてほしいね。焼却炉も。タンクは満タンだし、電池も充電してある。こんな簡単なジャンプはこれきりだよ。きみがすることはなにひとつない。どれくらい行っているんだ？」

「たったの六時間。シュールズベリーのことはかなりくわしいのよ。だからたっぷり見てまわりたかったのに、それ以上はいさせてもらえないの」

彼は微笑んだ。「最初のジャンプに六時間は充分だよ」

「それってリアルタイムなの？」

「いいや。きみにとっては六時間だが、ぼくには三〇分だ。きみを見送ったら、ぼくはコーヒーを一杯飲んで、それからきみの帰りを待つことになる。ぼくがコーヒーを飲み終えるより、きみの帰りのほうが早いかもしれないな」

「紅茶をいれて待っていてくれたら、向こうでのことをくわしく話すわ」

彼は小首をかしげてわたしを見つめた。「そうか、わかった」

わたしは不意に恥ずかしくなった。「いえ、違うの。そうじゃなくて、わたしはただ……その……チーフにとっては特別なことじゃないものね」

「紅茶と引き換えにこと細かに話を聞かせてもらうよ。さて、準備はいいかい？」

わたしは左側の椅子に座り、もうひとつの椅子にバスケットを置いて、計器を確かめた。ひとつ深呼吸をしてから、彼を振り返って笑顔で告げた。「ええ！」

「幸運を祈る！　行っておいで」

彼がポッドを出て行くと、わたしはいたって落ち着いた声で言った。「コンピューター、ドアを閉めて」ドアが閉まった。ここまでは順調だ。視線の先で、三号機が消えた。「コンピューター、座標を確認」

「確認しました」

もう一度深呼吸。「ジャンプ開始」

「ジャンプを開始します」

光の点滅も、日めくりのカレンダーが次々とめくられていくことも、ドラマチックな音楽が鳴り響くこともなかった。つかの間、あたりが白くなり、やがて元通りになった。はやる気持ちでスクリーンをのぞくと、そこに広がっていたのは地球上でもっともシュールズベリーらしくない光景だった。

見渡すかぎり、緑の草原が広がっている。地平線の彼方には、澄んだ青空を背景に雪を頂いた山々がそびえたっている。ここがどこなのか、いまがいつなのかはわからなかったが、シュールズベリーでないことだけは確かだ。カンザスでもないだろう。わたしは思わず「くそっ！」と口走ったあと、ひょっとしたら角を曲がったところにシュールズベリーが隠れているかもしれないと別のカメラに切り替えた。だが、角はなかった。シュールズベリーはなかった。なにもない。ただ風に揺れる草があるだけだ。

わたしは座ったまま、しばし考えた。「コンピューター、年代と位置を確認して」

「シュールズベリー、英国、一四〇八年」

「コンピューター、ジャンプの残り時間を確認して」

「五時間と五六分です」

目の前に広がるのはシュールズベリーとはほど遠い風景で、わたしの思い描いていた一日は幻となってしまったのだから、すぐに戻るべきだろう。でも……

「ドア」

ドアが開き、ひんやりした新鮮な空気が流れこんできた。わたしはゆっくりと立ちあがった。ドア口に立ち、ドア枠の両側に手を当てて、用心深く外を眺めた。

草原がざわざわと風に揺れていた。雲ひとつない空で太陽が輝いている。風以外、なんの物音もしない。

わたしはポッドの中を振り返り、しばし動きを止め、それからまたドアを見つめて考えた。緊急帰還をコンピューターに命じれば、その言葉を言い終わったかどうかわからないうちに、わたしはセント・メアリーに戻っているだろう。速くて安全だ。だからこそ、緊急事態にのみ許されている。わたしはいるべきではないところにいるのだし、そうすることが慎重で分別ある人間の取るべき行動だろう。けれどわたしは歴史家で、慎重で分別があるのはそれ以外の人間だ。いま、なにかの危険にさらされているわけではない。考えられる最悪の事態は、退屈な午後を過ごすことくらいだ。

乗組員が緊急帰還を要請するのは、実際に火に包まれていたり、重傷を負って出血したりしているときだ。わたしは？　どんな緊急事態だと言えばいい？〝あそこはシュールズベリーじゃありませんでした〟では、通らないだろう。外を探検もせずに、そんなことをする意味があるだろうか？　ポッドはあと五時間、どこにも行かないのだ。

一方で、ポッドに重大な誤作動があったことは確かだ。もし外に出たら、このいかれたポッドはわたし抜きでどこかに行ってしまうかもしれない。そうなったら、わたしはものすごく困ったことになる。だれもがわたしは一五世紀のシュールズベリーに行ったと思っているのだから。分別のある人間は、絶対に外には出ないだろう。

わたしはバスケットを手にすると、ドア口にはさんだ。ドアが閉まらなければ、ポッドはジャンプができない。理論上は。

ドア口に立ち、わたしは大きく一歩踏み出した。なにも起きなかったので、もう一歩進んだ。ここがいつ、どこなのかはわからなくても、わくわくする思いは変わらなかった。わたしはいま、別の時代にいる！　わたしは歴史家だ！　両手を広げ、その場でぐるぐると回った。わたしは歴史家！　これから見るだろうもののことを思った。大声で叫んだ。「そうよ！」側転をしたら、マントがはずれた。

ちょっと落ち着いたほうがよさそうだ。最初のジャンプを最後にはしたくない。手順によれば、まずすべきは身の安全を確保することだ——歴史家が、しばしば二の次にすることだった。わたしは屋根によじのぼり、三六〇度ゆっくりと回ってみた。次に目の上に手でひさしを作り、今度は反対方向に回った。コンピューターは静かなままだ。なにかが近づいているという警報は鳴らなかった。ここがどこで、いつなのかさっぱりわからないままであることに変わりはなかったが、この世界になにもないことはわかった。地平線から地平線まで視界を遮るものはなにひとつない。煙もあがっていないし、飛行機雲もないし、鳥すら飛んでいない。ただ風に草が揺れているだけだ。わたしは完全にひとりだった。

怖いと思うべきなのかもしれないが、今回のジャンプはほんの六時間のことだし、大学であれだけのときを過ごし、大学院や考古学の勉強にさらに時間をかけ、その後セント・メアリーで訓練を受けたあとだったから、ただここに立って目を閉じ、顔いっぱいに日光を受け、沈黙に耳を傾けているだけで、充分に満足だった。

しばらくたったところで、もっと居心地よくできると気づいたわたしは屋根からおり、紅茶を入れ、食料が入っているロッカーから高エネルギーのチョコレート・バーを一本くすね、地面にマントを広げ、ポッドの日の当たる側にもたれて座った。

帰還ジャンプまであと六〇分とコンピューターが告げるまで、わたしは日向ぼっこを楽しんでいた。やったわ！　これで任務修了！

手早くあたりを片付けた。歴史家は決して散らかったポッドでは戻らない。わたしは落ちているものをすべて拾い、なにも残しているものがないかどうか、外部の異物落下《FOD》チェックを行い、それからうっかりなにかを持ってきていないか、ポッド内部の《POD》チェックを行った。これはとても大事だ。もしなにかを持ってきていたら、ポッドはジャンプしてくれない。畳んだマントをバスケットに入れ、椅子の上に置き、チョコレートの包み紙を燃やし、顔と手を洗ってから椅子に座り、残り時間を示す数字が減っていくのを眺めた。

残り三〇分になったところで、コンピューターが再び声をあげた。残り一〇分、五分、一分と同じことが繰り返され、とうとう残り三〇秒になった。まもなくわたしはセント・メアリーに戻り、シュールズベリーがどこにあるのかさっぱりわかっていない技術者たちを怒鳴りつけ、チーフと紅茶を飲み、病棟で健康チェックをし、なにか公式の書類にサインをし、うんざりする灰色のジャンプスーツを青に替え、わたしの人生から〝訓練生〟という言葉を捨て、正式な一人前の歴史家になるのだ。世界を見に行くのだ。

「一〇秒前、九、八」コンピューターが言った。「五、四、三」そしてその声が止まり、コンソール全体が黒くなった。

くそいまいましいコンソールが黒くなった。

今度こそわたしはパニックを起こした。心臓が止まり、胸が痛み始めてようやく息をしていないことに気づいた。コンソールの縁をつかみ、わたしは叫んだ。「だめ、だめ、だめ、だめ！」パネルを叩いたが、どういうわけかまったく効果はなかった。

必死で気持ちを落ち着かせようとした。もう一度明るくなることを切に願いながら、ひたすらコンソールを見つめた。こんな話は聞いたことがない。黒いパネルなど見たこともなかった。ポッドが故障したことはないからだ。最悪だ。わたしはどこだか未知の場所で立ち往生しているのだ。ポッドは一四〇〇年代のシュールズベリーにいると思われているから、捜索はそこで行われるだろう。どこにいるのかをわたし自身がわからないのに、彼らにわかるはずもない。なにもかも自分のせいだ。ジャンプが失敗だとわかった時点で、すぐに戻るべきだったのだ。そうすればこんなことにはなっていなかったのに。

「コンピューター」

反応はない。

「コンピューター、現状を報告して」

無言。

「コンピューター、ドアを開けて」

ドアは動かなかった。

わたしは手動レバーを動かし、ドアを開けた。まだ電源はあるし、食べ物も水もある。ただポッドが動かないだけだ。単なる小屋と化してしまっている。明かりを消し、再びつけた。外はぐっと寒くなっていたので、ドアを閉めた。太陽が低くなっている。じきに夜がくる。

迷ったときには、紅茶をいれろ。わたしはセント・メアリーの人間だ。だれかを殴っても問題が解決しないときは、紅茶を飲めばいい。マントを膝にかけて椅子の上で小さくなって座り、紅茶を飲みながらどうすればいいだろうと考えた。なにもできることはないという結論に達するまで、さほど時間はかからなかった。パネルをはずして中を調べてもいいけれど、肩をすくめて元通りにするのがおちだ。電子工学については、わたしよりもティーバッグのほうがきっとくわしいだろう。わたしにできることはない。どうにもならない。

不思議なことに、そう結論づけたことで肩の荷がおりたような気がした。どうにもならないことは、どうにもならない。これ以上、事態が悪くなることはない。

そう考えたところで、太陽の最後の光が消えた。電力を節約するために、わたしも太陽と一緒に眠りにつくのが賢明なのだろう。けれどそもそもわたしは普段でもあまりよく眠れないほうだし、今夜はとても眠れそうにない。そこでその時間を生産的に使うことにした。ポッド内のドアや引き出しを片っ端から開け、中にあるものを確かめていった。

食料はだいたい一四日分あった。一日に二食にすればもっともつ。水も同じようなものだ。トイレは使える（いまのところは）し、焼却炉も使える。古臭いメモ帳が二冊あったから、たったいままですっかり忘れていたけれど、日誌をつけることができる。わたしには大きすぎるものの、荒天用の服とブーツがあり、さらにはマッチ、コンパス、浄水錠剤、睡眠カプセルが二台、少し妙なにおいのする予備の毛布もあった。状況はそれほど悪くない。

わたしは携行食料の山に片手を突っこみ、ふたつのトレイを適当に引っ張り出した。チキンカレーと煮リンゴ。兵士にこんなものってどうなの？　煮リンゴを放り投げ、代わりにスティッキー・トフィー・プディングを取り出した。たとえ見捨てられてひとりで死んでいくのだとしても、煮リンゴが最後の晩餐だなんてまっぴらだ。

食事はなかなかおいしかった。幸いというかなんというか、わたしは料理がものすごく下手なので、食べるものに要求するレベルが低い。機内食は素晴らしいと思っているくらいだ。赤いタブを引っ張って温め、ぱくぱく食べた。食べたあとは顔と手を洗い、髪をほどいて三つ編みにし、服を脱ぎ、睡眠カプセルのひとつを引っ張り出した。カプセルはわたしをすっぽりと包みこみ、わたしの体が冷えていることを感知すると、温度をあげ始めた。すすり泣くのにふさわしい時と場所があるとすれば、それはいまだったけれど、わたしは泣かなかった。

長い夜だった。長い、長い夜だった。何度かうとうとはしたと思うけれど、それほど長い時間ではない。英国の国王と女王、そしてその配偶者を順に頭の中で並べていった。バラ戦争の原因について、小論文を書いてみた。お気に入りの一〇冊の本、一〇本の映画のリストを作った。長い夜だった。

スクリーンに冷たい灰色の光が現われるのを待って起き出し、紅茶をいれた。

もう一度コンピューターに話しかけてみたが、なんの反応もないままだった。昨日のいまごろは、セント・メアリーで朝食をとっていたことを思い出すまいとした。

ルーティンを確立することが大切だと訓練で教わっていたので、一日のスケジュールを立てた。ポッドの掃除をし、身づくろいをし、睡眠カプセルを片付ける。午前の半ばくらいにブランチをとる。屋根にのぼって人間がいる兆候がないかを探す——もしあったとしても、そこに向かっていくべきなのか、それとも逃げるべきなのかはわからなかったけれど。一時間ほど歩くか、走るかする。あたりはいたって平坦だったから、それなりの距離を走ってもポッドが視界からはずれることはなかった。寒さを感じるまで、日なたで読書をする。ポッドに入り、片付ける。食事をする。再び読書をする。その日の日誌を書く。ベッドに入る。ちゃんと眠る。

二日間はそうやって過ごした。悪くなかった。三日目、メモ帳の貴重な一ページを使って山をスケッチしていたとき、頭の中でなにかがひらめいた。悪い暮らしじゃない。必要なものはすべて揃っている。天気はいいし、安全だし、読むものはあるし、食べ物も充分だ。

そうでしょう？　少なくとも二週間は快適に過ごせるだけのものが揃っている。

さらにひらめいた。ほかに使えるポッドがあるのに、またすぐに出発できるように、このポッドにたっぷりと食料が積みこまれていたのはあまりに都合がよすぎる。

わたしは笑いだした。チーフ・ファレルが、信頼できないポッドに訓練生を乗せるとでも思ったの？　ひとりで送り出されたのはこれが理由だったのだ。シュールズベリーで午後を過ごすことがテストだったのではない。これが本当のテストだ。救出される望みも援護もなく、どこかわからないところで、ひとりで生き延びることが。だから、チーフが自分で座標を入力した。だからすべてが自動で行われた。ただじっと待っていれば、一二日のうちにポッドが再稼働し、何事もなかったかのようにわたしをセント・メアリーに連れ帰ってくれるだろう。もちろんわたしは、それまで耐え抜いてみせる。もしわたしが間違っていたなら、一二日後にはばかみたいに見えるだろうけれど、ここにはだれもいないのだから。

時間はゆっくりと過ぎていった。変わることのない風景のなかで、昨日と同じ今日が繰り返される。わたしは日の当たるところに座り、ぼーっとしながらとりとめのないことを考えた。いまのこの瞬間につながる一連の出来事を思った。少しだけ、子供の頃のことを思い出した。わたしは、これまでずっとひとりでいたかったのだろうかと考えた。ずっとひとりでいたくなかったのだろうかと考えた。

日誌を書いた。五〜六ページにわたって技術的な不具合について記し、いくつかのスケッチを添えた。自分自身と長々と語り合った。新しい髪型を試した。一四日目になにが起きるのかを、できるだけ考えまいとした。それが宇宙の仕組みなので、一三日目のすぐあとにその日はやってきた。わたしは一日中ポッドにこもり、コンソールが再び明るくなるのを待った。

明るくなることはなかった。

昼になり、午後になった。

わたしはただじっと座っていた。

太陽が傾き始めた。影が長くなっていく。完全な無音。

なにも起きなかった。

暗くなり始めた。それでもなにも起きない。

わたしは膝の上でぎゅっと両手を握りしめた。暗闇の中で、ただじっと座っていた。

なにも起きない。なにひとつ起きない！

自分で招いたことだという声が、頭の中で鳴り響いた。わかっているべきだったのに！

緊急事態だと判断して、すぐに戻るべきだったのだ。そうできたときに、システムがまだ動いていたときに。わたしは調子に乗りすぎた。

いつのまにかうとうとしていたらしく、一五日目の早朝、寒さで目が冷めたときにはからだ中がこわばっていた。残っているものを調べてみた。食料が三日分とそれよりいくらか少ない程度の水。明らかに家に帰る潮時だ。

でも……でも……でも……ひょっとしたらこれがテストかもしれない。充分な食料がある安全で静かな場所に置き去りにされることが、どれくらいの困難と言えるだろう？　救助の望みが消え、食料や水がなくなってからが、本当のテストなのかもしれない。

　どんな感じだろう？　酸素なしで三分。水なしで三日。食べるものなしで三週間。ポッドを出て水を探しに行き、救出される万一の可能性を逃す？　それともここでじっと待ち、脱水で死ぬ前に助けが来る可能性に賭ける？　あまりいい死に方ではないと聞いているけれど。まだ自分自身にもその名前を口にする覚悟ができていないチョコレートまみれのだれかさんに組み敷かれて、快楽のあまり死ぬ以外に、いい死に方なんてあるだろうか？　食べ物を制限するべき？　そうすればあと二日か三日はもつ。それとも好きなだけ食べて、ただ死ぬのを待つ？

　一五日目が終わった。わたしはメモ帳を取り出し、遺体が発見されたときのために、わたしがだれでなぜここにいるのかを書き残しておこうかと考えた。ふん、くだらない。発見した人間が、勝手に悩めばいいことだ。

唐突に、冷たくなった紅茶を前にして座っているチーフの姿が浮かんできて、自己憐憫の涙をこらえなくてはならなかった。わたしの名前は記念碑に記されるだろうか？　厳密に言えば、まだ歴史家ではないから入れてもらえないかもしれない。ポッドの外で膝を抱えて座り、悲観的なことを考えながら目を閉じたそのときだった。カチリという音がして、ブーンという音が続き、オックスフォード・ストリートのクリスマスのディスプレイのようにコンソールに明かりが灯った。ライトが点滅し、応答を待っている。

わたしはよろめきながら立ちあがり、スカートにつまずきながら、ポッドの中へと駆けこんだ。計器はまったく正常に見える。カウントダウンの数字は四で、続けるかどうかの確認を待っている。

気を失うかと思った。どすんと座りこみ、内臓が元の位置に収まるのを待った。気持ちが落ち着いたところでドアを閉め、ロッカーを蹴飛ばして閉め、睡眠カプセルを片付け、水で顔を洗った。全部で三〇秒しかかからなかった。椅子に座り、落ち着けと心臓に命じ、カウントダウンを開始した。世界が白くなり、かすかに揺れ、そしてわたしは戻っていた。

ああ、神さま、戻ってきた！

スクリーンをのぞくと、そこにいつもと変わりないセント・メアリーがあることに驚いた。ここの間抜けたちは、わたしがどんな目に遭っていたのか知らないの？　そう考えてから座り直した。もちろん、知っているに決まっている。結局のところ、わたしはなにひとつ危険な目には遭っていないのだ。彼らが冷静に振る舞うなら、わたしもそうするだけのこと。除染ユニットを稼働させ、冷たく青い光が効力を発揮している間、座って待った。チーフが湯気のたつカップを持って、こちらに近づいてくるのが見えた。彼がドアをノックした。

「だれかしら？」わたしは訊いた。

〝生意気な〟という言葉が聞こえてきそうな間のあとで、彼が言った。「ルームサービスだ」

わたしは笑いながらドアを開けた。彼はわたしに紅茶のカップを手渡すと、機器類を順にシャットダウンしていった。ポッドの外では、作業員たちがケーブルをつないでいる。

「どうだった？」

「問題なかった。食べて、読書をして、日差しを浴びながら作業をして。セント・メアリーの一番の秘密のことを考えていた。感心したわ。本当に感心した。こんなことになっているなんて、わたしだけじゃなくてだれひとり、夢にも思っていなかった。何年もの間、セント・メアリーはどうやって秘密にしていたの？」

「このことを知る人間はみんな、秘密にしておくことの利点をわかっているんだ。これは最高に価値のあるテストだ。最高に神経をすり減らすテストでもあるけれどね。きみにとってもぼくたちにとっても」

「この紅茶、すごくおいしい」

「最後に飲んだのはいつ？」

「二日前」

「それじゃあ、ぴったりだったわけだ。食料がなくなりかけて、でも救助を求めてどこかにさまよい出たりしない、ぎりぎりのところを見定めなきゃならなかった。いつ行くつもりにしていた？」

「そのつもりはなかった。わたしを飢え死にさせたりしないってわかっていたもの」

「知ったかぶりは嫌われるぞ」

「それって、わたしは落第っていうこと？」

「いいや、ミス・マックスウェル、きみはトップで合格だよ」

やった！　未来はわたしの前に輝かしく開けている。

「ほかの人たちは？　もう戻ってきた？」

チーフは顔をしかめた。「グラントは、いるべきところではないところにいると気づくと、すぐ緊急帰還を作動させた。もちろん、それが正しい手順だ。ナグリーも同じだった。

だが残念なことに、彼女は冷静さを失っていて、その後ここから去った」

「出ていったの？」

「我慢できなかったらしい。グラントと喧嘩腰で言葉を交わしていたが、すぐに出ていったよ」

「わたしになにか伝言は？」

「いや、ない」

心が痛んだ。わたしたちは長い間一緒に過ごしていたし、女性はわたしたちふたりだけだったのだ。わたしは彼女が好きだった。それなのに彼女は、さよならも言わずに出ていってしまった。

「サスマンはテストの本当の目的に気づいていたと言っているが、あまりに退屈すぎるということで五日目に緊急帰還してきた。ポッドを出て最初に会った技術者――ミスター・ディーターだった――に殴りかかって、その結果、意識を取り戻すまで残りの日々を病棟で過ごす羽目になった。帰ってきたのはきみが最後だ」

「それっていいこと？　それとも悪いこと？」

「考え方によるね」

わたしは残りの紅茶を飲みほすと、とにかく恐ろしいの一語に尽きるフォスター医師のところに向かった。患者の扱いがうまい医師の対極にいるのが彼女だ。

「入って、マックスウェル」彼女はデータを開いてから窓枠に腰をおろし、ポケットを探って煙草を取り出した。火をつける。

「備えつけの食料品以外のものを摂取した？」

わたしは煙探知機に目を向けながら答えた。「いいえ」

「何年も前に電池ははずしてある」チーフ・ファレルは、煙探知機と火災報知器を相手に勝ち目のない戦いをしているようだ。「このタイムライン以外の人間と性交渉をしたり、体液を交換したりした？」

「残念ながらしていないわ。このタイムラインでも」

「余計な情報ね。どこかに怪我は？　傷を負ったとか、皮膚にひび割れや発疹やなにか異常は……？」質問は延々と続いた。しばらくすると、彼女は窓の外に吸い殻をはじき飛ばした。外からわめき声があがった。

「そこに立つなって何度も言ったでしょう、ピーターソン。バカじゃないの！」

わたしがただひたすら退屈な一六日間を過ごし、命にはまったく危険がないことが認められると、今度はミセス・パートリッジのところに行かされ、今後わたしの身に起きることはすべて自己責任だというようなことが記された何百枚という書類にサインさせられた。

次にわたしが向かったのは衣装部で、そこで青色の制服ひと揃いとそれ以外の必要品を渡されたあと、再びミセス・パートリッジのところに戻った。職員棟の大きめの部屋か本館の部屋かどちらかを選ぶようにと彼女に言われ、わたしは本館の部屋を選んだ。バスルームがついていたからだ。

わたしに与えられたのは、東側の小さな踊り場にある屋根裏部屋だった。向かいがフォスター医師の部屋で、反対側には歴史家のカリンダ・ブラックの部屋がある。わたしの部屋は長細くて、湖が見える表側に面した小さな窓と、平屋根が見える低いベンチが置かれた大きめの窓があった。家具はセント・メアリーらしく最小限だ――ナルニア国物語に出てくるような衣装ダンス、ベッド、ソファ、本棚、データテーブル。けれど小さなバスルームがある。どういうわけか、トイレを使うにはかぎ爪足がある巨大なほうろうのバスタブを乗り越えなければならないにしても。

ラグ、数枚のポスター、お気に入りのあれこれをピンで留められるようにコルクボードを買った。さらに、維持管理部から古いテーブルを盗んできた。どこに行くにも手放すことのなかった絵の道具や、ビスケットの缶とケトルや、そのほか必要な様々なものの置き場所が必要だったからだ。

でこぼこの床も穴だらけの壁も、わたしは自分の部屋のすべてが気に入っていた。だれも入ることのできない、本当に自分のものだと言える部屋を持ったのは初めてだ。本を並べ、衣装ダンスに青い制服を吊るし、次はなにが起きるのだろうとわくわくしながら待った。

第四章

次に起きたのは、現実と直面することだった。わたしが歴史家になって二週間のうちに、ふたりが死んだ。訓練は厳しくて、難しくて、骨が折れて、恐ろしくさえあったけれど、切り傷や痣やたまの単純骨折以外は、とりたてて危険なものではなかった。けれど歴史局の正式な一員となったいま、すべてが変わった。

歴史局には、本来必要とするだけの人員が揃っていなかった。一二人いるべき歴史家は、わたしたちが加わるまでわずか四人だった。アン・マリー・ロワーとトム・ベイヴァーストックが上級歴史家で、ティム・ピーターソンとカリンダ・ブラックはつい最近、資格を得たばかりだった。それにわたしたち三人を加えて、全部で七人だ。

「こんなに多かったのは久しぶりらしいぞ」とサスマンが言ったが、それも長くは続かなかった。

マンチェスター出身で産業史を専門とする、カリンダ・ブラックは、次の調査の準備を整えていた。ピータールーの虐殺は、進行中の〝民主主義の歴史〟の調査の一部で、ほかにはワット・タイラーの乱やラニーミードで行われたマグナ・カルタの署名といったものの調査も行われることになっている。ベイヴァーストックとロワーはワット・タイラーの乱に行く予定で、グラントとサスマンとわたしは、おとなしくしていつもと変わりないように見せかけていれば、少なくともだれかひとりはラニーミードに行けるのではないかと考えていた。ともあれ、まずはピータールーだ。

カリンダはピータールー行きを熱望していたので、一年分の下剤を飲んで、しつこい腹痛を我慢していたのだが、ある日の朝食の席で体をふたつ折りにして苦しみだし、ただの消化不良だと大声でわめいたにもかかわらず、病棟へと運ばれていった。

わたしは、午前中を図書室で過ごそうかとぼんやり考えながら座っていた。サスマンはどこかに行ってしまい、わたしはぐずぐずと紅茶を飲みながら、なかなか動く気になれずにいた。グラントが突然、隣に座ったので、驚いて飛びあがった。彼の顔は興奮で真っ赤に染まり、スコットランドなまりがいつもよりもひどい。「聞いたか？ ブラックは盲腸らしい。いま手術している」

本当なら心配するべきなのだろうけれど、まずは大事なことをはっきりさせなければ。

「それじゃあ、だれがピータールーに行くの？」

「もちろん、ぼくたちのうちのだれかだ。そうだろう？」

わたしたちは見つめ合った。わたしはゆっくりと立ちあがった。「悪いけど、わたしは午前中図書室にこもらなきゃならないの。読まなきゃいけない人類学の論文が山ほどあるのよ」

「ぼくもだ」グラントはなにげなさそうに応じた。「残念だね」

わたしのほうが先にドアを出たが、ホールを走っているあいだに彼に抜かれ、図書室には彼が先に着いた。歴史家のなかでは分別のあるドーソン博士はすでにふたつのファイルを用意して待っていたから、意味のないことだったけれど。わたしはいささか申し訳ない気持ちになった。

「サスマンは？」

ドーソン博士は眼鏡を拭いた。「ああ、彼ならとっくに自分のファイルを持っていったよ。残念ながら、きみたちよりかなり先んじているね」

あの男！

グラントとわたしは顔を見合わせ、無言のままその場を離れた。わたしは腰をおろし、資料に目を通した。

一八一九年八月、六万人の群衆がマンチェスターのセント・ピーターズ・フィールドに集結した。彼らは貧困撲滅と民主化を求めていて、当局にとっては好ましくない存在だった。だが参加者たちはその日を家族で過ごす楽しい一日ととらえていて、晴れ着を着て、子供たちを連れて集まっていた。

まったく異なる理由から、同じくらいこの日を楽しみにしていたのが、ヒュー・バーリー大尉率いる義勇騎兵団だった。地元の工場主と商店主で構成されていたこの騎兵団は、労働者たちが選挙権と充分な食料を得ることを歓迎しなかった。

地元の治安判事は群衆のごく一部に対して即時解散を通告すると、それで義務は果たしたとばかりに、酔った義勇騎兵団にあとを任せた。彼らは荷馬車の上で演説をしていたヘンリー・ハントを逮捕するべく、群衆の間を進んでいった。人々が腕を組んで壁を作りそれを阻止しようとすると、ぐでんぐでんに酔っていた騎兵団たちは彼らを切りつけた。人々は逃げまどった。この騒ぎが騎兵団に対する攻撃とみなされ、六〇〇人の騎兵連隊が群衆に突撃した。女性と子供ひとりを含む一八人が死亡した。この件で軍は、摂政皇太子から成功をたたえるメッセージを受け取っている。

この任務はサースクから依頼されたもので、指示は簡潔だった。観察して、確認する。ごく基本的な任務だ。だれが行くことになるだろうと考えた。わたしの専門分野ではないし、第二分野でもない。もちろんサスマンも違う。グラントの専門はフランス革命だったから、一番近いと言えるだろう。けれど彼はおとなしくて、見過ごされることが多い。事実上、わたしかサスマンのどちらかだ。

ファイルに二度、目を通してから、ランチに向かった。食堂には薄ら笑いを浮かべたサスマンがいた。

わたしは彼の向かいに座り、サンドイッチの包みを開いた。

「ろくでなし！」

「早起きは得するのさ」彼は得意げに言った。「もうあがいても無駄だよ。おれがもう志願した」

「でもまだ決まったわけじゃないでしょう？」

「ほかにだれもいないだろう？」

「あら、いるわよ。グラントの専門は初期のビザンチンよりも、ピータールーに近いもの。っていうか、どんなものだって、初期のビザンチンよりは近い」

「古代文明を除けばね。現実を見ろよ、マックス。あんたの専門はピータールーからかけ離れている。それにあんたは女だ」

「そのとおり。チームは男性と女性でペアを組むことになっているんだから、あんたたちのどちらにもチャンスはない。ピーターソンはわたしを選ぶわ」

「暴動の場に女は行かせない」

「くだらないこと言わないでよ。暴動なら自分で起こしてきたから。選ばれるのはわたし」

「死体になりたいのか？　もちろんおれに決まっている。おれはトップで卒業……」

「わたしのほうが二点上だった」

「……おれは、あの時代のことを知っているんだ。概要も読んだし、もう手をあげた。おれになるのは間違いないね。それに一番背が高いのもおれだ」

わたしは口を開きかけたが、不意にグラントが現われたので、言葉が出てくることはなかった。彼の顔を見るだけで充分だった。興奮と誇らしさであふれんばかりだし、にやついた顔は、宇宙からでも見えそうだ。

「嘘だ」サスマンが言った。「ありえない。上はなにを考えているんだ？」

彼は時々、とんでもなく無神経な間抜けになる。

「あんたって時々、とんでもなく無神経な間抜けね」わたしはそう言うと、がっかりした気持ちを飲みこんでグラントに向き直った。「おめでとう。あなたが一番乗りっていうわけね」

グラントはまだ胸がいっぱいでなにも言えないのか、うなずいただけだった。

「すごいわ」わたしはそう言いながら、テーブルの下で無神経な間抜けを蹴飛ばした。「いて！　ああ、本当にすごいな」グラントが顔をしかめたので、わたしはもう一度彼を蹴飛ばした。「やめてくれないか？」

わたしはグラントを示しながら言った。「これは彼の初めての任務なの。わたしたちの初めての任務ってことよ。祝ってあげなさいよ」

「そうだな、たいしたもんだよ、ケヴ。出発はいつだ？」

「明日の午後だ。ピーターソンのブリーフィングが……」彼は腕時計を見た。「……いまから始まる」あわてて立ちあがった拍子に、椅子につまずいて転びそうになった。

サスマンが、まだ手をつけていなかったサンドイッチを彼に渡した。「ほら。転ぶ前に食べたほうがいい。持っていけ」サスマンはまったくのろくでなしだと結論づけたところだったから、わたしは驚いた。サスマンについて言えることがひとつある――彼にはいつも驚かされる。

その夜わたしたちは、グラントからブリーフィングの内容を聞いた。

「いまだにぼくが選ばれたのが信じられないよ」彼は何度かそう繰り返し、そのたびにわたしは、もっともだと言い出す前にサスマンを蹴飛ばした。

「あなたはふさわしい人よ。すごく熱心に取り組んできたもの」そのとおりだった。サスマンやわたしのように目立つことはなかったが、彼は地味で辛い作業に何時間もこつこつと取り組んでいた。これで、彼はサスマンとわたしの上に立つことになる。彼はまだ気づいていないけれど、いずれ気づくだろう。サスマンが気づいたときが見ものだ。

翌日、わたしたちは彼を見送った。ピーターソンと並んで格納庫を堂々と歩いていく。その決意と誇りに満ちた表情に、わたしは胸がいっぱいになった。サスマンですら、手を叩き、口笛を吹いている。彼らはポッドの入り口で足を止め、手を振り、そして中へと入っていった。一、二分後、チーフが出てきて全員を安全線のうしろまでさがらせた。三〇秒後、彼らは行ってしまった。

ふたりが帰還する時間に合わせて、格納庫に向かった。不機嫌ではあるものの、体調は回復しつつあるカリンダ・ブラックも一緒だった。なにもかもをわたしたちに話したくてたまらないグラントが、有頂天でポッドから転がるようにして出てくる様が見えるようだった。

わたしはサスマンを小突いた。「行儀よくしてね」

彼は気を悪くしたようだった。「当たり前だ」わたしたちは顔を見合わせ、にやりと笑った。じきにわたしたちの番が来る。

五番のライトが点滅した。わたしたちは構台の上で身を乗りだし、グラントを英雄として迎える準備を整えた。彼はわたしたち三人の中で真っ先にジャンプをした。なにか特別なことをしてもいいはずだ。病棟から解放されたらすぐに、派手に祝う予定にしていた。

ポッドが具現化した。なにも起きなかった。

理由はわからないけれど、背筋がぞくりとした。チーフ・ファレルの言葉が昨日のことのように思い出された。〝わかるようになる〟。わたしは実際にいまなにかを感じていたし、それはわたしだけではなかった。格納庫が静まりかえった。

チーフ・ファレルがポッドに近づいていき、ドアをノックし、そして中に姿を消した。

「医療班」という声があがるのを待ったが、なにも起きない。隣でカリンダが「ティム」とつぶやき、ますますその顔が青くなった。わたしがつつくと、サスマンがスツールを運んできた。

永遠にも思える時間が過ぎて、血まみれのピーターソンを支えながらチーフがポッドから出てきた。ピーターソンはまっすぐ立って歩いているから、あの血は彼のものではなさそうだ。ということは……

ピーターソンは構台を見あげて、首を振った。フォスター医師がどこからともなく現われてポッドに入っていき、ドアを閉めた。ディーターが格納庫から人々を追い出していく。わたしたちはカリンダに手を貸しながらバーに行き、ピーターソンが来るのを無言で待った。一時間後、青い顔をして片方の目の上を縫った彼がやってきた。サスマンとわたしは互いを支え合うようにして、身を寄せ合って座っていた。体の中が空っぽになったようだ。

カリンダが訊いた。「なにがあったの？」

長い沈黙のあと、ピーターソンがぼそぼそと答えた。「彼は慣れていなかった。ぼくは彼をちゃんと監督していなかった」彼は恐る恐る自分の額に触れた。「騎兵団は酔っていた。女性がひとりと彼女のふたりの子供が騒ぎに巻きこまれた。グラントは彼女たちに駆け寄った。子供たちを抱きあげて、騒ぎの輪から放りだした。女性をつかんだとき、後頭部を切られた。脳みそがこぼれた。彼の体はあっちこっちに転がされて、ぼくはなかなか彼のところにたどり着けなかった。叫んだり、怒鳴ったりしたよ。彼を肩にかつぎ、騎兵連隊から逃れてポッドに戻った。だが遅すぎた。どうすることもできなかった」彼はわたしたちに言った。「きみたちふたりは今日のことを忘れずに、しっかりと学んでほしい」

うなずいた。

心の中で、わたしは写真を眺めていた。セント・メアリーでの初日、書類をまとめていたグラント。教室でわたしと並んで座っていたグラント。顔をしかめ、一心にデータを整理していた。ナグリーと顔を寄せ、タブレットを見ながら笑っていた。スティーヴンスを一生懸命助けようとしていた彼の優しさを思い出した。けれど一番心に残っているのは、最初にジャンプをすることになって誇らしさにはちきれそうになっていた彼だ。目立ちたがりのサスマンやマックスウェルではなく、真面目な働き者が栄誉を手にしたのだ。まぶたの裏がちくちくしたけれど、涙をこぼしても彼は戻ってこない。

ピーターソンがグラスに手を伸ばした。「ケヴィン・グラントに」

「ケヴィン・グラントに」

辛い出来事だったけれど、そのあとにもっと辛いことが待っていた。一週間後、ロワーとベイヴァーストックが一三八九年のワット・タイラーの乱から戻ってきた。ふたりは上級歴史家で、わたしは彼らをあまりよく知らない。今日、彼らを出迎えているのは四人だけで、なかでもわたしとサスマンは一週間前よりずっと静かだったし、あれこれと思いを巡らせていた。

今回は混乱はなかった。わたしたちがあずかり知らないなにかを感じたらしいチーフがポッドに入っていき、そのまま出てこなかった。一分後、フォスター医師とふたりの看護師が格納庫に駆けこんできて、ポッドに入った。やはり出てこない。三〇分たっても、そのままだった。

「嘘だ」ピーターソンがつぶやいた。「嘘だ、嘘だ、やめてくれ」

「格納庫からおれたちを追い出していない」サスマンが言った。「きっとそれほどひどいことじゃないはずだ」

サスマンの言葉ははずれていた。

ベイヴァーストックは死んだ。事故だった。ワット・タイラーが死んだあとの混乱状態の中、落馬して馬に踏みつけられ、その後まもなくポッドの中で息を引き取ったのだという。彼とロワーは長い間のパートナーだった。仕事上というだけではない関係だった。彼の死に、ロワーは耐えられなかった。彼を手放すことができなかった。無言で涙を流しながら、ただ彼を抱きしめるだけだった。医師たちが彼女を連れて行こうとすると、理性を失ってただひたすら叫び続けた。鎮静剤を打とうとしても激しく暴れ、看護師たちが血だまりの中で転ぶばかりだったので、そのまま放っておくしかなかった。フォスター医師とチーフが二時間近く彼女を見守り、ようやくのことでふたりをポッドの外に出すことができた。それっきり、わたしたちがロワーを見かけることはなかった。フォスター医師に一度尋ねてみたが、「彼女は大丈夫」という答えが返ってきただけだったので、それ以上訊いてはいけないのだと悟った。

サスマンとわたしはそれから数日落ちこんでいたが、セント・メアリーではこれまでどおりの日々が続いていて、まもなくわたしたちもそれに倣った。わたしたちが冷酷だというわけではない。ほかの多くの人が彼らの死を悲しんでいたことは間違いないが、それは個々でひっそりとすることだ。ふたりの葬儀が行われ、グラントとベイヴァーストックの名前が記念碑に刻まれ、わたしたちはまた進み始めた。

というわけで、一二人の歴史家がいるべき組織に四人しかいなくなった。サスマンとわたしは、経験を重ねて常に冷静でいられるように、さほど重要ではない小さなありきたりのジャンプをいくつか行うことになっていた。ローマ時代のバースと、ウェストミンスター寺院の基礎を構築している一一世紀のロンドンへのジャンプが予定されていた。本来なら上級歴史家に監督してもらわなければいけないのだが、もうだれも残っていない。そこでサスマンとカリンダがバースへ、ピーターソンとわたしがウェストミンスター寺院に行くことになった。このジャンプの主な目的は、時間地図《タイム・マップ》の座標を確認することだが、せっかく行くのだから見学しないのはもったいないとピーターソンが言った。大勢の歴史家がトラブルに巻きこまれるのは――いままでも、これからも――そういうことを言うせいだ。わたしはティム・ピーターソンが好きだった。長身で金髪で恐ろしいカリンダ・ブラックよりずっといい。彼女の外見はディズニー映画に出てくるプリンセスのようだったが、明らかなマンチェスターなまりがあり、若さを保つために新しくやってきた訓練生の血を飲んでいるという噂があった。

ポッドに入ると、ピーターソンは座席に座り、両脚を投げ出して、あとはわたしに任せると言った。

「さあ。早くしないと、サッカーの試合までに戻ってこられないぞ」

わたしは座標を確認し、うまくいくことを祈りながらジャンプを開始した。ほんのわずかな振動もなく、到着した。山の中や海の底に具現化しなかったことがわかって、わたしは心の中で安堵のため息をついた。心臓を高鳴らせながらカメラを確認し、外に出ても大丈夫だと宣言した。

「見事だ」ピーターソンが目を開けて言った。「道はわかっている？」

「ええ」わたしは力強く返事をした。

「それじゃあ、行こう」わたしたちは慎重にポッドを出た。ピーターソンは素晴らしかった。わたしがこの世界を食い入るように見つめている間、黙ってうしろに立っていてくれた。

思っていたよりも石造りの建物が多い。けれどここはロンドンなのだし、エドワード証聖王時代の英国は平和で繁栄していたのだ。それでもやはり、ほとんどの建物はまだ木造だった。かやぶき屋根の頑丈な作りではあるが、使われているのは木材だ。多くの家の前面は引きおろすとテーブルとして使えるようになっていて、その上で様々な品物を売っていた。すさまじくうるさかった。だれもが怒鳴り合って会話をしているようだ。つんと鼻をつく薪の煙がいたるところに漂っている。

通りには大勢の人がいた。何人かは頭になにもかぶっていなかったので、淡い色の髪が見えた。彼らのほとんどはサクソン人で、思っていたよりも背が高い。サースクの教授のひとりが、ノルマン人の祖先も古代スカンジナビア人なので、髪の色はノルマン人とサクソン人を見分けるにはあまり役に立たないと言っていたことを思い出した。もっとも信頼性のある方法は、腿の長さを測ることだとその教授は常々言っていた。おおよその目安ではあるが、大腿骨が脛骨より長ければサクソン人なのだという。その逆であればノルマン人だ。わたしはサクソン人の脚をしている。ちらりとピーターソンの脚を見た。

「どうしてぼくの脚を見ているんだ？」ピーターソンはいらついているというよりは、面白がっているような口調で訊いた。

「あなたの脚はノルマン人ね」

彼は首を振った。「きみには気をつけろと言われていたんだ。ほら、あんまりじろじろ見ちゃいけない」有益なアドバイスだった。観光客や外国人や敵のスパイのようなことをしていては、目立ってしまう。静かな暮らしを望む無害な歴史家が、そんな素振りをするわけにはいかなかった。

わたしは彼を連れて泥だらけのロンドンを進み、すぐに目的の現場を見つけた。いくらわたしでも、見逃すほうが難しい。金属の道具が石に当たる音がひっきりなしに聞こえ、数えきれないほどの石工と労働者たちが現場に群がっているのが見えた。わたしは壁の高さに驚いた。重いものを持ちあげる機械などない――ブロックと滑車とロープと人力、たまに馬が使われているだけだ。けれど作業は順調に進んでいた。灰色の空に黒く光る濡れた石を見れば、その壮大さを想像するのは簡単だった。

証聖王その人が来てはいないかと、わたしはやる思いであたりを見まわした。一〇六六年の一月に、彼はこの地に埋葬される。教会が献堂されたわずか一週間後のことだ。彼は、ここに埋葬されている最初で最後のイングランド王だった。

わたしが石工の印を簡単にスケッチしている間、ピーターソンはそこに属する労働者を判別しようとしていた。壁の形をスケッチした。労働衛生安全法がまだできていないことを歴史の神さまに感謝しながら、あたりを歩きまわった。

ピーターソンが足を止めた。

「ちょっと待ってくれ。用を足したい」

彼は重ねられた材木の山の隙間に入っていく。

「ほら、きみも」

「え？」

「きみにはぼくの目の届くところにいてもらう」

「あなたがおしっこするところなんて見たくないから」

「目を閉じていればいい」

「あなたがおしっこする音も聞きたくないから」

「それじゃあ、歌を歌うんだな」

わたしは彼に背を向け、ヘンデルの〝水上の音楽〟を口ずさみ始めた。

「それはやめてくれ」ピーターソンが言ったが、耳を貸さなかった。

わたしは、現場の周辺を歩く男のあとをついていくふたりの男を眺めていた。ふたりともベルトに両手をかけていて、その動きがなぜか気になった。

もう少しふたりのことをよく見たくて数歩前に出たとき、いろいろなことが一度に起きた。

ピーターソンが言った。「どこへ行く？」

だれかが近くで叫んだ。なにを言っているのかはわからなかったが、警告であることははっきりしていた。

不意にあたりが暗くなった。

なにかを考えたわけではない。どうしてそんなことをしたのか、自分でもわからない。二歩走ってピーターソンに激しくぶつかった。その勢いで、彼とからまるようにしてさらにもう三、四歩進んだところに倒れこんだ。

それほど離れてはいない、けれど下敷きにはならないくらいには距離がある柔らかい地面に、恐ろしく重たい石のブロックがどすんと音を立てて落ちてきた。

わたしたちは地面に大の字になって倒れたまま、なにが起きたのかを把握しようとしていた。あまりにあっという間の出来事だったので、怖いという気も起きず、わたしはただ茫然としていた。

人々が近づいてくるのが聞こえ、数人の男性が心配そうになにごとかを叫びながらブロックのこちら側へとやってきた。ピーターソンともつれあうようにして倒れているわたしを見ると、彼らはぴたりと足を止めた。そのうえ、彼のナニがむき出しだ。彼らはそれを見て間違った判断をくだし、わたしたちにからかいの言葉――古英語だったけれど、なにを言っているのかはよくわかった――を浴びせながらその場を離れていった。だれも衛生安全局に報告することはなさそうだ。

　わたしの頭の中では、ベアストゥ博士の言葉が響いていた。〝脅威となるかもしれない歴史家がストーンヘンジの建設を観察していたとして、彼の上に一〇トンの石を落とすことは難しいだろうか？〟

　わたしはからみついていたスカートを直し、かろうじて立ちあがった。

「おしっこまみれになったじゃない」わたしはこみあげてきた吐き気を隠そうと、憤然として言った。

「我慢するんだな。ぼくもおしっこまみれだ」英国最初の『小便小僧』はそう言いながら、立ちあがった。「大丈夫か？」

「ええ、大丈夫」

「本当に？」その声には不安がにじみ出ていて、わたしは彼の目の前でケヴィン・グラントが死んだことを思い出した。

「全身、びしょ濡れになったけれどね」わたしはスカートを振った。「おえっ！」

　彼はわたしの肩に手を乗せた。「いったいどういうことだ？」

「わからない。ただの事故かもしれない。ありうることだわ。わたしたちだからっていうわけじゃないのかもしれない」

彼は考えこんだ。

「どこに行こうとしていた？」

わたしは記憶を探った。「ふたりの男が、ある男のあとをつけていたの。なんだか気になって」

「マックスウェル！」

「なにもするつもりなんてなかった。ただ、もっとよく見たかっただけ」わたしは大きく息を吸うと、小声で尋ねた。「これって本当に……？」

心臓が激しく打っていることに気づいた。間一髪だった。なにひとつ問題などなかったのに、次の瞬間、大きな石が空から降ってきたのだ。

「いったいどこから来たんだ？」ピーターソンが上を見た。足場もなにもない。ただ灰色の空にロープが複雑に張り巡らされているだけだ。彼は考えこみながら、現場の向こうに視線を向けた。

「おそらく……」

「なに？」

「その男になにかが起きることになっていたのなら——起きなければならないことなんだろう。なにか、鍵となる歴史的な出来事なんだ。ささいだけれど、絶対に不可欠なこと。

マックスウェル、きみがそれに干渉しようとしていたなら、ぼくたちはあっさりと排除される。ごくあっさりと」

「どんな鍵となる出来事？」

「わからない。あらゆることが考えられる。彼は襲撃されるけれど何者かに助けられ、やがて子供を作り、その子孫が重要人物になるのかもしれない。それとも彼は襲われて殺されるのかもしれない。彼はなにかとんでもない悪事を働くはずだったけれど、死んでそれができなくなるのかもしれない。なんとも言えないよ」

その意味が次第にはっきりしてくると、わたしの心臓の鼓動はさらにスピードを速めた。

「わたしたち、よく死ななかったわね」

「本当に。今日は、歴史の機嫌がよかったのかもしれない」

「わたしたちがいい人間だからかもしれないわよ」わたしは冗談めかして言ったが、その後、妙な間があった。

「それはどうかな。だが、ちゃんとヒントは受け取って、帰ったほうがよさそうだ」

「そうね、ミスター・ピーターソン」

彼はにやりと笑った。「ティムと呼んでくれ。さて、行こうか」

「いい考えね」

わたしたちはブロックの向こう側にまわり、材木の合間から出た。

「紅茶が飲みたいね」

「その……ティム……」わたしは彼に並びながら言った。

「なんだ？」

「まずは着替えたほうがいいと思う」

ポッドに戻ると、ピーターソンは眠ってしまった。わたしは日誌を書き、FODチェックとPODチェックをし、片付け、紅茶を入れてから、そっと彼を起こした。彼はあくびをし、伸びをし、笑みを浮かべ、気づかれないようにあたりを確認してから、紅茶を受け取った。「万全のようだな、若き《ヤング》マックスウェル」彼とわたしは同い年だが、聞き流した。「帰りのジャンプは設定したのか？」

「ええ、いつでもOKよ」

「まあ、急ぐ必要はない」彼は椅子の背にもたれ、もう一度わたしに微笑みかけた。午後の出来事ですっかり疲れているようだ。その髪は例によってぼさぼさで、四方八方へと突っ立っている。女性の歴史家はみな髪を長くするように規則で定められていたし、男性はと言えば、どの時代にいてもおかしくないように、毛むくじゃらの羊のような髪型をしていた。そのせいでピーターソンは手入れをしていない敷物のように見えたが、その目は優しかった。彼が声を荒らげることは滅多になかったから、怒りっぽい歴史家たちの中で防空壕のような彼の存在はありがたかった。彼はフォスター医師に熱をあげていて（それとも、死の願望があるのかもしれない）、対人スキルがまったくない彼女をごく当たり前のように受け止めていた。片手にヘレン・フォスター、もう一方の手にカリンダ・ブラックという彼を気の毒に思っていたのだが、一度そんな話をしたときには、彼はうっとりしたような声で「そうだな」と応じただけで、両手を頭のうしろに当て、椅子の背にもたれて微笑んだ。「素晴らしい人生だ」

ともあれ、わたしは最初のジャンプを生き延びた。かわいそうなグラントに比べれば、上出来だ。

その後の数回のジャンプはなにごともなく終わり、最後のチェックボックスにも印が入って、ようやくわたしたちの地位が確かなものになった。わたしは古代文明という居心地のいい場所から引きずり出され、カリンダとサスマンと共に第一次世界大戦をあてがわれた。ソンムの戦い（フランス北部のソンム河畔で行われた第一次大戦最大の戦闘）だ。サスマンとわたしにとっては、初めての大きな任務だった。そしてそのあとは、なにもかも二度と同じにはならなかった。

自分たちの主導で進めていくのかと思っていたが、与えられた任務はもっと具体的なものだった。

「現場救護センター」ベアストゥ博士がそう言いながら、参考資料が入った箱を机に置いた。「連隊救護所の受け皿として、古いフランスの城に置かれていた。砲弾による爆発で破壊されたことになっている。敵によるものなのか、味方がしたことなのか、いまだに判明していない。多くの人命が失われたが、士気を低下させないためにこの件は素早く闇に葬られた。またその日が巡ってくるので、議論が再燃しているそうだ。というわけで、調査を依頼された。はっきりした日付がわかっていないので、今回きみたちには充分に注意していてもらう必要がある」

「つまり、わたしたちは狙われることを承知のうえで紛争地帯に行くけれど、いつ粉々に吹き飛ばされるのかはわからないっていうことですね」カルが言った。

「粉々に吹き飛ばされることはないと思うね」博士は穏やかな口調で答えた。「最初の攻撃のあと、病院の大部分が火に包まれた。それもあっと言う間に。きみたちが注意しなければならないのは、火事だ」

「これはサースクの仕事ですか？」

「今回サースクは仲介者の立場だ」例によって、依頼人は秘密らしい。依頼人が何者なのか、なぜそんなことを依頼するのかを知れば、調査に影響が出るからだろう。サースクは

〝新しい研究〟を引き受ける。わたしたちがさっと行って帰ってきて、調査結果を報告し、彼らはそれを〝新しい証拠〟として依頼人に提示する。彼らは功績を認められ、わたしたちは報酬を得るというわけだ。

「この任務は成功させなければならない。グラントとベイヴァーストックのことがあって、監視する人間をここに常時置くような話をサースクは蒸し返している。どんなことがあっても、それだけは阻止しなくてはいけない。だから情報を集め、証拠を得て、任務を果たし、無事に戻ってくるんだ」

「何日くらい向こうにいることになりますか？」わたしは尋ねた。

「問題の日の五日から二週間前にきみたちを送りこみたいと思っている。記録によれば、一〇月の初めには病院は機能していた。一四日にはすでに破壊されていた。いつ戻ってくるのかは、もちろん状況次第だ。ミス・ブラックがこの任務の責任者となる」

「事故だという可能性はありますか？」サスマンが尋ねた。

「ありうる。それが公式見解だ」

「よく考えたうえでのことなんでしょうか？　真実がわかれば、非難や批判を浴びることになるんじゃないですか？」カルが言った。「知らないほうがいいことのひとつなんじゃないでしょうか」

「それを考えるのは我々の仕事ではない」博士が厳しい口調で言った。「我々は情報を集める。それをどう使うかは、向こう次第だ。我々が心配することではない」

「だれがぼくたちを吹き飛ばすのか、どうやって調べればいいんです？」

「わたしはきみたちを吹き飛ばすために行かせるのではないよ、ミスター・サスマン。情報を得るのが目的だ。経費も莫大だから、死なないようにしてもらいたいね。それどころか、どんな類の怪我も避けてもらいたい」

わたしたちは「イエス・サー」と答え、その場を離れた。

「こんちくしょう」図書室でサスマンが言った。「なんだっておれがこんな任務を？　ピーターソンはどうしたんだ？」

「休暇よ」カルが箱の中身を確かめながら、上の空で答えた。わたしたちはびっくりした。休暇？　それって、おいしいの？

カルとわたしは看護師として行くことになった。サスマンは雑役係兼救急車の運転手だ。大勢の人と関わることになるので、わたしたちは念入りに事前説明を受けた。歴史と政治の両面だ。当時可能だった治療に基づいた、広範囲に及ぶフィールド医学の授業もあった。訓練の一環として、近くにある陸軍病院に三週間通った。一週目は手術室、二週目は病棟、三週目が救急外来で、そこにくる患者の大部分が火傷、骨折、挫滅外傷、酔ったうえでの喧嘩だったが、出産を手伝った夜のことは一生忘れないだろう。二度とごめんだ!

わたしたちは日曜日の朝早く、出発した。チーフ・ファレルとカルが最終チェックを行った。チーフの部下の技術者ディーターは、カルのそばにいたいがためにそこにいることはだれにも気づかれていないはずだと思いながら、ポッドの外をうろうろしていた。

「気をつけて」チーフはわたしを見ながらそれだけ言うと、その場を去っていった。

ポッドはなんの問題もなく到着し、わたしたちは外を眺めた。午後のなかばだったにもかかわらず、暗くてどんよりしている。強い雨が降っていて、あたりにいるわずかな人々はうつむきながら足早に歩いていた。わたしたちがいる静かな一角に注意を払う人はいなかった。

現場救護センターの看護師長は、偽造した書類をろくに見ようともせずわたしたちの配属を決めた。ラプソン教授とドーソン博士がかなりの時間をかけて作ったものだったから、ちょっと残念だった。看護師長は糊づけしたみたいにすっくと背筋を伸ばして机の向こうに座り、ローマ鼻をわたしたちに向けた。じろじろとわたしたちを眺めた。能力不足だと思われたらしい。

「手を見せて」彼女は唐突に言った。幸いにもわたしは爪を短く切ってくることを忘れていなかったから、手を出し、甲も手のひらも両方見せた。彼女はじろじろと眺め、鼻を鳴らした。わたしの手も彼女の求める水準には達していなかったらしい。なにが問題なのかはわかっていた――白すぎるし、柔らかすぎる。ここで二週間も過ごせば、変わるだろうけれど。

「どこの出身？」彼女は書類に目を向けた。「ブラック？」

「マックスウェルです」わたしは助け船を出すつもりで言ったが、これまでに出会ったあらゆる教師と、さほど遠くない昔にくそ女バークレーから向けられたのと同じ視線が返ってきただけだった。看護師長の鼻はベアストウ博士を連想させた。ひょっとしたら彼の祖先かもしれない。

「ブラックはわたしです」カルが勇敢にも声をあげた。鼻師長は彼女に目を向けた。わたしは両手を背中に隠した。

「あなたの出身は……？」

「マンチェスターです」カルはあえてなまりを強調して答えると、命じられる前に手を見せた。ごますり女め。

看護師長は規則が書かれたリストを出した。山ほどあった。

わたしたちは解放されて、外に出た。わたしは大きく息を吸った。独特のにおいがする。

薪の燃えるにおいと馬のにおい。実のところ、わたしはこれまで馬のにおいがしないところに行ったことがなかった。隣の庭に作られた仮設トイレのにおいもする。戸外の新鮮な空気があるところですら、病院のにおいが漂っていた。

あたりを見まわした。ぼろぼろの古いお城はしばらく使われていなかったに違いない。板が打ちつけられた窓がたくさんあった。しっくいや下塗りがはがれている。屋根のタイルはなくなっている。焼け落ちる前に崩落するのではないかと考えずにはいられなかった。これほど危険な状況は初めてだ。最初のジャンプのときと同じように、心臓が激しく打っていた。なにかをつかんだと思うたびに、こんな目に遭わされる。けれどジャンプはどれも違う。それぞれのジャンプにはそれぞれの問題があり、それぞれの恐怖がある。

どこもかしこも、冷たい泥にまみれていた。人が多すぎる。乗り物が多すぎる。馬が多すぎる。雨が多すぎる。地面には板が敷かれていたが、泥にほぼ埋もれていた。

ゲートの向こうには様々な大きさのテントが建てられ、人々があちこち動きまわっているのが見える。だれもが忙しそうだ。だれもが自分のしていることをわかっていて、だれもが目的があるように見えた。それを言うならわたしたちにも目的はあったから、さっさと始めたほうがよさそうだ。

わたしたちは制服を着て、仕事に取りかかった。サスマンはすぐにどこかに連れていかれた。宿舎も別だ。遠くにいる彼を見かけたり、角を曲がっていく彼に手を振ったりすることはあったが、彼は目立たないようにしていたから、わたしたちも手を振るだけにとどめた。カルとわたしはお城の屋根裏にある小さな部屋で眠った。ポッドから離れるのは気が進まなかったが、女性のスタッフ全員が自分のベッドにいることを年配のシスターが毎晩確かめに来たので、どうしようもなかった。屋根裏は寒くて、じっとりしていて、まったく日が射さない。ベッドはひとつしかなかったし、布団も足りなかったけれど、急いで出発しなければならなくなるかもしれないから、ポッドからなにかを持ってくることはできなかった。それにまわりの人たちはみな大変な思いをしていたから、自分たちだけ居心地よくする気にもなれなかった。

サスマンがどこで寝ているのかはわからない。雑役係の何人かは馬小屋の上で寝ていたから、彼もそこにいるのかもしれない。だとしたら、わたしたちのほうがずっとましだ。ここに来た日は寒かったけれど、さらに寒さは厳しくなって雨も降り続いた。

連隊救護所から怪我人がぞくぞくと運ばれてきた。わたしは受付テントにまわされ、トリアージの手伝いをすることになった。わたしの得意分野だったから、看護師に休んでもらうことができたけれど、本当はその作業が大嫌いだった。神の真似事をしている気がした。けれど死は避けられないとわかることが時折あって、そんなときは助かる可能性のある人間に時間を割くしかできることはない。手術の準備のために〈術前テント〉に患者を送ることが多かった。〈手術テント〉が一番大きく、カルはそのどこかにいた。患者はそこから本館に作られた病棟に運ばれ、やがて前線から離れたより大きな病院へと移送されていく。

男たちはサスマンの仲間たちがかつぐ担架で運ばれてくる。雑役係は本当に称賛に価する。歩いてやってくる者もいた。わたしは全員のラベルを確認し、それに従って指示を出した。運がよければ、ひと晩に最低一度はサスマンを見かける。目と目を見かわすことしかできなくても、なにもないよりはましだった。

日々が過ぎていき、一〇月の二週目に入った。雨が多い。雨がたくさん降ると、それだけ地面がぬかるむ。やってくる若者たちが減ることはなかった。苦痛に顔をゆがませ、足を引きずりながら、あるいは担架に乗って運ばれてくる。手足が汚らしい切り株のようになっている者もいれば、刺さったワイヤーをはずしたあと、悲鳴をあげながら内臓が外に出てこないように押さえている者もいた。穏やかな笑みを浮かべて静かに横たわっている若者がいて、近づいてよく見たら頭の半分がなくなっていた。

期限の日が近づいてきて、カルとわたしは自分たちの部屋で順番に寝ずの番をするようになった。ひとりが眠っている間、もうひとりは包帯を巻いたり、本を読んだりして時間をつぶした。服は脱がなかった。いつでも行動を起こせるようにという意味もあったが、あまりにも寒かったからという理由のほうが大きい。刻々と時間は過ぎていたから、準備は整えておかなければならなかった。寒い夜、冷気を遮るために窓に貴重な毛布をピンで留め、自分の白い息を眺めながら、わたしは床に置いた小さなろうそくの明かりを頼りに何メートルもの包帯を巻いた。

　そのときが近くなってきたので、わたしたちは互いの安全を確かめるため、少なくとも日に一度はサスマンと会うことにした。カルとわたしは常に互いの居所をつかんでいるように心がけた。警戒を怠らなかった。砲弾が飛んでくる音や爆発音を想像した――そのあとはどうなる？

　リネン室を出て角を曲がったところでだれかにぶつかった。彼はわたしが抱えていた毛布の山の一番上を持ちあげて言った。「やあ、おれだ！」

わたしはあたりを見まわし、だれもいないことを確かめた。「あら、元気？」

「寒いよ。あんたも寒いだろう？　どうやって耐えているんだ？」

ほろりとした。彼がこんな優しいことを言うのは珍しい。「わたしは大丈夫。もうあと少しだし」

「そうだな。今夜か明日、せいぜいあさってだろう。なにか心当たりは？」

「まったくない。ちょっとした小康状態よね。天気があんまりひどいから、なにもかもが落ち着いちゃった感じ」

「油断はするなよ。いつ起きてもおかしくないんだ。おれはもう行かなきゃならないが、今夜なにも起きなかったら、明日三人で会おう。仮設トイレの近くで。情報を交換して、これからどうするか、計画を立てよう」

「仮設トイレの近くって」

「おれにとってはロマンチックな場所なのさ。じゃあな」

大いに運に恵まれたらしく、翌日わたしたち三人は無事に顔を合わせることができた。サスマンはすでにそこにいて、わたしたちを待っていた。馬小屋の向こうにポッドが見える。錆びた金属や注意深く置いた木材の下で、ひっそりと鎮座していた。わたしたちは雨の中で、これからすべきことを話し合った。「サスマン、今夜は仕事？」

「今夜か明日のはず」カルが言った。

「いや、天気がこのままなら、仕事はない」

「気を抜かないで。マックス、受付テントはポッドから一番遠い。なにかいつもとは違うことに気づいたらすぐにポッドに戻って、カメラを作動させて。厄介なことに巻きこまれないようにしてよ。あんたもよ、サスマン。わたしたちはここに調査をしに来ているんだから。なにが起きたのかを知らないまま、戻るつもりはない。死んだら調査はできないんだからね。わかった？」

　わたしたちはうなずいた。

「本気で言っているのよ。少しでもヒーローみたいな真似をしたら、あんたたちの尻を蹴飛ばしてベアストウ博士のオフィスに送りこんでやるから。本当にわかったの？」

再びうなずいた。わたしは体を震わせ、マントをさらにしっかりと体に巻きつけた。角の向こうから口笛と話し声が聞こえてきた。エンジンが咳きこむような音を立てた。

「おれは行かないと」サスマンが言った。「くそっ、毛布を運ぶことになっていたんだ」彼はうしろを振り返り、それからわたしを見て言った。「マックス、悪いが……」

「わかった。あんたは行って。わたしが運んでおくから。何枚？」

「三枚でいいと思う。助かるよ。それじゃあ」サスマンはあわてていたせいで泥に足を滑らせながらその場を去っていった。

「わたしも行かないと」カルが言った。「あんたのシフトが終わったら会うようにするから。今後はできるだけ一緒にいたほうがいい」

「わかった。あとでね」

カルの姿が見えなくなり、わたしは建物に戻った。リネン室のほうへと急ぎ足で廊下を進んだ。最初のふたつのドアは無視した。毛布があるのは三番目の部屋だ。ドアノブをつかみ、無垢材でできた重く古めかしいドアを引き開けた。わたしが助かったのは、ドアが外に開くようになっていたおかげにほかならない。ドアノブの熱さをろくに意識する間もなく、わたしは斜めうしろに吹き飛ばされ、ドアの下敷きになった。

茫然として床に倒れたわたしは、ドア枠のまわりで炎が踊っていることをすぐには意識できずにいた。頭の中で聞こえていると思っていたうなるような音は、リネン室で燃え盛る炎だった。熱い。立たなくては。ドアの下から抜け出るのは簡単ではなかったが、なんとか立ちあがった。

炎はわたしの頭上で天井を這っている。煙のせいでなにも見えない。リネン室から流れ出した煙が廊下に充満していた。炎がこれほどの速さでこの建物に広がったなら、大惨事になるだろう。いや、これは間違いなく大惨事だ。なんの前触れもなく、砲弾が撃ちこまれることもなく、大惨事が始まっていた。

第五章

わたしは気持ちを落ち着けようとした。たくさんの命が失われるだろう。わたしにできることはなにもない。わたしがすべきことはなにもない。こんなに癪に障ることはなかった。結局わたしはたいした存在ではないのかもしれない。けれどいつだってできることはあるはずだ。

頭からマントをかぶり、スカートをたくしあげて、煙を吸わないように体を低くして廊下を進んだ。ドアまでたどりつければ……まさにこういうときのために、どのドアの脇にもハンドベルが吊るされている。頭がぶつかったので、ドアにたどり着いたことがわかった。わたしはなんとか息を吸い、ドア枠を手で探った。あった！

ドアノブで再び手を火傷しながら、慎重にドアを開けた。酸素が供給されて背後の炎が勢いを増し、わたしは素早く外に出た。

目をこすりながらあたりを確かめたが、だれもいない。真昼だが、まったく人気《ひとけ》がなかった。せいいっぱい大きく息を吸った。じっとりした冷たい空気を肺一杯に吸いこみ、少し咳をし、たくさん唾を吐いてから、しわがれた声で「火事よ！ 火事よ！ 火事よ！」と叫んだ。ふたつ折りになるくらいに身をかがめ、片方の手を膝に当てて体を支えながら、できるかぎり激しくハンドベルを鳴らした。

しばらくはなにも起きなかった。やがてあちこちのドアが勢いよく開き、人々が入り乱れて走り始めた。男たちはホースや手押しポンプやバケツへと駆け寄っていく。赤みがかったオレンジ色の大きな炎が、現実とは思えないほどの速さで古い建物を呑みこみ始めた。今回ばかりはありがたいと思えるはずの雨はすでにあがっていて、温かい一〇月の日差しが大惨事の場面に降り注いでいた。

大混乱だった。人々が四方八方へと散っていく。口笛、怒号、そしてほかのあらゆる音をかき消すように手回しのサイレンが鳴り響いていた。

なにをすればいいのかわからなかった。男たちはバケツを持って走っている。バケツリレーをしようと考えつく者はおらず、あたりは水浸しだ。人々は泥に足を取られて転び、うしろにいた人たちは彼らにつまずいて倒れている。三人の雑役係が消火用ワゴンを引っ張り出そうとしていたが、泥の中で動かすには三人では足りなかった。手を貸してくれと叫んだが、だれも聞いていない。人々は中庭へと飛び出してきたものの、どこに行けばいいのかわからずにいる。わかっていたとしても、パニックのあまり思い出せないのかもしれない。

恐怖に歪んだ顔が、いくつも窓に並んでいた。窓ガラスを叩いている人がいる。開いている窓がある。何人かが顔を出して、助けてと叫んでいる。窓から逃げようとして手を滑らせ、どさりと地面に落ちている人がいる。窓から飛び降りて、それっきり起きあがれない人がいる。そのとき、甲高いラッパの音が混乱の中に響き渡った。人々が振り返った。若い少佐が声を張りあげた。

「メインゲートに行け。負傷者をメインゲートに連れていくんだ。建物から離れろ。壁が崩れるぞ。メインゲートに」

数人の下士官が現われ、人々を正しい方向へと誘導し始めた。目の不自由な男性が、パジャマ姿で泥の中に裸足で立っていることにわたしは気づいた。顔にひどい火傷を負っていて、ほどけた包帯が肩に垂れている。両手を広げ、ふらふらしながら助けてくれと叫んでいた。大局的見地などもうどうでもよかった。わたしはちっぽけな人間だ。ちっぽけなほかの人間を助けるのだ。

わたしは彼の手を取り、静かに告げた。「さあ、わたしと一緒に逃げるのよ」彼の手を自分の肩に乗せ、進み始めた。とりあえず、大部分の人々が同じ方向に向かっている。膝をつき、なんとかして立ちあがろうとしている若者がいた。わたしは手を差し出した。

「さあ、立って。歩ける？」

「少しは」彼は歯をかたかた鳴らしていた。「ゆっくりなら」

というわけで三人で進んでいると、今度は体を二つ折りにして激しく咳きこんでいる男がいた。彼も一緒になって私道に向かってゆっくりと歩きだしたところで、泥まみれの救急車が近づいてきた。サスマンの仲間のひとりが飛び降りた。「うしろに乗って。急いで」

ドアを開けると、中から何本もの手が出てきて男たちを引っ張りあげた。「あんたもだ、お嬢さん」彼が叫んだ。

「いいえ」わたしは叫び返した。「彼らをメインゲートに連れていって。わたしは戻って、ほかに残っている人がいないか見てくるから」

「それはやめたほうがいい。建物はすぐに崩壊するぞ」

「そういうわけにはいかないの」わたしは答えた。ポッドがあそこにあるのだ。なんとしても戻らなくてはいけない。「行って。彼らを安全な場所まで連れていって、それからまた戻ってきて」わたしはきびすを返し、彼に反論する間を与えることなく駆けだした。

それはまるで、ダンテの『地獄篇』のようだった。中庭には煙が充満し、その中から幽霊のような人影が現われては、幽霊のように消えていく。炎は、赤やオレンジにゆらめきながらますます大きくなっていた。怒号は、意味のあるものに変わりつつある。人々は二列になってゲートへと向かっている。間に合わせの担架で運ばれている人や、だれかの肩を借りている人も大勢いた。当初のパニックは過ぎ去り、人々は助け合っていた。

若い少佐はまだ避難を指示していた。わたしは彼に駆け寄って言った。「サー、少なくとも救急車が一台こちらに向かっています。重症者を集めておけば、それに乗せることができます」

彼はうなずいた。「きみはここにいてくれ。きみを集合場所にしよう」そう言うと、近くにいたふたりの軍曹になにか身振りで指示を与えながら、走り去っていった。さほどもたたないうちに、わたしは泥の中で座ったり横たわったりしている六人ほどの男性に囲まれていた。こちらに向かってきている人はまだほかにもいた。軍曹のひとりが、笛を手に戻ってきた。

「これを吹き続けてください。あなたの居場所をみんなに教えるんです」わたしはあっちを向いたり、こっちを向いたりしながら、ひたすら吹き続けた。またひとり運ばれてきたが、彼はすでに死んでいた。ようやくのことで救急車が戻ってきた。負傷者を乗せていると、少佐が現われた。全員を乗せたあと、彼は最後に救急車に乗りこみ、わたしに手を差し出して言った。「きみも乗るんだ。これは命令だ」

乗るわけにはいかなかったし、もしわたしが中庭に駆け戻ったりすれば、彼が追ってくることはわかっていたから、わたしは言った。「はい。わたしは運転手と一緒に前に乗ります」ドアを閉め、車の横を叩いた。救急車は煙の中に消えた。

建物のふたつの側面はすっかり炎に包まれていて、東側の壁はいまにも崩れそうだ。顔がひりひり痛んだ。まるでオーブンの中にいるようだ。中庭のもう一方の側からけたたましい音がした。サスマンがその上で寝泊まりしていた馬小屋だ。馬を逃がしてやりたかったけれど、とても無理だ。馬たちが恐怖とパニックにいななき、逃げようとして必死で仕切りを蹴飛ばしているのが聞こえた。建物全体が炎に飲みこまれようとしていた。わたしにできることはなにもない。向きを変えて、走りだした。

木材やがらくたはよけられ、ドアが見えるようになっていたから、だれかがポッドの中にいることはわかっていた。スカートを持ちあげ、本気で走った。何カ月もの身体トレーニングがようやく役に立った。背後から声がした。カルだ。髪をおろしている。頭を怪我したらしく出血していて、顔は煙と煤で汚れている。わたしは彼女と手をつなぎ、ふたりでポッドを目指した。サスマンがドアを開けて待っている。わたしたちは息を切らしながらポッドの中に倒れこんだ。まさにそのときだった。東の壁がぐらりと揺れ、大きく傾いたかと思うとすさまじい音と共に崩壊し、火の粉と燃える破片があたりに降り注いだ。ポッドのドアが閉まり、うなりをあげる炎や、悲鳴をあげる馬や、生きたまま焼かれていく人々の悲鳴を遮断した。

そして沈黙。

サスマンの顔は真っ青だった。「マックス？　マックス、なんてこった。信じられない。てっきり死んだと思っていた。どうして生きているんだ？」わたしは首を振っただけだった。彼が水をくれた。「リネン室から火が広がったと聞いた。きみがそこにいることはわかっていた。無事に逃げ出せたなんて信じられない」

「ちょっと」カルが不機嫌そうに口をはさんだ。「わたしも生きているんだけど」わたしが水を渡すと、彼女はごくりと大きくひと口飲んだ。

長い間、わたしたちはスクリーンを見つめていた。サスマンはすべてのカメラを作動させていた。このフィルムとわたしたちそれぞれの報告書が、ここに来た目的なのだ。

カルがのろのろと立ちあがった。「マックス、立って。あんたの具合を確かめさせて」

「わたしは大丈夫」たとえ頭がころりと落ちたばかりでも、そう答えるものだ。それでも言われたとおり、立った。

「サスマン、医療キットを取って。で、一番痛いのはどこ？」

「ドアが頭の上に落ちてきたから、たぶん、こぶができていると思う。煙をたっぷり吸いこんだし、胸が少し痛むし、両手を火傷した。あとは爪が折れたのと、食欲がないことくらい」

火傷を冷やして保護するために、カルはわたしの手に医療用プラスチックを吹きつけ、わたしは彼女の額に手早く包帯を巻いた。「さあ、これでしばらくは大丈夫」わたしたちは、コンソールの前に座ってカメラをモニターしているサスマンに目を向けた。

わたしは尋ねた。「あんたは？　怪我は？」

彼は四台のカメラすべてが見えるようにスクリーンを四分割して、じっとそれを見つめていた。「え？　ああ、おれは平気だ。問題ないよ」

カルが頭のてっぺんから爪先まで、じろじろと彼を眺めた。「どこも怪我をしていないの？　どうして？」

「え？」彼はスクリーンから視線を離した。

「マックスやわたしに比べて、あんたはすごくきれい。どうして？」

「警報が鳴ったとき、おれはほかの運転手たちと一緒にいた。テントにいる人間を避難させるために、車に行くように命じられた。おれはだれも見ていない隙に、ポッドに戻ったんだ。あんたたちを探しながら来たが、見つからなかった。だからがらくたを片付けて、中に入った。カメラは自動的に作動していたから、一番いいアングルで撮れるように調節しながら、あんたたちを待っていた」

なにも返事がないことに気づいて、彼はさらに言った。「あんたの指示どおり」さらに沈黙が続いた。

「なんだ？」サスマンは言い訳がましく言った。「ヒーローみたいな真似をするな、でないと尻を蹴飛ばすって、あんたが言ったんだ。だからおれは、この任務の責任者の指示に従ってまっすぐポッドに戻った。あんたのことだよ、ミス・ブラック。そして調査をし、記録をするという任務を遂行していたんだ」

彼の言うことには筋が通っていたけれど、その態度は喧嘩腰だったし、弁解がましく聞こえた。わたしはカルの背後から〝黙って〟のジェスチャーを送ったが、サスマンには見えなかったようだ。それとも見ないようにしていたのかもしれない。「なにが問題なんだ？」

カルは一歩前に出ると、彼の手首をつかんだ。「この手はなに？　泥の中に倒れている人を起こそうともしなかったの？　彼らをまたいだだけ？　それとも彼らを叩きのめしながら、安全な場所まで逃げてきたの？」

道義的なことを言えば、彼にできることはあったし、彼にもそれはわかっていた。彼は怒っていて、うしろめたさを感じていて、自分を守ろうとしていた。その結果、彼の一番悪い面が露わになった。一方のカルは必要以上のことをやりすぎて、自分でもそれを承知していた——わたしたちはどちらもやりすぎた。彼女も怒っていて、うしろめたさを感じていて、自分を守ろうとしていた。ふたりはにらみあった。わたしは火の粉が降りかかることを覚悟で、ふたりの間に割って入った。

「ほら！　いまはやめよう。ディヴィー、ディスクにちゃんと録画されているかどうか確かめて。お願い、いまはやめて」

サスマンは一歩うしろにさがり、なにかをつぶやいた。それがきっかけだった。カルが前に出て彼の肩を押した。「なんて言ったの？」

「なにも言ってないってば」わたしは改めてふたりの間に体を押しこんだ。「彼は動揺しているの。わたしだってそう。これはわたしたちの初めての大きな任務だった。わたしは人が死ぬのを初めて見たし、彼だってそうかもしれない。馬の鳴き声だって耳に残っているくらいよ」

なんの効き目もなかった。カルは目を細くしてサスマンに言った。「まさにそれが問題なのよ。わたしたちがここに着いたときのあんたの言葉からすると、あんたは自分のパートナーが死んだと思っていた。爆発で彼女が焼け死んだと思いながら、あんたはここでのほほんと座っていたっていうわけね。そもそもあんたが彼女をあそこに行かせたっていうのに。あんたは人でなしのゲス野郎よ、サスマン」

とどめだった。もう引き返せない。サスマンの目がぎらりと光り、カルの顔をにらみつけた。カルはその視線を受け止めた。長く感じられた一瞬が過ぎて、サスマンの視線がわたしに向けられた。その顔には罪悪感が浮かんでいる。冷静さを取り戻したようだ。

彼はカルを無視し、わたしに向き直ったかと思うと震える声で言った。「マックス、すまなかった。あんたが生きているなんて、想像もしなかった。ほんのわずかでも可能性があると思ったら、この手で建物を引き裂いてでも助けに行ったよ。本当に悪かった」

わたしは鼓動が速まるのを感じながら、うなずいて顔を背けた。サスマンはそれを誤解した。「違うんだ、マックス。本当に悪かったよ。そんな顔をしないでくれ。そうじゃないんだ。彼女は間違っている」

わたしは彼の顔を見ずにうなずいた。カルが静かに言った。「もういいでしょう、サスマン」あと味の悪い沈黙があり、どの任務もこんなふうに終わるものなんだろうかとわたしは考えた。

サスマンが大きく息を吸った。「帰ろうか」

カルが厳しい口調で言った。「コンソールから離れてちょうだい。あとはわたしがするから。あんたはパートナーの面倒を見てあげて」

その言葉どおり、わたしは不意に足元がふらつくのを感じた。「気分が悪い」と言おうとして口を開いたけれど言葉にはならず、その代わりにサスマンの胸元に派手に吐いた。

またもや沈黙が広がったが、やがてカルがいたずらっぽく笑いながら言った。「これであんたもきれいじゃなくなったね」わたしたちは声をあげて笑った。あまり上質の笑いとは言えなかったけれど、それをいい意味に解釈することにした。これで、三人とも面目が立つ。それぞれが矛を収め、わたしたちは現代に戻った。

かすかな揺れと共に着地した。サスマンはドアを開け、消毒が終わるやいなや、振り向くこともなく出ていった。

過去に介入することについて、セント・メアリーがしつこいほどに注意する理由をわたしが理解したのはそのときだった。**介入するために行くのではない。観察し、記録するのだ。関わってはいけない。**うっかり歴史を変えてしまう危険があるというだけではない。精神的にダメージを受ける恐れがあるのだ。今日、何人の人が死んだだろう？　看護師長は？　目の不自由な若者は？　わたしの仕事は見ていることだった。観察して、記録することだった。距離を置くことだった。介入することではない。

わたしはそのことについて考え、すべての優れた歴史家がたどり着くべき結論にたどり着いた。そしてさらにもう少し考え、すべての歴史家がたどり着くだけでなく、実行するであろう結論に達した。わたしたちは、泥の中でもがいている目の不自由な男性を見捨てない。そうすべきだけれど、そうはしない。カルもわたしもそうしなかった。ケヴィン・グラントも。けれどサスマンは違った。それはつまり、彼はわたしより優れた歴史家ということだろうか？　それとも劣っているんだろうか？　人間としてはどうだろう？

　確かに、介入することは精神的な代償を伴うけれど、なにもしないことに比べてその代償は大きいだろうか？　行儀の悪い歴史家たちに目を光らせている復讐心に燃えた歴史はどうなのだろう？

幸いなことに、カルの言葉でわたしの思考は中断した。「わたしたちも行かないと」ため息が出た。ずっとここに座っていられればいいのに。こうやって、ふたつの世界の間にいる瞬間が好きだった。過去で起きた辛いことは置き去りにし、実際の問題に直面する現在はまだ先にあるこのつかの間のとき。カルがそう言った直後、ドアをノックする音がした。

「ファレルだ。大丈夫か？」

「ええ」カルは、〝失せろ〟と言っているのも同然の口調で応じた。かなりの間があってからドアが開くと、そこにはファレルとディーターが立っていた。

「入ってこないで」カルが言った。

ふたりはわたしたちを見つめている。

「気を悪くしないで」わたしは言った。「わたしたち、ちょっとにおうのよ」

ディーターがかまわず入ってきた。

「聞こえなかった？」カルが声を荒らげた。

「においなら問題ないよ」彼はカルのバッグを手に取った。カルににらみつけられても、笑顔を返しただけだ。命の危険があるって気づかないんだろうか？　まあ確かに、彼は大きなレンガ造りの屋外トイレのような体つきではあるけれど。それもふたつ分の。実のところ、彼はあまりにも大柄なので時間と空間をひずませることすらできそうだった。まるで金髪の惑星のように、彼自身に引力があるみたいだ。カルに首ったけなのだが、だれにも気づかれていないと思っているらしい。彼はカルのバッグを肩にかけると、手を貸して彼女を立たせた。「行こう」

カルは老女のように足をひきずりながら出ていった。

チーフがわたしに微笑みかけた。「きみの番だ」わたしは自分のバッグに手を伸ばしたが、すでに彼が手に取っていた。わたしは火傷を負った自分の手と、水につけていたせいで赤らみ、腫れあがってこわばっている指を見つめた。すべてが終わったいま、足を交互に前に出すだけの力が残っているとは思えなかった。

「ぼくにもたれるといい」チーフが言い、今回だけはおとなしくその言葉に従った。

翌日、チーフ・ファレルはポッドに残していた様々なものが入った箱を持って、病棟にいるわたしたちのところにやってきた。記録はすべてアップロード済みで、だれもがわたしたちの報告を待っていた。

「サスマンからすでに話は聞いた。砲弾ではなく、偶発的な爆発のようだな。くわしい話を聞かせてもらえるか？」

「マックスに訊くのが一番いいと思う」カルが答えた。「その場にいたのは彼女だから」驚いたことに、カルは意味ありげな表情を浮かべたかと思うと、部屋を出ていった。

「それで」ファレルはわたしの隣に腰をおろし、笑顔で尋ねた。「気分はどうだい？」

「すごく元気」彼に会えて本当にうれしかった。

チーフは不安そうにわたしを眺めた。「こんなに近くにいて大丈夫かな？　きみには独自の防御機構があると聞いたよ」

「そうなの」わたしはしょげた様子で応じた。「彼はきっと許してくれないでしょうね」

チーフはしばらくじっとわたしを見つめていた。「くわしく話してくれ」

「話せることはあんまりない。ドアの前に立っていたら、次の瞬間には下敷きになっていた。廊下はすぐに煙でいっぱいになって、わたしは外に出た。あっという間に広がったわ」

「そうだな」チーフは上の空で言った。「古い建物だったから。なにかにおいを嗅いだ？」

どうだろう？　わたしは目を閉じ、記憶を手繰った。もう一度。なにかある。記憶の縁に……「ええ、におった」実際に鼻をすすると、においがよみがえってきた。「そう……化学薬品……研究室でにおうような」

チーフは椅子の背にもたれた。「砲弾じゃなかったようだな。おそらく破壊工作だ」

「病院に？」

彼は肩をすくめた。「その可能性が高い。あそこに発火の原因になるようなものはない。リネン類を乾かすために、ボイラーから温水パイプが通っているだけだ。だから、何者かが化学薬品の混合物を作ったんだと思う。きみが行くしばらく前からくすぶっていて、ドアを開けて新たな酸素が供給されたことで一気に燃え広がったんだろう」彼はじっとわたしの顔を眺めている。「ありうる話だと思うかい？」

よく聞いていなかった。「なんてこと、わたしのせい？　わたしが病院に火をつけたの？」

「違う、違う。そうじゃないよ、ミス・マックスウェル。そんなつもりで言ったんじゃない。そんな風に考えないでくれ。化学薬品を混ぜた人間が病院に火をつけたんだ。きみじゃない」

「そんなの、あなたにわかるはずないじゃない」

その日はずっと、そのことを考えて過ごした。

彼の言うとおりだ。火事を起こしたのはわたしではない。わたしがあのドアを開けなかったとしても、いずれだれかが開けただろう。わたしのように運よく逃げることのできなかっただれかが。

カルとわたしは一日中、いらだっていた。サスマンは病棟からすでに解放されている。わたしたちは無言の了解のうちに、夜中も電気をつけっぱなしにしていた。看護師のハンターがしょっちゅう部屋をのぞきにくるのがいらついた。一時間ほどすると、わたしは我慢できなくなった。体を起こし、なにかすることはないかと、チーフが持ってきた箱を探り始めた。底のほうにあるごつごつしたものに手が触れた。引っ張り出してみると、紙に包まれていたのは六本の炭だった。細い棒ではなく、どっしりした大きなものだ。

わたしはしげしげとその炭を見つめた。

左側の大きな壁を見つめた。

なにもない、手ごろな大きな壁。

わたしはベッドから脚を出した。「テーブルを動かすのを手伝って」

「どうして？」

「この上に立ちたいの」

「首を吊るつもりじゃないでしょうね？」

テーブルを移動させ、わたしはその上に乗った。一度始めると、止まらなくなった。腕を大きく動かして、星形の砲弾が光る黒い空を描いた。月明かりに照らされた風景の中を走り、倒れる人々。ただひたすら描き続けた。頭の中の映像を壁に写していった。爆発を描いた。寒さを、恐怖を、胸が張り裂けるような死を描いた。手足を、頭部を、血を描いた。ワイヤーにからまって、泥の中で、死んでいく男たち。見開いた目、あえぐ口、なにかをつかもうとするかのような手。止まらなかった。隣ではカルもなにかを描いている。フォスター医師がやってきてその様子を眺めていたが、驚いたことになにも言おうとしなかった。わたしたちはテーブルを移動させ、受付テントを描いた。毛布やコートにくるまり、列を作って進んでいる泥と血にまみれた兵士たちを描いた。寒さで灰色になった、無表情な顔を描いた。歪んだ顔を描いた。悲鳴をあげている顔を描いた。力を入れすぎたのか、最後の炭が手の中で砕けた。フォスター医師がわたしの肩に触れて言った。「もう充分」

あたりを見まわした。人々が集まっていた。医療チーム全員、ファレル、ディーター、ドーソン博士、ほかにも何人か。わたしはなにか言われるのを覚悟したけれど、なにも起こらなかった。

わたしたちは手を洗い、ハンター看護師が持ってきてくれた紅茶を飲んだ。明かりを消し、眠った。

もちろん、わたしたちは乗り越えた。乗り越えなくてはならなかった。報告書を書き、ベアストウ博士に提出した。チーフ・ファレルを含めた三人で午後を過ごし、一から十まですべてを話した。彼らが最終報告書を提出し、サースクはそれを元に依頼人に報告するのだ。任務はほぼ終了した。

ラッシュフォードで行われたその年の英霊記念日の式典にわたしたち三人はベアストウ

博士と共に出席した。人前に出るときはそうするようにと常々博士に命じられているとおり、正式な制服をまとい、髪をまとめ、靴を磨き、化粧をした。例年どおり、セント・メアリーの代表として博士がリースを並べている間、わたしたちはそれぞれが哀悼の意を表していた。わたしは心の中で、テントや負傷者たちや様々な顔を眺め、決して消えることのない銃声を聞いていた。

軍葬ラッパが力なく鳴り、その音は冷気の中にいつまでも響いていた。わたしは目の不自由な兵士とその冷静沈着さが多くの命を救った若い少佐のことを思い、彼らは生き延びただろうかと考えた。意識を現在に引き戻し、一緒に祈りを唱えた。

残されたわたしたちが老いる中、彼らは年を取らない。
歳月は彼らを疲弊させない、咎めない。
太陽が沈むごとに、夜が明けるごとに
わたしたちは彼らを思い出す。

その後、興味深い出来事があった。大きな結果につながる小さな出来事だ。その日はわたしの誕生日だった。部屋の外に、きれいな紙できちんと包装された小さな箱が置いてあった。サスマンからに違いないと思った。いかにも彼らしく、あれ以降、爆発と火事については ひとことも触れることなく、なにごともなかったように振る舞っている。それを言うなら、ほかのだれもが同じだったけれど。サスマンは、プレゼントであのときの埋め合わせをしているつもりなのだろうかと思った。もしそうなら、思惑どおりに運んだと言える。

箱の中には小さな像が入っていた。トロイの木馬の模型だ。高さ一五センチほどの見事なものだった。その繊細な形状も腹部のトラップドアも、すべてが完璧だった。

けれどその夜、わたしはサスマンから箱入りのチョコレートをもらった。驚いたけれど、お礼を言うのは忘れなかった。問題が残った。木馬をくれたのはだれ？ 考えながら階段を駆けおりていると、あがってきたチーフ・ファレルにぶつかった。右側を通らなければいけなかったのに。

「右側を通ることになっているぞ」チーフは穏やかに言った。

「ごめんなさい、チーフ。大丈夫？」そう言ったところで気づいた。サスマンがこんな素晴らしいものをくれると思ったなんて、わたしはどうかしている。わたしはいったいなにを考えていたんだろう？ 不意にうれしさに包まれた。彼がプレゼントをくれた。完璧な、素晴らしいプレゼントを。天にものぼる気持ちだった。心の中で声がした。〝意味があるなんて思っちゃだめ〟。でも思わないでいられるわけがない。

わたしはすかさずお礼を言った。「どうもありがとう」

チーフが笑みを返してきた。「大切にしてほしいね」

少しむっとした。わたしがなくしたり、壊したりするとでも思っているの？　雑な扱いができるほど物を持っているわけではないし、大切にしないわけがない。

「そうじゃないんだ」チーフは真面目な顔で言った。「本気で言っているんだよ、ミス・マックスウェル。大事にして、手の届くところに置いておいてほしい。大事なことなんだ」そう言い残して、彼は去っていった。さっきまでのうれしさは半減し、わたしは当惑すると同時に、少し不安になった。

その夜、わたしたちはいつものように騒がしい派手なパーティーをし――わたしたちのパーティーはいつも騒がしくて派手だ――全員が出席した。けれどどんな音楽もダンスもお酒も、根底にある緊張感を隠すことはできなかった。ベアストウ博士がなにかを耳にしたのかどうかは知らないが、サスマンとカルはその後二度と同じ任務につくことはなかった。

第六章

ベアストウ博士が再びスタッフ全員を集めた。

「ミセス・パートリッジから、この問題を取りあげるように頼まれた。忘れている者もいるかもしれないが、来月は年次評価が行われる。きみたちが当初提出した書類の中には……手直しが必要なものがあるとミセス・パートリッジから聞かされている。

きみの個人情報の書類だが……ミスター・サスマン、きみはジェダイの騎士ではない。宗教の欄、ボックス３を訂正するように。ミスター・マーカム、ミスター・ピーターソン、ミス・マックスウェル、ミスター・ディーター、そしてミス・ブラックも同様だ。

ミス・マックスウェル、きみはボックス５だ。きみの身長は一六八センチではないし、今後もそうなることはない。あきらめて、正しい数字を記入するように。

ミスター・マーカム、〝性別《セックス》〟の欄は君を誘っているわけではない。訂正して、ミセス・パートリッジに謝罪したまえ。

ミスター・ディーター、〝その他、興味のあること〟の欄にきみが書いたことは、物理的に不可能だし、ほとんどの文明世界では違法だ。また、官給品の誤用については責任を持つようにしてもらいたい。訂正したまえ。

ミス・ブラック、抑圧《oppressed》にはPがふたつだし、少数派《minority》にNはひとつだ。きみはどちらでもない。間違っている。削除するように。

この機会に言っておくが、フォスター医師が同じような医学的な書類を配布することになっている。彼女は雇用者との関係において、わたしのような見識ある態度はとらない。承知している者もいるだろうが、彼女は毎年恒例の検診では遠慮のない、徹底したやり方を好む。危険を覚悟で、彼女に付き合いたまえ。

ミス・マックスウェル、三〇分後にわたしのオフィスに来るように。ミスター・サスマンには書類上の改宗はいったん置いておいて、きみに同行するように説得してほしい。以上だ。解散」

わたしたちはぶつぶつ文句を言いながら書類をまとめ、ゆったりとした足取りで自分の隠れ家に戻っていく博士を見送った。わたしはサスマンの姿を探したが、すでにいなくなっていた。カルがやってきて、なにか言いたげな顔でわたしを見た。

「なに？」

「いずれ彼のせいで、命を落とすことになるわよ」

「そんなことない」わたしは言った。「彼は少し……時々頼りにならないことがあるだけよ」

「違う。彼がトラブルの元なの。マックス、気をつけないと、次の大きな仕事では彼のせいで危険な目に遭いかねない。ボスは彼が好きじゃないし、わたしだってそう。あんた以外、みんなそうよ」

「彼はわたしのパートナーよ」わたしはうんざりしてきたので、言い訳がましく答えた。「それほど悪いとは思わない」

「まさにそれなのよ、マックス。彼はあんたのパートナーで、そのあんたですら彼はそれほど悪くないとしか言えない。それが問題だって気づかないの？」

「わたしと一緒にいるときは問題ないもの。彼が嫌っているのはあんたで、彼はわざとあんたを挑発しただけのこと。大丈夫だって。信じて」

きっちり三〇分後、わたしたちはドアの外に立っていた。わたしたちの組織では、時間は重要だ。自分たちの建物の中で時間を守れない人間に、ヘイスティングズの戦い（一〇六六年、ノルマンディー公ウィリアムがイングランドを征服した戦い）を見つけることはできないというのが、上の人間の言い分だ。

サスマンはわたしを先に入らせた。ミセス・パートリッジが愛情のこもっていないまなざしを向けてきた。〝無関心〟や〝責任を負わない〟といった言葉が、彼女の思考過程を侵食していることがよくわかる。人間らしい感情が浮かんでいないかと探してみたけれど、無駄だった。彼女を見ていると、ベアストウ博士が人道主義の援助活動家に思えてくるほどだ。彼女はいつものごとく、黒のスーツと白いシャツに夜会巻きにまとめた髪という完璧な装いだった。いつものごとく、わたしは彼女を見て、別の誰かを思い出すような気がした。彼女はわたしたちそれぞれに任務フォルダーを渡してうなずいた。胸が高鳴った。これは大きな仕事かもしれない。

ボスはブリーフィング用のテーブルでわたしたちを待っていた。ファイルやキューブやUSBメモリがその上に散乱している。彼は、座るようにと身振りでわたしたちに命じ、無言のままデータを開いた。こういうところは、エンターテイナーの気《け》がある。スクリーン上で映像が渦を巻き始め、やがてサースクのロゴとふたつの短い段落が映し出された。

わたしは仰天した。隣ではサスマンがあんぐりと口を開けている。セント・メアリーに来て初めて、わたしたちふたりは言葉を失っていた。ただスクリーンを見つめるしかできない。わたしは一度顔を背け、まばたきをし、それからスクリーンに視線を戻した。

そこに書かれているのはたったふたつの段落だったけれど、わたしはまったく理解できなかった。もう一度読んだ。さらにもう一度。膝のポケットからタブレットを取り出し、テーブルに置き、両手を組んでボスを見つめた。

「どうだね？」彼が訊いた。「興味はあるかね？」興奮に沸き立つ自分の声が聞こえるようだった。サスマンの紅潮した顔を見た。彼はわたしを見てにやりと笑った。

「サー」わたしは言った。「この任務なら、仲間を踏みつけてでもやりたいです」

ボスは冷ややかな笑みを浮かべた。「安全かどうかは訊かないでいいのかね？　可能なのかどうかは？」

「実行可能だとあなたが考えているなら、わたしはそれで充分です」

彼は身を乗り出し、わたしたちにファイルとデータを渡した。

「必要なものはすべてこの中にある。当面はこれで充分なはずだ。任務プランを、金曜日の午前九時半にわたしのオフィスまで持ってくるように。任務の内訳については、きみたちがふさわしいと思うように配分してくれてかまわない。準備期間は約三カ月と見積もっている。その後、現場で三カ月、データをまとめ、調査結果を発表するのに二週間だ。ミス・マックスウェルを責任者とする。なにか質問はあるかね？」

わたしたちは揃って首を振った。わたしはまだ驚きのあまり茫然としていたし、サスマンはボスの前でなにか言うほどばかではない。わたしたちは部屋を出た。

背中にミセス・パートリッジの視線を感じながら、ゆったりとした足取りで彼女のオフィスを出た。静かに廊下を進み、ゆっくり階段をおりた。図書室に入り、マイクロフィッシュスキャナーをのぞいているドーソン博士と、初期メソポタミアのコーナーでひとりごとを言っているラプソン教授に会釈をした。大きなデータテーブルのひとつにファイルを置いて場所取りをしてから外に出て、何気ない様子で小道を進み、一段低いところにある岩石庭園までやってきたところで、ようやく息をついた。

わたしはベンチに飛び乗り、灰色の空に向かって「やった！　やった！　やった！」と雄たけびをあげ、『伝説のチャンピオン』を歌い、エアギターを弾いた。サスマンはわけのわからないことを叫びながら、側転を繰り返している。わたしはベンチから飛びおり、体を起こしたサスマンと抱き合い、今度はふたりしてぴょんぴょん跳びはねた。やがて足がもつれて、抱き合ったまま転がった。チーフ・ファレルが角を曲がって現われたとき、わたしは彼の下敷きになったまま、まだ「やった！　やった！　やった！」と叫び続けていた。本当に必要としているときに、地面は決してぱっくりと口を開いて呑みこんではくれない。

しばしの気まずい沈黙のあと、チーフが礼儀正しく言った。「おはよう、ミス・マックスウェルとだれかさん。なにかぼくにできることはある？」

サスマンはわざと顔を見せないようにしながら、体を震わせて笑っていたから、わたしは彼の肩越しに言った。「おはよう、チーフ。いいえ、大丈夫よ、ありがとう。わたしたち、ささやかなお祝いをしていただけなの」

「派手にお祝いをするときはなにをするんだ？」

「そういうときは羽目をはずすのよ、チーフ。これはせいぜいマグニチュード二・五だから」

　ようやく気持ちが落ち着いたところで、わたしたちは窓から図書室に戻り、テーブルについた。ファイルを広げていると、カルとピーターソンがやってきた。すでに噂が広まっていた。

「なにをもらったの？」カルが訊いた。「話してよ。大きな仕事？」

　わたしはサスマンに笑いかけた。「想像できないと思う」

「なんなの？　なにをもらったの？　もったいぶらないでよ！」

　わたしはこの瞬間を楽しむように、深呼吸をした。カルとピーターソンに話せば、数分のうちに施設中に広まっているだろう。もっと速いかもしれない。

「大きな仕事よ」わたしは認めた。「すごく大きな仕事。気候、地理、植物相、動物相、それに星図にまでわたる、三カ月の全面調査なの」

　カルが笑みを浮かべ、彼女にもわたしの興奮が伝染しているのがわかった。「植物相？

動物相？　いつ？　どこ？　なにをもらったの？　ああもう、早く教えてくれないと、ふたりとも殺すわよ」

「当ててみろよ」サスマンが言った。

「え、わからない。植物相……動物相……なにか生物学的なものね。ビーグル号（進化論を提唱した博物学者ダーウィンが、南半球を巡った際に乗船した測量観測船）ね！　ガラパゴスに行くのね」

サスマンは鼻で笑った。「おいおい、カル、おれたちの専門を考えるんだな。おれは初期のビザンチンだし、マックスはペロポネソス戦争（紀元前四〇〇年頃に発生した、古代ギリシア世界全体を巻き込んだ戦争）よりあとのものだったら、ベッドから出ようともしないぞ」

「トロイじゃないわね。もしそうなら、あなたたちはふたりとも、叫びながら屋根から飛びおりていたでしょうからね。エジプト？　メソポタミア？　あ、わかった。大地溝帯（主にアフリカ大陸を南北に縦断する巨大な谷）でしょう。人類の移動を調べに行くのね」

「あんたはまったくわかってないな。それよりもっと前だ」

「ああもう、わからない。なんなの？」

またむくむくと興奮がふくらむのを感じながら、わたしは大きく息を吸った。「白亜紀よ。ざっと六七〇〇万年前。わたしたち、恐竜と一緒に暮らすの！」

サスマンとわたしは、またばかみたいにあたりを飛び跳ね始めた。「ティラノサウルス

・レックスを見るの！　Tレックス！　Tレックス！」ドーソン博士がさりげなくわたしたちをにらんだ。

カルとピーターソンがわたしたちを見つめている。葛藤しているのがわかった。羨望とショックが争っている。無理もないと思えた。わたしも同じように感じていたのだから。分別のあるピーターソン（彼に分別があると言われるのだから、ここがどういうところだかがわかると思う）が静かな口調で言った。「だがよく考えたのか？　ものすごく昔だぞ」

彼がなにを言わんとしているのかはわかっていた。時間を遡れば遡るほど、基準点は減っていく。手ごろな新聞や向かいの婦人服店がなければ、そこが二〇〇〇万年前なのか、三〇〇〇万年前なのか、六〇〇〇万年前なのか、一億年前なのかをどうやって判断すればいいだろう？　それにこれはばかげているけれど、現在から遠ざかるほど、目に見えない紐というか、目印に残すパン屑というか、自宅までの道がどんどん薄くなっていくように感じるものだ。六七〇〇万年前（ざっと）となれば、本当に薄くなって見えなくなるかもしれない。

カルはずっと黙りこんでいた。「マックス、それってものすごく遠い。わたしたちのだれも経験したことがないくらいの昔よ。不安じゃないの？」

「変わらないわよ。昨日だろうと六七〇〇万年前だろうと、同じこと。わかっているくせに。明るい面を見てよ。時の中で行方不明になるより、当時の生き物に食べられる可能性のほうがはるかに高いんだから」

カルはため息をついた。「なにか手伝うことはある？」

「いまはない。とりあえず設定値を決めなきゃならないんだけど、でもきっとどこかで手を借りることになると思う」

「準備にはどれくらい？」

「三カ月」

カルは目をぱちくりさせた。「そうか、それくらいかかるよね。わたしたちは一九世紀後期のウィーンに行くことになっているんだけれど、あんたたちが出発する前に、行って戻ってくることになるね」

「わたしたちが出発するときには、いてくれるといいんだけれど」わたしが言うと、サスマンがうなずいた。

「もちろんよ。手伝うことがあったら、呼んでね」ふたりはその場を離れていった。みんなに話してまわるつもりだろう。

わたしたちは作業に戻り、担当の区分を決めていった。

星図。夜空の図。光害がないから状況としては理想的だ。それほどの昔の星がいまとどれほど違うのか、わたしはさっぱりわからないけれど、調べるにはいい頃合いかもしれない。けれどそのためには地平線から地平線まで見渡せる場所が必要だから、森の真ん中では無理だ。ポッドの屋根に機械を取りつけて、自動で観測するようにしたらどうだろう？目的地の座標と、どれくらいそれをコントロールできるのかをチーフに尋ねることと、メモを取った。おそらくコントロールは無理だろう。きっと沼地の中か水中に着地することになるに違いない。考えないことにした。星図は黒で表すことにして、話を進めた。

次は気象だ。気温、風、雨量といった区分に分けていった。酸素レベルも重要だ。当時の二酸化炭素レベルはいまより高かったと聞いている。あまりに高いと、キットをあちらこちらに移動させるのは難しくなる。高所医学についてヘレンと話をすることと、またメモを取った。気象には青を割り当てた。

地質学は面白そうだ。わたしが自分で担当したかったけれど、サスマンには言わなかった。ここは慎重に駆け引きをしないと、枕を涙で濡らすことになる。なにも持って帰ってくることができないから、すべてを写真に撮り、分類し、現地で分析しなくてはならない。つまりそれだけの設備が必要だということだ。わたしの記憶によれば、あの時代は地震活動が活発だったから、火砕流に巻きこまれるという項目を死に方のリストに加えた。地質学は茶色に決めた。

　植物相。これもサンプルを持ってこられないから、写真と映像と現地での分析だけだ。わたしの記憶が正しければ、当時、芝地はなく、広葉樹は存在していたものの、大部分が針葉樹林だったはずだ。花という形態も存在していたから、蜂のたぐいの大きな昆虫がいるだろう。わお！　植物相には緑色を当てた。

　そして最大のもの——動物相がある。あまりに大きい領域なので、一週間くらい調査をしてから計画を立てようということになった。動物相はオレンジ色だ。

「技術者と同じ色だな」サスマンが言った。「でかくて、不器用で、脳みそがちっぽけで」

　わたしは彼をにらみつけた。「そういうの、やめてくれる」

「おっと、忘れていたよ。あんたは彼らと親しいんだったな」

「デイヴィー……」

「言ってみただけさ。自分の妹にあいつらのだれかと結婚してほしくはないからな」

「あんたに妹はいないし、もしいたとしてもそんなばかなことを言ったら、引っぱたかれるだけよ。だからもう黙って」

　サスマンは椅子の背にもたれた。「ボスはあんただ。で、だれがどれをやる？」

ここは慎重に話を進めなくてはいけない。「あんたはなにがやりたいの？　言ってみて。ただし、面白そうなものを独り占めするのはなしよ」

「おれは星図がやりたい。いい仕事ができると思うね。あんたにもそれはわかっているはずだ。バークレーと話をするよ。彼女はこういうことには有能だからな。どういうものが欲しいのかを彼女から聞いて、おれがそれに応じて装置を調整する。帰ってきたら、また仲介役をやるさ。データをインプットして、動く星図を投影するんだ。すごいショーになるぞ、マックス。ぜひともおれにやらせてほしいね」

考えてみた。彼は正しい。バークレーとは彼のほうがうまくやれる。ふたりならすごいものが作れるだろう。わたしはうなずいた。「わかった。それはあんたに任せる。でも進行具合は毎日報告することと、わたしにも訓練を受けさせること。万一あなたの身になにかがあったら、わたしがあとを引き受けることになるんだから」

サスマンの顔が輝いた。「やったね。最高なものができるぞ。楽しみにしていてくれ」

サスマンは言葉を切った。わたしにはわかっていた。ここからだ、彼の本当の目的は。

「恐竜だが……同じようなことができるんじゃないかと思うんだ」

わたしは首を振った。

「聞いてくれ、マックス。〝なんとかの暮らし〟みたいなものにすればいいと思う。中学のときやっただろう？〝中世の農夫の暮らし〟とかローマ時代の兵士とかエジプトの石工だとか。あの手のやつだ。水たまりかなにかの近くに装置を設置するんだ。水を飲んだり、水浴びをしたりするためにやってくる生き物すべてを撮影する。争いや殺し合いやセックスや赤ん坊を見ることができる。マックス、考えてみてくれ。これが成功したら、3Dのホログラムを作れるんだぞ。頭上六メートルのところをのしのしと歩く、巨大な爬虫類を実際に見あげることができるんだ。音声をつけることもできるし、振動や恐竜の糞のにおいだって加えることもできる。バークレーならそいつを全部やれる。いいだろう、マックス。すごいものになる！」

そのとおりだろう。本物の恐竜の映像。生きて、歩いている恐竜を経験できる。素晴らしいアイディアだが、簡単に彼のものにさせるつもりはなかった。

わたしは身を乗り出した。「わかった。いいと思うけれど、でも規模が大きくなる。それでなくても大変な作業なのに、ますます大変になるのよ。資金を出しているのはサースクで、彼らが期待しているのはただの地味で退屈な生のデータでしかない。それ以上のことをするのは、本当に大変よ。わたしがそれ以外のことを全部片づけて、あんたがこれにかかりっきりになるなんていうのはごめんだから」わたしは椅子の背にもたれた。サスマンはうなずいた。

「わたしが気象と地質学をやる」わたしはあえて恩着せがましく言った。「あんたは星図をすればいい。それがやりたいんでしょう？　植物相も任せる。わたしはあまり興味がないから。動物相は規模が大きいから、ふたりでやらないと」

「ホログラムは？」

わたしは口を歪め、考えるふりをした。

「マックス、頼むよ。そうだ、おれにホログラムをやらせてくれれば、雑用はおれがやるよ。全部。星図の仕様についてはおれがバークレーと話をするから、あんたは首を突っこまなくていい。その代わりポッドや装置やレイアウトといったことを、あんたがチーフと相談してくれないか。これで完璧だ」

確かにそのとおりだった。ゲームセット、試合終了だ。

わたしたちは握手を交わし、遅いランチに向かった。

当然のことながら、わたしたちは注目の的だった。サスマンはその一瞬一瞬を楽しんでいた。ラプソン教授は、わたしたちが千年間眠れないくらいの膨大な研究プログラムを提示した。ガスリー少佐は猛烈なサバイバル訓練のスケジュールを立てた。わたしは偽の診断書を提出しようかと考えた。チーフは握手でわたしたちを称えたあと、どちらかひとりがポッドと装置についての講義を受けるようにと言った。

翌日、わたしは図書室の閲覧席に座り、サブリミナル・テープにアップロードするための資料をまとめた。たくさんあった。山ほどあった。グレツキの交響曲三番を呼び出し、ドーン・アップショウの歌声をコピーしている間に、わたしは眠ってしまった。

数時間後、ドーソン博士に起こされた。歴史家たちに時間がたつのを忘れさせないようにすることと、彼らが椅子と一体化しないようにすることが彼の仕事のひとつでもある。よろめきながら立ちあがって図書室を出るとチーフ・ファレルに会ったので、わたしたちは日の当たるところで紅茶を飲んだ。

徐々に一日のスケジュールが決まってきた。午前中は調査をし、たいていはチーフ・ファレルとランチをとり、アップロードしてもらうためのデータをバークレーのチームに届け、一時間ばかり、装置について技術部の人間と議論をし、締めくくりとしてラプソン教授と会って、その後数日間の研究プログラムを決める。そのあとバークレーからテープを受け取り、サスマンと夕食をとりながら互いにその日の報告をし、彼かもしくはカルとピーターソンと一杯やり、自分の部屋に戻り、テープを聞きながらゆっくりお風呂に入り(たいていその間に眠ってしまう)、そしてイヤホンにからまりながらベッドに倒れこむのだ。

そういったことの合間に、一九世紀後期のウィーンに行くカルとピーターソンの準備を手伝い、戻ってきたときには感想を聞き、腰当て《バッスル》をつけたカルのお尻はでかいと言い放ったサスマンの命を助けた。さらに最新のフィールド医学も学ばなくてはならなかった。わたしは家具に話しかけるようになっていた。

希望が通ったサスマンは精力的にプログラムに取り組んでいた。バークレーを引き受けてくれたのは、ありがたかった。その代わりに、チーフ・ファレルは主にわたしが相手をするようにしていたけれど、それはどちらにとっても願ってもないことだった。チーフとわたしはたいてい一緒にランチをとった。天気が許せば、日の当たるところでサンドイッチを食べた。その間は仕事の話をしないというのが暗黙の了解で、半時間ほどは違うことを考えるようにしていた。なにも話をせず、ただ太陽に顔を向けて座っているだけのことも時々あった。「水仙みたい」あるとき、わたしは言った。

「え？」彼は笑いながら訊き返した。「水仙？」

「動かないで」ディーターの声がしたかと思うと、フラッシュが光った。彼は手元のカメラを眺め、なにかを調節した。「うん、直ったみたいだ」

「見せてくれ」ファレルが言った。「悪くないね。一枚欲しい？」

「ええ、お願い」わたしは答えた。この世界にわたしの写真はほんの少ししかないし、酔ってもおらず、頭がおかしくも見えないものとなると、さらに少ない。そのうえ、この写真には彼も写っている。数日後、この写真はちゃんとした額に入れられ、わたしのささやかな部屋でトロイの木馬と並んでいた。

気持ちのいい日だった。普段より少しだけ長くランチに時間をかけた。技術者たちのほとんどは、恒例の金曜日の午後のサッカーの試合をしている。わたしは日の当たる壁にもたれて目を閉じ、静けさを楽しんでいた。あたりにはだれもおらず、半分まどろんでいると、だれかがやってきて隣に腰をおろした。目を開けなくても、それがだれなのかはわかっていた。

「ハイ」

「やあ」彼はサンドイッチを半分、わたしに差し出した。「もう食べた?」

「ええ、ありがとう」

彼はサンドイッチを再び包み直した。「静かだね」

「んん……」

午後の日差しが物音を呑みこんでいた。わたしは気持ちのいい孤立感を楽しんでいた。

「ミス・マックスウェル。マックス……」

「んん……」

「起きている？」

「んん……」

「きみが酔っていたり、なにかに夢中になっていたりしないときに、話ができる機会を待っていたんだ。きみが話を聞いているときに」

「いまだって、聞いているけど」本当は聞いていなかったから、わたしはいくらか声を荒らげた。

　彼が黙ったままだったので、わたしは目を開けた。「チーフ、ちゃんと起きて、聞いているわよ。なにかあったの？」

「仕事の話ばかりじゃないよ」

「それじゃあ、なんの話？」

「きみはここで幸せ？」

「ええ」わたしは驚いて答えた。「どうしてそんなことを訊くの？」思わず体を起こした。

「任務がキャンセルになったの？　くびにする人間を探しているの？」

「違う、違う」彼はあわてて答えた。「頼むよ、パニックを起こさないでくれ」

「歴史家はこういうものよ。ただのパニックじゃない。高度な訓練を受けたパニックだから。何年も厳しい訓練と作業をしてきているんだから。お願いだから、からかわないで」

「悪かった。きみの最初の指導者としては、ろくでもない指導が実を結んだのがわかってうれしいよ」

「歴史家が通りで暴動を起こしていたら、あなたは大喜びするっていうわけね」

「話を戻すが……」

「ごめんなさい、チーフ。話があったのよね」

彼は一瞬戸惑ったような顔になったが、やがて冷静さを取り戻して言った。「ぼくたちが最初に会ったときのことを覚えている？」

「ええ、わたしがここに来た日よ。あなたは階段をおりていた」

「あのときから、きみはとても進歩したね。ぼくの前に立っていたきみは、挑戦的で反抗的だった。それがいまは、これまでのもっとも重要な任務に向かおうとしている。ぼくはきみがとても誇らしいよ」

いままで、わたしを誇らしいと思ってくれた人はいなかった。卒業式を笑顔で祝ってくれた家族はいなかった。チーフは庭を眺めた。いったいなにが起きているのだろうとわたしは考えた。

「チーフ、今回の任務になにか問題でも？」

「いいや、万事順調だよ。きみは？」

「着実に前進している。あともう少し。いまでも信じられないくらいよ」

「生涯にまたとない経験？」

「それはトロイね」

「トロイ以外に、今後きみが考えていることはある？」

「ええ、もちろん。テルモピュライ。アジャンクール。ラムセス二世。きりがないわ」

「違うんだ。セント・メアリーとは関係のないところでの話だよ」

「なにもないかも」

「それじゃあ、ずっとこの仕事を続けるつもり？」

「それは考えにくいかも。だってわたしたちって、長生きできそうもないでしょう？　かわいそうなケヴィン・グラントがいい例だわ」

「それでもきみは……」

「アキレスだかカート・コバーンだかが言ったとおり、〝短いけれど、楽しい人生〟よ」

「本当にそう思っている？　もっと——平凡な仕事につくことは考えないのかい？　家族を持ちたいとは思わないの？」

「とんでもない。家族は悪魔の発明よ。絶対にごめん」

「それほど悪いものでもないよ」

彼の口調になにかを感じて、わたしはそれ以上この話を続けるのをやめた。それに、一部の人たちにとって、家族が安心と力の源になっていることは確かだ。ただ、わたしにはそうじゃないというだけで。

「わたしの家族はセント・メアリーよ」

「サスマンのこと？」

「え？　まさか！」なんだってそんなことを考えたの？　なんとしてもその点ははっきりさせなくては。「彼はわたしのパートナー。それだけよ」

チーフはうなずき、わたしの顔をまっすぐに見た。「実はマックス……ぼくが言いたいのは……」

彼はわたしよりひどい。なにが言いたいのかさっぱりわからない。わたしの頭の隅には、塗料庫で盗み聞きした会話が残っていた。普段は大切にしまいこんである宝物の記憶を、時々取り出してはそっと抱きしめている。あとはトロイの木馬。そして写真。けれどこうして彼を目の前にしていると、どう考えていいのかわからなかった。自分がどういう言葉を聞きたいのかはわかっている。けれど彼は照れ屋で上司で、わたしは用心深くて――可能性はどれくらいある？　どこまでがわたしの希望的観測だろう？　もしわたしがなにか言って、拒絶されたら……

彼の顔を見た。わたしを見おろすその顔に浮かんでいるのは、笑みとそれから——わたしたちの横の壁にどすんとサッカーボールがあたったのはそのときだった。わたしは跳びあがりそうになった。だれかが叫んだ。「ボールを取ってもらえる？」

わたしはディーターにボールを投げ返した。視線を戻したときには、チーフは片手でサンドイッチを食べながら、もう一方の手でタブレットになにかを打ちこんでいた。なにも言わなかったことを、神さまに感謝した。

ばかみたいと思った。「もう行かないと」そう言って立ちあがった。

彼はうなずいた。「マックス……」わたしは振り返った。「この任務が終わったら……」

わたしはうなずき、これ以上困惑が大きくなる前にその場をあとにした。

それから間もないある日、わたしは朝食の席でカルと会った。

彼女は新聞紙を見せながら、にやりと笑った。「どう思う？」

地元のホテルとそこで行われるイベントの広告だった。

「見てよ」彼女が言った。「スパ、エステ、マッサージ、ジャグジー。それからディナーにキャバレーにディスコ。テレビでは見られないような奇術師も来るのよ。一晩泊まって、一日かけていまよりもっときれいになって、しこたま飲んで、朝まで踊って、たっぷり朝寝坊して、遅い朝食をとって、いなくなっていることに気づかれないうちに戻ってくるの。どう？　まさに、いまのわたしたちに必要なことだと思わない？　最後に外に出たのっていつだった？」

　素晴らしいアイディアだという気がした。「なんて素敵」むくむくと期待が高まった。「インドアプールもあるじゃない。プールサイドに寝そべって優雅にカクテルを飲むのよ」

「いいわね。ひと口飲んだら、あんたは意識を失うだろうけどね。でもいい考えだと思う。ヘレンにも行きたいかどうか、訊いてみましょうよ」

「そうね。ちょうど彼女が来たわよ。訊いてみて」

「なにを訊くの？」ヘレンがわたしたちの隣に腰をおろしたので、新聞を見せた。驚いたことに、彼女は大いに乗り気だった。「わたしも入れて。ここにはうんざりしているんだもの。あなたたちふたりは絶対に行くべきよ。あなたたちの仕事を考えれば皮肉に聞こえるかもしれないけど、あなたたちはもっと外に出ないと」

「わたしはもう行かなきゃ。教授に呼ばれているの」カルが言った。「今日の午後、予約を入れておく」彼女はヘレンと視線を見交わした。「部屋は別々ね？」

「わたしはあなたたちのどちらとも一緒に寝るつもりはないから」ヘレンが応じた。「ふたりともいびきをかくし、マックスはそのうえ、変な音までたてるんだもの」

「たてないってば！」わたしは憤然として言った。

「たててる」ふたりは声を揃えて言い、また顔を見合わせた。「別々の部屋ね」どういうことだろう？　わたしのいびきがそんなにひどいはずがない。変な音というのは本当かもしれないけれど。ふたりは冗談が好きだと聞いたことがある。

ふたりがいなくなったあとも、わたしは二杯目の紅茶を飲みながら、白亜紀以外のことを考えるひとときを楽しんでいた。

顔をあげると、隣のテーブルにイジー・バークレーが座ろうとしているところだった。

「おはよう、イジー。元気？」

ミス・バークレーか、もしくは（さらに愉快なことに）〝マーム〟と呼ばれないと、彼女はいつもしかめ面になる。

「ええ、元気よ。ありがとう」彼女はきびきびと応じると、トーストにスプレッドを塗り始めた。ローファットのスプレッド。ママレードはなし。納得した。彼女が痩せていて、わたしが痩せていないのはそのせいだ。これからだってそうだろう。けれど、バターもママレードもなしでトーストを食べるの？　彼女がいつも文句たらたらなのもうなずけた。わたしは不意にあることを思いついて、彼女の顔を見た。彼女も誘うべきだ。そうするのが親切というものだ。彼女は寂しいに違いない。だれからも好かれていないのだから。彼女が顔をあげた。

「なに？」

わたしは深呼吸をした。「イジー……」

書類の束を抱えたミセス・パートリッジが、不意にわたしの肩口に現われた。「ミス・マックスウェル、ベアストウ博士がすぐに会いたいそうよ」

「二分で行く」

「だめ。悪いけれどいますぐ行ってちょうだい」

わたしはため息をついて立ちあがった。「すぐ戻ってくるから」バークレーに告げ、ミセス・パートリッジのあとについて階段をのぼった。思っていたよりも時間がかかり、当然ながら戻ってきたときにはバークレーはいなくなっていた。彼女を追ってホーキングに向かったが、なにかほかのことに気を取られて、結局この件は忘れてしまった。もしも彼女を誘っていたら、彼女が来ていたら、今後の展開は変わっていただろうか？

第七章

土曜日の朝、わたしは荷物を詰めたバッグを持ち、建物の外でカルとヘレンに会った。これからどこに行くのかを説明したくなかったから、できるだけ人目につかないようにした。だれの車で行くのかでしばし揉めたあと、ヘレンの車に決めた。

お金を有効に使うため、美容院を含めてあらゆる施設を利用しようと決めていた。わたしは髪を切った。もちろんショートカットにしたわけではないけれど、終わったときには驚くほどの量の髪が床に落ちていた。しゃれたヘアスタイルになっていて、自分でもセットすることができそうだ。月曜の朝にはただのお団子に戻っているのだろうけれど。

部屋に戻り、ゆっくりと着替えた。実用的ではないけれど、お洒落な下着。体にぴったりした東洋風の金と黒のドレスに、蝶の飾りがついた靴。セント・メアリーに来てまもなく、珍しくラッシュフォードにショッピングに行ったときに、自分が女であることを忘れないために買った靴だった。とても気に入っていたけれど、滅多に履く機会がない。けれど今夜はようやく出番が来たのだ。靴も喜んでいるようだ。

少し化粧をした。それなりに見栄えがしたけれど、〝少し〟が結果を出したときには、〝もっと〟はさらに結果を出せることをみんな知っている。なので、もっと化粧をした。言い訳しておくと、とても魅力的で背が高くてスタイルのいい女性ふたりと並んで登場するのだから、これくらいしておかないとだれもわたしに気づかない。きらきらする白と銀のドレスに身を包んだカルは白雪姫のようだったし、大胆なデザインの濃い赤のドレスをまとったヘレンはＳＭの女王を思わせた。

「わお」わたしたちは互いを見つめ合った。

華々しい登場だったと言っていいと思う。店内がつかの間、静まりかえったのにはそれなりの理由がある。給仕長は情け容赦なく部下たちを肘で押しのけ、直々にわたしたちをテーブルに案内した。

六人がけのテーブルだった。

「この席、違ってる」わたしは言った。「ここは六人がけよ」

わたしは鈍い。

カルはわたしを無視して、ワイン・メニューを眺めている。

ヘレンはわたしを無視して、あたりを見まわしている。

「ねえってば」わたしは言ったが、目の前にマルガリータが置かれたので、もうどうでもよくなった。いい席であることは確かだったから、わたしは満足して椅子の背にもたれた。

「注文していい？」わたしは訊いた。「お腹がぺこぺこだし、アルコールが必要だわ」

「ちょっと待って」カルが上の空で言い、彼女も店内を見まわした。ふたりがそうやっているので、わたしも真似してみた。最初に目に入ったのはディーターとピーターソンだ。そのうしろにいるのが、だれあろうチーフ・ファレルだった。黒のスーツに黒のシャツ、銀白色のネクタイ姿の彼は、息を呑むほど格好いい！

「見て！」わたしは陽気な声をあげた。マルガリータが効き始めている。「知り合いがいる」

わたしは鈍い。

「あら、びっくりね」ヘレンが言った。「本当だ」

「あら、いるわね」カルが言った。「一緒にどうって誘う？」

「いいんじゃない？」わたしは言った。「席ならあるし」

わたしは鈍いって言ったっけ？

カルが手を振った。三人が近づいてきた。

「こんばんは」ディーターが言った。「三人とも素敵だね」

「ああ」ファレルが言った。「とても素敵だ」

　ピーターソンが天を仰いだ。「まったくなってないな。オレンジたちはしばらく脇にどいてろ。よく見ておくんだぞ」彼は背中に隠していた三本の薔薇を差し出した。

「まずはぼくの愛する美しいヘレンに赤い薔薇を。氷のプリンセス、パートナーのカリンダには白い薔薇を。そして素晴らしい友人、愛すべきマックスには金色の薔薇を」わたしたち五人はまじまじと彼を見つめた。「いいかい、オレンジの友人たち、こういうふうにやるもんだ」ピーターソンはヘレンの隣に腰をおろし、彼女に笑いかけた。ヘレンが顔を赤らめるのを見る日が来るとは、夢にも思わなかった。

　カルは立ちあがった。「チーフ、ここに座る？　わたしはそこに座るから」カルほど、自分のやりたいようにする人はいない。あっという間に、全員が新しい席についた。わたしは贈られた薔薇を見つめた。わたしのドレスにぴったりだ。ヘレンのも。カルのも。

注文をして、食事をした。ショーが始まった。わたしは隣に座っているチーフのことを強烈に意識していた。ショーが終わり、ディスコタイムになった。数分間、うだうだと要領の得ないことを言い合ったあとで、わたしたちは立ちあがった。よくあることだが、わたしたちがダンスフロアまでやってきたところでリズミカルな音楽が終わり、ゆったりとしたロマンチックなメロディが流れ始めた。

気まずい空気が流れた。どうすればいい？ チーフは動こうとしなかったので、わたしは笑みを浮かべ、一歩前に出た。離れてダンスをしてもいい。けれどそうはならなかった。わたしは彼の腕の中へと、さらにもう一歩進んだ。彼はわたしの手を取り、もう一方の手を腰にまわした。ダンスが始まった。わたしはさらに体を近づけ、彼はわたしをぐっと引き寄せた。昔からこういうことは苦手だった。強く抱きしめられると、わたしはいつもパニックを起こす。けれどこれは——素敵だった。彼はダンスが上手だった。いいにおいもした。音楽に合わせてハミングはしなかった。わたしは彼の肩に頭をもたせかけた。音楽が終わり、わたしは彼を見あげた。彼がキスをしてきた。

世界が動きを止めた。呼吸も、心臓も、思考も、時間も止まった。何百というきらびやかな色と光がわたしのまわりで渦巻いている。おっと、違った。それはミラーボールだ。わたしにまったく経験がないわけではない。サースクでの最終年、名前は憶えていないけれどとても感じのいい若者がいた。ヨーロッパで過ごしたときにも、やっぱり名前は憶えていないけれど付き合った人がいた。たいしたことじゃなかった。正直に言えば、ほとんどが好奇心だった。あんな子供時代を過ごしたあとで、だれかと深い関係になりたいなんて思うはずがあるだろうか？ わたしはなにも感じなかった。なにひとつ。セックスは吹き出物を掻くようなものだ——やめたときにはほっとする。

わたしは彼の肩に額を押し当て、自分の名前を思い出そうとした。彼はわたしの耳元でささやいた。「きみにどうしても話さなきゃいけないことがある。今夜。というか、いますぐに」彼はわたしの腰に手を当て、わたしたちは店を出た。上司を部屋に誘うときの作法なんていうものはあるんだろうか？

「きみの部屋がいい？　それともぼくの部屋？」彼が尋ねた。

「わたしの部屋」わたしはきっぱりと答えた。「三〇五よ」途中ではぐれたときのために、言い添えた。わたしたちはエレベーターに向かった。

　わたしの部屋は暖かくて、薄暗く――どこかわたしに似ている――彼はソファに腰をおろした。わたしはどうすればいいかわからずに、部屋の中をうろうろしていた。お酒、当惑、ハイヒール、そういったもののすべてのせいで、わたしはいまの状況が把握できなくなっていた。彼はなにも言おうとしなかったので、結局彼の隣に座り、集中しているような表情を装った。青とオレンジの制服のときは、なんの問題もなくコミュニケーションが取れているのに、黒と金を着るとこんなにものが言えなくなるのはどうしてだろうと、わたしは考えていた。色を使って特定の精神状態を誘発するといった研究は行われているんだろうか？　たとえばホームチームの控室を生き生きとした赤で塗り、ビジターの控室はつまらないベージュに塗るとか？

改めて彼に意識を戻すと、じっとわたしを見つめていることに気づいた。「きみはどこにいるんだ？」彼はひどく怒っていた。「ぼくが一世一代のスピーチをしようとしているのに、きみは心ここにあらずじゃないか！」

「ごめんなさい」わたしは言い訳がましく応じた。「色が気分を左右することについて考えていたの」

「二度は言わないぞ。集中するんだ！」

「ごめんなさい」わたしは彼の顔が見えるようにもぞもぞと体をよじり、待った。彼はなにも言わずに、ただわたしを見つめているだけだ。わたしは不安になった。これまでも何度か、彼がなにかを言おうとしていると感じたことはあったのに、結局、なにも起きないままだったからだ。

我慢できなくなってわたしは口を開いた。「いまはこうやってしっかり聞いているけれど、いつまでこうしていられるかわからない。あなたがなにも言わないのなら、わたしはまたどこかへ行くかもしれないわよ。いったいどうしたっていうの？」

彼はわたしの手を取り、そっと握った。いい話ではないことがこれでわかった。

「ぼくを信じる？」

「ええ」彼を信じていたからそう答えたけれど、不安に心が少しよじれた。

「信じちゃいけない。ぼくはなにひとつ、見た目どおりじゃないんだ」

なんてこと。彼は結婚しているんだ。違う、彼は女だ。違う、ゲイだ。胸の中でなにかが裂けた気がした。

「それじゃあ、なんなの？」

彼はわたしから目を逸らし、大きく息を吸って、吐いた。「ぼくは未来から来た」

「未来……から？」

どうしてこれほど驚いたのか、自分でもわからない。わたしは歴史家で過去を基準にして考えがちだけれど、つまるところわたしたちにとっての現在は、だれかの過去なのだから。いままでそういうことが起きていなかったことのほうが驚きだ。

彼は小さくうなずいた。ようやくわたしにも理解できた――極力、なにも言わずにすませようとするのは歴史家の本能のようなものだ。それはよくわかる。タイムラインを汚染してはいけない。

「どうしてここにいるの？　なにかの任務？」だとしたら、とんでもなく長期間にわたる仕事だ。「あなたは逃亡者なの？　なにかから逃げているの？」

「違う、違う。そんな華々しいものじゃない」彼は立ちあがり、部屋の中をうろうろと歩き始めた。それがなにを意味するのかはわかっていた。わたしも、あれこれと質問をぶつけられるのは嫌いだ。だから口をつぐんだ。しばらくすると彼は窓のそばで足を止め、こちらに向き直った。

「初めから順を追って話をするというのはどう?」わたしは言った。

彼はいつものかすかな笑みで応じた。「そうだね、ルーシー」

「こういうときは、アリスっていうべきじゃない?」

「いや、きみはぼくのルーシーだ。歌に出てくるだろう? 万華鏡の瞳の女の子だよ」

わたしはまた息ができなくなった。

「レオン・ファレルというのはぼくの本当の名前じゃない。ぼくはフランスで生まれた。母はイギリス人の教師だった。父はいない。ぼくたちは貧しかった。母は仕事を掛け持ちして働いた。ぼくもだ。できることはなんでもした。陸軍奨学金を得た――フランスでね。優秀な成績で卒業して、ヨーロッパの基地周辺の様々な場所で三年間、兵役についた。航空母艦に異動になり、そこで二年勤めている間に、モニークというパイロットと出会って結婚した」

わたしはただじっと座っていた。

「二年ほどはなにもかもが完璧だった。彼女は妊娠して、男の子を生んだ。アレクサンダー。アレックスだ。ふたり目はスティーヴィー。その後彼女はキャリアが欲しいとか、軍の要請だとか、こんな生活は退屈だとか言って出ていった。ぼくは育児と仕事を両立させようとしたけれど、難しかった。そうしたら母が子供たちの面倒を見てくれることになったんだ。すべてがうまくまわり始めて、母がぼくのために苦労したのを見てきたから、その恩返しができることがうれしかった。幸せな日々だったよ」彼の口ぶりから、そんな日々はそれほど長くは続かなかったのだろうと見当がついた。「ぼくはできるかぎり家に帰るようにしていた。やがて、イギリスの――ある場所の研究所に配属になった。全員で引っ越した。幸せだった。アレックスは学校に通い始めた」

　彼は言葉を切り、カーテンを開けて外の闇を眺めた。

「インフルエンザが大流行した――するんだ。ただのインフルエンザなら毎年のことだが、それは致命的なものだった。そのうえ、たちが悪い。老人と子供が重症化した。二〇歳から五〇歳までの人間は、軽くすむようなんだ。その年代以外の人間は、ばたばた倒れて死んでいった。あっという間に。

　最初は母だった。母でよかったと思うよ。おかげで母はなにも知ることなく……。公共施設はすべて閉鎖された。国全体が活動を止めた。ぼくは母が息を引き取るまで、病院でそばについていた。静かに、ひっそりと死んでいったよ。いかにも母らしい最期だった。次の日、息子たちが感染した。なにもできることはなかった。まずアレックスが死んだ。

母と同じように、静かに逝った。目を閉じて、そのまま旅立ったんだ。スティーヴィーは……苦しんだ。ぼくのことがわからなくてね。ぼくはあの子を抱いてあやそうとした。おばあちゃんを恋しがって泣いたよ。ぼくを求めて泣いた。とても……辛かったよ。まもなくあの子も死んだ。ぼくにとっては、それが世界の終わりだった。週の始まりは健康で幸せな一家だったのに、終わったときにはぼくひとりが残されていたんだ」

彼は長々と息を吸った。「その頃には、治療法の開発が始まっていた。ワクチンだ。息子たちの血液とぼくの血液が採取された。効果がある場合があったからだ……医者に呼ばれたときは、息子たちが助かる可能性があるのかもしれないと思った……だが無理だと聞かされた……ふたりはぼくの子じゃなかったんだ。そのうえ、それぞれの父親も違っていた。ふたりに望みはなかった。ぼくは同じ日に三人を埋葬した。息子たちの母親は来なかった」

わたしになにが言える？　なにができる？　彼は咳払いをするとカーテンを閉め、苦々しげに言葉を継いだ。

「ひと月のあいだ、ぼくは酒におぼれた。話しかけてきたり、近くにきたりしただけの人間を片っ端から殴った。元妻を探して、フランスをめちゃくちゃにするところだったが、幸いなことに彼女は見つからなかった。あれっきり会っていない。息子たちが死んだことすら知らないのかもしれない。ぼくは停職になり、それから半年間酒浸りになっていた。セント・メアリーに拾われたのはそんなときだ」

　彼は向きを変え、また窓の外に目を向けた。

「エドワードがぼくを見つけた——もちろんバーでだ。彼はけんかを売ってきた。ぼくたちは外に出て、ぼくは叩きのめされた。目が覚めたときにはセント・メアリーにいた。特別な仕事を提示されたんだ」

　彼はこちらに近づいてきて、わたしの隣に座った。「ここまでの話は忘れてくれていい。大切なのはここからだ。ぼくの時代、セント・メアリーは厄介な状況に陥っている。歴史は変えることができる、そこからもっと利益をあげることができると考える人間が現われるんだ。それも思っている以上に多く。彼らはポッドを盗み、過去に飛んで——さらに二台を手に入れた」わたしがなにかに気づくのを待つかのように、言葉を切った。

「四と七！　二度と見つからなかったってあなたは言った。変だって思っていたのよ。どうしてポッドがなくなることがあるの？」

「そのとおりだ。故障じゃない。彼らが歴史家を殺して、ポッドを盗んだんだとぼくたちは考えている。彼らの手元にはいま少なくとも三台あるわけだ」

　彼は立ちあがり、ケトルのスイッチを入れた。

「セント・メアリーはいま、不安定だ。出費は莫大で、利益はなく、失われた人員も多い」

「その人たち、セント・メアリーを閉鎖させようとしているの？」

「そうじゃない。ぼくたちを――転向させたいんだと思う。〝堕落〟のほうがふさわしい言葉かもしれないな。ポッドが最低でも一台は残っていなくては、いまなくなっては困るわけだから。セント・メアリーが未来で存在するためには、彼らも盗めないからね。だからぼくたちの問題には、ふたつの側面がある。ひとつは、現在の当局に閉鎖されないようにすること。もうひとつが、タイムラインを行ったり来たりして大混乱を招いている彼らの存在だ。儲かるから、彼らは危険を顧みない。未来のセント・メアリーは力がなくて脆弱なんだ。だからエドワードとぼくがここで戦うために送りこまれた。彼らが力をつける前に」

わたしはしばらく考えていた。お湯が沸いて、彼が紅茶をいれてくれた。彼が戻ってきたところで、わたしは尋ねた。「あなたとボスは――セント・メアリーを強くするために、この時代に来たのね？」

「それが理由のひとつだ」

「でも、セント・メアリーを作ったのはボスだわ」

「そうだ。彼がポッドを未来から持ってきて、タイムトラベルの方法を〝発見〟したふりをした。そしてそれを土台にして、ほかのポッドを作ったんだ」

「ボスが未来からポッドを持ってきた。そのポッドが未来に存在するすべてのポッドの見本になったわけね？」

わたしがなにを言わんとしているのかを悟って、彼は微笑んだ。

「それじゃあ、タイムトラベルの方法を発見したのは、本当はだれなの？　最初のポッドはだれが作ったの？」

彼は笑顔で肩をすくめた。「そのあたりはあまり考えないほうがいい。でないと、頭がどうかなるからね」そうだろうと思えた。

「わかった。それじゃあ、あなたもボスと一緒に現代に送られてきたの？」

「いいや、任務はそれぞれに与えられた。エドワードとぼくは別々にジャンプした。彼はセント・メアリーを設立するために来た。ぼくが来たのはもっとあとだ」

わたしはカルと自分のことを考えた。「友だちが突然、ずっと年上になるのはどんな感じ？」

「かなり動揺はしたが、男らしく受け止めたよ」

「セント・メアリーは無事に設立されて、軌道に乗った。ボスが大変な仕事をこなして、そのあとであなたが来たわけね」

「紅茶を飲むといい。そうだ。ぼくはセント・メアリーを守るために来た。技術的な進展の手助けをするためにね。そして、きみを見守るために」

「わたしは戦略的に重要な存在なの？」

「実を言えばそうだ。すごく重要だ。でもぼくはただきみを見ているのも好きなんだ」

その言葉は、とりあえず無視することにした。「それじゃあ、あなたは未来を知っているのね」

「それは違う。その点については、はっきりさせておく必要があるね。ぼくは未来のセント・メアリーに採用されて訓練を受けた。ここに来たその日までのきみとセント・メアリーに関する知識はあるよ。だがそのあとは——当然のことながら、まったくわからない」

「ああ、もう」

彼は気の毒そうな顔になった。「わかるよ。すぐには受け入れられないと思う。しばらく前からきみと話をする機会をうかがっていたんだが、きみはいつも酔っているか、怪我をしているか、ストレスをためているか、そもそもここにいないかのどれかだったからね。なかなか難しかった」

「なにか、わたしに対する指示があるの？　わたしはなにかしなきゃいけないの？」

「自分の身を守るんだ。この男はなにを言っているんだと思っているだろう？　だが真面目に言っている。マックス、気をつけるんだ。注意してほしい。いいね？」

わたしはうなずき、じっくり考えてみた。彼の顔を見た。いままでとは違う。わたしも違う。この部屋に入ってきたわたしはもういない。

「その未来はどれくらい先なの？」

「それは話せない。訊かないでほしい」

「でも、いつかあなたの任務は終わるのよね？　あなたは呼び戻される。あなたのポッドがあった。いつか、あなたはいなくなる」わたしは平静な口調を崩すまいとした。

「ぼくのポッドがあるのは、状況に応じて彼らを追えるようにだ。ぼくたちを呼び戻す予定はない。エドワードとぼくは当分のあいだ、ここにいる」

　この任務のために、彼がすべてを置いてきたことを思った。自分の過去から逃げるためにこのチャンスに飛びついたんだろうか？　わたしだったらそうするだろうと思った。いや、違う。わたしはすでにそうしている。

　ラジエーターの音が静かな部屋に響いた。このあとはなにが待っているのだろうと考えた。事情が変わった。わたしは驚きのあまり、すっかり酔いが醒めていたし、彼は疲れているようだ。時計を見た。とても遅くて、早い時間だ。夜はもう終わろうとしている。彼は立ちあがり、再び窓に歩み寄った。今度はなに？　そしてまた戻ってきて腰をおろし、わたしの手を取った。驚くべきことを一度に聞かされたせいで、わたしはすっかり忘れていた……

「少し、きみと話をしてもいいだろうか」

「ええ、もちろん」わたしたちはいままでなにをしていたのだろうと考えた。

「実は……実は……きみに好意を持っていると言いたかった」

解せないことに、わたしはがっかりした。「わたしもよ、チーフ。一緒に仕事をしているんだもの」

「そういう意味じゃない。ぼくが言いたいのは……きみに対して特別な感情があるっていうことなんだ」

心臓がひとつ跳ねた。「どんな感情？」

「尊敬、感嘆」長い間があった。「愛情」

心臓がハンマーのように打ち始めた。彼はわたしの沈黙を誤解した。

「すまない。驚かせてしまったね。ぼくはできるだけ……その……正直に答えてほしいと言っておかなきゃいけなかった。ぼくにチャンスはあるだろうか……その、きみが……」

「ええ、あるわ」

彼はひたすら自分の手を見つめている。傷のあるその手は、痛いくらいにわたしの手を握っていた。自分にどれくらいの力があるのか、彼はわかっていないのかもしれない。

「そうだな、わかった。そういうことなら、ぼくはもう行くよ。すまなかった……もちろん、こんなことがあったからといって……」また言葉が尻すぼみに途切れた。彼はもっとはきはきと話をする練習をしたほうがいい。それに、耳も悪いみたいだ。彼は立ちあがり、部屋を横切って、静かに部屋を出ていった。わたしはじっと座ったままでいた。驚いていたし、消耗していたし、幸せだったし、うれしかった。少しだけいらだってもいた。ドアをノックする音がした。わたしは立ちあがって、ドアを開けた。

「なんて言った？」

「ええ、あるわって言ったのよ」

彼の顔に笑みが広がった。「そうだ、そう言ったんだよね？」彼は身をかがめ、そっとわたしにキスをした。「この任務が終わったら……」

わたしが自分を取り戻して返事をするより早く、彼はいなくなっていた。

この数カ月で初めて、白亜紀に関係のないことを考えながら、わたしはベッドに入った。

第八章

　七日後、どちらのポッドにもすべての荷物を積み終え、わたしたちの準備はすっかり整っていた。サスマンは三号機、わたしは八号機を使うことになっている。三号機で作業をし、睡眠や食事を八号機でする予定にしていた。あるいはその逆になるかもしれない。向こうに着いたときの状況次第だ。高い場所を目指せるように、できるかぎりのプログラムを組んだ。水中に着地するのはごめんだ。「精密科学ではないからね」ファレルが、彼にしては不安そうな顔で言った。「祈っていてくれ」この任務に関わるすべての人と同じく、彼も疲れ切っているようだ。まだ始まってもいないというのに。

　サスマンが現われた。「準備はできてる?」

「ええ。それじゃあ、始めましょうか」視線をあげた。カルとピーターソンが手を振っている。ベアストウ博士がラプソン教授やほかの大勢の人たちと並んで、静かに立っている。構台は人であふれていた。

「行こう」

わたしたちはそれぞれのポッドに入った。わたしの二度目のひとりでのジャンプだ。最初のジャンプが遠い昔に思えた。バッグをきちんとロッカーにしまった。木馬は置いてきたけれど、大切な写真はバッグの底に隠してある。からかわれるのがわかっているから、サスマンに見せるつもりは毛頭ないが、持っているだけで安心できる。まるで、彼が一緒にいるみたいに。

ファレルはタブレットを手にドアロに立っていたけれど、本当はその必要はなかった。すべてのチェックはすでに二度、行っている。わたしたちは見つめ合った。時間だ。彼が言った。「気をつけるんだよ、マックス。きみが戻ってきたら、考えていることがあるから」

心臓がきゅんとした。わたしはうなずいた。「あなたも」

彼は微笑んでうしろにさがり、ドアが閉じた。わたしは通信システムをオンにした。

「カウントダウン開始」

コンピューターが応じた。「ジャンプを開始します」そして世界が白くなった。

そして緑になった。なにもかもが緑色だ。あらゆるところが緑色だ。わたしはすっかり魅了されてしまい、いつもなら山の中や海の底、今回で言えば沼の中に具現化しなかったことに対する感謝の念を歴史家の神さまに捧げているのに、今日はきれいさっぱり忘れていた。首を伸ばしてスクリーンをのぞきこんだ。ただひたすら、緑色だ。

「デイヴィー！　いるの？」

「あんたのうしろだ。見えているよ。一〇〇メートルくらい離れているかな。しかし、まぶしいな！」

「モニターを作動させて。外に出る前に確認しておかないと」

サスマンは数字を読みあげ始めた。「気温は高いが、それほど悪くない。湿度はとんでもないぞ。あんたのはいてるのが、防カビ下着だといいんだがな。酸素レベルは、あまり走ったりしなければ許容範囲だ。接近警報はない」

わたしは自分の計器を確かめた。「そのとおりね。そっちに行く」

「お湯を沸かしておくよ」

わたしはベストとヘルメットをつけ、マイクを作動させた。「マイクのテスト」

「よく聞こえている」

ロッカーからブラスター銃を出し、スタンガンを太腿のパッチに固定し、強力な催涙スプレーをベルトに引っかけた。目をつぶり、ラプソン教授特製の特殊スプレーを全身にふんだんに振りかけた。これで理論上は、動物ではなく、植物のようなにおいになったはずだ。実際は、巨大な腐ったキャベツのようだったけれど。もう一度、接近警報を確かめてからドアの前に立ち、二度大きく深呼吸をし、その場で軽くジャンプをし、二度肩をすくめたあとで、言った。「ドア」

わお、暑い。まるでオーブンを開けたみたいだ。

それに湿気。全身から汗が噴き出た。一週間もしないうちに、どちらのポッドの中も耐えられないほどになることが、これまでの経験からわかっていた。

それににぎやかだ。ほとんどは虫の鳴き声だったけれど、なにかもっと大きな生き物らしいうなり声が遠くから聞こえていた。

そして緑。いたるところに鬱蒼と生い茂っている。まるで世界がまだ色褪せることを知らないかのように、あらゆる色が鮮やかで、新しくて、瑞々しい。

そしてにおい。においまでが緑だった。湿った土、湿った葉、湿った糞。農場のにおいを一〇〇倍にしたようだった。

そして卵。かすかに腐った卵のようなにおいがした。それがなにを意味するのかはわかっていたし、思ったとおり地平線の彼方に、上空に怪しげな雲のようなものを漂わせた山の形がぼんやりと見えていた。火山やそれに伴ういろいろなもののことを考えなくてはいけないようだ。噴火、溶岩、地震、火砕流。わお！ けれど幸い、ここからはかなりの距離がある。振り返って視線を上に向けたわたしは、あやうく心臓発作を起こしそうになった。確かに海の底に具現化はしなかったし、それはいいことだったけれど、わたしたちが着陸したのはクラカタウ（インドネシアにある火山島の総称。何度か大噴火を繰り返している）の曾祖母の麓の斜面だったようだ。煙を吐いている頂上からはかなり離れているけれど、安全衛生の観点から言えば、望んでいたような場所とは言えない。ともあれ、安全衛生などというのは歴史家以外の人間のためのものだし、ここでぼうっと眺めている時間はない。行動するのみ！

「あんたの右手、下方だ」耳の中でサスマンの声がした。そちらに目を向けると、この場にふさわしい服装をした彼がポッドのドア口に立っているのが見えた。

「いま行く」

地面はしっかりしているようだ。わたしは斜面をくだり始めた。二〇歩ほど進んだところで振り返り、自分のポッドを確かめた。小さな台地に生えた木々のすぐ下に鎮座している。わたしの左側は鬱蒼とした森に覆われたのぼり斜面だ。右側はくだり斜面で、その先は樹木のない広々とした平坦な場所だった。大きな湖か、あるいは小さな内海かもしれない。

わたしは片膝をついた。ブラスター銃を手放してはいけないと自分に言い聞かせたが、ガスリーの入念なトレーニングもここまでが限界だったようだ。口を閉じることはかろうじて覚えていたが、わたしは訓練生のようにただぽかんとあたりを眺めていた。見ているスタッフがここにいなくて、本当によかった。傍らでなにかが動く気配がして思わず飛びあがったが、サスマンだった。

「待っているのにうんざりした」彼が不機嫌そうに言った。

わたしは、この仕事を選んだ理由を改めて悟っていた。

平原を移動していくマイアサウラの群れが見える。肉食恐竜から子供たちを守ろうとして、しっかりと身を寄せ合っていた。あとを追っていくトロオドンはいないかと、わたしはあたりを見まわした。どこかにいるかもしれない。やがて群れは視界から消えていった。

「アンキロサウルスだ」サスマンが左側を指さしながら言った。この数カ月、時間を無駄にしていなかったことがよくわかった。「体を装甲していた最後の恐竜だ。見てみろ」見ないほうが難しい――まるで戦車のように大きかった。

「行きましょう」わたしは立ちあがった。「感心するのはあと。いまは偵察よ」それでも、その場を離れるまでさらに数分かかった。わたしたちは、ここにあるものを見た初めての、そして唯一の人間だ。けれど神経を研ぎ澄ましておかなければ、一〇分後には存在をやめているかもしれない。観光客のようにぽっかりと口を開けてあたりを眺めているあいだに、なにかが背後から忍び寄ってくるかもしれないのだ。

「ここは足元に気をつけて」三号機に向かって歩き始めたところで、サスマンが注意した。「ちょっと不安定だ」

いくらかぐらぐらしていたが、ゆっくり進み、やみくもに歩を進めないようにすれば大丈夫だろう。

沸き立つ思いに、わたしたちは顔を見合わせてにやりと笑った。「やるわよ！」

ほぼ完璧な任務も七四日目を迎えていた。

その日、すべてが台無しになった。

疲労困憊していたので、さすがのわたしも死んだように眠っていた。サスマンは、雑用は引き受けるといった自分の言葉を――だいたいのところは――守っていて、毎朝、紅茶をいれてわたしを起こしてくれていた。

理由はわからない。根深い本能が目を覚ましたのかもしれない。とにかくその朝わたしが目を開けると、電柱のようにあそこをおっ立てたいやらしい表情のサスマンが、膝をついてわたしに覆いかぶさろうとしているところだった。

考えるより先に体が動いた。両膝を引きつけ、サスマンの胸を両足で思いっきり蹴りあげた。彼はうしろ向きに転がった。

いったいどういうつもり？　カルの警告を思い出した。ここが六七〇〇万年も離れた、信用できる人がだれもいない場所だということを思い出した。ぞくりとした。催涙スプレーをつかんで、彼に向けて撒いた。

サスマンはくしゃみをし、咳きこみ、叫びながらポッドの中を逃げまどい、自分の服を手に取ろうとしている。わたしは身を守るべく、部屋の角に背中を押し当てた。エアコンが故障したのか、それとも単にわたしのせいなのかはわからないが、汗が滴って目に入った。怒りとアドレナリンに体を震わせながら、彼を怒鳴りつけた。これからどうすればいい？

すべては信頼に基づいていた。異性のふたりを小さなポッドに入れて、数千年、数万年離れたところに送りこみ、あとは運を天に任せるのだから。わたしが知るかぎり、こんな問題が起きたことは一度もない。カルとピーターソン。ロワーとベイヴァーストック。すべての先輩たち。噂すら耳にしたことはなかった。当然ながら、互いの裸を目にすることは時々あるけれど、それが問題になることはない。「さっさとしろ」と素っ気なく告げて、それで終わりだ。なぜなら、これがわたしたちの仕事だから。なかには、気軽に関係を持つ部署もあるけれど、わたしは違う。パートナーとはそんな関係にはならない。生来の女としての罪悪感が湧き起こってきた。わたしはなにか誤解をさせるようなことをした…

…？　これはわたしが悪いの？

いいえ、違う。そんな考えに縛られるつもりはなかった。目に入った汗を拭って、言った。「出ていって」

サスマンはなにか言おうとした。

「やめて。聞きたくない。出ていって。三号機に戻って、わたしが呼ぶまでそこにいて」

「でも……」

わたしはロッカーからブラスター銃を出した。サスマンが自分のポッドに戻っていく間、援護しようとしただけだが、彼はそうは思わなかったようだ。「ドア！」と叫んで、出ていった。わたしはドアロに立ち、走り去っていく彼を見つめていた。通り道が狭くなっているところで足を滑らしたが、すぐに立ちあがってなにごともなく三号機にたどり着いた。わたしはドアを閉め、ブラスター銃をしまい、どさりと腰をおろして、どうすればいいかを考えた。

彼を帰してもいい。残りの任務はひとりでやることになるから重労働だが、できなくはない。いや、そうなればボスはわたしを呼び戻すだろう。ここはひとりでいるような場所ではない。

ふたりで帰り、カルかピーターソンとまた戻ってくるのはどうだろう？　だがそれでは連続九〇日にはならないから、また一からやり直さなくてはならないかもしれない。この任務には少なからぬ費用がかかっているし、サースクが余分に払ってくれるとは思えない。理由を話せば、わたしたちは情けない素人の集まりのように思われるだろう。セント・メアリーに人員を送りこみたがるどころか、今後のジャンプに同行したがるかもしれない。

あるいは、このままここにとどまって、任務を遂行してもいい。あのろくでなしとほんのわずかでも時間や空間を共有するのかと思うとうんざりしたが、それが一番いい選択肢だという気がした。彼を三号機に追いやって、昼間、外でだけ会うようにすればいい。完全に仕事だけの関係にする。ぎこちなく、気まずいものになるだろうが、それは彼の問題だ。わたしが考えなくてはいけないのは、セント・メアリーにどう報告するかということだった。彼はわたしのパートナーで、わたしには証拠がない。実際のところ、なにも起きていないのだ。ただわたしの言葉があるだけだ。昔からある女性のジレンマだ。ため息が出た。このことはあとで考えよう。

もちろん、彼を撃ってもいい。

わたしはシャワーを浴びて汗を流し、着替え、ポッドを片付けた。あれこれと考えている間も、手は休むことなく動いていた。今日予定している作業に使う道具を並べていると、スピーカーから声がした。「マックス？　そこにいるんだろう？　話がしたい」

サスマンが今回の件からうまく逃れられると思っているのなら、大きな間違いだ。どうすべきかはまだ決めかねていたから、わたしはきっぱりと告げた。「いまは忙しいの。そこにいて。あとで連絡する」わたしが今回の件を記録に残していると思ったのだろうと気づいたのは、あとになってからのことだ。

今日の予定を見た。いつもと変わりない。気象のディスクを回収して情報を入力する。地質学のほうも同じことをする。星図のために新しいディスクを挿入する。谷の北側を探索し、地図を作ることになっていた。優先事項だ。ホログラムを作るための恐竜の撮影に多くの時間を割いたせいで、ほかの予定が遅れていた。取り戻す必要があった。サスマンを死ぬまで働かせれば、それで問題はすべて解決するかもしれない。

心の奥底では、任務を続けると決めているのは、わかっていた。

しょげかえっているサスマンを連れて、セント・メアリーに戻るという選択肢はない。

それなりの予防措置を取りつつ、間違いようのないメッセージを送ることはできるはずだ。

「コンピューター、このポッドへのアクセスを制限して。マックスウェルにのみアクセスを許可するの。権限：マックスウェル五〇A九八〇四B。確認して」

「このポッドへのアクセスを制限します。マックスウェルのみ。確認しました」

わたしは通信システムのスイッチを入れた。「来てちょうだい。いますぐに」

サスマンが足早にこちらに向かってくるのが見えた。あの狭い箇所はかなり危なっかしくなっている。新しいルートを探すことと、メモを取った。迷彩服姿の彼は目を腫らし、青い顔をしている。髪はまだ濡れていた。わたしのポッドまでやってくると、彼は「ドア」と言ったが、もちろんドアは開かない。数秒待ってから、彼はもう少し大きな声で繰り返した。ドアは閉まったままだ。彼はその意味に気づき、そっとドアをノックした。わたしはドアを開けて、彼を入れた。

座ってとは言わなかったし、わたしも立ったままだった。恐竜向けの催涙スプレーをこれ見よがしに手にしていた。口を開きかけたところで、彼が手をあげてそれを止めた。

「いや、待ってくれ、マックス。おれに話をさせてくれ。すまなかった。本当に申し訳なかった。なにが起きたのか、おれにもわからない。いや、もちろん、わかっているんだが、どうしてなのかがわからない。気休めにしか聞こえないかもしれないが、おれもあんたと同じくらい震えあがっているし、心から恥ずかしく思っている。だが頼むから、いまここで任務を終わらせたりしないでくれ。せっかくここまでやったんだ。残りはほんの一六日だし、あとはデータを集めるだけだ。あんたがポッドをロックしたのはわかった。それでいい。理解できる。だが、任務は終わらせよう。頼むよ、マックス、おれは……」

わたしは彼を遮った。「もう決めた。任務は続ける。でもルールは変える。追って指示をするまで、あんたは自分のポッドにとどまって。食事も寝るのもあそこ。わたしとは常にそれなりの距離を置くこと。わたしには触らないこと。言葉を交わすのは、仕事に関することだけ。同意できないのなら、この任務はここで終わりにする。その後はいろいろと不愉快なことが待っているでしょうけれどね」

　サスマンはごくりと唾を飲み、うなずいた。

「いいでしょう。今日は谷の北側に行く。まだあそこは調べていないから、地形図を作らないと。途中で新しい種類の恐竜を見かけたら記録はするけれど、今日は主に植物相を調べる。あんたの担当分野ね。武器は充電してある？」

　彼はもう一度うなずいた。こんなに青い顔の彼を見たのは初めてだ。「おれの考えを言ってもいいだろうか？　今日は装置に集中して、北側に行くのは明日にしたらどうだろうと思うんだ。おれたちがもう少し……」

「いいえ、今日よ」

　サスマンは気に入らないようだったが、わたしの知ったことではない。

　リュックを背負った。「行くわよ」

　わたしたちは出発した。

「ちょっと待った」彼が言った。「この先は足場が悪い」そこまで言ったところで、わたしの言葉を思い出したらしい。「おれがあとから行く。あんたはリュックを置いて、ここを渡るといい。渡り終えたところでおれがリュックを投げる。おれも同じようにする。どうだろう?」

彼の親切そうな態度を、わたしは額面通りに受け取った。リュックをおろし、狭くなっている箇所を渡り始めた。

「足元に気をつけて」彼が言った。

セント・メアリーで幾度となく警告されていたにもかかわらず、実際に自分の身に起きるまでは、小型の肉食恐竜《ラプター》がどれほど素早く、そして音もなく攻撃してくるのかをわたしは理解していなかった。なにも見なかったし、聞こえなかった。なにか硬いものが、不意に背中と肩に激しくぶつかってきただけだ。わたしは大きくよろめき、バランスを崩して、斜面に転がった。

永遠とも思えるあいだ、わたしは転がりながら落ちていった。岩や小石や木の枝にしたたかに体を打ちつけた。口の中が土でいっぱいになった。鼻の中にまで入ってきた。どちらが上なのかすらわからない。なにかにつかまって落ちる速度を緩めようとしたけれど、まわりにあるものはすべてわたしと一緒に落ちていた。なにか頑丈なものにぶつかって、落下が止まった。土や石や枝やその他もろもろがわたしの上に落ちてくる。腕で顔を覆い、呼吸できるスペースを確保しようとした。その後、気を失ったらしい。

　ゆっくりと意識が戻ってきた。雨が降りだしていて、顔に当たる水気が気持ちよかった。重たいものが体の上に載っている。ゆっくり顔を動かしてみると、倒木の下に半分はさまり、もう半分は山かと思うほどの土に埋まっているのがわかった。口の中の土を吐き出し、自分の状態を確認した。背中が痛んだけれど、これはラプターの一撃によるものだろうと思った。ヘルメットとベストが落ちている間しっかり体を守ってくれていたものの、むき出しになっていたところはどこもかしこも傷だらけだ。とりあえず体を起こそうと思ったが、すぐに考え直した。どれくらい気を失っていたのか、まったくわからない。数秒かもしれないし、数時間かもしれない。ラプターはまだ近くにいて、わたしが動いたことに気づいたり、なにか物音を聞きつけたりしたら、あっという間にやってくるかもしれない。そのうえ、ここはひどく不安定だ。わたしがこれ以上落ちずにすんだのは倒木のおかげだったから、それを無駄にしたくはなかった。斜面ははるか下まで続いている。

　はるか上にも続いていることはわかっていた。のみならず、足場はひどく悪い。体を起こしたあとは、しっかりした岩盤のある左側からのぼっていく必要があった。だが、恐竜の女神がどこかでわたしに微笑んでいたようだ。静かに降る雨は温かくて、頭をはっきりさせてくれた。これが典型的な白亜紀の豪雨だったなら、わたしは流されていたか、もしくは溺れていただろう。山の中腹で溺れるなんて考えられる？　わたしはやっぱり事務仕事につくべきかもしれない。

　通信システムをオンにして、小声で言った。「サスマン、聞こえる？　デイヴィー、そこにいるの？　応答して」

　返事はない。雑音が聞こえるだけだ。この状態で、もう一度試みる気にはなれなかった。ゆっくり試してみようと決めた。ほぼ頭を上にして仰向けに倒れていたので、まずはゆっくりと左足を動かした。自由になった。幸先がいい。右足は倒木の下にはさまっていたので、とりあえずそれはそのままにして左腕を試した。いらだつほど少しずつだったが、やがて左手も自由になった。けれど右腕に取りかかったとたん、まわりの土が崩れ始めた。わたしはできるかぎり体を横向きにして、そろそろと腕を抜いた。問題は足だ。斜面を転がり落ちるのを防いでくれている倒木を押しのけるわけにはいかない。下は恐竜の餌場なのだ。ようやく頭が回転し始めて、わたしは脚の下の土を掘ることに気づいた。そうすれば、倒木をそのままにして足を抜くことができる。爪を何本も台無しにしたあげく、なんとか自由の身になった。

　自由だけれど、安全ではない。がれ場までたどり着くのにどれくらいかかるのか、見当もつかなかった。一歩、横に移動し、二歩さがる。けれどがれ場までやってきたあとは、そこをのぼるのは比較的楽だった。時間をかけてのぼり、崖の縁から注意深く顔を出して、あたりを観察した。腕が震えだすまで、一〇分くらいそうしていたと思う。ようやくよじのぼり、立ちあがり、方向を確かめて、八号機に向かって歩きだした。

再び通信システムを作動させ、小さな声で言った。「サスマン、そこにいる？　サスマン、返事をして」

返事はない。

「サスマン、応答して」

応答はない。

わたしはがたがた体を震わせながら、慎重に通り道を進み、やがて彼が返事をしない理由を悟った。一面に、黒いべたべたした血だまりができていた。少し離れたところに、ブーツが片方落ちていた。足が入ったままだ。わたしの中でなにかが砕けた。ブーツをつかみ、震える足で必死に走り、「ドア」と叫ぶように命じ、ポッドの中へと飛びこみ、息も絶え絶えで床に倒れこんだ。

二〇分間、そうやっていることを自分に許した。それ以上はだめだ。二度と起きあがれなくなってしまう。足入りブーツを二重に袋に入れ、冷蔵庫にしまった。ボトルが入っているのが見えて、ものすごくそそられたけれど、代わりに紅茶を入れた。ロボットのような動きで念入りにシャワーを浴び、傷を消毒し、髪を編み、疲れ切っていたので睡眠カプセルを引っ張り出して横になり、目を閉じた。

再び起き出し、あの写真を取りだした。ベッドに戻り、写真を抱きしめるようにして丸くなった。彼に会いたかった。いますぐ戻ってもいい。彼の腕の中でさぞほっとできるだろう。だれもわたしを責めたりはしない。

わたし以外は。

やがてわたしは眠るのをあきらめ、おもむくままに心をさまよわせ始めた。サスマンがサスマンだったことを考えた。愛され、嫌われたサスマン。彼がとりわけわたしには優しかったことを思い出した。昨日のいま頃、彼がわたしの隣でいびきをかいていたことが信じられなかった。彼は死んだ。もう一度今日という日をやり直すことができればいいのに。そうすれば、もっとうまくやるのに。彼はわたしのポッドに戻ろうとしたかもしれない。でもわたしはアクセスを制限していた。彼は入ることができなかった。わたしの中の常識が、それはありえないとつぶやいていた。ラプターがすぐそばまで迫っていたなら、彼にチャンスはなかっただろう。

わたしたちはここしばらく一緒に過ごした。言い争い、笑い、競い、常に相手より優位に立とうとした。けれどそれももうない。二度とない。これはわたしの任務だった。どうしてこんなことになってしまったんだろう？　二度と彼に会えないことが信じられなかった。ひと晩中、そんなことを延々と考え続けた。非難、悲嘆、後悔といったものが頭の中を駆け巡り続け、ようやく夜明け前に疲れ果てて眠りに落ちた。

翌日、わたしはぎくしゃくしながら着替えをし、別のバックパックに食料を詰め、必要な物を持ち、ブラスター銃を手にしてドアの前に立った。二、三度深呼吸をした。あらゆる方向の接近警報を確認した。近くにはなにもいない。さあ、もう一度やるのよ、マックスウェル。

ドアを開けた。なにも変わっていない景色を見て、なぜか驚いた。ポッドを出たが、谷の北側には向かわなかった。ひとりで行くには遠すぎる。東側にある湖の方向なら、ひとりでも作業はできるだろう。

斜面の途中で、安全に作業ができそうなくぼみを見つけた。撮影し、測定し、植生を書き留めた。斜面の上のほうには針葉樹、低いところにはマツやメタセコイアや広葉樹。オークからヤシまで、ここにはあらゆる樹木があった。

お昼になり、戻ることにした。武器を構え、用心深くあたりに目を配りながら進んだが、なにも変わったことは起きなかった。珍しい味の哺乳類を再び堪能するべく、ラプターが戻ってくるかもしれないと思っていたが、すでに移動したようだ。すべての装置を調べ、ディスクを回収し、新しいものに交換した。ひと晩中置きっぱなしにしてあったけれど、壊されているものはないようだったから、このままにしておくことにした。ひとりで移動させて、壊したくはなかった。

三号機の中に入るのは辛かった。サスマンの持ち物が散乱していた。自分のしていることにだけ集中して、なにも考えないようにしながらそれを片付けた。彼の服を畳み、彼のキットをあるべきところにしまった。測定値を記録し、明かりを消して、振り返ることなく外に出た。

違うルートをたどって自分のポッドに向かいながら、わたしは気がつけば昨日の現場を眺めていた。染みがまだ残っている。肉食恐竜たちを呼び寄せたくはなかったから、そこまでおりていき、足を使って土や砂利を血の上にかぶせ、バックパックの残骸を拾った。

ポッドの屋根にのぼり、スキャナーを調節し、ディスクを交換した。ポッドの中に入り、シャワーを浴び、食事をし、その日と前日の日誌を詳細に書き、データを入力した。ディスクを保管し、冷静で有能な自分にいささか驚きながら、ベッドに入った。

その後の一五日間は、ほぼこういった毎日を繰り返した。ひとりでは大変だったが、わたしには必要なことだった。いつでも見えるようにコンソールの上に置いた写真から力をもらった。悲しかったし、ショックを受けていたし、孤独だったし、生まれて初めてだれかを失ったという気がしていたけれど、これはしなければならない仕事で、それができるのはわたしだけだ。毎日外に出て、すべきことをして、戻ってきた。写真に話しかけた。ひとりごとを言った。一度などは、岩に声をかけていたこともあった。

あの恐ろしい日がドラマのすべてだったのかどうかはわからないけれど、その後はほぼ何事もなく過ぎていった。それとも、キャベツのスプレーを全身とキットにふんだんにふりかけたので、わたしは歩く茂みだと思われていたのかもしれない。切り傷や擦り傷は化膿することもなく治りかけていて、最悪のときは過ぎたのだとわたしは自分に言い聞かせた。

最後の二日はすべてのキットを三号機に運ぶことに費やした。〝わたしに支点を与えよ。そうすれば地球を動かしてみせよう〟といったあの男は、白亜紀の沼に膝まで埋もれながら、冷蔵庫ほどの大きさの梱包用木材を丘の上まで引っ張りあげたことがないに違いない。

三号機で半日過ごし、ジャンプの準備を整え、カウントダウンの設定をした。ドアを閉め、ポッドを見送り、がらんとしたその場所をしばらく眺めてから——どうしてそんなことをしたのかはわからない——慎重に自分のポッドまで戻った。ここにきてトラブルはごめんだ。

自分のポッドを片付け、最後の注意事項を録音し、日誌を書き、ディスクがすべて揃っていることを確認した。部屋の隅に重ねてある箱の山に目を向けた。データ。唯一無二の、値段がつけられないほど貴重な、苦労して手に入れたデータ。スカイ・スキャナーを屋根からおろし、片付けた。これでもうすることはない。

紅茶をいれ、ドア口に腰をおろした。この三カ月、ここはわたしの家だった。サスマンはここで死んだ。なかなか帰る気にはなれない。湖周辺で起きていることを眺めた。一匹のトロサウルスがのしのしとやってきたかと思うと、バナナのような形の鶏冠を持つ二頭のパラサウロロフスと並んで水を飲み始めた。あの鶏冠はなんのためにあるのか、いまだにさっぱりわからない。音を反響させている？　性的誇示？　嗅覚を強化するため？　だれかがデータを調べて、判断してくれるだろう。わたしのお気に入りのアンキロサウルスが、大きな尻尾を揺すりながらあたりをうろついている。そして、ラプターは、ラプターがすることをしている。だれに彼らを責められるだろう？　それから悪名高き、ヴェロキラプトル。思っていたよりも小さかったけれど、頭がいい。肉食と知能の関係をだれかが研究してくれればいいのにと思った。プロトケラトプスの群れもいる。渦を巻くように卵が並んでいる彼らの巣の写真を何枚か撮ってある。

わたしは彼らに愛情を抱くようになっていた。いまでは古い友人のようだ。みんな、みんな死んでしまったけれど。遠い昔に。

ああ、もうたくさん。わたしは紅茶の残りを捨てると、FODチェックとPODチェックをした。これ以上ここに残る理由はない。コンピューターにジャンプ開始を命じた。

第九章

ようやく帰ってきた。青い消毒用ライトが点滅し、腕の産毛が震えるのを感じた。息を吸って、この瞬間をたっぷりと味わった。帰ってきた。少し首を伸ばすと、格納庫の反対側に三号機が見えた。技術者たちがそのまわりに群がって、彼らの仕事をしている。わたしはため息をついた。不意に疲れが襲ってきた。

だれかがドアをノックした。開けなくては。三号機が空だったことを知り、ふたりともこちらにいると思ってまっすぐここに来たのだろう。ドアを開けて、現実に立ち向かわなくては。〝手動〟ボタンを押した。チーフはドア口に立ち、サスマンがいないことを見て取った。

その顔がすべてを語っていた。彼は、なにがあったのかとは訊かなかった。助かった。いまはなにも話すことができなかったから。

「大丈夫かい？」

わたしはうなずいた。あれだけのことがあったあとだ。彼の声を聞くだけで充分だった。

「急がなくていいよ」

わたしはその言葉を素直に受け取り、椅子の背にもたれて目を閉じた。ドアが閉まる音が聞こえ、目を開けると彼がそこに立っていた。「おいで」

わたしはふらつきながら立ちあがり、彼のほうに足を踏み出し、その温かな体に腕をまわした。彼がしっかりとわたしを抱きしめた。彼は最高だ。なにも言わずに、ただ優しくわたしの背中を撫でている。わたしは体を離そうとしたが、彼は腕に力をこめてごく優しく「だめだ」と言った。わたしは彼の胸に頭をもたせかけ、力強く打つ心臓の音を聞いていた。

時間が過ぎていき、これ以上こうしていたら永遠にここから出られそうになかったので、わたしは自分のバッグを手元に引き寄せようとした。彼がそれを押しとどめて言った。

「ぼくが持つよ。さあ、病棟に行こうか。歩けるかい？」

うなずいた。ドアを開けた。オレンジ色の人たちが待っていた。だれかが「おかえり」と言った。彼らがわたしの肩越しにサスマンを探しているのがわかった。チーフがなにか合図を送ったらしく、全員があとずさった。わたしは構台にいるカルとピーターソンを見あげ、首を振った。

エレベーターで病棟に向かった。白亜紀で三カ月を過ごしたわたしは、階段がなんのためのものだったのか、すっかり忘れていた。ドアが開くと、そこにヘレンと看護師が立っていた。

チーフがバッグを差し出しながら言った。「まずテープを確認して、できるだけ早くきみに送るよ。ベアストゥ博士があとで来ると思う。ゆっくり休むといい」彼は帰っていき、わたしはがっかりして、ひとりぼっちになったような気がした。

ヘレンは手早く、けれど優しい手つきでわたしを診察し、傷の手当をした。感染はしていなかった。わたしはベッドに潜りこみ、眠った。

翌朝、シャワーを浴び、タンスに入っていた青い制服を着た。ヘレンがやってきた。

「帰っていいわよ」皮肉っぽい口調だった。

看護師のハンターが持ってきたプリントアウトにじっくりと目を通したあとで、ヘレンが言った。「問題なさそうね。あちこち痣だらけだけれど、たいしたことはない。明日の朝、最終チェックに来てちょうだい。さて、朝食に行きましょうか」

食堂に入ると、拍手に迎えられた。サスマンのことがあるから、猛烈な喝采というわけにはいかないが、それでもこの場は拍手で迎えるのがふさわしいだろう。ミセス・マックが笑顔で、卵とベーコンとハッシュ・ブラウンを用意してくれた。それから果物も。ヘレンがうなずいた。「一日に最低でも果物をふたつは食べてね、マックス。これは命令よ。あなたは三カ月も、携行食料を食べていたんだから」

わたしは、いつになく静かなカルとピーターソンと一緒に朝食をとった。ちょうど食べ終わったところに、ファレルが現われた。深刻そうな顔に笑みは浮かんでいない。ベアストウ博士がわたしに会いたがっていると言う。当然だろう。

ベアストウ博士は驚くほど、素っ気なかった。サスマンに敬意を表していくらかまわりくどい言い方をするかと思っていたのに、いきなり本題に入った。「ミス・マックスウェル、八号機がロックされていたので驚いた。きみだけしかあのポッドには入れないようになっていた」

しまった。ロックをはずすのを忘れていた。わたしはこの世で生きていくにはばかすぎるんじゃないかと思うことが時々ある。説明するのは気が進まなかったけれど、説明する必要はなかった。博士がインターコムに向かって言った。「ミセス・パートリッジ、来てもらえないだろうか？」

いつもなら彼女はボスの隣からうしろに座るのに、チーフはわたしの隣に彼女の椅子を用意した。彼女は〈パリ〉の香水をつけていた。初めて気づいた。

ファレルが映像のスイッチを入れた。スクリーンは五秒ほど暗いままだったが、いきなりサスマンの顔がアップで現われた。リモコンをいじっているその顔は、どこか歪んで見える。満足できるくらいにカメラを調節できたらしく、彼がうしろにさがったので、なにを映そうとしていたのかがわかった。雑然とした睡眠カプセルの中で眠っているわたしだ。仰向けになり、薄いシーツの下から片脚を突き出している。

「わたしたちはお茶を飲んでくる」ボスが言い、驚いたことに彼とチーフは部屋を出ていった。わたしは呆気に取られてドアを見つめていたが、ミセス・パートリッジがスクリーンを見るようにと身振りで示した。スクリーンでは、サスマンがわたしの傍らに膝をついていた。手を伸ばし、ごく慎重な手つきでシーツをはいでいく。わたしはＴシャツと短パンという格好だったが、サスマンはそろそろとＴシャツを持ちあげ始めた。カメラを振り返り、にやりと笑った。

吐き気を催した。胃からなにかがこみあげるのをこらえながら、目が覚めたときに床にシーツが落ちていたことが幾度もあったのを思い出していた。

スクリーンではサスマンがわたしのＴシャツを乳房近くまで持ちあげていて、もう一方の手ではものすごい勢いで股間をこすっている。いまにも……そう、わたしが目を覚ました。死んだように眠っていたかと思ったら、次の瞬間には彼の胸に足を当てて押しのけていた。そして催涙スプレー。彼にたっぷり浴びせた。ペニスにもかけた。そもそもそんなものを出していなければ、危害を受けることもなかったのだから。スクリーン上の自分の姿を見ているうちに、吐き気は収まり、いくらか気分がよくなってきた。根拠のある、当然の怒りはなによりの薬だ。ミセス・パートリッジがわたしの顔を見た。「うまくスプレーを使ったわね」

「ありがとうございます」わたしの声は思っていた以上にかすれていたし、弱々しかった。

スクリーンに視線を戻すと、わたしがサスマンを思いっきり怒鳴りつけているところだった。彼はポッドの中を手探りしながら、自分の服や荷物を集めている。わたしがブラスター銃を手にすると、彼はドアへと突進した。

ミセス・パートリッジが映像を切った。「テープはあと三〇分ほどあって、あなたがポッドにロックをかけるところで終わっている」落ち着いた口調で告げる。「ほかに三本のテープがあった。どれもここまで——大胆ではなかったけれど、だんだんエスカレートしていたことは確かね」吐き気が戻ってきた。そして怒りも。

キッチンで働くジェニー・フィールズがボスとチーフを連れて、お茶のカートを押しながらやってきた。ミセス・パートリッジが小さくうなずいた。彼女にもいてほしいという思いが唐突に湧き起こってそちらを見ると、また腰をおろしたのでほっとした。チーフが紅茶を注いだ。

ボスがテーブルの上座についた。「これとほかのテープは、このミーティングの終了後、ただちに廃棄する」

うなずいた。

「きみはこの件にいつもどおりの冷静さで対処したようだ」

うなずいた。

「男性と女性を組ませるという、これまでの慣習を考え直すべきだと思うかね？」

首を振った。「とても無理だと思います。いまは三人しかいませんし、次に採用した人間が資格を得るまでには少なくともあと半年かかるということがひとつ。ふたつめとして――これを最初に言うべきでしたが――そんなことになるくらいなら、火あぶりにされたほうがましだとピーターソンは言うでしょう。それに、男性と女性のペアが一番効率的です。女性しか行けない場所がありますし、その逆もあります。そんなことをしたら、墓穴を掘ることになるとわたしは思います」

「よろしい。当分の間、いままでどおりということにしよう」ベアストウ博士は一度言葉を切った。「この部屋にいる人間以外は、だれもあのテープを見ていないし、今後も見ることはない。ミス・マックスウェル、きみたち歴史家三人に深い結びつきがあることはわかっているが、今回の件はだれにも話さないでもらえるとありがたい。もちろん、カウンセリングが必要だというのなら、話は別だが」

「わかりました、サー。大丈夫です、サー」

「不要な憶測を避けるため、ミスター・サスマンについては通常の手順を取ることになる。葬儀やその他もろもろだ。きみが出席すべきだと思う必要はない」

「ありがとうございます、サー」

「なにか言っておきたいことはあるかね？　質問は？」

「いえ、ありません、サー」

「ここにはきみの友人が大勢いる。なにか問題があるときは、そう言えばいい」

うなずいた。

オフィスの外に出たところで、わたしは言った。「ありがとう、ミセス・パートリッジ」彼女はうっすらと微笑んだ。顔の印象が大きく変わり、わたしも自然と笑みを返していた。

「なにか気晴らしができるといいわね、ミス・マックスウェル。その機会があるなら、遠慮しないことよ」

自分の部屋でぼんやりと窓の外を眺めていると、チーフが約束どおりわたしのキットを持ってやってきた。彼はテーブルに箱をどさりと置き、ポケットから一枚のディスクを取り出した。「きみのラップトップは？」わたしはソファの下からラップトップを引っ張り出して、電源を入れた。彼はわたしの隣に座って、ディスクを挿入した。

「それはなに？」

懸念と同情が入り混じった彼の妙な表情を見て、わたしはひどく不安になった。「また不快な思いをすることになるが」

「いったいどういうこと？」

「きみはこれを見なきゃいけない。とにかく見てほしい」

わたしは椅子の背にもたれて、膝を抱えた。白亜紀の様子が画面に映し出された。「これは……」アングルが違う。「どこから撮ったの？」

「ぼくのポッドだ。たったいま、白亜紀から戻ってきたところだ。きみはこれを見なきゃいけない。辛いよ。本当に辛い」

また背筋がぞくりとした。わたしは脚をおろし、身を乗り出した。

八号機のドアが開き、わたしの顔がのぞいた。そのまま外に出てきたから、なにも問題はないのだろう。サスマンが続いて出てきた。わたしはチーフの顔を見た。どうしてわたしにこれを見させるの？　画面を見ろと言うように、彼がうなずいた。

わたしたちふたりが、開けたところを歩いていく。狭くなった通り道を前後に並んで進んでいく。サスマンが岩の陰から枝を取り出して、わたしの背中と肩をしたたかに殴りつけた。わたしは斜め前方によろめいた。足の下で地面が崩れた。バランスを失ったわたしが斜面を落ちていく。サスマンは枝を放り出すと、崖の縁から下をのぞきこんで叫び、唾を吐いた。「くたばれ、くそったれのメス豚め！」

喉を絞めつけられた気がした。息をしろと自分に命じなくてはいけなかった。わたしはこの男のことが好きだった。一緒に働き、一緒に遊び、彼のために嘘までついた。裏切られたのだと思うと、胃が鉛になった気がした。けれどこれで終わりではなかった。数人の人影がどこからか彼に近づいてきたのだ。どういうこと？　だれ？　どこから来たの？　いったいほかにだれがいるの？　わたし。サスマン。チーフ。そして今度は彼ら。まるで白亜紀版のピカデリー・サーカスみたいだ。彼らはしばらくの間、じっと崖の下をのぞきこんでいた。助けようとしているわけではない。わたしは考えようとした。

チーフが穏やかな口調で尋ねた。「このとき、きみはどうしていたんだ？」

「斜面のずっと下のほうで、倒木に引っかかっていた。落ちてきた砂利や枝の下敷きになっていたから、あそこからでは多分見えなかったと思う。半分、気を失っていたし」声がかすれていたし、唇を動かすのが難しかった。

やがて彼らは向きを変え、崖から離れた。サスマンは長い革のコートを着た男と話をしている。武器を持っていないから、おそらく彼がリーダーなのだろう。遠すぎて声は聞こえなかったけれど、身振りを見れば言い争っているのがわかった。

「ぼくが思うに」チーフが静かに言った。「きみは崖から落ちることになっていなかったんだと思う。一撃で殺すはずだったんだろう。死体が必要だったんだ。サスマンが持って帰ってこられるように」

「どうして？　なんのために？」

「これはぼくの推測にすぎないが、任務を終わらせようとしたんだと思う。この重大で、名誉ある任務を。それがとどめを刺すことになっただろう。きみは知らないだろうが、歴史家たちの一連の死は受け入れがたいと考えられていて、そんな中でぼくたちがこれまでどおり任務を続けていけるように、ボスは必死で努力してきた。きみまで死んだりすれば、彼は解任され、セント・メアリーはだれかに乗っ取られてしまうかもしれない」

「だれに？」

彼は肩をすくめた。「政府。軍。わからない。だがセント・メアリーがこれまでとは異なる方向に進むことは間違いない。異なるゴール、異なる目的。ひょっとしたら、利益をあげるように指示されるかもしれない。調査を減らし、もっと介入しろと命じられるかもしれない。そうなれば、いまみたいなちょっといかれた小さな組織ではなくなる。だが、さっきも言ったとおり、これはあくまでもぼくの推測だよ。ぼくの時代のセント・メアリーになるように何者かが道筋を作ろうとしているというのは」

わたしは画面を指さした。「これはだれ？」

「名前はロナン。サスマンが個人の感情を優先したんで怒っている。彼の話はまた今度にしてもいいかな？」

「どうしてサスマンはいままで待ったの？」

「きみにほとんどの作業をさせて、自分の手柄にするためだ」

フランスでのサスマンの様子がよみがえってきた。病院が炎に包まれ、カルとわたしは命からがらポッドに飛びこんだ。モニターを見ていたサスマンは振り返って言った——なんて言ったんだった？　彼はこう言ったのだ。〝マックス、信じられない。てっきり死んだと思っていた。どうして生きているんだ？〟

〝よかった、生きていたんだな〟ではなく〝**どうして生きているんだ？**〟だった。リネン室で会おうと言ったのはだれだった？　わたしに毛布を取りに行かせたのはだれだった？　その前日、リネン室から出てきたのはだれだった？

どういうわけか、わたしが冷静さを失うことはなかった。きっと偶然。そうに決まっている。被害妄想になっているだけ。彼は死んだのだから、わたしたちに真相を知るすべはない。そのあと画面に映し出された光景に、わたしの頭は空っぽになった。

サスマンが自分のポッドに逃げこもうとしている。ロナンの合図で、ふたりの男が追いかけ、暴れる彼を連れ戻した。ロナンは一歩前に出てサスマンの前で体をかがめ、さっと手をひらめかせたかと思うと、素早く飛びのいた。血しぶきが飛び、わたしは頭の中に悲鳴を聞いた。

サスマン以外の姿があっという間に消えた。あれだけの血が流れたところに残っていたくないのだろう。鮫は数キロ離れたところからでも、海中の血のにおいを嗅ぎつけるという。いまここで問題になるのは鮫ではない。サスマンは歩こうとしたが、ロナンが切った大腿動脈からどくどくと血が流れていた。もうだれにも彼を助けられない。彼は両手で傷を押さえながら歩こうとしたけれど、出血を抑えることも歩くこともできなかった。

「デイヴィー」わたしがつぶやいたとき、画面の下のほうを影が横切った。素早い動きだ。

さらにもうひとつ。

「デイヴィー、ポッドに戻って」思わず立ちあがると、チーフも立ってラップトップの電源に手を伸ばしたが、わたしはその腕を押しのけた。

ラプターが集まっている。餌を取り囲んでいる。肉食の生き物の典型的な行動だ。サスマンは地面にしゃがみ込み、血まみれの手で頭を抱えながら恐怖に泣き叫んでいる。
チーフが言った。「マックス……」けれどわたしは見なくてはいけない。彼がなにをしたにせよ、かつてはわたしのパートナーで友人だったのだ。彼に対して、自分自身に対して、そうする義務がある。

最初の二頭が両側からはさむように襲いかかった。ディノニクス。本当だった。彼らは獲物が死ぬのを待たずに食べ始める。わたしは彼らがサスマンをずたずたに引き裂くのを見た。二頭が片方の腕を取り合うのを見た。頭が転がるのを見て、ほっとした。もう苦痛を味わわなくていい。恐竜たちがうなりながら、がつがつと貪り食うのを見た。食べ終えてどこかに去っていくのを見た。チーフがそっとラップトップを閉じるまで、わたしはだれもいなくなった画面を見ていた。

「見る必要はなかったんだよ」チーフが静かに言った。

「いいえ、あった。わたしのせいだもの。わたしが自分のポッドをロックした。だから彼は安全なところに逃げられなかった」わたしの声はかすれていた。何度か唾を飲んだ。チーフがうしろからわたしを抱きしめた。温かい。部屋の中はあまりに静かだった。わたしは自分の荒い息遣いを聞いていた。冷静さを取り戻そうとしながら、体を硬くしてじっとその場に立ち尽くした。少しずつ、ひとつずつ、筋肉のこわばりを解いていく。わたしの体から力が抜けると、チーフも同じように力を抜いた。わたしはうしろ向きに頭を彼の肩にもたせかけ、つかの間目を閉じたが、すぐに顔を起こした。

「ポッドに戻っても、彼は助からなかった。大量に出血していたんだ。なにをしても彼を助けることはできなかった」

「サスマンは友だちだったの。ここでできた初めての友だちだった。最初から友だちだったし、パートナーだった。一緒に訓練も受けた。一緒にインチキもしたし、彼のために書類を書いた。わたしが吐いたときは、髪を持っていてくれた。友だちだったの……」声に出していたことに気づいていなかった。

「そうだろうか？　ぼくが見たのは、きみの功績を盗んで、手柄を独り占めしていた男だ。きみの髪を持っていたのはささいなことだよ。彼は自分の利益のために、きみを利用することをかけらもためらわなかった。きみは何度、彼をかばってやった？　今回、ポッドで起きたことはどうなんだ？　彼が悪い死に方をしたのは気の毒だと思うが、それよりもこのことできみが自分を責めていることのほうが、ぼくは辛い。きみはなにもしていない。きみのせいじゃないんだ」

わたしは首を振った。「彼はわたしのポッドに逃げこめなかった。わたしが彼を殺したのよ」

「いいや、それは違う」彼は有無を言わせぬきっぱりした口調で言った。「このことについては、はっきりさせておく必要がある、ミス・マックスウェル。彼の死は自分で招いたものだ。もしも彼の計画どおりにことが運んでいれば、あの空き地に倒れているのは彼じゃなくて、きみになっていたんだぞ」

「あなたはどうしてあの場に行ったの？　介入はできないのに、なんのために？」

「あのテープを見たあと、確認してくるようにとボスに命じられた。当初は、サスマンが……なんて言うか、サスマンだっただけのことだと思っていた。だが違った。これは始まりなんだとぼくたちは考えている」

わたしは動揺が大きすぎて声を出すこともできず、ただ首を振るばかりだった。

「きみをひとりにしておきたくない。とりわけここは、いつだれが入ってくるかわからないからね。ぼくと一緒に来る？」

「どこへ？」

「安らぎと静けさが欲しいときにぼくが行くところだ。さあ、行こう」

わたしはミセス・パートリッジの言葉を思い出した。

心を決めたわけではなかったけれど、反論する気力もなかったので、彼について廊下を進み、階段をおり、塗料庫の奥にある彼のポッドに向かった。黙って座っているわたしの隣で彼が座標を入力し、あたりが白くなった。

どうして安らげる時間を持てると思ったんだろう？　自分にはそれだけの価値があると考えていたに違いない。本当にバカなわたし。

始まりは問題なかった。ドアが開くと、その先はターコイズブルーの海と雲ひとつない青空が広がっていた。いい香りがするマツの木立が海岸線まで続いていて、紫色の木陰を作っている。青りんご色の葉とレンガを思わせる岩の対比が見事だ。こんな色と光を見たことはなかった。

「ここはどこ？　いつなの？」

「東地中海にある小さな島だ。約五〇〇〇〇年前」

わたしはドア口でまだためらっていた。白亜紀の習慣はなかなか消えない。

「安全だよ。あと一〇〇年かそこらは、人間はここには来ない。なにか問題でも？」

わたしはくいっと顎を突き出しながら答え、外に出た。「ううん、なにも」海にキラキラと光が反射している。わたしに与えられたその景色を楽しむための時間は、ほんの一秒足らずだった。

「木を集めてくれる？」

「どんな木？」

「どんな木ってどういう意味だい？　歴史家はなんだっていつも考えすぎるんだろう？　木は木だよ」

「乾いた木？　湿った木？　燃料として使う木？　木材？」

「木材？」

「だって、あなただもの。大急ぎでホテルを建てるの？　吊り橋を作るの？　スパを作る？　セメントを流しこむ？」

「え？」

「男の人ってそういうことをするんじゃないの？　セメントを流したり、のこぎりで木を切ったり、小屋の中で座っていたり」

「火にくべる木だよ」

「火？　ここは暖かいのに。わたしも寒くないし」

「ランチを作るのに使うんだ」

「ランチを作らなきゃいけないの？」

「いいや、まずはランチを捕まえるところからだ」

わたしは落ち着きなく身じろぎした。

「なにか問題？」

「わたしは自分がランチになる時代から戻ってきたばかりなのよ」

「仕返しをするいいチャンスだ」

「携行食料はないの？」

「ないわけじゃないが、きみは三ヵ月も携行食料ばかり食べていたんだ。新鮮なものを食べたくないの？」

「あそこでは小さな魚たちがのんびりと休日を楽しんでるのよ。今夜はパブで恋人と会おうって考えているのに、その頭を殴りつけて、非難するような目を向けられるのはごめんだわ」

彼はまじまじとわたしを見つめた。

「ちょっと言ってみただけ」わたしは言い訳がましく言った。「殺すのは気が進まない」

「きみは魚を食べるだろう？　肉も卵も」

「それはそうだけれど、冷凍庫に肉が入っているのに、赤ちゃん羊をわざわざ殴りに行ったりはしないでしょう？」

「わかったよ。もっともだ。きみは薪を集めてきてくれ」

「でもいまは火をおこす必要はないと思うけれど」

「でもあとで必要になる」

「どうして?」

「夜は冷えるからね」

「わたしたち、外で寝るの?」

「まだなにか問題があるのかな、ミス・マックスウェル?」

「いいえ」〝ええ〟と言っているも同然だった。

彼はいつも以上に深々とため息をついた。「ここに着いて一〇分だ。薪もない、火もない、ランチもない。きみはどうやって白亜紀で三カ月も生き延びたのか、教えてもらいたいくらいだ」

「火はなかったし、料理はしなかったし、外では眠らなかった」

長い長い沈黙があった。

「なに?」

「いいから、薪を集めてくるんだ!」

わたしが同情とうまく付き合えないのは、同情してもらったことがないからだ。

わたしは毛布の上で彼と並んで座り、温かな岩にもたれた。目の前では海が巨大なミラーボールのように、きらきらときらめいている。目を閉じていると、グラスとグラスが当たる音が聞こえた。

「ほら」

「これはなに？」

「スリヴォヴィッツだ」

「なに？」

「プラム・ブランデーだよ」

「なに？」

「果実飲料の一種だと思えばいい」

「素敵。一日に食べるのは、あと四種類の野菜や果物でよくなるのね（健康増進のために、一日五種類の野菜や果物を食べようという標語から）」

わたしはひと口飲み、息を整え、歯のエナメル質が溶ける音に耳を澄ました。実のところ、それほど悪くない。わたしは彼にそう言った。

「金属のそばには置かないように。頼むから、コンソールにこぼしたりしないでくれ」

わたしたちは黙って飲んだ。

「気分はどう？」

　わたしは考えこんだ。いつもの〝大丈夫〟では答えにならない。けれどまだ声を震わせることなく、話をする自信はなかった。とはいえ、彼はわたしを落ち着かせるためにここに連れてきてくれたのだから、努力をする必要はあるだろう。わたしは正直に答えた。

「ましにはなってる。彼が死んだとき……悲しかった。それから腹が立った。でもいまはまた悲しい」わたしは笑みを浮かべた。「わたしは底が浅いのね。一度にひとつの感情しか抱けないし、それも長くは続かないんだから」

　チーフは笑みを返さなかった。「きみはぼくよりも度量が広いね」

「そうね、彼は死んで、わたしは生きている。これが逆だったら、もっと腹を立てていたかもしれないわね」

「それで、これからどうするつもりだい？」

「サースクに報告しなきゃいけないから、当分はそれに集中する」

　彼はほこりの上に指で模様を描き始めた。「いや、そうじゃなくて、ここに留まる？」

「セント・メアリーに？　ええ、もちろん」

　彼はうなずいた。

「しばらくはカルとピーターソンの三人でやらなきゃいけないけれど、次の採用者が資格を得るまでそれほどかからないはず。だから問題ないと思う。わたしはほかのどこにも行くつもりはないの。これはわたしにとって夢の仕事だから」

模様がどんどん複雑になっていく。「きみの夢はそれだけ？」

「わたしは底が浅い人間だって言ったでしょう？」わたしの夢から話題を逸らす必要があった。「あなたは？　あなたの夢はなに？」

「いま、お気に入りの夢のひとつにいるよ」

暑い午後の日差しの中でわたしは言葉を失った。虫の声と波の音が遠くから聞こえるだけだ。「ただ、想像していたのとは違っていたけれどね」

わたしは果実飲料をさらに飲み、アルコールの勢いを借りて尋ねた。

「なにを想像していたの？」

「きみを最初にここに連れてくるのは、もっと幸せなときだと思っていた。日が沈むのを見たいと思っていたんだ」

わたしたちは、空の高いところから頑として動こうとしない太陽を見あげた。

「シャンパンを飲みたいと思っていた」

グラスの中のどろりとした液体を眺めた。

「きみが傷だらけだとは思っていなかった」

彼はわたしの顔をのぞきこみ、優しく笑った。「酔っているとも思わなかったよ」

「大丈夫。これって完璧よ」わたしは酔いに任せて言った。「それに、ほかの夢にはほかの機会がある」

彼はわたしの手を取った。わたしはアルコールのまわった頭を彼の肩にもたせかけ、眠りに落ちた。


食べ終えたところで、わたしは言った。「ロナンのことを聞かせて。あの……」サスマンを殺した男、と口にすることができなかったので、「白亜紀にいた男」と言い直した。

チーフはわたしから少し体を離した。

「ぼくの時代の前に起きたことだ」彼はそこまで言って、口をつぐんだ。わたしは黙って待った。彼を急かしてはいけない。やがて彼は口を開いた。「ぼくが加わったのは——そのあとだ」

「なんのあと？」

それ以上なにも言うつもりがないのかとわたしが思い始めたところで、彼が口を開いた。

「三人いたんだ。エドワード・ベアストウ、アニー・ベサント、そしてクライヴ・ロナン。ドリーム・チームだと言われていたが、その関係は三角形だった。ぼくの言っている意味がわかるだろうか？」

「ええ」

「任務はジェームズ六世だった。アニーが捕まった。ジェームズと魔女の話はきみも知っているね。猜疑心があふれていた時代だ。アニーは軽率だったのかもしれない――通信システムを使っているところをだれかに見られたのかもしれないし、時代にふさわしくない振る舞いをしたのかもしれない。ともあれ、結局彼女は救出されたんだが、少しばかり痛めつけられていた。腕を折って、脳震盪《のうしんとう》を起こしていた」彼はため息をついた。「そして、なにかに感染していた。症状が出ていた。彼女は大丈夫だと言ったが、この手のことに関するルールは明確に定められていた」

うなずいた。そのとおりだ。厳格なルール。無防備な世界に恐ろしい感染病を蔓延させてしまうというのは、わたしたちが一番恐れていることだった。ボスは被害妄想と言えるくらいだ。その理由がわかりかけてきた。

「彼女は咳をしていたし、熱もあった。治療を受けるためにすぐに戻るわけにはいかないということだ。そこに留まるほかはなかった。彼らは広域抗生物質を使い、彼女の体を温めた。どうすべきかはきみも知っているとおりだ。ロナンは取り乱した。戻って彼女に治療を受けさせようと言い張った。骨折もだが、脳震盪を起こしていたからね。エドワードは反対した。アニーも反論しようとしたが、咳が止まらなくなった。ロナンにはそれがとどめだった」

チーフはまた口をつぐんだ。

「なにがあったの？」

「彼はエドワードの脚を撃ってポッドから放り出すと、アニーと一緒にセント・メアリーに戻ってきた。その頃にはアニーは意識を失っていた」

わたしは愕然とした。彼はボスを置き去りにして、殺そうとしたのだ。カルかピーターソンをその場に当てはめて考えてみた。自分自身も。わたしたちならどうするだろう？正しいことをすると思いたいけれど、実際に自分の身に起きるまではわからない。それにサスマンのことがあってから、わたしはだれのこともよくわからなくなっていた。

長い沈黙のあと、チーフは言葉を継いだ。「彼はアニーを連れて帰ってきた。エドワードは死んだと言った。彼女を救出しようとしたときに、殺されたと。もちろん、アニーはすぐに病棟に運ばれた。感染していることがわかると、隔離された。きみも知っているとおり、ぼくたちはセント・メアリーだからね。絶対に仲間を見捨てたりはしない。捜索チームが派遣され、荷車の下敷きになっているエドワードを発見した。彼を連れ帰って手術をしたが、それ以来彼は脚が不自由だ」

「ロナンはどうなったの？」

「医療規約違反と殺人未遂で逮捕されることになった。セント・メアリーにとっては、医療規約違反のほうが重大だったかもしれないね。ロナンは素早かった。アニーを病棟から連れ出して、ホーキングに向かおうとした。技術者ふたりが撃たれ、ひとりは死んだ。アニーは抗った。ロナンは無理やり彼女をポッドに乗せようとした。彼女は従わず、ふたりは争った。そこに警備員が現われ、彼女は銃撃戦に巻きこまれた。ロナンは九号機を奪って——消えた」

「アニーは回復したの？」

「いいや」

「死んだの？」

「そうだ」

「ロナンはそのことを知っているの？」

「ああ」

「彼は自分を責めた？」

「いいや。彼が責めているのは、エドワードとセント・メアリーと、そして自分以外のあらゆる人間だ」

「それじゃあこれは——復讐なの？」

チーフは肩をすくめた。

「ボスはなんて？」

「一度もこの話をしたことはないよ。毛布を取っておいで。寒くなってきた」

有無を言わせぬ口調だった。この話は終わりだ。

わたしたちは外で眠った。わたしは毛布にくるまり、星を見あげた。近くでなにかが動いた。わたしは体を起こし、暗闇に目をこらした。こもった声がした。「どうかした？」

「なんでもない。なにか聞こえた気がしたの」

焚火の反対側で、彼が大きく息を吸った。

わたしは立ちあがり、毛布を持って焚火の向こう側にまわった。「少しずれて」彼が移動した。わたしは彼の隣で横になり、彼が毛布で自分ごとわたしをくるんだ。わたしは彼に背中を向け、布団をかけるみたいに彼の腕を体にかけた。

彼が言った。「きみはいびきをかくっていう噂だ」

「あなたはなにもわかっていないのよ」

わたしは彼の心臓の鼓動を聞きながら眠りに落ちた。

そこにいた二日間、彼はわたしに暇を与えなかった。携行食料については譲ってくれたものの、わたしは薪を集めたり、水を汲んだり、紅茶をいれたり、そのほか彼が考えつくあらゆることをさせられた。言い争いは絶えなかったが、わたしの頭は次第にすっきりし始め、自己憐憫の穴から這い出しつつあることが感じられた。

ロナンの話題はそれっきり出なかった。

わたしたちは静かにセント・メアリーに戻った。わたしの鼻は日焼けしていたけれど、だれも気づかなかった。

カルとピーターソンが階段に座っていた。わたしにとっては二日だけれど、ほかの人たちにはほんの数時間にすぎないことを忘れないようにしなければ。セント・メアリーの毎日が始まっていた。

資料の整理を手伝ってもらいながら、わたしはふたりにことの詳細を話した。〝だから言ったじゃない〟と言われるのを――とりわけカルに――覚悟したが、彼女はサスマンをばらばらに引き裂いたのが自分じゃなくて残念だと言う代わりに、わたしの腕を軽く撫でたあとは、話題を変えた。わたしはあらゆることを説明した。わたしたちはいつもそうしている。レポートやプレゼンテーション――次に待ち構えている大きなイベント――のために、じっくり考えることができるからだ。

ランチのあと、わたしは本腰を入れて作業に取りかかった。とはいえ、向こうでほとんどの仕事を終えていたから、それほどすることは残っていない。思いついたことがあったので、好都合だった。

わたしはボスに会いに行った。ミセス・パートリッジがすんなりと通してくれた。

「こんにちは、サー。少し、時間をいただけますか？」

「もちろんだとも。座りたまえ。どういう用件だろう、ミス・マックスウェル？」

「思いついたことがあるんです」

ボスはうなずいただけで、なにも言わなかった。

「ずっと昔、初めて会ったときに、一般に公開されたタイムトラベルなんていうものがなくてよかったという話をしたことを覚えていますか？」

ボスはうなずいた。

「タイムラインや歴史に損傷を与える可能性があるからでしたね？」

ボスはうなずいた。

「わたしたちがホログラムを作ったのをご存知ですか？」

「知っているとも、ミス・マックスウェル。通常の記録よりはかなり進んだものだと聞いている」

「はい。それで考えたんですが、これを使えば、一般の人たちにそれと知らせることなく、タイムトラベルを経験させられると思うんです。わたしたちはこれまでどおり、撮影して記録する。でも今後の参考資料として保管庫にしまっておくのではなく、IT部門に手を加えてもらいます。コメントをつけて、国中にあるホログラム・シアターに映像を貸し出すんです。人々はそれが本物だとは知らずに、恐竜の映像を見ることができます。ヘイスティングズの戦いや、スチーブンソンのロケット号（ロバート・スチーブンソンが設計した蒸気機関車）や、ピラミッドが建設されているところや、水晶宮（一八五一年にロンドンで開かれた万国博覧会の会場として建てられた建造物）を見ることができる。わたしたちが作りますが、サースクの名前を使えば信頼性もあげられます」

　わたしは息をすることを思い出した。「わたしたちは変わることができるんです、サー。一般大衆、研究者、教育機関、劇場、みんながお金を払って、わたしたちが作ったものを見るでしょう。正確で、有益で、教育的で、面白いホログラム。彼らはただ、それがどれほど正確で有益かを知らないだけです。いま以上のチャンスはないと思います。恐竜を嫌いな人はいません。博士の許可がいただければ、わたしがサースクに持っていって、意見を聞いてきます。気に入ったというのであれば、今後の映像についてはコストの一部を負担してもらう代わりに、その分の利益を渡せばいい。気に入らないというのなら、わたしたちで全部やるまでです。これを客寄せ商品として提供するんです。このための材料を定期的に提供できれば、サースクはここに人員を送りこむことを考え直すかもしれません。任務ごとにだれかを派遣しようとするのもやめるかも。怪我をしたり、命を危険にさらしたりする必要はないって言えるんです。それはわたしたちに任せて、利益だけ得ればいいって。

これは個人的な意見ですが、いま世界の目は火星に向いています。技術ばかりが注目されている。悪いことではありませんが、このホログラムで少しだけ流れを変えることができるかもしれない。歴史に新しい光を当てるんです、サー」

博士は表情を変えることなく、窓の外を眺めている。その顔からはなにも読み取れなかった。わたしは黙って座っていた。言うべきことは言った。くどくどと繰り返す必要はない。わたしはバークレーとは違う。

博士は振り返り、再びペンを手に取った。「サースクに持っていきたまえ。彼らの意見を聞いてくるんだ。わたしは今後の展望について総長に話をしておく。彼女からまわりに話を通しておいてもらえば、それなりの観客が期待できるだろう。どういうことになるか、見てみようじゃないか」

午後四時、ホログラムについて話がしたいとバークレーが伝言をよこした。チーフが資料を、わたしはホログラムに入れてもらいたいことのリストを送ったが、あとは彼女に任せてあった。彼女がどんなものを作ったのかを見たがっているわたしが半分、まだ他人と関わりたくないと思っているわたしが半分、そしてもう半分のわたしは（計算が合わないのは目をつぶってほしい）サスマンのことで責められるのがわかっているから、彼女と会いたくないと思っていた。

蓋を開けてみれば、彼女はそれほど悪くなかった。チーフが緩衝地帯になってくれたのも助かった。彼女はこれまでまとめたものを見せてくれた。わたしが提案したものがふたつ修正されていて（いい方向に）、新しいアイディアもいくつか出してくれた。ほっとした。

「ふたつ、お願いがあるのよ、イジー」わたしの言葉に、彼女はつんと顎をあげた。「タイトルページに、セント・メアリーのロゴと著作権があることが出るようにしてくれる？ これは大きなプロジェクトだし、ボスはセント・メアリーの名前が出るようにしたいはずよ。でないと、サースクに全部持っていかれてしまう」

彼女はうなずいた。「ふたつめは？」

「サスマンへの献辞」なにか言おうとした彼女をわたしは遮った。「最初に入れてほしいの。このホログラムは素晴らしいから、みんな夢中になってしまって最後だときっとだれも気づかない。だから、まだ気持ちに余裕のあるうちに見えるように、最初に載せてほしい」

わたしはチーフに目を向けた。「これは彼のアイディアで、彼の仕事。功績を認められるべきよ」

彼からは満面の笑みが返ってきた。目じりにしわが寄るような笑みだ。わたしは心が温かくなったし、バークレーはひどく腹を立てたので、つまるところ不都合な点はなにもないということだ。

「チーフ、サースクでこれを見せる前に、明日ホーキングでワールドプレミアをしたらどうかと思うの。セント・メアリーの人たち全員に見てもらいましょうよ。みんなが貢献しているんだもの。もちろん、ボスがうんって言ってくれたらだけど」

「ぼくが話しておくよ。問題はないと思うね」

「よかった。それから、イジー？」

「なに？」

「あなたとあなたのチームの名前も必ず入れてね。素晴らしい作品だもの」わたしは彼女がなにか言う間も与えず、その場を離れた。イエイ！

ホーキングでのワールドプレミアは大成功だった。コンピューター音痴相手に日々悪戦苦闘していたIT部門は、独創的なものを作れるとあって全力で取り組んでくれた。セント・メアリーの全員がホーキングに集まり、始まるのを待っている。わたしはじっとしていられなかった。最終調整をしているバークレーのところに行き、指定された場所にストリーマーを設置しているファレルの様子を見に行った。ふたりから、それぞれの言い方であっちへ行けと告げられた。結局、カルのそばに腰を落ち着けた。彼女は励ますようにわたしの腕を撫でた。「大丈夫よ」

「大丈夫じゃだめなの。とんでもなく素晴らしいものじゃなくちゃ」

「そうなるって。じっとして。深呼吸するの」

照明が暗くなった。夜明けを表すためだ。始まった。詩人たちは、バラ色の指のような夜明けといった言葉を繰り返し使ってきたが、いま目の前に広がっているのはまさにそれだった。静かな水面に映る光が美しい。地面には霧の帯が漂っている。素晴らしい出来栄えだ。三六〇度、わたしたちは白亜紀に囲まれていた。本物としか思えない——安っぽくて、不安定で、向こうが透けて見えるようなシミュレーションではなかった。視線を下に向けると、ホログラムの泥に足が埋まっているのが見えた。

遠く、音を聞き取れるぎりぎりのところで地響きがしている。あたりを見まわすと、人々は胸に手を当て、顔を見合わせている。笑ってはいるけれど、不安そうだ。

地響きは次第に大きくなり、霧の中からアラモサウルスの長い灰色の首が現われた。そしてもう一頭、さらにもう一頭と続き、やがて群れ全体が見えてきた。首をしなやかに振っている。互いに挨拶をしているようだ。一頭が長い首をカメラに向かって伸ばしてきたので、小さな頭と牛のような目が見えた。長く低い鳴き声まで牛に似ている。カメラが震えた。危険なものではないと判断したのか、顔がカメラから遠ざかっていく。

霧が薄れ、近くにいた恐竜たちが水を飲みにやってきた。アンキロサウルスの群れが、子供たちを守りながら水を飲もうとして水辺をうろついている。嗅ぎ慣れた、緑っぽいにおいが漂っていた。強烈なおならのにおいも。ティラノサウルス・レックスですら、彼らを餌にしようかどうかを迷っているほどだ。カメラが溶けなかったのは奇跡だ。動きのゆったりしたプロトケラトプスの大きな群れが、ほかの恐竜たちから離れて沼地を進んでいく。アンキロサウルスの尾は骨や歯を砕くことができるのだ。

なにかの巣を探しているのか、数頭のオヴィラプトルが軽やかな動きでまだらな影の中をちょろちょろしているのが見えた。

映像は素晴らしかった。色、外皮の模様、フリル、角、頬のでっぱり、鶏冠、強膜輪《きょうまくりん》、当時の恐竜たちがまとっていたものすべてが、くっきりと映し出されている。バークレーのチームがぶれていた映像を安定させ、クローズアップの焦点を合わせ、鮮明なものにしてくれたのだ。

白亜紀は午後になった。バークレーは、トリケラトプスのごくわずかな映像をうまく取り入れていた。ディノニクスの群れも一瞬だけれど映っていて（わたしは顔を背けた）、彼らの恐ろしいほどの速さと動きの滑らかさが伝わってきた。

水辺に集まる恐竜の数がぐっと少なくなった。昼休みだとだれもが考えているのがわかった。ティラノサウルス・レックスが突然カメラの前に飛び出してきたときに、みんながちびるくらいびっくりするように、あえて行った演出だ。狙われていたのは、足を引きずり、疲れ切った様子の子供のエドモントサウルスだった。その様子を撮影したとき、わたしたちは興奮を抑えきれなかったものだ。けれど、クライマックスはこれからだった。ティラノサウルス・レックスは獲物に飛びかかり、頭蓋骨をひと噛みで砕いた。エドモントサウルスは木のようにどさりと倒れ、真っ赤な血がティラノサウルス・レックスの顔や顎や胸に飛び散った。その短い前脚が断続的に開いたり、閉じたりする様が映し出された。これは興奮したときの動作なのだろうかとわたしは改めて考えた。右と左を合わせることすらできないくらい短いこの前脚は、交尾のときに相手を刺激するためだという主張を裏付けるだろうか？　それとも単なる反射行動なのかもしれない。だれかが考えてくれるだろう。

だが当のティラノサウルス・レックスは過ちを犯した。あたりの丘にこだまする、うなり声のような甲高い勝利の雄たけびをあげたのだ。大きな顎から赤い血の煙と肉片が飛び散った。だれもがあとずさった。その鳴き声が消えるより早く、はるかに大きなもう一頭のティラノサウルス・レックスが現われた。雌のようだ。このときは、あのサスマンですら逃げるべきかどうか迷ったと言っていた。

二頭は耳をつんざくような怒りの咆哮をあげながら、互いのまわりをまわっている。足元に土ぼこりが舞っている。尾を振りたて、巨大な頭をぶつけあった。大きいほうがその体格を生かして、小さいほうの首のうしろをつかんだ。小さいほうは逃げようとはせず、頭をさらに低くして体を寄せ、大きいほうの前足に嚙みついた。大きいほうは悲鳴をあげ、ネズミを振り払うようにして小さいほうを投げ飛ばした。小さいほうはごろごろと転がり、ようやく立ちあがろうとして頭を起こしたところに大きいほうが飛びかかった。うしろ足の爪を腹部に突き立て、むき出しになった喉に嚙みつく。それで終わりだった。小さいほうはごぼごぼと音を立てただけで、数秒後には死んでいた。大きいほうは顔をそらせて勝利の雄たけびをあたりに響き渡らせたあと、エドモントサウルスを食べ始めた。

ラプソン教授がうれしそうに言った。「やっぱり鶏なんかじゃなかったぞ！　羽毛なんてどこにもない！　よくやった、マックス」ティラノサウルス・レックスは死体を漁る巨大な鶏にすぎないという説が間違っていることが証明されたのは、なにもわたしの手柄ではない。とはいえ、世界中の人々のお気に入りの肉食恐竜のイメージを保てたのはいいことだ。

息をつく間もなく、格納庫が振動し始めた。天井からほこりが落ちてくる。床の上の機材ががたがたと音を立てた。やがて格納庫の奥から、アラモサウルスの群れが威厳たっぷりに登場した。先頭は巨大だった——高さ一五メートル、長さは優に二〇メートルはあるだろう。胴体はプールほどの大きさだ。装甲されていない——必要ないからだ。これだけの大きさなのだから。リーダーのうしろからほかの個体がぞくぞくと現われた。

イジーは、彼らのサイズや体の比率をわたしたちが理解できるようにそのシーンにたっぷり三〇秒ほどかけたあと、あの日の午後、わたしとサスマンがあたりを飛びまわりながら撮ったものを映し出した。ゆっくりと移動する巨大な脚のまわりをあっちへこっちへと移動しながら、腹部や腋の下、足、開口部などあらゆるところをクローズアップで撮影したのだ。干し草の山のようなサイズの糞が、ぺしゃっと音を立てて落ちてきた。様々な質感の外皮、関節の角質、厚い外皮、薄い外皮、しわやひだなど、すべてを見ることができた。

だれもが息を呑んだ。地面を踏みしめる音はすさまじかったが、それでも腹の中のものを消化する音は聞こえていた。彼らは、だれも想像していなかったほど大きかった。これまで推定されていたサイズは、子供の骨を基準にしていたに違いない。壮大だった。群れは延々と進み続け、ようやく最後の一頭が格納庫を通り過ぎていくと、あとには沈黙だけが残された。人々は一斉に息を吐いたが、最後に壮観なショーが待っていた。

はるか彼方の火山の向こうの空に、オレンジがかった赤色の太陽が沈んでいく中を、こちらに向かって飛んでくる影があった。わたしたちが一頭だけ見たプテラノドンだ。ゆっくり近づいてきたかと思うと翼を広げ、滑るように水面に着水した。すかさず水中から長い蛇のような首が伸び、プテラノドンの翼をからめとったかと思うと、音もなく、さざ波ひとつ立てることなく水中へと引きずりこんだ。太陽が沈んだ。一日が幕を閉じた。

第十章

わたしはその後の二日間、ひたすらデータの見直しを続けた。ホログラムのための解説を書いた。あらゆるデータ・キューブやディスクやUSBを確認し、正しくロードされているかを調べた。すべての書類を照合し、あらゆるものにラベルをつけた。だれかに任せることはできなかった。ピーターソンが途中で飲みに連れ出してくれたけれど、わたしがそわそわするばかりだったので、好きにさせておいたほうがいいという結論に達したようだ。

チーフとわたしは早めに出発した。ボスが珍しくベントレーを貸してくれた。トランクと後部座席は、わたしたちの労働の成果が詰まった箱でいっぱいだ。サスマンがいなくなったので、チーフが技術面を担当するために一緒に来てくれることになったのだ。

「始めてしまえば、問題はないよ」彼はわたしの心を読んだように言った。

わたしは窓の外を眺めながら、あれこれと思い悩んでいた。腸骨稜《ちょうこつりょう》のことは書いたっけ？　プロトケラトプスが渦巻き状に卵を産むことは？　サウロロフスの鼻孔を覆っているフラップのような外皮は？　どれもイエスだ。落ち着いて、集中しなさい、マックスウェル。

　わたしたちは総長とその取り巻きたちに出迎えられた。みんなとても感じがいい。ボスが彼女たちのことをキリストの敵みたいに扱う理由が理解できなかった。このプレゼンテーションが失敗に終わり、彼女たちがこちらのデータに満足しなかったときに初めて理解できるのかもしれない。チーフは講義室へと姿を消し、わたしは教授陣と会うためにライオンの巣穴へとひとりで向かった。

　総長のオフィスでわたしは自己紹介をし、自分の資格と経験を述べ、任務について説明した。いつもこうやって始めることにしている。そうしている間に、脳みそが口に追いついてくるからだ。

　すべてのカテゴリーで同じように進めていった。必要条件を述べ、方法を説明し、彼らの設備の信頼性を褒めたたえた。星図から切り取った写真を彼らの好奇心を刺激する程度に数枚見せてから、地理と気候について簡単に語った。彼らが興味を示し始めたところで、植物相と動物相に話題を移した。生データへのアクセス方法を説明した。なにもまとめられておらず、結論も出されていない、そのままのデータだ。それはわたしたちの仕事ではない。

わたしはテーブルの上のディスクやキューブやテープを示し、この二〇分ばかり、待ちきれないようにそれを眺めていた、それぞれの学部の教授たちに正式に譲渡した。彼らの気持ちがわかったので説明はごく短く終わらせたし、早く手に入れたいという思いも理解できたけれど、セント・メアリーの功績は当然、認めてもらわなくてはならない。

わたしは訊いた。「なにか質問はありますか？」

だれかが立ちあがって（総長があらかじめ、指示してあったのだと思う）言った。「それで、実際はどんなふうだったんです？」

これ以上のチャンスはない。わたしがなにか言う間もなく、総長が立ちあがった。「こちらです、みなさん」教授陣はなにごとかをつぶやきつつ、彼女の机の上に山積みになったデータを物欲しそうな顔で幾度も振り返りながら、彼女についてオフィスを出ていった。

講義室は広かった。つまり、わたしは大勢の人の前で恥をかくことになりかねないということでもある。チーフはすでに片側に三台、もう片側に三台のストリーマーを設置し終えていた。座席はすべて埋まっていた。後方の立見席もいっぱいだ。防火法規に反して、通路に座っている人もいる。いまここが火事になったら、観客すべてが絶望的というだけでなく、セント・メアリーの優秀な人材ふたりも炎に包まれることになる。この件が失敗するよりはましかもしれないとわたしは思った。ごくりと唾を飲み、わたしに事務仕事ができるだろうかと改めて考えた。

総長がわたしたちを紹介すると、控えめな拍手が起きた。サスマンのために一分間の黙禱をした。総長が座った。始まりだ。

明かりが消され、ブラインドが自動的に窓を覆い、ストリーマーが作動した。

わたしは言った。「みなさん、これよりセント・メアリーで開発された最新のテクノロジーを駆使した映像をお見せします。〝白亜紀のある一日〟です」

オープニングのシーンが映し出され、アラモサウルスが長い首を伸ばして総長の顔をまっすぐに見つめると、だれもが息を呑んだ。総長は平然としていたので、みなが感心した。

わたしの存在が彼らの頭からすっかり消えたようなので、わたしは腰をおろし、ホログラムを眺めている彼らを眺めていた。わたしの解説は悪くはなかったが、実際のところ、彼らがどれくらい聞いていたかはわからない。新しい恐竜が出てくるたびに驚きの声をあげていたが、その後は混乱状態だった。もっとよく見ようとして互いを押しのけたり、座席にのぼったりしていたかと思うと、あちらこちらで議論が始まった。これまで大切に温めてきた理論が容赦なく修正されたり、切り捨てられたりした。

隅で議論している立派な教授陣が、恐竜の口からこぼれた食べ物の塊にすっぽりと包まれる様をわたしは半分面白がりながら眺めていた。

「あらまあ」総長がつぶやいた。「教授たちがすっぽりと」

「ですね」わたしは言った。

「あの人たち、もう何年もわたしをああしようとしてきたのよ。よくやってくれたわ」

「喜んでいただけてよかったです」

「ベアストウ博士によろしく伝えてちょうだい。小切手はポストに入れておくからと」

　期待していたとおり、彼らはホログラムをおおいに気に入った。セント・メアリーをがっつりと宣伝できたわけだ。礼儀正しくするようにとボスに言われていたから、わたしは全員と話をし、名刺を配り、データの収集に関してなにか疑問が生じたときには、セント・メアリーはいつでも協力すると約束した。ようやくのことですべてが終わり、わたしたちは駐車場に戻った。

　空になった後部座席にジャケットを投げ入れ、わたしは助手席に座った。車はゆっくりと走りだした。

　わたしは窓の外を眺めたが、まだ気持ちは高ぶっていた。気に入ってもらえた。うまくいった。わたし自身にもセント・メアリーにも恥をかかせなかった。最高の結果だ。これでここ最近の出来事に区切りをつけて、少し休暇を取ることができそうだ。長距離ドライブをして、チョコレートを食べて、絵を描こう。積みっぱなしになっている本を読んで、のんびり過ごすのだ。任務はすべて終わったから、ゆっくりできる。まずは窓の外を眺めて、景色を堪能しながらドライブを楽しもうと思った。

三キロも走ると、退屈になった。

なにかすることはないかと車の中を見まわすと、当然ながら最初に目に入ったのがチーフ・ファレルだった。しばらく彼を眺めた。袖をまくっている。毎日、ポッドの大きな部品を運んでいるせいで、腕にはしっかりと筋肉がついていた。手もがっしりしている。すると彼がこちらに向き直った。「なにも問題はない？」

「ええ」わたしは嬉々として答えた。

彼はあくびをした。

「運転を代わってほしい？」

「いいや。命が惜しいからね」

「それって、ちょっと失礼じゃない？」

「ミス・マックスウェル、ぼくはきみの様々な能力をとても尊敬しているよ。きみは才能も情熱もある歴史家で、腕のいいアーティストで、熱烈で忠実な友人だ。心が温かくて、思いやりがあって、頭の回転がよくて、面白くて、そしてものすごくセクシーでもある。世界最悪のドライバーだけれどね。どうやって免許を取ることができたのかが不思議だよ。きっときみがエンジンをかけるより早く、きみの美しさに目がくらんだ試験官が〝合格〟の欄にチェックを入れたんだろうな」

心臓が激しく打って、数秒間わたしはなにも言えなかった。「ありがとう」

彼は前方を見つめたまま、うなずいた。

「車を止めてくれたら、たっぷりと口でやってあげるのに」

車が木に衝突した。

エンジンがカチカチと鳴る音だけが響いている。わたしは車を降りて、損傷を確かめた。

「びっくりしたわよ、チーフ！」

彼はよろよろと出てくると、車の屋根にもたれて頭を抱えた。わたしは心配になって彼をのぞきこんだ。「怪我したの？」

彼は顔をあげるとため息をつき、電話を取り出した。「ディーター！　低荷台トラックを持ってきてくれないか？　事故を起こした。いや、ぼくたちは大丈夫だ。ウィッティントン・ロードを五キロほど走ったあたりだ。交差点のすぐ手前。そう、丘の上だ。それじゃあ、三〇分後に」彼は電話を乱暴に切ると、ズボンのボタンをはずしながら車のこちら側へとやってきた。

「ふざけるのはもうたくさんだ。ボンネットに乗るんだ。いますぐに」

彼は動けずにいるわたしを抱きあげると、ボンネットに放り投げた。ボンネットは硬くて熱かった。そして彼も。彼はわたしのスカートを腰の上までめくりあげ、パンティーを引きちぎった。そんなことができるなんて考えたこともなかった。パンティーがどこにいったのかはわからない。それっきり、二度と見ることはなかった。彼はわたしの中に指を二本差し入れ、潤っていることに満足すると、いきなり強引に挿入してきた。乱暴な行為のはずだけれど、そうは感じなかった。わたしは体を反らすようにしてそれを受け入れ、全身で彼を求めながらストッキングをはいた脚を彼にからめて、強く腰を押しつけた。互いを激しく求め合ううちに、熱がますます高まっていく。彼の手が執拗にわたしの全身を撫でまわした。わたしはうめき、その声にさらに刺激されたのか、彼はさらに強く、速く腰を突き立てた。痛かったけれど、それ以上に素晴らしかった。わたしももう止まらない。彼のシャツをまくりあげて、背中に爪を立てた。彼はうめいたけれど、動きを止めることはなかった。わたしが首に噛みつくと、彼は両手でわたしの顔を支えてキスをした。体の動きに合わせて、舌がわたしの口の奥へと入ってくる。どこからか聞こえる音が次第に大きくなっていると思ったら、わたしのあえぎ声だった。わたしは彼の髪に両手をからめ、顔を離した。彼が「ルーシー」とつぶやいたその瞬間、わたしは現実感を失った。激しさを増しながら次から次へと押し寄せてくる波に翻弄され、ただ体を震わせていた。止まらない。どうすることもできない。感覚と快感の海にもみくちゃにされながら、食いしばった歯の間から悲鳴をあげ、体をひきつらせるばかりだった。永遠にも思える間、彼がさらに何度も突いてきた。そして不明瞭な叫び声と共に、彼も身を震わせてわたしの上にくずおれた。わたしの中で彼のものがどくどくと脈打つのが感じられ、わたしたちはゆっくりと現実に戻ってきた。

やがて彼は体を持ちあげ、わたしを見おろした。大きく脚を開いた格好でボンネットに横たわっているわたしの胸はむき出しで、スカートは腰までまくりあげられている。髪はほどけて、顔を覆っていた。

彼は両手で体を支えたまま、息を整えようとした。ゆっくりと体を起こして、座った。

「なんてこった」

わたしは荒い息をついていた。顔の髪をはらい、緑と金色のまだらの日光越しに青い空を見あげた。

「待って」彼が言った。「手を貸すよ」わたしは彼の手を借りて、体を起こした。彼はわたしのブラジャーを正しい位置に戻し、シャツをスカートにたくしこんだ。その動きはゆっくりしていて、丁寧で、とても優しかった。手がひどく震えていたので、彼のシャツのボタンはわたしが留めてあげた。互いの身づくろいをして、なんとか見苦しくない状態になった。きちんとしているとはとても言えなかったけれど。

わたしはボンネットからおり、パンティーが近くの木に引っかかってはいないかとあたりに素早く視線を走らせた。彼が支えてくれた。まだ余韻に体が震えていて、立っているのも難しかった。

わたしたちは近くにあった倒木に並んで座った。わたしが髪をまとめていると、彼はわたしの肩に腕をまわして、髪にそっと唇を寄せた。

「わたし、おかしくない？」

「少しも。きみはみだらで、だらしなくて、ノーパンで、ものすごく魅力的だ。ぼくはもう夢中だよ」

わたしは彼の頬に手を当てた。彼は顔の向きを変えて、手のひらにキスをした。

「もう一度できる？」

「残念だが、低荷台トラックの音が聞こえる。戻るまで待ってもらわなきゃならないな。だが言っておくが、ぼくはまだ満足していないからね。もっときみが欲しい。何度でも」

わたしは鋭く息を吸った。つかの間、自分がどこにいるのかわからなくなった。

ディーターがやってきて、運転席から飛びおりた。

「大丈夫ですか？」彼が訊いた。「ふたりとも、大丈夫そうには見えませんね。おいおい、マックス、座ったほうがいい。あなたもだ、チーフ。どっちもショック状態みたいじゃないですか」

「ううん、大丈夫」

「きみはボスのベントレーをぶつけたんだぞ、マックス。おれならショックで倒れるね。深刻な内臓損傷もあると言う。助かるにはそれしかないぞ」

「実を言うと、運転していたのはぼくだ」チーフが言った。

ディーターが顔をしかめた。「あなたがぶつけたって？　なにがあったんです？」

「鹿なの」わたしは急いで言った。ふたりがわたしを見つめた。「鹿が道路に飛び出してきたのよ。ハンドルを切った。鹿にはぶつからなかったけど、木にぶつかったの。下手したら死んでいたかもしれない。うまくぶつかったのよ。運転していたのがわたしじゃなくてよかった。わたしだったら、いまごろ、火だるまになっていたかも」

チーフは天を仰いで、腕を組んだ。

ディーターが言った。「鹿？　午後の四時に？」

「混乱していたんだと思う」

「鹿だけじゃなさそうだ。頭でも打ったのか？」

「打ってない」

「とにかく荷物をまとめて。ウインチを動かすから」ディーターが言った。

「手伝おうか？」

「いや、大丈夫です、チーフ。マックスをトラックに乗せてやってください」ディーターはにやりと笑った。「ふたりともくたくたみたいですから」

そういうわけで、わたしたちは言われたとおり運転室に乗りこんだ。

車の中では、だれもなにも言わなかった。事故のニュースはすでに伝わっていて、格納庫の入り口にはちょっとした人込みができていた。ボスの姿はない。どこかでわたしたちの解雇通知を書いているのかもしれない。

「そこにいてください」ディーターは運転席を出て車の反対側にまわり、助手席からわたしが降りるのに手を貸してくれた。

「フォスター医師がすぐに来いと言っているから」ポリーの言葉にわたしはうめいた。ひと息つくこともできないの？

ありがたいことに、ヘレンは時間を無駄にしなかった。「出血していないし、痛みもないし、骨折もない。チーフ、あなたのほうがいくらか分別があるようだから、彼女の顔色が悪くなったり、体が震えたり、動作が変だったり、意識を失ったりすることがないか、気をつけていてちょうだい」

「もうなったけど」わたしがつぶやくと、肘でつつかれた。

「わかった。顔色の悪さ、震え、意識消失だね、了解した」

「もう行っていいわ。ボスが会いたがっていると思う。マックスウェル、あなたは残って」

「外で待っているよ」チーフは部屋を出ていった。

「なにかしら？」

ヘレンはいつになく真面目な顔だ。「包み隠さず、正直に答えてほしいの。大切なことなのよ。重大な影響があるの」

わたしは落ち着かない気持ちになった。「なに？」

彼女は険しい目つきでわたしを見た。「あなたはついいましがた性行為をした？」

わたしはずばりと答えた。「ただの性行為じゃなかったけど。全身が震えるような、悲鳴をあげるような、頭が真っ白になるような、ものすごく刺激的なセックスだった。世界のどこでも違法だとされるみたいな。どうして？　なにか医学的に問題でも？」

「あら、違うわよ。全然関係ない。ただ、こうやっているいまも、この建物の中では多額のお金がやりとりされているってこと。わたしはピーターソンからもらわなくちゃ」

　わたしは口を開いたものの、なにを言えばいいのかわからずにそのまま閉じ、顔を赤らめ、唾をごくりと飲んで、改めて口を開いた。

「言葉が出ない？」

　うなずいた。

「よかった。ピーターソンからもう一〇ポンド、まきあげられるわ。行っていいわよ」

　エレベーターを降りたわたしは左手にある本館に戻ろうとしたが、彼に腕をつかまれ、そのままホールを進んだ。塗料庫！　塗料庫に向かっている！　わたしたちはほとんど走るようにしてポッドにたどり着いた。中に入れば、だれにも邪魔はされない。

「脱いで」彼の声はかすれていた。「いますぐに」わたしが彼のジャケットを脱がせている間に、世界が白くなった。どこにいるかはわかっていた。いくら音を立てても大丈夫な、邪魔する者はだれもいない五〇〇〇年前の世界だ。

　すぐには外に出なかった。ポッドの壁にもたれて。外に出て毛布の上で。地面の上で。木にもたれて。彼は素晴らしかった。寡黙な人間は最悪だと言われるけれど、わたしに言わせれば、寡黙な人間は最高だ。

数時間が経ち、日が落ちた。わたしたちはぐったりと倒れこんでいた。

「もうだめだ」彼が息を切らしながら言った。「もう勘弁してくれ」

わたしは彼の胸に頭を乗せて、心臓の音を聞いていた。ふたりともひどい有様だ。汗だくて、ほこりまみれで、痣やひっかき傷ができている。わたしは最高の気分だった。彼は立ちあがって、ワインのボトルとマグカップを持って戻ってきた。ふたりで飲んだ。喉がからからだったから、おいしかった。

「戻ったほうがいい？」

「そのままじゃ連れて帰れないよ。きみはまるで、堕ちた天使みたいだ」

「堕ちたわけじゃないわ——突かれたのよ」

彼はわたしにまわした腕に力をこめ、キスをした。「だめよ。もうふらふらで歩けそうにないんだから」

「帰る前にもう一度は？」

わたしは視線を下に向けた。「驚いた。あなたって底なしなの？」

「きみと会ってからはね。ぶかっとしたジャンプスーツを着ていることを、何回、神さまに感謝したことか」

「本当？　知らなかった」

「きみと初めて会ったときからさ。きみは日光を髪に浴びながら階段に立って、ぼくに微笑みかけた。あの瞬間から、ぼくはきみに夢中だった」

わたしは首を伸ばして、彼にキスをした。「一緒にシャワーを浴びても、なにもしないでいてくれる？」

「きみは温かくて、濡れていて、ぬるぬるしているんだぞ。両手には泡。どう思う？」

シャワーから出るのにさらに数時間かかった。タンクが空にならなければ、もっとかかったと思う。わたしたちはのろのろと帰る準備をし、そしてようやく服を着てブーツを履き、こちらの時間ではわずか三〇分後に戻ってきた。ボスのオフィスに向かった。

ボスはわたしのプレゼンテーションに満足していた。サースクからすでに連絡があって、わたしたちを褒めそやしたのだろう。〝申し分ない〟という言葉をボスは使ったから、喜んでいることは間違いなかった。車の話は出なかった。

「命拾いしたわね」ボスのオフィスを出たところでわたしは言った。「一杯、どう？」

「いいね。先に行っていてくれるかい？　バーで会おう」

ホールのどっしりしたドアを開けたとたんに、騒ぎが聞こえてきた。マラトンの戦いを再現しているのか、もしくはバーでまた殴り合いをしているのだろう。

喧嘩沙汰はしばしば起きた。

どの部門も、自分たちがセント・メアリーで一番重要だと――それが正しかろうと、間違っていようと――考えている。わたしには理解できなかった。だって、歴史局が主役なのは明らかなのだから。それでも技術部や保安部やときには研究開発部までがそのことに気づいていないのか、もしくはうっかりのこともあるけれど、たいていはわざとなにか不適切なことを口にして、そして騒ぎが始まるのだ。

ドア口からでも、これがいつもの喧嘩でないことは見て取れた。暴動みたいだ。オレンジ、黒、緑、いくつかの青い制服がからみあい、取っ組み合い、床を転がり、悪態をつき、怒鳴り、互いを激しく殴り合っている。グラスが割れ、椅子がひっくり返った。バーのスタッフがやめろと叫んでいる。

わたしは野次馬たちの間を進み、打開策を探った。ディーターとマーカムが転がりながら離れ、よろよろと立ちあがり、互いに組み合った。体格差があったから、まるでシマリスがエベレストに飛びついているみたいだ。

わたしはなにも考えることなくふたりの間に割って入り、引き離そうとしたが、ディーターはすでに小さな肘掛け椅子くらいあるこぶしを振りあげていた。そのこぶしはわたしの目の下に当たり、わたしは床に倒れこんだ。最後の瞬間に彼は手を引いたが、それでもかなり痛かった。

このあとはどうなるのだろうと全員がかたずを呑んだので、とりあえず喧嘩は中断した。まったく。殺し合いを続けて、わたしに気持ちを立て直す時間をくれてもよかったのに。

わたしはよろめきながら立ちあがり、スカートを引っ張った。

「女性を殴るもんじゃないぞ」マーカムが挑発するように言った。「礼儀に反する」

「ああ、しまった、マックス」ディーターはおののいている（当然だろう）。「すまなかった」

彼を殴り倒し、どちらかの目に痣を作ってわたしとお揃いにしてやろうと咄嗟に思った。わたしはその怒りを言葉にした。

「あんたたち、いったいどういうつもり？」

だれもなにも答えなかったが、反省している様子もない。いまにもまた殴り合いが始まりそうだ。ベントレーの一件のあとで機嫌のいいはずがないボスが、いつやってきてもおかしくない。わたしは大きく息を吸うと、対立しているグループの間に立った。

「なにがあったのか、当ててみようか？　だれかが〝ポッドの知能レベルをあげるにはどうすればいい？　歴史家を追い出すことだ〟みたいな冗談を言ったんでしょう？　で、どこかのうぬぼれ屋が〝電球一個交換するのに、何人の技術者がいる？　ひとりいれば充分、でも電球のようなひらめきはたくさんないと困るよね〟って言い返して、だれかがそれを面白いとは思わなかった。そうしたら今度はほかのだれかが、保安部の人間じゃなくて、犬に身分証明書を見せた。脳みそを持っているのは犬のほうだからと言って。で、互いに蹴飛ばし合ってるっていうわけね」

　ぶつぶつと文句を言う声がして、だれかが「おい」と言った。

「そんな言い方はやめてよね。本当に恥ずかしい人ばっかり。言っておくけど、あんたたちの〝おれの部が一番で、脳みそがあるのはおれたちだけだ〟みたいな態度は、もう反吐が出そう。ここではみんなが役に立っているの。技術部はわたしたちが仕事をするのに必要な装置を作っている。保安部はわたしたちの安全を守っている。ミセス・マックはわたしたちのお腹を満たしてくれる。毎週水曜日に彼女が作るトード・イン・ザ・ホール（ソーセージを使ったイギリスの郷土料理）が食べられなくても平気な人っている？　衣装部は衣装や装備を用意してくれる。ミセス・パートリッジたちのおかげで、わたしたちは決まった日にお給料がもらえる。その重要性がわからないの？」わたしは一度言葉を切った。「そして歴史家は現場の泥の中で血を流している。わたしたちと代わりたい人はいる？」

　わたしは大きく息を吸い、いくらか静かな口調で言った。「わたしたちはみんなが特別で、みんなが一番なの。時々、手に負えなくなるけれど」

沈黙。うまくいかなかったようだ。ほとんどが不機嫌そうにむっつりしている。技術者たちはしたり顔だし、保安部の男たちは次にだれを殴ろうかと考えているようだ。メルトダウンの一歩手前だった。そのうえ、顔が痛む。

不意にわたしはうんざりした。やり方を間違えたらしい。ふとひらめいたことがあった。ディーターに向き直った。「明日、わたしと一緒に来て」

彼はまじまじとわたしを見つめた。

「真面目に言っているの。明日、わたしと一緒に来て」わたしは話しながら考えた。「今日のプレゼンテーションで指摘されたことを確かめるために、白亜紀に戻らなくてはならないの。サポート役が必要なのよ。わたしと一緒に来て、どういうものなのかその目で見るといいわ。ねえ、ディーター、ティラノサウルス・レックスに〝やあ〟って言ってやればいいじゃない！」

わたしは彼を困った立場に追いこんだ。彼は行きたがらないだろう。わたしと一緒に行った人たちがどういうことになったのかは、みんな知っている。カルが身震いし、ピーターソンが彼女の腕をつかんだのが見えた。

「どうする、ディーター？　口先だけじゃなくて、行動で証明して見せる？　それとも自分の居場所でおとなしくしている？　そうしたいと思うのも、もっともよね」

彼が行かないと言いたがっているのがわかった。面子を保ったまま、断る方法を探している。助け船を出す気はなかった。だれもが無言で彼を見つめている。

「いいのよ、ディーター、わかるから」わたしは彼の腕を優しく叩いた。「たいしたことじゃない。ただきっとあなたも楽しんでくれるだろうと思っただけ。残念ね」

さらにプレッシャーを与えるため、わたしはもう一方の手を自分の目に当て、顔をしかめて見せた。

彼はわたしの手を振り払った。「もちろん行くさ。あんたたち歴史家が問題を起こさないように、だれかが見張ってなきゃならないからな」

「よかった。それじゃあ、朝食のあと簡単な打ち合わせをしましょう。たいしたジャンプじゃないわ。ほんの数時間のことだけれど、それでもどういうものかはわかると思う。そうそう、オレンジじゃなくて、緑を着てきてね。視覚で刺激されて狩りをする恐竜もいるから。あと、アルコールはもうおしまい――言うまでもないことだけど」

ディーターはうなずいた。いったい自分はなにに巻きこまれてしまったんだろうと茫然としている。わたしは彼に考え直す間を与えることなくその場を離れ、カルとピーターソンに歩み寄った。

「連れて帰ってきてよ」カルが暗い声で言った。「手足だけじゃなくて、ちゃんと息をして、生きてる彼を」念を押すように言い添える。「大丈夫。ほんの数時間のことだもの。明日の今頃はまた、互いを追いかけまわしているわよ」

「頼むよ、マックス」ピーターソンが言った。「技術者をジャンプさせるわけにはいかない」

「どうして？　わたしは技術者をプレゼンテーションに連れていったわよ。大成功だったの。訊いてくれてありがとう」

　プレゼンテーションのことを持ち出して、ふたりの気を逸らそうとした。歴史家の気を逸らすのは簡単だ。集中力が持続するのは——なんの話をしていたんだっけ？

　チーフ・ファレルがドアロに立ち、乱闘の痕跡を眺めているのが見えた。わたしに気づくと、その顔に〝冗談だろう？　一〇分、目を離しただけで、目のまわりに痣だって？〟と言いたげな表情が浮かんだ。

　いまさらながら、わたしは手順を思い出した。ディーターを手招きした。

「チーフ・ファレル、ご存知のとおり、わたしは明日、白亜紀に戻らなくてはなりません。チーフの許可をいただければ、ミスター・ディーターに同行してもらいたいと思っています。サポート役が必要ですし、彼は興味があるそうなんです。もちろん、チーフに異論がなければですけれど」

彼は片付きつつある部屋を見まわした。わたしはいくらか気がとがめた。彼に丸投げしてしまったようなものだ。ディーターにもそのことはわかっていて、彼が拒絶するのを待っている。わたしはチーフにしか見えない位置に手を移動させ、指を交差して見せた。チーフは小さく笑って言った。「新しい経験だな、ミスター・ディーター。志願してくれてよかった。楽しみたまえ」

ディーターは大きく息を吸った。「はい、サー。ありがとうございます、サー」わたしをちらりと見て、その場を去っていった。

「レオン……」

「わかっている」彼はため息をついた。「ジャンプの前夜は、素面でひとりで過ごすことになっている」

「明日はお客さまもいるし。彼の面倒を見てほしいでしょう?」

「そうしてくれるとうれしいね」

「痣のひとつもなく、連れて帰ってくるから」

心からの約束だった。

わたしたちはホールで別れた。

「まあ、いいさ。明日の夜がある」

けれど、明日の夜はなかった。ボールから目を離したとたんに、運命だか、宿命だか、歴史だか——なんとでも呼べばいい——は勢いを増して、わたしたちを完全に打ち負かすということが、証明されただけだった。

第十一章

わたしは簡単な説明文書を用意し、朝食の席でディーターと会った。わたしの指示どおり緑色の服を着た彼は、不安そうではあるものの落ち着いていた。

打ち合わせをした。ディーターはいくつか質問をしたが、的を射たものだったので、わたしはかなり気が楽になった。湖周辺に彼を案内しようと思っていた。あそこなら、身の危険を一切感じさせることなく、恐竜たちの生態を観察できるはずだ。充分に離れてさえいれば、ティラノサウルス・レックスにも登場してほしいと思っていた。

今朝は、大勢の詮索好きな人間にホーキングでの仕事があったらしい。わたしは構台にいるカルとティムに手を振った。ふたりは、戻れというような仕草をした。まったく！

わたしたちはポッドに入り、チーフが最終確認をした。懐かしき八号機だ。ディーターはひどく無口だった。そして準備はすべて整い、わたしは次々とスイッチを入れていった。チーフがディーターに向き直った。

「ひとつだけ言っておく。ミス・マックスウェルがこのポッドの責任者だ。この任務にも、きみに対しても。彼女に言われたとおりに行動すること。それがきみの命を救うことになる。わかったな？」

ディーターはごくりと唾を飲んだ。「はい、サー」

「幸運を祈るよ。ふたりともね」

「ありがとうございます、チーフ。お湯を沸かしておいてくださいね」

わたしはドアをロックした。世界が白くなった。


またもや、運命だか宿命だかが手を貸した。そこは湖の近くだったが、斜面のもっと上のほうで、まだ探索していない北の端だった。着地の際に揺れたので、油圧制御の脚部が自動的に広がってポッドを安定させた。わたしは念入りに計器の数値を確認した。この任務はなにひとつ間違いのないようにしなければいけない。ディーターに怪我をさせるわけにはいかないのだ。なにも異常はないようだ。近くに大きな生き物はいない。

ディーターの様子を確認した――ヘルメット、ベスト、通信システム、ブラスター銃。準備万端の歴史家が携行するものはすべて持っている。わたしたちはその場でジャンプをした。なにも落ちてはこなかったし、がしゃがしゃと音を立てるものもない。カメラを作動させ、ポッドの外に出た。
初めてのことを覚えていたから、彼があたりの状況を理解するまで数分待った。

青い空、森の音、熱気、におい、湧き起こる高揚感。彼はその場でぐるぐる回った。「わお！　おれは六七〇〇万年前にいるんだ！　マックス、すごいよ、とんでもないよ！」

「お楽しみはこれからよ。少しここをおりるから」

ディーターは落ち着きを取り戻し、わたしたちは木々の切れ目を目指して進んだ。そこからなら湖と周辺の平地がよく見えるはずだ。問題が起きるとは思わなかったが、わたしは注意を怠らなかった。なんといってもここは白亜紀なのだ。それにディーターのことは気に入っていた。

警戒はしていたし、注意も怠らなかったが、木立を抜けたときに眼下に広がった光景には頭が真っ白になるほどの衝撃を受けた。つかの間その場に立ちすくんだものの、すぐにディーターの腕をつかんで地面にしゃがませた。腹ばいになって前進しながら、あれはいったいどういうことなのだろうと必死で考えた。

そこにあるのは、まるで小さな町だった。テント、人間、檻、車。拡声装置からポップミュージックが流れている。なにかを料理するにおいが漂っている。いったいなにが起きているの？

「ディーター、全部記録して」わたしは通信システムに向かって口述を始めた。彼も同じことをしている。おおよその人数を数え、その様子を描写し、ポッドを数え、位置を確認した。カメラがすべてをとらえることができるように、顔の向きを変えながら檻を数え、その中の生き物をできるかぎり識別した。

少し離れたところに大きな檻があった——囚われているのは、子供のティラノサウルス・レックスだ。まだ大人になりきってはいないものの、それでもその檻に入れるには大きすぎる。大きな声で鳴きながら、なんとかして自由の身になろうと頭を振りたてていた。男たちのグループがその脇を通りかかった。ひとりがスタンガンのようなものを取り出し、通りすがりざま、何気ない様子でティラノサウルス・レックスに押し当てた。ティラノサウルス・レックスは悲鳴のような声をあげて檻にぶつかり、男たち全員が声をあげて笑った。わたしは全身がかっと熱くなり、ディーターはうなった。

向こう側の木立では、別の男たちのグループがハドロサウルスを引っ張り出そうとしていた。拘束具がついているにもかかわらず、男たちは口々に叫びながら、突いたり、叩いたりして檻から出そうとしている。ハドロサウルスは自分の身になにが起きているのかわからず、群れから引き離されたことに困惑しているのか、恐怖と不安に鳴き声をあげた。不意にハドロサウルスがうしろ脚で立ちあがった。男たちが拘束具を乱暴に引っ張ったので、ハドロサウルスは空中で妙な具合に体をねじった。わたしたちのところまで、骨が折れるぽきりという音が聞こえた。ハドロサウルスは痛みに悲鳴をあげながら、どさりと音を立てて地面に倒れこんだ。だれかが前に出ると、ハドロサウルスの頭に銃弾を撃ちこんだ。ディーターが息を呑んだ。わたしは急に彼のことがとても好きになった。フォークリフトがあわただしく近づいてきて、死体を片付けた。これまでにも幾度となく同じようなことがあったに違いない。これが日常なのだ。

ティラノサウルス・レックスと死んだハドロサウルスには、脇腹に緑色の、額に赤色のマークがつけられていた。檻に入れられているほかの恐竜たちにも同じようなマークがある。なにかの分類だろうか？

ディーターは乗り物や設備、発電機について説明している。わたしはライブ映像をポッドに送るよう設定し、彼らの警備態勢を見極めようとした。周辺の電気柵とゲート近くの監視塔以外はなにもなさそうだ。キャンプは中央の大きな建物のまわりに作られているようだが、ここからではよく見えなかった。

キャンプがいつ作られたのか、そしてその目的を考えていると、ディーターがわたしをつついた。「あれを見ろ。あそこ。競技場みたいに見えないか？　それにあれはじょうごだ。魚を捕まえる罠を見たことはある？　じょうごみたいな形をした罠の中に一度入ると、もう出られないんだ。あれは恐竜用の罠だ。そしてあの男たちはハンター。あいつらは恐竜を追いかけて、撃っているんだ。あのマークはそのためだ。あれはターゲットだ。恐竜にペンキでターゲットを書いている。赤いマークは何点、緑は何点って決まっているんだろう。檻の中にいるものを撃っているのかもしれない。マックス、こんなことを許しちゃだめだ。間違っている」

彼の言うとおりだ。その様をありありと思い浮かべることができた。パニックを起こし、どうしていいかわからなくなった恐竜が閉ざされた場所で右往左往している。見つかるはずのない出口を探す恐竜もいれば、自分たちがさらされている危険が理解できず、大声をあげながら抵抗する恐竜も（実を言うと、わたしはこちらが好みだ）いる。そのどれもが榴弾や徹甲弾で体を引き裂かれ、肉や骨を粉々にされて痛みと恐怖に悲鳴をあげる。恐竜たちが血とほこりにまみれて地面に倒れるのを見ながら、あの卑劣な奴らは安全な場所で歓声をあげ、それをスポーツと呼ぶのだ。あの夜ホテルで、チーフが未来の問題について話してくれたことを思い出した。そのために彼はやってきたのだ。そして突如としてそれが、待ったなしの問題になった。たまたま直面しただけのこととはいえ、どう対処するかはわたしたち次第だ。今日、技術者を一緒に連れてきていなかったら、どうなっていただろうとわたしは考えた。

ふと気づいた——サスマンが守ろうとしていたのはこれだろうか？　あの日、わたしたちはまだ探索していない北の端に行こうとしていた。彼がわたしを襲ったのは、偶然ではなかったのかもしれない。彼の役割はなんだったんだろう？

わたしはあれこれと考えることに気を取られていて、谷の上からこもったような爆発音が五、六度聞こえたことに気づくまで、数秒かかった。

「あれはなんだ？」ディーターがわたしの言いたいことを代弁してくれた。地面が揺れ始めた。雷のような音が聞こえた。わたしたちは揃って雲ひとつない空を見あげたが、その間も途切れることのないその音は徐々に近づいてきていた。一〇頭、二〇頭、ひょっとしたら数百頭の生き物がこちらに向かってきている。木々が裂け、なぎ倒される音が聞こえた。空飛ぶ爬虫類が甲高い鳴き声をあげながら、宙に飛び出した。小さな岩が転がり落ちてくる。恐竜たちの暴走が始まったのだ。

「急いで、ディーター、逃げないと。早く！」

わたしたちは走り始めた。地面が揺れている。幾度となく、互いを助け起こさなくてはならなかった。わたしはポッドが心配だった。油圧制御の脚を出してはあるけれど、そうあってほしいと願うほどには安定していないだろう。

「きみに似ているね」ディーターが息を切らしながら言うのを聞いて、彼も歴史家の素質があるかもしれないとふと思った。

八号機はまだかろうじて立っていたが、脆い泥板岩がポッドもろともずるずると斜面を滑り始めている。雷の音はますます大きくなり、巨大な土ぼこりでその姿は見えないまでも、恐竜たちの暴走が丘の頂上までやってきたのがわかった。そちらを見ている時間はない——猶予はほんの数秒だ。

たくましいディーターのおかげで、泥板岩を渡ることができた。斜面を真横に横断するのではなく、いくらか下に向かって進むだけの分別が彼にはあったので、走るのが楽になっただけでなく、滑り落ちてくるポッドを待ち受けることができた。ドアが開き、その中に飛びこんだ。ベルトを締めている暇はない。脚部が折れ、ポッドが斜めになった。次の瞬間、恐竜の暴走が追いついてきた。

なにか大きくて重たいものが屋根を打った。天井が大きく歪み、タイルがはがれ、ワイヤーがパチパチと音を立てながら落ちてきた。照明が激しく点滅した。なにかに蹴飛ばされて、ポッドは斜面を転がり始めた。ロッカーのドアが開き、中に入っていたものが次々に落ちてくる。わたしたちはポッドの中で転がされ、揺すぶられ、壁に激突した。

うなり声と共に、なにかものすごく大きなものがポッドの上に落ちてきた。押しつぶされた壁が外側に膨らみ、銃声のような音を立ててスクリーンがはじけた。ディーターが叫んでいたと思う。自分が叫んでいたことはわかっていた。

わたしは大声で命じた。「コンピューター、緊急帰還……」そこまで言ったところで、あたりが恐ろしいほど静かになった。歪んだスクリーンに地面が見えた——はるか下に。崖から落ちている！

「……いますぐ！」みるみる近づいてくる地面に激突する前にジャンプできることを切に願いながら、わたしは言った。そして世界が白くなった。


ずっとあとになって、わたしは着地の様子の録画を見た。ありとあらゆる警報装置が作動している。格納庫はわたしたちの帰還を待つ詮索好きな人たちでいっぱいだった。わたしたちのポッドが台座から二・五メートルほど上で具現化すると、人々は四方に散った。技術者たちはケーブルを投げ捨て、逃げ惑っている。ポッドはすさまじい音と共に台座に着地した。天井からほこりとなにかの破片が落ちてきて、格納庫全体が揺れた。その衝撃は本館の隅々まで伝わったらしい。あまりの衝撃に、石でできた柱礎のパイナップルの飾りのひとつがはずれ、正面階段の上に落ちた。もう少しで、一服するために外に出ていたミスター・ストロングを押しつぶすところだったそうだ。

ポッドは、あの反跳爆弾を発明したバーンズ・ウォリスが思い描いていたとおりに跳ね、そこにいた人々を追い散らし、格納庫の反対側にある三番台座の前でドアのある側を下にしてようやく止まった。

映像の中で、人々は茫然としてしばらく黙りこんでいた。赤と青のライトが驚愕した顔に反射している。最初に行動を起こしたのはチーフ・ファレルだった。

「緊急退避！　関係者以外は全員退避だ。救出班は来てくれ。急いで」

カルとピーターソンは構台にいる人々を外へと追いやったが、自分たちは動こうとしなかった。そこへ、だれが設備を破壊しようとしているのかを確かめにボスがやってきた。ガスリー少佐と保安部のチームが倉庫の奥から姿を見せ、そのすぐうしろからヘレンと医療班が現われた。あれやこれやで、主要な人員が集まり、それ以外はだれもいなくなるまで二分ほどしかかからなかった。たいしたものだ。ポッドがドアを下にして倒れていることがわかると、チーフはいらだちのあまりポッドを蹴飛ばし、なにごとか命令をくだした。ポリー・パーキンスがあわてて格納庫を出ていった。

その頃ポッドの中では、ディーターとわたしはいったいなにが起きているのか、自分たちがだれなのか、まだわかっていなかった。驚いたことに、わたしたちには意識があった。ベストとヘルメットに感謝するほかはない。

「なんてこった」ディーターがつぶやいた。「もう二度ときみとはどこにも行かないぞ、マックス。きみがいるとわかったら、食堂にも入らない。きみは歩く惨事だ！」

「それってちょっとひどくない？」わたしの声は弱々しかった。「これはわたしのせいじゃないのに」

ここで繰り返す必要もないようなちょっとした言い争いが続いたが、ディーターの気はそれで晴れたようだ。

「具合はどう？」わたしは訊いた。

「おれが倒れているのはドアの上だから、おれたちはここから出られないし、あいつらも入れないってことだ。七つのロッカーの中身の下敷きになっているうえ、いたるところに電流が通じているワイヤーが垂れさがっているときてる。きみはどうだ、マックス？　大丈夫か？」

「だと思う。聞いて、ディーター、大事なことなの。もしわたしが気を失ったら、まず映像をダウンロードするようにあの人たちに言ってほしいの。電流が通じているワイヤーだらけだっていうことはわかっているけれど、電源を切ったら、すべてのデータが失われてしまうかもしれない。悪いけど、いまはわたしたちよりデータのほうが重要なのよ」返事はない。「ディーター、残念だけど、あなたはたったいま名誉ある歴史家になったの。つまり、藍藻とカモノハシの間のどこかに位置する存在だってことよ。あの映像はボスに見せなきゃいけない」

さらに沈黙。なにを言えばいいのかわからなかった。平等と協力をわからせようとして愚かな試みに彼を連れ出し、もう少しで殺すところだったのはわたしなのだ。

「ディーター、起きてる？」

「名誉ある歴史家だって？」

「そうね」

「どうすりゃいいんだ？　おれは片脚がオレンジで、もう片方が青のジャンプスーツを着るってことか？」

わたしの通信システムがガリガリと音を立てた。ファレルだ。「マックス、聞こえるか？」

「こんにちは、チーフ」

「ディーターは無事か？」

「ええ、いま彼の制服の新しいデザインを考えていたところ」

「どちらかに怪我は？」

「けっこう揺すぶられたかも」

「すぐに助け出すから」

「ボスはそこにいる？　話せる？」

「ちょっと待ってくれ」

　ボスはすぐに出た。「ミス・マックスウェル。なかなかの登場だったね」

「サー、せっかくの午後を台無しにしてしまってすみません。ここにちょっとしたデータがあるんですが、ぜひ見てもらいたいんです。わたしたちよりも重要なデータなんです。お願いですから、なにがあってもこのポッドの電源を落とさないようにしてください。このデータは必ず保存してください。見てもらえば、理由がわかります」

　ボスはなにも尋ねることなく、即座に反応した。

「ミス・バークレー、映像をただちにアップロードして、完了したら教えてくれたまえ。いますぐだ！」

　ポリー・パーキンスがフォークリフト車で戻ってきた。ひびの入ったスクリーンにフォークを激突させて割り、そこからわたしたちを救出しようという作戦だ。

　ポッドの中で、わたしは鼻をひくつかせた。「トイレが壊れたみたい。におわない？」

「えーと、すまない。そいつはおれだ」

　ポリーが慎重にフォークリフト車の位置を調整し、エンジンをふかしたかと思うと、ポッドに衝突させた。四回目でようやくスクリーンが割れた。「目を保護して！」という叫びがもう少し早ければ、もう少し役に立ったかもしれない。ともあれ、細かいことを言うのはやめておこう。

チーフが最初に入ってきた。まっすぐトリップスイッチに歩み寄り、わたしが哀れっぽい声で阻止しようとするのを無視して、電源を落とした。

「データは保存してある。大丈夫だ。きみたちを助け出すよ」

まずはディーターだ。運ばれていくとき、彼はわたしに手を伸ばし、わたしはその手を握りしめた。

「それでミスター・ディーター、このことは別にして、全体としてはどうだった？」

「素晴らしかったよ、マックス。世界が変わった」ディーターは運ばれていった。

ボスは静かに待っていた。ストレッチャーで彼の横を通るとき、わたしは袖をつかんで尋ねた。「映像は？」

「無事だよ、ミス・マックスウェル。すぐに確認する」

わたしは満足して目を閉じ、体の力を抜いた。

目を覚ましたときは病棟にいた。こういうことがこんなにしょっちゅうあるのなら、病棟にショートカットキーを割り当てたほうがいいかもしれない。事情を説明するようにと言われたので、できるかぎりのことを書き出し、サスマンとわたしが以前作業をしたあたりのものも含め、あの地域の大縮尺の地図を用意した。正確を期したかったから、時間をかけた。それがこのゲームのいいところだ。どれほど時間をかけたとしても、あの地をあとにした十分後に戻れるのだ。

うしろめたい気持ちが消えなかったので、隣の部屋にいる痣だらけのディーターの顔を見に行く許可をもらった。

「具合はどう？」気の毒そうな表情にならないようにした。

「腕と手首の骨折、足首の捻挫、切り傷、打ち身、巻き爪、軽い脳震盪」

彼はわずかに腕を動かして、わたしの袖をつかんだ。わたしはそっとその手を叩いた。

「大丈夫。ろくでなしどもは捕まえるから。あいつらが乗ってきたポッドも」

ディーターはうなずき、あくびをしたかと思うと、次にわたしが顔を見たときにはもう眠っていた。いかにも技術者らしい。

その翌日、わたしは足を引きずりながらだが歩けるようになったので、病棟まで迎えにきてくれたチーフ・ファレルと一緒にボスのオフィスに向かった。

長い廊下を歩きながら、チーフが言った。「ぼくたちは間違っていた。というか、ぼくが間違っていた。きみを殺そうとしたのは、死体を持って帰ってきて任務は失敗したと思わせることだと考えていたんだが、彼らの計画はぼくたちが想像していたよりもずっと進んでいたようだ。彼らはきみを谷の北側に近づけたくなかった。ロナンと彼の仲間たちはそこで、違法な高収益の時間旅行を行っていたんだ。サスマンの銀行口座の残高は、かなりの額になっていた」

わたしは彼の顔を見た。

「彼はずっときみに嫉妬していたんだよ、マックス。知っていたかい？」

わたしは首を振った。

それがサスマンの行動の理由かもしれないとは、彼は言わなかった。彼はわたしを恐竜の餌にする前に、犯すつもりだったのだろう。顔をあげると、彼はわたしを見つめていた。わたしの考えていることがわかったらしく、肩に手を乗せた。「あの男は当然の報いを受けたんだ。もう考えなくてもいい。脚はどうだい？」

「打ち身。膝の捻挫と肩の打撲。切り傷や痣がいくつかあるけれど、でも大丈夫」

わたしは脚を引きずって歩きながら、考えていた。白亜紀はあれほど広大なのに、二度の探索が同時期に、それもほんの数キロしか離れていないところで行われる確率はどれくらいだろう？　彼らがわたしたちの座標を使ったんだろうか？　それともわたしたちが彼らのものを使った？　これは単なる偶然？

「座標を入力したのはだれ？」

「IT部門が座標をくれて、ぼくたちが入力した」

バークレー。バークレーとサスマン。いいえ、そんなはずはない。偏見にかられて、理性的に考えられなくなっているだけ。

ボスは会議用テーブルの上座に座っていた。ミセス・パートリッジがそのうしろに座っている。チーフがボスの右側に、ガスリー少佐がチーフと向かい合うようにして腰をおろした。わたしはボスの対面に座った。

「ミス・マックスウェル、元気に動けるようになってよかった。きみとミスター・ディーターが撮影した映像を確認した。きみはもう見たかね？」

わたしが首を振ると、ボスは映像を流してくれた。わたしたちは無言で眺めた。改めて見ると、より残酷に思えた。わたしは膝のポケットからタブレットを取り出し、メモを取った。

わたしは用意してきた広範囲にわたる詳細な地形図を見せた。A地点、湖の位置、海岸、平野、森、火山、斜面などが記されている。

次に、そこから数キロ北にあるディーターとわたしが着地したB地点を見せた。泥板岩の斜面と崖を示して、このあたりは避けるようにと警告した。ディーターとわたしがたどったルートと施設の位置を告げてから映像に戻り、建物、檻、ポッド、フェンス、発電機、動力源といったものをその上に重ね合わせた。中央にある大きな建物について、全員でしばし議論をした。恐竜たちが暴走してきた方向を示し、わたしたちが崖から落ちたおよその位置を推測した。競技場を加え、施設のだいたいのレイアウトが完成した。

ガスリー少佐が現地の状況を説明してほしいと言った。

「暑くてじめじめしています。雨は滝のように降りますし、湿度はものすごく高い。においもすごくて、目に染みて涙が出るくらいです。汗が止まりません。夜になってもあまり涼しくはならないし、もちろん安全でもありません。肉食恐竜のほとんどは二四時間営業だと思います。暗視能力はわたしたちよりはるかに優れていますし、嗅覚も鋭いです。キャベツスプレーと防虫剤を念入りにかけることをお勧めします。

足場は悪いです。斜面の上のほうは崩れやすい泥板岩で、下のほうは沼地です。沼地にはいろいろな生き物がいますし、腐った木の幹や枝や根や岩だらけです。生き物が水を飲みにやってくる道は、肉食の生物たちが見張っています。楽そうに見える道は安全ではないということです。足元には注意する必要があります。ゆっくりとしか進むことはできないでしょう。最低でもふたり一組で行動することを推奨します。決して単独では行動せず、常に背後に気を配っていなくてはいけません。木立の中でじっと立っているティラノサウルス・レックスの姿はまったく見えませんし、見えたときには手遅れです。ラプターの動きは想像よりはるかに機敏で、あらゆる方向から襲ってきます。上から来ることもあります。あそこが恐竜たちの世界であることを忘れてはなりません。わたしたちは獲物です。彼らには、わたしたちとほかの人間の区別はつきませんし、当然ながら気にもしません。恐竜を過小評価することがどれほど危険かは、どれほど言葉にしても言い尽くせません。行動は素早くする必要があります。わたしたちがあの地に留まる時間が長くなるほど、無事に脱出できるチャンスは少なくなります」

しばしの沈黙。

「わたしたち？」ボスが訊き返した。

わたし抜きでやろうとしていることが信じられなかった。わたしは息を吸った。「この作戦を、現地で三ヵ月過ごした人間抜きで行うのは得策ではないと思いますが、サー」

「きみはろくに歩けない。この作戦になにをもたらすことができるというのだね？」

「知識、経験、専門的な助言。わたしはここで三番目に経験を積んだ歴史家です。たとえポッドを操縦することしかできないとしても、だれかの手間を省くことにはなります」

さらなる沈黙。

「ありがとう、ミス・マックスウェル。いまのところはそれだけだ」

その後は、じりじりと気をもみながら過ごした。病棟に戻る気はなかったので、こわばった体をほぐし、いらだちを解消するため、自分の部屋の中を歩きまわった。午後六時、広間で行われた打ち合わせに出席した。

その場にいたのは三人の歴史家、保安部のほぼ全員と数人の技術者だった。ボスは出席していたが、司会を務めたのはガスリー少佐だった。わたしたちは三つのチームに分かれて、カル、ピーターソン、わたしがそれぞれ操縦する三台のポッドに乗りこむことになった。最大の懸念が解消されたので、わたしは真剣に聞く気になった。わたしのチームはマードック、ウィッセル、エヴァンズ、そして手に負えない男、マーカムだ。彼はわたしを見てにやりと笑った。わたしも笑い返した。わたし以上に災厄を招く人間がいると思うとほっとする。

「ぼくたちは互いに打ち消しあうことができるんじゃないかな」彼が小声で言った。「ホワイトノイズみたいに」

まずありえない！　彼はこの組織の中で、おのおのの個人ファイルに入っている黄色い規律違反シートの数がわたしよりも多い唯一の人間だ。馬のように食べるにもかかわらず、小柄なうえに痩せていて、頭頂部の髪はつんつんと立っている。去年はイカロス実験と称し、火のついた翼を背負って馬小屋の屋根から飛びおりるというとんでもないことをやらかしていた。彼は放牧場にどすんと落ち、馬たちは空から落ちてきた火に包まれた人間に仰天してパニックを起こした。うしろを振り返りつつ必死でその場から逃げていた彼は、一頭の馬の尻に激突して気絶した。セント・メアリーの人間すべてが笑いこけた。ボスですら、咳とも鼻を鳴らしているともつかない音をたてたくらいだ。保安部の人たちはお金を出し合って、〝早くよくなって〟というカードを買い、馬に送った。馬はたちまち食べてしまった。いかにもセント・メアリーらしいエピソードだ。

ボスが前に出た。「きみたちはみな、ミス・マックスウェルとミスター・ディーターが持ち返った憂慮すべき映像を見たことだろう。この任務の目的は、白亜紀に戻り、あの地で進行中の事態を妨害することだ。そのために、混乱を起こしてもらいたい。騒ぎを起こし、混乱させ、最大のダメージを与えるのだ。だが、なにが自分たちを襲っているのかを、彼らに悟られたくない。我々はあの場所に行き、目に入ったものすべてを破壊し、そして脱出する。二〇分で戻ってくる。自分の身を守るために発砲するのはかまわないが、それ以外は奴らを脅すだけにとどめるように。こんなばかげたことを二度と繰り返さないように、未来に戻った奴らに血と恐怖と殺戮の話を広めさせるのだ。少佐」

ガスリーは地形図を指さした。「約二〇メートルの間隔を置いて、V陣形でここに着地する。頂点に当たる位置につくのが、電磁パルス装置を備えた三号機だ。着地後、合図を待って指向性のあるパルスを施設に向けて発射する。これは人体に影響はないが、破壊能力は高い。弱いパルスで、あらゆる電子機器が故障する。もう少し強くなるとコンピューターのデータが破損し、もっと強力なパルスでは、一定圏内の電子機器が壊れる。車が動かなくなり、通信ができなくなり、電子式ドアは開かなくなり、といった具合だ」

彼は言葉を継いだ。「そのため、五号機と六号機は三号機のややうしろに着地する。ポッドは、外部の電場が遮られるファラデーケージになっているが、念のため、電源はあらかじめ落としておいてもらう。ピーターソン、ブラック、マックスウェル、おまえたちは着地と同時にポッドをすべてシャットダウンしろ。通信もすべてだ。施設が暗くなったらすぐに電源を入れ、ドアの前で待機しろ。マックスウェル、おまえは外に出るな。ポッドを守り、いつでも稼働できるように準備を整えて、チームが戻ってくるのを待つんだ。長くはかからない。

次に保安部、パルスが発射されたら、すぐに出番だ。このメインゲートから中に入る。チーフ、あんたとおれは左に向かう。ここだ。マードック、おまえのチームは右、こっちのフェンス沿いだ。リター、おまえのチームは中央をまっすぐに進め。グループから離れないようにするんだ。奴らは視覚を失い、混乱して、なにもできない。おれたちは四方から攻撃する。撃たれるなよ。これは命令だ。

まずはレイアウトをしっかり頭に入れること。暗視装置はあるが、だからといって怠らないように。自分のポッドに戻れないときは、違うポッドに戻り、リーダーに連絡する。なにか質問は？」

わたしは手をあげた。「檻の中の生き物はどうするんですか？」

バークレーが言った。「話を聞いていなかったの、マックスウェル？ 電磁パルス《EMP》装置は、あらゆる電子ドアをロックするの。なにも心配する必要なんてない」

いつか必ず、この女を叩きのめしてやろうと心に決めた。「わたしの言いたいことがわかっていないみたいね、イジー。彼らを解放するんですか、サー？ それとも檻に閉じこめたままに？」

長い沈黙がその答えだった。わたしは気に入らなかったし、カルとピーターソンも同じ意見だった。わたしたちは身構え、反論しようとしたが、ボスが口を開いた。「必要であれば、あとからできることをすればいい。攻撃を行っている間は、檻の中にいるほうが彼らにとっても我々にとっても安全だろう。きみがその点を気にかけてくれたことを評価するよ。訓練の成果があったようだ」（ざまあみろ、バークレー！）「この問題については、のちほど対処することにしよう」

わたしたちはわかっているデータを三時間かけて吟味し、それについて話し合いをした。装備を身に着け、タイミングを合わせるために動きのリハーサルをした。わたしは膝に痛み止めの注射を打ってもらった。軽く食事をし、最終の打ち合わせを行い、出発の準備は整った。

わたしの初めての戦闘任務だ。心臓が激しく打っているのがわかる。わたしはポッドを出ないにしても――出発のときが迫ってきたいま、そのことを感謝していた――平気ではいられない。隣にいるカルとピーターソンに目をやった。いつもよりいくらか口数が少ないかもしれないが、落ち着いている。ふたりにできるなら、わたしにもできるはずだ。

わたしたちは煌々と明かりのついた長い廊下を進んだ。前方にガスリーとファレル、そのうしろにマードックと彼のチームが歩いているのが見える。ウィッセルとマーカムがなにか言い争いをしている。あらゆる色が鮮やかに見えていたし、音もひどく大きく聞こえた。

ホーキングに入ったところで、それぞれのチームに分かれた。わたしは六号機に向かった。マードックと彼のチームがうしろからついてくる。わたしは考えることができてほっとしながら、通常のチェックを始めた。ホーキングの反対側ではボスとファレルがタブレットをのぞいている。顔を寄せて、小さく言葉を交わしている。体を離し、一拍の間を置いてから握手をした。このときがふたりにとってどれほどの意味を持つのか、知っているのはわたしだけだろう。まもなくその瞬間がやってくる。

慣れない夜間用の装備をつけてその場で軽くジャンプをし、腕の曲げ伸ばしをし、武器を確かめた。

そして待った。

改めてわたしのチームを眺めた。マードック、ウィッセル、エヴァンズ、マーカム。自分の装備を確かめ、再度、互いに確かめ合っている。

わたしは言った。「あなたたちだけで大丈夫？　それともランチ代を払うのに、わたしも一緒に行かなきゃいけない？」

マードックがわたしの顔を見た。「あんたが？」

「そう、わたし。なにか問題？」

「おれたちが帰ってきたときにお茶を用意してくれればいいさ。できた女房みたいにね」

彼はポッドの中を見まわした。「それにここは掃除機をかけたほうがよさそうだ」

「言っておくけれど、あなたがからかっているのは逃走用の車の運転手よ。保安部の人間についてみんなが言っていることは、正しいみたいね」

彼は反論しようとはしなかった。耳の中で声がした。「待機」彼らはドアの脇に並んだ。

「ジャンプ」世界が白くなった。

そこは思っていたほど暗くはなかった。施設の明かりと物音があたり一帯を満たしている。彼らの頭は空っぽらしい。あんな音楽を流していたらなにも聞こえないし、暗闇に目が慣れていなければ、なにかとんでもないものが襲ってきたときに対応できない。たとえば、わたしたちのような。

わたしは時計を合わせた。バークレーがEMPの準備を始めた。四分もかからなかったはずだが、もっと長く感じた。

「幸運を祈ってる」わたしはそう言ってドアを開けた。四人は夜の中に消えていった。

わたしは脚を引きずりながらトリップスイッチに近づいて、電源を落とした。コンソールが暗くなった。パルスが発射されたときもなんの音もしなかったけれど、不意にあたりが真っ暗になった。長い沈黙があって、まもなく施設のほうから何人かの声がした。怒りというよりは、憤慨しているような声だ。わたしたちがいることにまだ気づいていない。やがて、金属が当たるカチャカチャという予期していなかった音が、静かな夜の中に響き渡った。わたしはドアの外に目をこらした。なに？

そして悲鳴。

くそっ、くそっ、くそっ。わたしは唐突に、なにが起きたかを理解した。あのぼけなすのバークレーと彼女のハイテク装置。パルスは檻をロックするのではなく、開けてしまったのだ。こうなっては、任務の遂行など問題外だ。とにかく優先すべきは早急に自分のポッドに戻ること。こんなに早く、こんな事態になるなんて。

わたしは祈りながら電源スイッチを入れた。初めてのジャンプのときのように、再びすべての明かりが灯った。通信システムから様々な音が流れてくる。夜間照明のスイッチを入れた。

だれかが発砲した。別のだれかが撃ち返し、むやみに引き金を引きたがる観光客たちが視界に入るものすべて——お互いを含めて——に向けて、片っ端から撃ち始めた。怒鳴り声が響き、撃つなという叫びがあがったが、だれも聞いてはいない。恐怖のあまり取り乱し、闇に向けてただひたすら発砲を続けている。愚かな観光客たちが互いを撃とうが、まわりで咆哮をあげているなにかの餌になろうが、どうでもよかった。ただ、仲間たちがこちらに向かっていることを祈るだけだ。悪党どもではなく、愚か者たちのせいで全員が死亡するという可能性はおおいにある。

だれかが警告を発した。わたしたちの存在に気づいたらしい。だがなにが起きているのかはまだわかっていないようだし、突然の暗闇の中では自分自身が最大の敵だ。騒ぎの中にあっても、大きな生き物が歩きまわっている間違いようのない音が聞こえていた。どうか仲間たちが無事でありますように。

銃声がやんだ。だれもが走っている。仲間たちは戻ってこようとしているはずだが、この混乱状態ではだれがだれなのか判別がつかない。わたしは武器を構えてドア口に立ち、セント・メアリーに属さないものはすべて撃退する準備を整えた。

近くで激しい息遣いが聞こえた。かなり激しい息遣いだ。わたしは静かに一歩後退した。正体のわからないなにかは、どすどすと夜の中に消えていった。

叫び声が倍になった。恐竜と人間を一緒にすれば、必ず叫び声があがる。もちろん恐竜は、餌を前にして興奮しているのだ。うなり声をあげ、獲物に飛びかかり、引き裂く。人間ではなくなった肉体の一部があたりを飛び交っているのが見えた。まだ悲鳴をあげている人間の上半身がポッドの横に当たって、跳ね返った。

緑色の人影がいくつか、こちらに向かって走っていた。わたしはすぐに手当を始められるように、応急処置のキットを開けた。うなり声が近づいてくる。ああ、急いで！　そしてようやく、マードックの叫び声が聞こえ、彼らがポッドに飛びこんできた。

「報告して」わたしは言った。

「マーカム以外は揃っている。二名が負傷したが、軽傷だ。エヴァンズは、暗がりで建物に突っ込んでぶっ倒れた。まあ、見ていたわけじゃないが」

しゃがみこんで、血まみれのガーゼを右目に押し当てていたエヴァンズが、わたしを見てにやりと笑った。「奴らの逃げっぷりを見たか？」

「なにか知らせは？」マードックが訊いた。

「檻に入っていたやつらが逃げた」

「ああ、わかっている。あそこは大混乱だ」彼はそう言いながら、エヴァンズの血だらけのガーゼの上に新しいガーゼを叩きつけた。エヴァンズは悲鳴をあげた。「いてえ！　あいつらは血のにおいに夢中だ。今夜を無事に切り抜けるには、キャベツスプレーじゃ足りないぞ」

わたしはドアに近づいた。「マーカムが戻っていないし、ほかのポッドから逃げこんでくる人がいるかもしれない。わたしが見張る。ほかに怪我人は？」

「おれだ」ウィッセルの声はくぐもっていた。鼻が折れて、血が出ている。

「なにがあったの？　自分の足につまずいたとか？」

彼の顔が赤くなったと思う。「ほら、話せよ」マードックが言ったが、ウィッセルは首を振った。「体の一部が飛んできて当たったんだ。血まみれの脚が飛んできて、眉間に当たったんだよ」

なにか皮肉を言おうとして口を開いたことは覚えている。その言葉を発することがなかったことも。不意にあたり一面、真っ白な光に包まれたかと思うと、そのあとは紫と緑色の影が広がった。足の下で地面が盛りあがった。ポッドが跳ね、衝撃でわたしはうしろ向きに倒れこんだ。痛めた肩からどさりと落ちた。あらゆるものが激しく点滅している。一瞬遅れて、大きな爆発音が聞こえた。いつまでも途切れないように思えた。ポッドが揺れた。わたしはよろめきながら膝をつき、銃に手を伸ばした。ドアが開いたままだったからだ。隣でマードックも膝立ちになって、首を振っていた。

わたしは訊いた。「いまのはなに？」自分の声がはるか遠くから聞こえる。はいずるようにしてコンソールに近づき、計器を確かめた。火山のどれかが噴火したのかもしれない。足はふらついていたし、耳鳴りがしていた。スクリーンはなにも映していなかったが、やがて正常に戻った。

マードックに訊いた。「どう思う？」自分の声とは思えなかった。

彼は首を振った。「推測だが、この激しさと熱からすると、燃料放出装置が爆発したのかもしれない」そう言って、再び首を振った。

わたしは外を眺めた。いたるところで火の手があがっている。大勢の人間が地面に倒れている。必死で逃げようとしているわずかな人影に、大きな恐竜が襲いかかっている。ポッドの中を振り返った。どこもかしこも、エヴァンズとウィッセルの血だらけだ。まるで殺害現場のような有様だった。ドアを開けたままにしておくのは不安だったが、やむを得ない。閉じたドアを開けるための二、三秒が生と死を分けるかもしれないのだ。それも、とんでもなく苦痛に満ちた死だ。近くでうなり声がした。マードックが銃を手に取った。

「おれに任せろ。ウィッセルを見てくれるか？」

わたしは出血の止まらないウィッセルの顔を拭った。「大丈夫だ」彼は弱みを見せまいとして、かすれた声で言った。わたしはなにが起きているのかを確認するため、スピーカーをオンにした。

状況は悪い。カルが声を張りあげているのが聞こえた。重傷者が何人かいて、ボスもやられたらしい。彼女のチームは全員が揃っていた。彼女が帰還を命じるのが聞こえた。

わたしは「待って……」と言いかけたが、彼女はすでに行ってしまっていた。バークレーの声が聞こえた。「マックスウェル、いますぐセント・メアリーに帰還して」

「イジー……」わたしは口を開いたが、彼女はさらに言った。「いますぐよ、マックスウェル。これは命令」

「マーカムは彼女のところにいるんだろう」マードックが言った。「あの間抜けが」それがだれのことを意味しているのか、わたしにはわからなかった。

うなり声や悲鳴が響く中で、ドアを閉めた。急に静かになった。ウィッセルの呼吸音だけが聞こえている。どこかにマーカムの姿があるのではないかと最後にもう一度だけスクリーンを確認してから、ジャンプを開始した。

戻るより先に、消毒用のライトを点灯させた。ヘレンと医療チームがすでに待機していた。わたしはチームのメンバーを彼女たちに引き渡したあと、マーカムの名前を呼びながらカルのポッドに向かった。だれも彼を見ていない。カルとヘレンはボスの上にかがみこんでいた。彼の胸は血だらけで顔は真っ青だ。意識があるのかどうか、わたしにはわからなかった。

カルがわたしの腕をつかんだ。「わたしはボスと一緒に行って、様子を見てくる。あなたはここをお願い」わたしはうなずき、その場を離れようとしたところでパーキンスにぶつかった。

「ポリー、みんなを安全な位置までさがらせて」

声をかけたり、押したり、罵ったりして、ようやくのことで全員を安全線のうしろまでさがらせた。わたしは木箱の上に立った。

「マーカム？　だれかマーカムを見なかった？」人々は首を振りながら、あたりを見まわしている。

だれかが言った。「違うポッドに戻ったんだよ。彼はあんなだからな。こうしているいまも、きっとバークレーに怒鳴られているさ」

わたしは、ほんのつかの間でいいからセント・メアリーを気にかけてほしいとあらゆる神に祈った。まさにその瞬間、三号機が具現化した。だれもが安堵のため息をつき、前に出てこようとした。

「みんな、さがって」わたしは叫び、ポッドに近づいた。ドアが開き、バークレーが現われた。ひどい有様だ。あまりにひどいので、怪我はないかとわたしはざっと彼女の全身を眺めた。前かがみになって膝に両手を当て、荒い息をついている。わたしはその背中を優しく撫でた。彼女はＩＴで、現場に赴くのが仕事ではない。これが初めての任務だったのだ。動揺して当然だ。わたしは彼女の脇をすり抜け、ポッドに入ろうとした。なにが待っているのか、想像もつかない。最悪のシナリオを覚悟した。死体、瀕死の男たち、血、痛み、外傷。

ポッドは空だった。

理解できなかった。何度もポッドの中を見まわした。わけがわからない。ポッドの外に出た。「ほかの人たちは？」

「死んだわ。みんな死んだ。四人とも。ああ、神さま」バークレーは自分のブーツの上に吐いた。つられてこみあげてきた吐き気を抑えつつ、わたしはポッドに戻った。ファレルもガスリーもマーカムもピーターソンもいない。武器もなければ、血痕すら残っていない。頭がくらくらした。二、三度深呼吸をして、一瞬だけ目を閉じた。それからポッドの外に出ると、残っている者たちに視線を向けた。

「マードック、リター、来て」

バークレーが口を拭いながら、体を起こした。「なにをしているの？」

「救出任務よ。あなたたちふたりは武器を充電してきて」

「だめ」

「え？」

「彼らは死んだの。言ったでしょう」

わたしはごく穏やかに言った。「イジー、たとえそうだとしても、わたしたちは死体を回収するために戻るの。あなたは上に行っていて。あとはわたしがするから」

「だめよ、言ったじゃないの、彼らは死んだの。そんなことをしても無駄」

わたしは叫びたくなるのを、かろうじてこらえていた。〝彼らは死んだの〟という言葉はもう聞きたくなかった。

「わたしたちは仲間を置き去りにはしないの、イジー。わかっているでしょう？　心配しないで、だれもあなたに戻れとはいわないから。あなたは今夜、充分なことをした。わたしが行くから。マードック、リター、用意はいい？」

「だめよ。さがって」バークレーの言葉にふたりはわたしの顔を見たので、彼女はますます怒りを募らせた。けれど彼女のほうが立場が上だったから、わたしは表情を変えないようにした。ふたりはゆっくりとさがったが、見るからに不満そうだ。

わたしはもう一度言った。「ねえ、イジー、わたしたちは戻らなきゃいけないの。置き去りにするわけには……」

「いいかげんにして、マックスウェル！」

怒号と言っていいほどの声だった。わたしは驚いて黙りこんだ。「あんたが人の言うことに耳を貸さないのは知っているけれど、自分の声に耳を傾けたことはあるの？　今夜、あと何人殺したら気がすむわけ？　こんなことになったのは、全部あんたのせいだから。あんたは災厄をもたらすのよ。あんたが触るもの、行くところ、すべてで人が死ぬ。あんたはディーターを怪我だらけで連れて帰ってきた。サスマンは連れて帰ってくることもできなかった。ボスもやられた。人員の半分は怪我をして、ファレル、ガスリー、ピーターソン、マーカムは――死んだ。全部、あんたのせい。救出任務はしない。これ以上、だれかを危険にさらすわけにはいかない。明日の朝、報告書を提出しなさい。あんたの処分を決めるから」

「わかった。なんでもする。でもお願いだから、だれかを送って。わたしじゃないなら——

——」

「いったい何回言えば、わかるのよ、マックスウェル！」バークレーが金切り声をあげた。静まり返った部屋に人々の息遣いだけが聞こえている。

わたしは冷静さを失うまいとした。「イジー、あなたにはこれがどれほど重要なことなのかわかっていないのよ……」口にするべきではない言葉だったのだろうけれど、わたしは傷ついていたし、怯えていたし、必死でパニックと戦っていたのだ。

「そうじゃない。いま重要なのは、この施設にいる人間全員の安全よ。あんたの身勝手な意見じゃない。あんたは——どこに行くつもり？」わたしはポッドに入った。

「言ったでしょう。救出任務。ひとりで行く。だれも危険な目には遭わせない」

「マードック、リター、彼女をそこから連れ出して」

この場所がこれほど静まり返ったのは初めてだった。なんの物音も聞こえない。わたしの耳の奥で流れる血液の音以外は、完全な沈黙だった。わたしはもう一度、試みた。

「イジー、だれかを危険な目に遭わせることが問題なら、わたしはひとりで行く。武器だけ持たせて」

「だめ！」バークレーはヒステリーを起こす寸前だった。

「それなら、武器なしで行く」

「行かせない」

バークレーは背中を向けて歩きだそうとした。わたしは彼女の腕をつかみ、引き戻した。思っていた以上に力が入ってしまった。「イジー……」そう言いかけて、自分がなにをしたかに気づいた。すべての動きが止まった。彼女は自分の腕をつかんでいるわたしの手を見おろした。わたしは手を離し、うしろにさがった。彼女の目がぎらりと光って、半分正気を失っているように見えた。

「マックスウェル、あなたをこの場で解雇します」彼女はマードックに向き直った。「一時間のうちに彼女を追い出して。持ち出せるのは、個人の所有物のみ」再びわたしに向かって言う。「本や印刷物は一切持ち出し禁止。もちろん電子機器も。あなたのコンピューターは初期化してから返します。この施設に関するものについて、だれかと話すことを禁じます。この施設の人間との接触を禁じます。今後永遠に。あなたにとって、セント・メアリーはもはや存在しません。さあ、出ていって。一時間後にまだここにいたら、あなたを逮捕させるから。マードック、だれにも彼女と話をさせないように。わかった？」バークレーは顎をあげると、格納庫内をぐるりと見まわしてにらみつけた。

反応はない。だれもがショックを受けていた。もちろんわたしも。彼女はマードックに向かってうなずいた。「彼女をここから連れ出して。ほかはみな、一時間ここに留まるように」

わたしは動けなかった。マードック自身かなり動揺しているようだったが、バークレーがそうしてほしがったよりはずっと優しい手つきでわたしの腕をつかむと、わたしの部屋へと歩きだした。リターがうしろからついてきた。

キッチンの前を通りかかると、ミセス・マックがあれこれと指示を与えているのが見えた。彼女は外に出てきて尋ねた。「みんなはどこなの？」

わたしはマードックが答えるのを待ったが、彼は口を開こうとしなかった。リターも。今夜、だれかを失ったのはわたしだけではないのだと気づいた。

「マックス？」ミセス・マックはわたしたち三人を交互に眺めた。

わたしはようやくのことでか細い声を絞り出した。「みんなは……一時間、ホーキングから出られないの。なにか飲みたいはずだから……カートで飲み物を運んであげてもらえないかしら？」

彼女はうなずき、うつむいているマードックとリターにけげんそうな視線を向けた。どちらも不満そうだ。もしかしたら……とつかの間わたしは考えたが、ガスリーは部下をよく訓練していた。彼らが命令に背くことはないだろう。

わたしはかろうじて階段をあがり、自分の部屋まで行き着いた。五年間、わたしのお城だった部屋。けれど、もうそうじゃない。わたしはベッドの脇にぼんやりと立ち尽くすばかりで、衣装ダンスの上からスポーツバッグをおろしてくれたのはマードックだった。ファスナーを開き、空であることを確かめてからベッドに置いた。

「さあ、マックス。時間がない」

わたしが気づいていないとでもいうように。

いまのわたしの望みは、部屋の隅で丸くなって壁を見つめ、ただ時が過ぎるのを待つことだ。けれどいまわたしがしなければならないのは、自分を取り戻し、必要なものをバッグに詰め、それ以外のものを処分し、行き先を決めることだった。

そしてなにも考えないこと。考えちゃいけない。なにも考えちゃいけない。わたしはどんな惨事にも対処できるように訓練を受けてきた。まずすべきは、現在に対処すること。それ以外のことはあとで考えればいい。ほかに大切なことがあるわけではないけれど。大切なことなど、もうなにもない。なにもかもどうでもよかった。

チーフの写真をバッグの外側のポケットに押しこんだ。マードックがそれを引っ張り出した。「だめだ、マックス。すまない」

「これは個人的な持ち物よ」

「この施設のメンバーの写真だ」

声が震えた。「もうそうじゃない」

「許可はできない。すまない」彼の声も震えていた。

わたしは写真から手を離さなかった。マードックはわたしの指を引きはがそうとした。

「マックス、頼むよ、きみに痛い思いをさせたくないんだ」

彼が、あのビッグ・デイヴ・マードックであることを思い出した。一日の終わりの護身術のクラスでわたしは幾度となく彼を転ばせてきたけれど、そうしようと思えば、彼は苦も無くわたしを痛めつけることができる。望んではいなくても、必要とあらばそうするだろう。

　トロイの木馬も持ち出させてはくれなかった。

「デイヴ」懇願するわたしの声はかすれていた。彼はわたしを見ないようにして首を振った。

　子供時代の唯一の思い出である、アジャンクールの戦いについて書かれた本も許されなかった。ほかのすべての本も。わたしがつくったものも。許されたのは下着、セーター、ジーンズ、パーカー、Tシャツがそれぞれ数枚ずつだ。美しい金色の思い出がある美しい金色のドレスも置いていかなくてはならなかった。ブーツを履き、レインコートを着た。バスルームから洗面道具とタオルを取ってきた。それで全部だ。わたしはここで五年過ごし、来たときよりも少ない荷物で出ていこうとしている。

ミセス・パートリッジがサインが必要な書類を持ってやってきた。彼女がテーブルに書類を並べている間に、わたしは木馬と写真の上にタオルを置いた。あとでまとめて拾いあげ、何気ない素振りでバッグに入れるつもりだった。書類にサインしている間、マードックとリターは部屋の外で待っていた。ミセス・パートリッジがひと月分の給料を差し出した。顔をあげると、タオルはきれいに畳まれていて、木馬と写真はなくなっていた。ここまで非情にならなくてもいいのに。ショックと信じられないという思いが薄れていき、ようやく恐ろしい現実が忍び寄ってきた。どこへ行けばいい？　どうすればいい？　財布を開けて、ＩＤカードをのろのろと差し出した。

外を見た。暗い。雨が降っている。夜の一〇時半だ。今日が何曜日なのかもわからなかった。首相はだれ？　いま世界でなにが起きているの？　現実を把握していることの大切さについてのボスの助言を、いまさらながら思い出した。ミセス・パートリッジは書類を集め、表情のない顔でつかの間わたしを見つめたあと、部屋を出ていった。これ以上、ここに留まる理由はない。わたしはもうここの人間ではないのだ。

マードックとリターにはさまれて、わたしはゆっくりと階段をおりた。無言のままだ。建物の中は静まり返っていた。あたりにはだれもいない。カルがどうにかして姿を見せるのではないかと思っていたけれど、いなかった。別れを言いに来る人はだれもいない。公式にはわたしはもう存在していない。こんなふうにここを出ていくことになるとは、夢にも思っていなかった。わたしは襟を立て、服の中で身をすくめ、幽霊のようにホールを進んだ。

ミスター・ストロングが心配そうな顔で玄関のドアを開けてくれ、わたしは外に出た。ここを通るのはこれが最後だ。だれもなにも言わなかった。うつむいて雨を避けながら、わたしはとぼとぼと私道を歩いた。ゲートが音もなく開き、わたしのうしろで音もなく閉まった。

夜の一一時、これからどうすればいいのか、どこに行けばいいのかもわからないまま、わたしは降りしきる雨の中、閉ざされたセント・メアリーのゲートの外にいた。最後にもう一度だけ、振り返った。煌々と明かりが灯っている。病棟はクリスマスツリーのように明るい。ピーターソンが窓の下に立って煙草を吸うことはもう二度とない。どこかのドアが開き、一瞬明かりがこぼれたが、またすぐに消えた。あそこのどこかでカルはピーターソンを思って泣いている。ボスは生きるために戦っている。マードックはガスリーの死を悲しんでいる……
そして、わたしが愛した人は六七〇〇万年前に死んだ。わたしは濡れた道路にバッグを落とし、前かがみになって膝に手を当てた。きしむようなうめき声がこみあげてきた。がっくりと膝をつき、体を丸めて頭を抱えた。背中を雨が打ち、服をじっとりと濡らした。セント・メアリーのゲートをくぐった日にわたしの人生は始まったのだといつも言っていた。いまそのゲートから再び外に出て、わたしの人生は終わった。

どうやってラッシュフォードにたどり着いたのかは、覚えていない。なぜあそこだったのかも。ともあれ、そこから先に進む気力も意思もわたしには残っていなかった。現実を理解しようとするたび、わたしの心はどこかへとさまよっていった。

子供時代を生き抜いたわたしの中の一部が、セント・スティーヴンズ通りの裏にある古いビルの二部屋のアパートを探し出した。寒くて、じっとりしていて、汚くて、わたしがかろうじて家賃を払えるくらいの部屋だった。仕事を探したけれど、いくら応募しても書類を受け取ったという通知すらこなかった。職歴もなく、身元保証してくれる人もいないのだから当然だ。

そこはまるで異世界だった。わたしがセント・メアリーにいた五年の間にすべてが変わっていて、わたしは置き去りにされていた。通常の手続きを踏んで辞めていたとしても、外の世界に適応するのは難しかっただろうが、突然追い出されたわたしはただ戸惑い、途方に暮れるばかりだった。ここにわたしの居場所はない。現代のラッシュフォードよりは、白亜紀のほうがわたしには居心地がよかった。悲嘆とショックに身を守るものすべてをはぎ取られ、わたしは理解できない世界の中で無防備だった。

　部屋には電気コンロがひとつだけで、ベークド・ビーンズとレトルトのスープで生きながらえていたものの、それでもわずかな蓄えは日光にさらされた氷のようにどんどんなくなっていった。

　寒さが輪をかけた。外出するどころか、ろくに動くことすらできない日があった。どうすることもできないほどの無気力さに、わたしはすっかりとらわれていた。髪を切った。清潔にしておけなかったし、カビだらけのじっとりした部屋ではどうやっても乾かなかったからだ。そもそも、もう髪など必要ない。あらゆる方向につんつんと立っている髪を見ると、ぞっとした。ほかの人はもっとぞっとするだろう。

　昨日と同じような今日が過ぎていき、いつの間にか三カ月たっていたことに気づいてぎょっとした。春の気配が感じられるようになった頃、わたしは咳きこみ始めた。

　初めは無視した。何度も怪我はした――火事での火傷も含めて――けれど、病気になったことはほとんどなかったから、今回も自然に治るのを待った。治らなかった。大量の水を飲み、三〇分ですべてを汗にして出した。壊れた給湯器の代わりになれるのではないかと思うほど、熱は高かった。胸が締めつけられるように痛んだ。背中も痛んだ。息を吸うと痛み、吐くと痛んだ。

そしてある朝、違う痛みが始まった。

幸いなことに、わたしが住んでいたセント・スティーヴンズ通りには角を曲がったところに無料診療所があった。料金が手の届くようなものだったら、抗生物質と鎮痛剤をもらおうと思いながら出かけた。診察室に座り、状態を説明しようとした。そこにいる人たちの唇が動くのが見えたが、わたしにはまったく関係のないこととしか思えなかったので、体を丸めて目を閉じ、あとはだれかに任せた。

第十二章

自分が妊娠していると二〇分だけ知っていることと、二〇分だけ妊娠していることとは同じではない。同じだったらよかったのに。

わたしは横たわったまま天井を見つめ、なにも考えないようにしていた。頭の中で、イジー・バークレーの言葉が執拗に繰り返されている。〝あんたが触るもの、行くところ、すべてで人が死ぬ〟彼女の言うとおりだ。わたしのせいで、これから何人の命が失われるのだろう？　わたしはどれほどの損害を与えるのだろう？　レオン・ファレルの最後の一部も失われた。彼は本当に死んでしまった。わたしは本当にひとりになった。

四日後、わたしは病院を追い出された。

氷雨の中に立ち尽くし、考えようとした。全身の骨が凍ってしまったようだったけれど、気温とは関係なかった。通りすがりの車に水しぶきを浴びせられ、その場に三〇分以上佇んでいたことに気づいた。

わたしに残されたのは、寒くてじっとりしていてカビだらけのアパートとほんのわずかなお金だけで、未来には希望もない。なにも残っていなかった。愛した人を失い、彼の子供も失った。不意に激しい疲れを感じた。生きていくことにも、愛と孤独と闘うことにも、すべてに疲れていた。人生の糸をぷっつりと切られてしまったような気がした。もうおしまい。もうたくさん。

　こんなふうに終わるのだろう。仕事があり、生きていく場所があり、友人がいた。予想もしていない未来が待っているなんて考えもしていなかった。けれど仕事を奪われると、友人も家もすべてが消えた。最後のお金も尽き、どちらにしろ充分ではない手当が払われることもなく、家賃を払う期限が来て、気がつけば人生すべてが粉々に砕けて二度と元には戻らないのだ。

　わたしはハイ・ストリートをのろのろと歩き、〈ザ・コパー・ケトル〉の前で足を止めた。今日のスペシャルはローストビーフで、ちょうどその代金が払えるだけのお金が残っていた。宇宙にくそくらえと言って、満腹で逝くのもいいだろう。そうしようと決めた。

　店の中は暖かくて、湯気がたちこめていた。ビーフを頼み、食後に紅茶をポットで頼んだ。ゆっくりと口に運び、一時間かけて食べ終えた。紅茶でさらに三〇分粘り、置いてあった新聞をすべて読んだ。急ぐ必要はない。けれど閉店時間が迫っていた。出ていく潮時だ。

荷物をまとめていると、まわりでなにか動く気配がした。だれかが椅子を引きながら言った。「こんにちは、マデリーン。元気？」

ミセス・ドゥウィンターだった。わたしは呆気に取られて彼女を見つめた。セント・メアリーで数回見かけたことはあったが、彼女がボスのところにわたしを送りこんで以来、ちゃんと会うのは初めてだ。

わたしはかろうじて言った。「ええ、元気。ありがとう。あなたは？」

「もちろん元気よ」彼女はそう答えて、ポットに触れた。「お代わりをもらいましょうか」ウェイトレスに合図を送り、お代わりを頼んだ。わたしは立ちあがろうとしたが、別に行くところもないことに気づいて、また腰をおろした。

紅茶が運ばれてくるまでミセス・ドゥウィンターはとりとめのないことを喋っていたが、ウェイトレスがいなくなると、テーブルに身を乗り出し、声を潜めて言った。「いったいどこにいたの？　探しまわったのよ」

「わたしを？　どうして？」

「できるだけ早く見つけてほしいってベアストウ博士に言われたの。とても心配していた。わたしたちみんなが心配したわ。そのとおりだったみたいね。ひどい有様じゃないの。なにがあったの？」

「セント・メアリーを出てから、ずっとラッシュフォードにいました」わたしは言葉を選びながら答えた。「でもこの何日かは、入院していたんです」

「たいしたことじゃないのよね？」

赤ちゃんを亡くしたの。

「軽い肺炎を起こしていたんですけれど、でももう平気。わたしはもう行かないと」どうして暖かいカフェを出てカビだらけの寒いアパートに帰ろうとしているのか、自分でもわからなかった。プライドかもしれない。でもプライドで体は温まらない。

ミセス・ドゥウィンターはわたしの腕に手を乗せた。「待ってちょうだい。話があるの。でもここじゃだめ」じっとわたしを見つめた。「あなたに提案があるのよ。わたしの家に来てほしいの」わたしは口を開こうとした。「ほんの数日のことよ。あなたに渡したいものがあるの。保管していてほしいって、妹から預かったものが」

「妹？」

「クレオ・パートリッジ。わたしの妹よ」

クレオ？　妹？　ミセス・パートリッジがだれに似ていたのか、わたしはようやく悟った。

暖かい家と食事の誘惑の声に耳を傾けまいとした。〝ノー〟と言おうとして口を開いたけれど、出てきた言葉は〝イエス〟だった。わたしは恥ずかしくなった。ミセス・ドゥィンターが代金を払ったときには、ますます恥ずかしくなった。払うと言い張ったけれど、結局彼女が払い、あとで返せばいいとわたしは自分に言い聞かせた。彼女がどうしてもと言ったので、彼女の車でわたしの部屋まで行き、優しく脅されながら荷造りをした。小さなスポーツバッグに全部収まった。わたしは部屋を見まわした。どういうわけか、二度と戻ってこないことがわかっていた。勢いよくドアを閉め、玄関脇のテーブルに鍵を置き、振り返ることなくその建物をあとにした。

ミセス・ドゥウィンターは町のはずれのとても大きな家に住んでいた。「時々、B&Bをしているのよ。引退してから、退屈なんだもの。面白い人たちに会えるの。でもいまはだれもいないから」

案内されたのは、家の前面にある大きなダブルルームだった。暖かくて、家具の趣味もいい。とても気に入った。「くつろいでね。預かっているものを取ってくるから、落ち着いたらおりてきて」

荷物をほどこうかと考えたけれど、厚かましいような気がしたので、そのままにした。階下の広々としたキッチンに行き、テーブルについた。彼女が小さな箱を出してきた。その中にはチーフとわたしが写っている写真とトロイの木馬が入っていた。

わたしはしばしそれを見つめたあと、やがてゆっくりと写真に手を伸ばした。喪失感がナイフのようにわたしを切り裂いた。テーブルの上に写真を立てた。彼とわたしが水仙を見て笑っている。一本の指でフレームを撫でた。それから小さな木馬を取り出した。彼がわたしのために作ってくれた日そのままに、精巧な出来栄えだ。思い出が波のように次々とよみがえってきた。

この写真を息子に見せて、こう言えたはずなのに。「ほら、これがあなたのお父さんよ」

トロイの木馬を息子に見せて、こう言えたはずなのに。「ほら、あなたのお父さんがこれを作ってくれたのよ」

わたしはかすれた声で言った。「これはわたしにとってすごく大切なものなんです。今度ミセス・パートリッジに会ったら、ありがとうって伝えてください」

「もちろんよ。いいかしら？」彼女は木馬を手に取った。「これはトロイの木馬の模型でしょう？」

「ええ。チーフがわたしのために作ってくれたんです。オデュッセウスと仲間たちが木馬の尻尾の下から出てくるところが見られるならなんでもするって、よく言っていた。木馬のお腹にトラップドアはなかったはずだって彼は考えていた。構造が弱くなってしまうから。でもわたしをからかっていただけかもしれない」

彼女は木馬をひっくり返した。「この木馬にはトラップドアをつけたのね」

わたしは彼女から木馬を受け取った。彼女の言うとおりだ。わたしは肩をすくめ、木馬を置いた。「わたしをからかったのね」

彼女が紅茶を注いだ。「なにがあったのか、話してくれる？」

「セント・メアリーでなにがあったのかを話してくれれば」

「なにもないわ。それが問題なのよ」彼女は腹立たしげに言った。「あのばかな女がなにもかも縛りつけている。だれも、どこにも行っていないの。まあ、行けないんだけれど。もう歴史家がだれもいないのよ」

「ちょっと待って」わたしは驚いて訊いた。「ベアストゥ博士は？　亡くなったりしていませんよね？」

「ええ。エドワードは殺しても死なないわ。でも、いまもまだ〝病気休暇〟中で、あの女は彼が帰ってこられないようにあれこれ手をまわしているのよ」

「それで、歴史家もいないんですか？」

「そうよ。あなたはいない、ピーターソンは死んだ、カリンダは……」

冷たい手に背中を撫でられた気がした。「カルになにがあったんです？」

「面白い話なのよ。バークレーは権力を振りかざし始めたの。調査だの書類仕事だのお役所みたいなことを言いだした。でもミス・ブラックに先導される形で、みんなが反抗したのよ。バークレーが八号機の破損分の費用をディーターに請求しようとしたときは、手がつけられないほどになった。当然ながら口論になって、ミス・ブラックとミスター・ディーターは拍手喝采の中、建物を出ていったわ」

思わず笑いがこぼれた。カルらしい。どんな反抗をしたのだろうと考えずにはいられなかった。言われたとおりにしているふりをしながら、さぞかし独創性に富んだ反抗の仕方を考えついたに違いない。

「主だった人たちは、みんないなくなった。残っているのはアンドリュー・ラプソンくらいだけれど、彼もいまは身を潜めて静かにしているわ。フォスター医師は、闘争心がなくなったみたいだってみんなが噂している。どれほどピーターソンを愛していたか、彼女は自分でも気づいていなかったんでしょうね。バークレーは歴史研究者のいない歴史研究施設を運営しているのよ。なにもすることがなくて、みんなぞろぞろと辞めているというわけ。

さあ、今度はあなたの番よ」ミセス・ドゥウィンターは容赦なかった。そもそも教師だったのだから。結局わたしは、大まかなことを彼女に話した。くびになった。職歴がなかった。仕事につけなかった。お金がなかった。寒いアパート。肺炎。

ある事柄だけには触れなかった。彼女は優しくわたしの手を撫でただけで、なにも言おうとしなかったのでほっとした。同情には慣れていない。けれど、彼女は手を撫で続けた。

「なんですか？」わたしは訊いた。

「怒っているのよ。エドワードも怒っている。あなたはこんな目に遭うはずじゃなかった。わたしたちは辞めた人間を通りに放り出すようなことはしないのよ、マックス。こんなことは一度もなかったって、知っている？　退職の手順があるの。本当ならあなたには、サースクで一年間、別の仕事が与えられるはずだった。それが職歴になるし、外の世界に戻る準備期間にもなる。スティーヴンスを覚えている？　ラザフォードは？　わたしたちが彼らをただ放り出したとでも思う？　彼女はわかっていたのよ。あの女は悪意に満ちた、嫉妬深いメス豚よ！」

ミセス・ドゥウィンターはしばらく考えこんでいたが、やがて決然とした口調で言った。

「あなたはここにいなさい。いいえ、なにも言わないで。カフェの窓からあなたを見ていたの。あなたがなにを考えていたのかはわからない。ひょっとしたらわかっているのかもしれないけれど、とにかくこの家を避難所だと考えてほしいの。少なくとも、あなたが元気になるまであと数日は。ずっといてくれるとうれしいわ。ここは大きな家でしょう？わたしも時々……」彼女はそこから先の言葉を呑み込んで、孤独さをわたしに伝えようとした。侮りがたいミセス・ドゥウィンターがこれまでの人生で孤独を感じたことなど一瞬たりともなかっただろうけれど、わたしが面目を保てるような形で申し出をしてくれているのだ。

わたしは小さく笑った。「お邪魔じゃないというのなら……」彼女は声をあげて笑いだし、わたしもつられて笑った。

きまり悪さをごまかすように、わたしはまた木馬を手に取った。触れているといくらか気持ちが安らいだけれど、お腹の部分のトラップドアが気になった。サナダムシのように、彼らは木馬の尻尾の下から出てきたはずだとチーフは確信していた。尻尾の下を眺めると、小さな穴があるのが見えた。ちょうど……

「ペーパークリップはありますか？」わたしは訊いた。彼女は驚いたようだったが、引き出しを開けて、中から箱を取り出した。わたしはクリップをひとつ取ると、曲がっているところを伸ばし、その小さな穴に差し込んだ。カチリと音がして、木馬の腹部のトラップドアが開き、小さな箱がテーブルに落ちてきた。チーフのポッドのリモコンだ。

わたしの中でなにかが目を覚ました。

　考えてみた。これが使える。いまから白亜紀に戻れる。あの恐ろしい夜にできるだけ近い日に戻って、彼らを連れて帰ってくることができる。まだ生きているのなら。もし生きていなかったら……いや、それは重要じゃない。問題は、わたしが行けるということ。いますぐに。わたしは立ちあがろうとした。

「だめ、待って」ミセス・ドゥウィンターが言った。教師である彼女は人の心も読めるに違いない。「そうじゃないの、行ってはいけないということじゃない。もちろんあなたは行かなきゃいけない。でもチャンスは一度しかないのよ。だから間違いがないようにしなきゃだめ。まずはポッドをここに持ってくることよ。そうすれば補給品や装備をチェックできる。必要なものを揃えてから、計画を立てましょう」

　驚くことばかりだった。彼女はこの装置がなんであるかを知っているだけでなく、それがどういう意味を持つかも理解している。この姉妹に対する好奇心がむくむくと湧き起こった。

「裏庭はありますか？」

　彼女がカーテンを開くと、ラッシュフォードシャーの半分くらいはありそうな裏庭が現われた。このリモコンを一度も使ったことはなかったし、使うところを見たことすらなかったけれど、いたってシンプルな作りに見えた。ボタンがひとつあるきりだ。これを押せばいいのだろう。わたしは裏庭に出ると、手ごろな場所を選び、安全な距離を取るように設定されていて、わたしの真上に具現化しないことを願いながら、ボタンを押した。三メートルほど先で、回転式の物干し用ロープが見えないポッドに押しつぶされた。

「ごめんなさい」わたしは言った。「まだ仮免なの」ありがたいことに、彼女はこういったことを目の当たりにしても、妹のミセス・パートリッジほどには緊張しないようだ。わたしは入り口とおぼしき場所に立ち、祈りながら「ドア」と言った。ドアが開き、ポッドの中に入った。

　最後に来たときから、なにひとつ変わっていなかった。嗅ぎ慣れたにおいを吸いこんだ。ここがわたしの世界だ。わたしのいる場所だ。彼がいつわたしをここにプログラムしたのだろうと考えた。どうしてわたしにリモコンを渡しておきながら、なにも言わなかったんだろう？　わたしのタイムラインにやってきたあとの未来はなにも知らないと彼は言っていたけれど、わたしは時々疑っていた。もし彼が知らないとしても、ボスは知っているはずだ。ボスがなにも知らないとはとても思えなかった。

　ミセス・ドゥウィンターがドアの外に立っていることに気づいた。「どうぞ、入って」

彼女はロッカーを開け始め、わたしはコンソールを作動させた。

「できる？」彼女が訊いた。わたしはこれまで使われた座標を確かめていった。

「理論上は。このポッドは白亜紀にジャンプしている。座標を見分けられるはず」

わたしはチーフに尋ねている自分の声を聞いていた。〝どうしてボスはあなたを行かせたの？　干渉できないのに――なにが目的だったの？　わたしがあとで使えるように、座標を記憶させるため？〟あとでいい。いまは、目の前のことだけ考えよう。

「あった、これだわ。この座標とわたしたちの任務との間に、どれくらいの日数があったのかを計算する必要があります。そのうえで、念のため、一日余分に取ってジャンプをすれば――わたしがふたりいることになると困るので――もしも彼らが生きているなら、連れて帰ってこられるはずです。願わくば」

　言葉ほどの自信はかけらもなかった。これはわたしのポッドではないし、扱い方も知らない。わたしのコマンドを受け付けてさえくれないかもしれない。

「計算機はありますか？」ミセス・ドゥウィンターはうなずいてポッドを出ていき、数分後、計算機と二本のペンと紙を持って戻ってきた。わたしは上の空でお礼を言い、計算を始めた。

　基礎訓練を受けていたときのように、ごくゆっくりと、慎重に計算を重ねた。すべてを確認した。間違ってはいないようだ。検算をしてみると、座標は一致した。

　ミセス・ドゥウィンターが戻ってきた。いつのまにか二時間が経っていて、進捗具合はどうかと彼女は訊いた。わたしは彼女に計算式を見せて、確かめてほしいと頼んだ。「そんなの、無理よ！」

「でも、計算を確かめることはできるでしょう？　わたしの弱点なんです」

二〇分後、彼女は言った。「あなたの計算は正しいわ」勇気づけられる言葉だった。あとは計算式が正しいことを祈るだけだ。わたしは思いつきもしなかったけれど、彼女は冷却器にビールを入れてくれた。

すべてがうまくいったと思えたので、わたしは数字を打ちこんだが、いまいましいコンピューターは受け付けてくれなかった。それがわたしのせいなのか、それとも数字のせいなのかさだかではなかったが、ドアや照明に関するコマンドにはなんの問題もないところを見ると、数字のせいに違いない。わたしは、攻撃の夜とこれからジャンプする日の間隔をもう一日、あけてみたが、それもあっさり拒絶された。もう一日、さらにもう一日と加えていったが、失望が大きくなるばかりだった。そのあいだ中、ミセス・ドゥウィンターは静かにわたしの隣に立ち、「続けるのよ、マックス。続けて」とささやいていた。

ようやく受け付けてくれた座標は、あの恐ろしい夜から一一日後だった。一一日！　そんなに長い間、どうやって生き延びていられるというの？　白亜紀での一一日がどれほど長いものか、わたし以上に知っている人間はいない。そのうえ彼ら四人はおそらくひどい怪我をしていて、出血していて、弾薬も少なく、身を隠す場所もなく、食べるものも飲み水もない。まったく準備をしていないのだ。

「やめなさい！」ミセス・ドゥウィンターは、わたしの頭の中を正確に読み取ったようだ。「あの人たちは大丈夫。どこかに隠れて、身を守って、助けが来るのを待っている。もしかしたら、ほかにも生き残っている人がいるかもしれない。彼らだけじゃないかもしれない」

わたしは首を振った。「そうは思えません。一日ですよ。だれかが生き延びていたら、奇跡です」

「ガスリーとファレルとピーターソン、そしてあの不滅のマーカムよ。いくらか賭ける？さあ、必需品のビールだけじゃなくて、水のボトルも用意したわ。あなたにはサンドイッチ。電池が入った懐中電灯が二本あるし、あそこのロッカーには照明弾が八本入っている。武器は、充電済みの広角のブラスター銃と低電圧のスタンガン、中身が半分入った大容量の催涙スプレーがある。あとはマッチ、焚きつけ、トイレットペーパー。ほかになにが必要？」

なにが必要だろう？

わたしは大きく息を吸って、ミセス・ドゥウィンターを見た。「わたしも行ってもいいのよ」彼女が言ったが、わたしは首を振った。

「もしわたしが戻ってこなかったら、どこに行ったのか、そしてその理由をボスに話してくれる人が必要です。わたしを探すために、だれかをよこしたりしないように伝えてください」

「あなたは戻ってくるわ。わたしにはわかっている」

彼女がポッドから出ていこうとしたところで、わたしはふと思いついて尋ねた。「今日は何曜日ですか？」

「金曜日よ」

なんとまあ。

彼女が出ていき、わたしはドアを閉めた。ひとりきりになると、嗅ぎ慣れたポッドのにおいを改めて意識した。熱を帯びた電子機器、湿った絨毯、トイレ、焼却炉、かすかなキャベツのにおい。切り傷にレモンジュースがしみるみたいに、その記憶はひりひりと痛かった。オー・ド・トワレならぬ、オー・ド・ポッド。世界一、刺激的な香り。

わたしは座席につき、コンソールを確認した。すべて問題ないように見えた。

「ジャンプ開始」そして世界が白くなった。

白いままだった。なに？　霧だ。いまいましい霧。なにもかもうまくいかないものなの？　この霧では照明弾は役に立たない。火もだめだ――煙があがっても見えない。神さまはどうあっても、わたしにチャンスをくれないつもり？　あることを思いつき、ロッカーの中を探し始めた。どこかにあったはずだ。あった。四、五枚のＣＤ。その中にはサージェント・ペパーズ（ビートルズのアルバムのひとつ『サージェント・ペパーズ・ロンリー・ハーツ・クラブ・バンド』）もあった。あとは外部スピーカーに切り替えるだけでいい。それくらいなら、わたしにもできる。

　五分後、わたしはロックンロールをかける準備を整えていた。近隣警報装置を確かめたけれど、動くものはなにもない。けれど、いまはまだ夜が明けたばかりだ。夜になって霧が晴れれば、照明弾を使えるし、火をおこすこともできる。当然ながら、音や光は半径八キロ以内にいるすべてのものの注意を引きつけることになるけれど、それはそれでかまわなかった。わたしがここにいることを彼らに知らせることさえできたなら、野生生物から逃げる方法はあとで考えればいい。重要なのは、彼らにわたしの存在を伝えることだ。もしも彼らが生きているのなら。一日はとんでもなく長い。わたしはその思いを頭から追い出し、慎重にドアを開けた。顔の前にある手が見えないくらいだ。あたりは奇妙なほど静かだった。すぐに、そうではなくなるけれど。

　ポッドをよく見えるようにしておきたかったので、わたしはカムフラージュ装置を切った。「大音量で流すわよ」そうつぶやいてスイッチを入れると、先史時代にビートルズが流れ始めた。わたしはドアを閉め、果実飲料《スリヴォヴィッツ》で燃料を補給した。

この手のことには決まり事がある。一定の情報をわかりやすく、冷静に伝えなくてはならない。位置、ルート、警告、救出に来た人間の数と配置といったことだ。わたしは幾度となくシミュレーションをしてきた。そしていま、それが本当に重大な意味を持ついま、人の命がかかっているいま、ひとつも思い出すことができなかった。

自分の記憶力と同じくらい、声にもがっかりするかもしれないと思いながら、わたしは音楽を止めて口を開いた。

「おはようございま〜〜〜す、セント・メアリーのみなさん。モーニングコールの時間です。

本日セント・メアリーに戻られるお客さまは、グラウンド・ゼロから約一〇〇メートルほどのところにある並木のすぐ下まで至急お越しください。

お手元に搭乗券と写真のついたページを開けたパスポートをご用意ください。

パイロットを怒らせると、搭乗ができなくなりますのでご注意ください。パイロットはすでに充分にいらついていますので、搭乗できない方が出る可能性はおおいにあります。

夜行便でラッシュフォードに向かわれるお客さまは、ただちに搭乗口までお越しください。ぐずぐずしてないで、さっさと来るのよ。おうちに帰るんだから」

わたしはマイクを切り、再びスリヴォヴィッツで喉を潤してから、もう一度外を見た。日が高くなるにつれ、霧が晴れてきていた。いいニュースは、ほぼ希望していた地点に着地していたことだ。悪いニュースは、そこがまさに惨状だったこと。木や枝は折れて、一面に散乱している。ひん曲がったなにかの残骸が山積みになっている。爆発のせいだろう。それとも恐竜の暴走のせいかもしれない。ぐちゃぐちゃになった地面の向こう、それほど離れていないところに噴火口のような穴があった。大爆発が起きたのがあそこだろう。これほど時間がたっているというのに、油っぽい煙がまだ漂っている。ものすごい爆発だったに違いない。爬虫類の骨や体の一部が、いたるところに転がっている。あの夜を生き延びることができなかった動物の（そしておそらくは人間の）残骸だ。あとでゆっくり調べることにしよう。

大きなブラスター銃と大容量の催涙スプレーを持って屋根にのぼり、一本目の照明弾を打ちあげた。照明弾はいくらかふらふらしながらも明るい空に向かってのぼっていき、その大きな赤い球はしばらく宙に留まっていた。一時間に一発、八時間分が手元にあった。そのあとは焚火をすることになる。そのあとは、食料が尽きるまでここに留まる。そのあとは――考えていなかった。

ブラスター銃を脇に置き、万一のために、催涙スプレーをベルトに引っかけてから、双眼鏡で三六〇度、あたりをゆっくりと確認した。木立沿い、岩の陰、川床、なにか動くものはないかと、その場でぐるぐる回りながら何度も確かめた。

なにもない。けれど、焦ってはいけない。肉食生物がこのあたりで食料を漁っているとしたら、彼らは厄介なことにならないように、水や避難場所を求めて一キロ以上は移動しているはずだ。わたしは次の照明弾を打ちあげ、屋根の上で回り続けた。何度か、森の中で大きな音がしたけれど、わたしにはなにも見えなかった。照明弾を打ちあげるたびに耳障りな音が響き渡ったが、それはいいことなのだろうと思った。わたしがここにいることを、生きているすべての人が知ることになるのだから。つまり、もし彼らが来なかったら、生きてはいないということだ。考えまいとしたけれど、その言葉は頭の中でわんわんと響き、消えることはなかった。わたしは回り続けた。次の照明弾を打ちあげた。ひたすら回った。彼らの命がわたしの肩にかかっているかもしれないのだ。

正午になった。照明弾の半分を使ったが、まだなにも変化はない。だれもいない。わたしは屋根からおり、脱いだジャケットを使って松ぼっくりや小枝を集めた。湿っているものが混じっているようにした。照明弾がなくなったら、火をおこしてその煙でわたしの居場所を教えるのだ。ジャケットの腕をしばって中身がこぼれないようにしてから、ドアの脇に置き、なにか飲もうと思ってポッドの中に戻った。どれほど喉が渇いていたのか、自分でも気づいていなかった。スリヴォヴィッツと水を飲み、また外に出た。

午後も半ばになる頃には、わたしは激しい疲れを感じていた。胸が痛んだし、息が苦しかった。けれどやめるわけにはいかなかった。彼らが死んだことを認めるつもりはない。ここで生き延びることができる人間がいるとすれば、それは彼らだ。

火をおこし、ゆるゆるとたちのぼる煙を眺めた。風はない。

やがて影が長く伸び始めた頃、数百メートルほど離れた森の端に、なにか動くものが見えた気がした。そしてもう一度。わたしは高鳴る胸の鼓動と突如として言うことを聞かなくなった手で双眼鏡の焦点を合わせた。木立に沿って四人の男がひとかたまりになって移動している。もう一度数えた。四人。全員いる。

まさにその瞬間だった。こうなることが必然だったかのように……どうあっても避けられなかったかのように……一頭のティラノサウルス・レックスが空き地の反対側からぬっと姿を現わした。彼らと交差するコースをたどっている。それほど大きくはなかったから、子供だろう。わたしたちの存在に気づかないまま、あたりにあるものをひっくり返しては、落ちている骨を探している。ティラノサウルス・レックスが生きているものだけでなく、死んでいるものも食べるという証拠だと、気分が乗っているときなら考えたかもしれない。

だがどちらであれ、そのまま進めば、彼らとわたしの間に立ちはだかることは間違いない。

急いで！

もっとひどいことになっていた可能性もあった。一頭の大型爬虫類のほうが、ラプターの群れよりはましだ。サスマンがどうなったかを、わたしは忘れてはいなかった。

わたしは屋根から飛び降り、よろめきながら近くの岩場に向かって走った。「ここ！　ここ！　こっちだってば！」木立の間から彼らが現われた。わたしは彼らに見えるようにブラスター銃を掲げてから、岩に立てかけ、ポッドから遠ざかるようにでこぼこした地面を必死で走った。ティラノサウルス・レックスをポッドから遠ざけなければ。彼らに時間を与えなければ。

わたしはいつも場当たり的だ。ティラノサウルス・レックスはうれしそうにひと声吠えると、どすどすとわたしを追ってきた。幸いなことにわたしは瓦礫や折れた木の枝が散乱している方向を選んでいて——的確な判断をしたわけではなく、たまたま幸運に恵まれただけだ——それが、ティラノサウルス・レックスの邪魔をした。小さな障害物は体で押しのけながら進んでいるものの、大きな尻尾は向きを変えるたびになにかに引っかかる。わたしは、木の切り株や岩やなにかの残骸をかわしながら走り続けた。息があがって動けなくなってきたので、岩の割れ目に体を押し込んでしばし呼吸を整えようとした。いい隠れ場所だ——ここなら捕まらない。

　よすぎたらしい。ティラノサウルス・レックスはしばらくあたりのにおいを嗅いでいたが、やがてあきらめたのか向きを変え、ポッドに向かって走っている人影に気づいた。ティラノサウルス・レックスがそちらのほうへと数歩進んだのを見て、わたしは割れ目から出て、腕を振りながらもう一度大声で叫んだ。

　ティラノサウルス・レックスは足を止めて、振り返った。大きな頭をわたしの身長と同じくらいの高さまでさげ、こちらを見つめた。その頭はとんでもなく大きかった。ほんの六メートルほどしか離れていない——わずか一歩の距離だ。人生でもっとも恐ろしい瞬間だった。あらゆる音が消え、まわりの景色が遠ざかった。

　映画やホログラムで見るティラノサウルス・レックスは、歯並びも完璧で体の模様も美しく、とてもきれいだ。けれど現実はまったく違う。目の前のティラノサウルス・レックスのうしろ足と腹部には乾いた泥がこびりつき、全身が傷だらけだった。左の横腹にはぞっとするような深い傷がある。歯が数本欠けていて、鼻は乾いた血と腐った肉片のようなものでふさがっている。その息は、この世にこれ以上恐ろしいものがあるだろうかと思わせるほどで、鍋の蓋くらいの大きさがある鼻孔はひくひくと開いたり閉じたりしながら、わたしの珍しいにおいを嗅いでいた。鼻の内側は淡いピンク色だ。目が見えた。どうして子供だと思ったのか、自分でも理解できなかった。とにかく巨大だ。じっとわたしを見つめている。襲えと本能が囁いているのだろう。一方で、人間は避けるべきだと経験は語っている。その迷いがわたしの命を救った。けれどそれも長くはもたないだろう。じきに本能が勝利を収めるのはわかっていた。

音がゆっくりと戻ってきた。大きな鼻孔からの荒々しい息遣いが聞こえた。わたし自身はしばらく前から息を止めていたようだ。ゆっくりと、ごくゆっくりと、ベルトに留めていた催涙スプレーを手に取った。ティラノサウルス・レックスが突進してきた。わたしは目を閉じ、息を止めて、トリガーを引いた。ティラノサウルス・レックスが大きな声を張りあげ、あたりは悪臭に包まれた。わたしは岩場の上でうしろ向きに身を投げ、なにかごつごつした硬いものの上に落ちた。転がって石の向こう側に身を隠し、うしろを振り返った。ティラノサウルス・レックスは頭を振りながら、足を踏み鳴らしている。確かに不快感はあるようだが、動きを止めるほどではなさそうだ。それどころか、ますます怒らせてしまったようだ。よくやったわ、マックスウェル！

どこからか叫び声が聞こえ、わたしとティラノサウルス・レックスの真ん中あたりの地面が爆発した。いい腕だ！　彼らがブラスター銃までたどり着いたようだ。わたしは一瞬たりともためらうことなく向きを変え、ポッドに向かって全速力で走り始めた。足の下で地面が揺れるのを感じたけれど、振り返りはしなかった。再び、警告射撃。ティラノサウルス・レックスは体を引き、別の角度からわたしに向かってきた。ポッドが近づいてきたけれど、息が続かなくなってきた。脚を動かしてはいるものの、なかなか進まない。いたるところになにかの残骸が転がっていて、足元に注意する必要があった。転ぶことだけは避けなければいけない。

そのとき、あるものが目に入り、わたしはその場に立ちすくんだ。すぐ左側に濃い緑色をした大きめの金属の塊が落ちていた。黄色のペンキでRDTと書かれている。

だれかが叫んだ。「止まるな、ばかやろう！」わたしのうしろで、再び小さな爆発が起きた。わたしは再び走り始め、あとひと息でたどり着くというところで、長い腕がわたしをつかんで引っ張った。

「捕まえたぞ。あいつを撃て！」

ブラスター銃が連続して発射された。土や石が雨のように降り注いだ。殺さないでと叫ぼうとしたけれど、息が切れて声にならない。別の手が、わたしのもう一方の腕をつかんだ。肺が爆発しそうになりながら、わたしたちはようやくのことでドアの内側へと倒れこんだ。全員が床に転がり、手足をからませながら「ドア」と声を揃えて叫び、伝統的なセント・メアリー様式で任務が完了した。

第十三章

　ずいぶんと長い間、荒い息遣いとうめき声しか聞こえなかった。やがてファレルが訊いた。「マックス、大丈夫か？」

「大丈夫に決まっているさ」ピーターソンは不機嫌そうだ。「ぼくに乗っかってるんだから」だれかがわたしの上から転がって降りた。わたしはピーターソンの上から降り、わたしたちはようやく呼吸を整えた。

　状況を確認した。ドアはきっちり閉まっている。なにか大きな生き物がもの欲しそうに外をうろついているが、もうどうでもいい。全員がここにいる。みんな無事だ。ここ数カ月で初めて、太陽が顔をのぞかせた気がした。ガスリーは役に立たなくなった武器をしまった。マーカムは壁にもたれて座り、膝に肘を当てて、火傷した手を宙に浮かせている。医療用プラスチックで手を覆っているが、一日もたっているせいではがれかけてしまっていた。わたしは手を伸ばし、医薬品キットを引き寄せた。「さてと、マーキー坊や、具合はどう？」

「元気さ。年寄り連中を守っているのは少しばかり骨が折れたけど、まあ、大丈夫。きみは？」

「なんとかね」

振り返ると、目の前にピーターソンの顔があった。さらに一歩近づいて、彼を抱きしめた。彼もぎゅっと抱き返してきた。

「ああ、マックス」彼はそれ以上なにも言えなかった。

わたしも言葉につまった。「ティム、わたしの大事な友だち」彼の頰にキスをした。彼は顔をそむけた。イアン・ガスリーはぎゅっと痛いくらいにわたしの手を握ると、肩を軽く叩いた。彼が感情を露わにするのは珍しい。彼にとっても気持ちの高ぶる瞬間だったようだ。そして最後がレオン・ファレルだった。

わたしたちは見つめ合った。どうしていいかわからない。救いの手を伸べてくれたのがマーカムだった。「なにやってんですか、チーフ。キスすりゃいいんですよ！」というわけで、彼はそのとおりにした。骨が砕けそうなほどの力でわたしをハグし、蝶のように軽く髪にキスをした。彼は——全員が——ひどいにおいがした。キャベツのにおいがするスプレー、汗、泥、そして自分たちのにおいをごまかすために恐竜の糞を全身になすりつけていたのだ。こんな狭いところにそんな男たちが四人もいるのだから、そのにおいときたらペンキがはがれてきそうなくらいだ。

わたしは冷却器を開けて、ビールの六缶パックを取り出した。彼らはおおいに感動してくれた。

「なんてこった！」マーカムが叫んだ。「きみはマジで最高の女性だよ。結婚してくれる？」

「ぜひしたいところだけど、残念ながらわたしはいま失業中なの。だからこれまでどおり好きなだけチョコレートを食べさせてくれる人じゃなきゃだめなのよ」

「いいや、悪いがそれは絶対にだめだ」ピーターソンが口をはさんだ。「きみたちふたりが結婚するなんてありえない。この世界はまだ、きみたちの子孫を迎える用意ができていないんでね」

わたしは怒ったふりをしたが、本当はいつまでもこの会話を続けていたかった。ピーターソンがポッドの中を見まわしたのがわかった。これが通常のポッドではないことにじきに気づくだろう。わたしはチーフに目をやり、彼が座るべき席を意味ありげに見た。彼がごく小さく首を振ったので、わたしは自分なりにその意味を解釈し、ピーターソンがなにか妙なことを尋ね始めたらこっそり蹴飛ばせる位置に足を移動させた。

ピーターソンは上から下までじろじろとわたしを眺めた。「今日はずいぶんと砕けた格好じゃないか。ドレスコードはどうしたんだ？　それにその髪は？」

「慣れてもらわないとね。これはただの髪型じゃなくて、生活様式だから」

「どうしてきみはひとりなんだ？　サポート役はどこだ？」

「言ったでしょう？　わたしはくびになったの。サポート役はいない。ひとりで来たのよ」

「カルはこの任務に参加してないってことか？」

「カルはもうセント・メアリーにはいない。辞めたの」

「え？　彼女が辞めて、ぼくたちがここにいるってことは、セント・メアリーには歴史家がひとりもいないってことじゃないか！」

「そのとおり。ディーターも辞めたわ。だから、あなたたちをラッシュフォードに連れて帰る」

「カルが辞めたとき、話をした？」

「辞めたことを知らなかったの。わたしは法律で、セント・メアリーの人と一切連絡を取ることを禁止されている。だからあなたたちのだれかが密告したら、一五年の強制労働をしなきゃいけなくなるわ」

「それじゃあ、このポッドはどこで手に入れたんだ？」

「盗んだのよ」誇らしげな口調になったことは否めない。

彼はポッドの中を見まわした。「そうか、だが……」わたしは彼の足を踏んだ。彼はわたしの顔を見つめ、片方の眉を吊りあげたが、それ以上は言わずにビールを飲んだ。「酔っているの？」

「ベロンベロンよ。こんなことが素面でできると思う？」

「もっともだ」

ガスリーがマーカムの手に医療用プラスチックを吹きつけている。ピーターソンは残っていたビールをごくごくと飲んだ。ほかの人たちに話をさせて、わたしが口にしたがらない事柄に的を絞ろうとしているのはわかっていた。

彼は、静かな口調で切りだした。「どうしてくびになったんだ？」

「バークレーとやりあって、施設を出て行くように言われたのよ」

「どうして？」

わたしはとぼけた。「なんのこと？」

「この五年、きみはミス・バークレーとそれなりに平和にやってきた。どうして急にそんなことになった？」

わたしは水を飲み、足元に視線を落とした。この話はしたくない。けれど、いままわりにだれもいないときに、わたしの口から言っておいたほうがいい。

「あなたたちを救出するためのチームを送り込むように、彼女を説得できなかったから」

すぐには理解できなかったらしく、ピーターソンが口を開くまでしばしの間があった。

「つまり、だれもぼくたちを探していなかったっていうことか？　救出チームと会えないでいるだけなんだと思っていた。だから遠くには行かなかったんだ。てっきり……」

沈黙。このことは言いたくなかった。四人はそれぞれがなにかを考えていたが、その表情は同じだった。それでなくてもげっそりとやつれた顔が、ますますひどくなった。わたしたちはセント・メアリーの一員だ――だれも仲間を見捨てることはない。それなのに彼らは置いていかれた。もしわたしが来なければ、彼らはここで死んでいただろう。それもごく近いうちに。決して来ることのない助けを待ちながら。今日まで生き延びたのが奇跡だったのだ。彼らの顔を見ているのは辛かった。マーカムは痛むはずの手で空になったビール缶を握りつぶし、バッグに放りこんだ。ピーターソンが穏やかな口調で言った。「ミス・バークレーと話をしなきゃいけないな」

「いいえ、だめ」わたしは言った。「それはわたしの役目」

だれも反論しなかった。

その質問をしたのはチーフだった。それが彼にとってどれほど重要なことであるかを知っているのは、彼とわたしだけだ。「ボスはどうした？　彼が負傷したという声は聞こえた。バークレーが責任者になったということは、助からなかったのか？」

「わたしが聞いたところでは、まだ回復途中だそうよ。セント・メアリーには戻ってきていないの」わたしはもうひと口、水を飲んだ。「だから、あなたたちをあそこには連れて帰らない」

「それじゃあ、どこへ帰るんだ？」

「ラッシュフォードよ」

「ラッシュフォード？　どうしてセント・メアリーじゃだめなんだ？」マーカムが尋ねた。「ラッシュフォードになにがあるんだ？」

「そうね、まずはスパイスの効いたラムのキャセロール、それからトリークルタルトとカスタード、熱いシャワー、温かいベッド、飲みきれないくらいのビール、あとは多分もっと強い飲み物かしら。でもそういうものに興味がないというのなら、いますぐジャングルに戻してあげるけど」

マーカムがいかにも彼らしいことを言った。「女性は用意してくれてないってこと？」

「ティム、ドアを開けて、彼を放り出してくれる？」

彼らの話も聞きたかったけれど、まずは連れて帰ることが先決だ。ジャンプを開始し、世界が白くなり、わたしたちは夜のラッシュフォードに戻ってきた。すぐに裏口のドアが開いて、芝生の上に長い光の条《すじ》が伸びた。わたしはポッドのドアを開け、手を貸して彼らを立たせた。

「光のほうに向かって」口にすることがあるとは夢にも思わなかった台詞だ。彼らはポッドを出ると、ミセス・ドゥウィンターが待つ裏口のドアのほうへと歩きだした。

コンソールのスイッチを切って彼らのあとを追おうとすると、レオンがジャケットのうしろを引っ張った。振り返ったときには、再び彼の腕の中にいた。

「来てくれるってわかっていた」

わたしは力のかぎり彼を抱きしめ、わたしたちはほんのつかの間、ふたりの時間を味わった。

「追いかけたほうがいいわ」やがてわたしは言った。「マーカムはここから裏口にたどり着くまでに、なにか問題を起こすかもしれないもの」彼は少しだけ笑い、ポッドを出ていった。わたしはあと始末を終えて外に出ると、ポッドに鍵をかけた。

キッチンは光と音と温もりにあふれていた。最初に目に入ったのはボスだ。もちろんミセス・ドゥウィンターは、わたしが出発してすぐに連絡を取ったのだろう。わたしはどれくらい向こうに行っていたのだろうと考えた。ほぼ四時間だとわかった。キッチンにおいしそうなにおいを漂わせるには充分だ。彼らはぐずぐずしていなかった。家具でも食べられそうな勢いだ。

それぞれが席についた。ボスが立ちあがった。「乾杯しよう。みんな、よく戻ってきた」わたしたちはグラスを口に運んだ。

ファレルが立ちあがった。「いいでしょうか、サー。マックス、みんなを代表して礼を言うよ。ありがとう」

全員が声を揃えて「ありがとう」と言い、グラスを掲げた。マーカムはわたしにウィンクをした。

「光栄だわ」わたしは胸が熱くなった。

テーブルの真ん中では大きな鍋が湯気を立てていて、わたしたちは人生最高のラムシチューを堪能した。わたしはマーカムの肉を切り分けてあげた。

ビールが大量に振る舞われ、話がはずんだ。当然ながら、わたしたちは彼らの身になにが起きたかを知りたかったし、彼らも話す気満々だった。

思っていたとおり、爆発が起きるまで作戦は順調だったらしい。爆発で彼らはあたりに投げ飛ばされ、恐竜と観光客はぶつかり合った。煙の中で方向がわからなくなり、ガスリーとファレルははぐれた。バークレーに命じられてふたりを探しに出たピーターソンも道に迷い、倒れていたマーカムにつまずき、危うく彼に撃たれるところだった。だれもバークレーの姿を見ていなかった。

わたしは食べながら、そのことを考えていた。なにか……

四人はテーブルの上のものを勢いよく平らげ、笑い、彼らにしかわからない冗談を言い、互いをからかっていた。わたしもマーカムを見ながらくすくす笑っていたが、唐突に疲労の波が襲ってきた。ここ数カ月の出来事がいきなり対価を要求してきたのだ。視界がかすんだ。たっぷりした食事とアルコールも拍車をかけた。わたしは立ちあがった。

「申し訳ないんだけれど、急にひどい疲れが襲ってきて目を開けていられないの。休ませてもらうわ」

驚いたことに、全員が立ちあがった。ガスリーがドアを開けてくれ、ボスは腕を差し出してドアまでわたしをエスコートしてくれた。「おやすみ、ミス・マックスウェル。改めてありがとう」

「こちらこそ光栄です、サー」

ミセス・ドゥウィンターに言われていたとおり、着ていた服を洗濯に出すつもりだったけれど、思い出したのはベッドに入ってからだった。もうここから出る気にはなれない。数分間は温かいベッドと清潔なシーツ（どんなシーツでもよかった）の肌触りを楽しむつもりだったのに、枕に頭を置いたとたんに眠りに落ちていた。

しばらくして、だれかが隣に潜りこんできたのを漠然と意識した。レオンであることを願ったけれど、頭がほぼ眠っていてとても確かめるどころではなかった。これがあの手の本だったら、三ページにわたって激しいセックスが繰り広げられるところだけれど、現実は彼がわたしを引き寄せて「ムフブンンンッ」と囁き、わたしは布団のように彼の腕を自分の体にかけて「トラウト」とつぶやいただけだった。

翌朝、早めに目を覚ましたわたしは、ゆっくりと現実を認識した。黒い髪が隣の枕に乗っているのが見える。シーツをめくって、同じベッドで寝ているのが間違った男性ではないことを確かめた。わたしたちらしい——ちゃんとしたベッドで過ごした最初の夜なのに、ふたりとも疲れ切って、なにもできなかったのだ。

耳を澄ますと、瀬戸物が当たる音がかすかに聞こえてきた。ミセス・ドゥウィンターがキッチンにいる。わたしはベッドを出ると、顔を洗い、服を着て、階下におりた。

キッチンのドアを開けると、驚いたことにボスが足を引きずりながら朝食のテーブルを用意していた。彼は顔をあげて言った。「おはよう、ミス・マックスウェル。紅茶はどうだね？　ちょうどお湯が沸いたところだ」

「ええと……」

「ゆうべは、きみにまた会えてうれしいと言う暇がなかったんだ。さあ、座りたまえ」

わたしはもう彼の下で働いているわけではないし、そのまま立っているべきだと愚かな独立心が主張したが、分別と臆病さが勝利を収めた。

「ゆうべは突然、寝てしまったね」

「はい、疲れていたので」わたしは嘘をついた。

「本当かね？」

　事実をはっきりさせておく必要があるだろう。「わたしはくびになったんです、サー。追い出されたって言ったほうがいいかもしれません。そのうえ、厳重に警備されている施設から政府の所有物を盗み出しましたし、禁止されているにもかかわらずセント・メアリーの人員と接触しました。それにほかにも……ええと、わたしはいつもいろいろと違反していましたから、なにか好きな違反項目を選んでください」

「ミス・マックスウェル、きみはいままでも、いまも、これからも、セント・メアリーの一員だ。わたしはきみを主要メンバーだと思っているし、きみがなにか違反をしていないとひどく心配に（そのうえ、驚くし）なるのだよ」

わたしは彼の顔を見ることができなかった。彼はしばらくわたしを見つめたあとで、静かに言った。「わかっているよ」わたしはちらりと彼を見た。彼はベアストウ博士で、あくまでもベアストウ博士だったから、本当にわかってくれているのだと思った。彼はわたしに顔を近づけて言った。「セント・メアリーに戻っておいで。きみの望むものを渡すから」

「なんですか？」

「イザベラ・バークレー」

長い沈黙があって、その間にわたしは気持ちを落ち着け、やがてうなずいた。博士はわたしのマグカップに紅茶のお代わりを注ぎ、チーフのために別のマグカップにも注いだ。

「朝食は一時間後だ」

「はい」彼はやっぱりベアストウ博士だったから、最後にどうしても言わずにはいられなかったらしい。

「ミス・マックスウェル」

「なんですか？」

「髪を伸ばしたまえ」

「そのつもりです、サー！」わたしは博士がそれ以上なにか言う前に、急いでキッチンを出た。日常が再び、始まった。

　部屋に戻ってみると、チーフがちょうど体を起こし、枕をポンポンと叩いているところだった。彼に紅茶を渡して、訊いた。「おはよう。気分はどう？」

「夢だったんじゃないかと思い始めていたところだが、ちゃんときみはここにいたね。それも紅茶を持って。そんなに完璧でいるのは大変じゃないかい？」

「楽勝よ」

　わたしは腰をおろし、彼を眺めた。痩せて、疲労の色をにじませていることに変わりはないけれど、あのやつれたような感じはなくなっている。

「ひげがすてき」

　彼はざらざらした顎を撫でた。「かみそりがあれば、すぐにきれいになるさ」

　わたしは自分の短くなった髪に触れた。「そうね、よくわかるわ」わたしの言葉に彼は笑った。笑い声が聞けてうれしかったけれど、そこにはどこかぎこちない響きがあった。

「きみはあんまり元気そうじゃないね」

　いまこそ話すときだ。いまこそ。なにか言わなくては。いま。わたしはおじけづいた。

「肺炎だったの。でももう直った」それだけ言って、紅茶を口に運んだ。

彼がさらに言った。「自分の身になにが起きたかはわかっているけれど、きみにはなにがあったんだ？」

わたしは紅茶カップを両手でくるんだ。「ええと、そうね……バークレーとやりあった、放り出された、ラッシュフォードのアパート、ミセス・ドゥウィンター、リモコンを見つけた、ポッドを盗んだ、あなたたちを助けに行った。話したとおりよ」

彼はくしゃくしゃの髪の下で微笑んだ。瞳がとても鮮やかに見える。「教えてくれないか——彼女とやりあったこと。革の衣装をつけたのかい？　泥の中で戦った？」

思わず笑った。「もう！　つまらない話よ。全然、想像をかきたてるようなものじゃないから」

「どうしてきみがラッシュフォードに行ったのかが、よくわからないんだ。普通の元従業員がするみたいに、なぜサースクに行かなかった？」

当然の怒りがよみがえってきた。「知っていれば、そうしていたわよ。でもくびになって一時間のうちに出ていかなきゃいけなくて、着ているもの以外ほとんど持ち出せなくて、退職者面接どころか、みんなにお別れを言う時間もなかったんだから」

言い終えたとたんに、余計なことを言いすぎたと気づいた。わたしは本当に救いようがない。

「ちょっと待て！　ひと月前に通告されていなかったのか？」

「ええ」

「サースクでの一二カ月の雇用は？」

「聞いてない」

「紹介状は？　職歴は？」

「なにもなかった」

彼は怒っていた。目を見ればわかった。

「実際になにがあったのか、話すんだ」

黙っているようにと本能は囁いていた。これ以上、事態を悪くすることはない。けれど、彼は自分の秘密を話してくれた。今度はわたしが話す番だろう。いくらかでも話しやすくなるように、わたしは彼の顔を見なかった。できるだけ軽い口調になるようにしたけれど、ほぼすべてを語った。暖かくて静かなこの部屋にいると、あれが現実とは思えない。話を面白くするために、黒いカビについて説明した。話題を逸らそうとする無駄な試みだった。

彼はなにも言わずに聞いていた。無駄なあがきとは知りながら、わたしは話し続けた。

「カビがどんどん大きくなって、寝室を占領しちゃったの。でもその頃には、わたしはひと部屋で過ごすようになっていたから、大丈夫だったっていうわけ。ベッドに横になりながら、テレビを見られたから好都合だったの。結果としてはそれがよかったのよね。ある夜、目が覚めたらすごく暑かったの。ちょっと熱があったんだけど、温かくなってよかったって思った。本当はとてもばかだったんだけど。だってわたしは肺炎にかかっていて、どんどんひどくなって、胸も痛くなって、ますます熱くなってきたから。薬をもらったほうがよさそうな気がしてきたから、無料診療所に行ったの。薬だけくれて、すぐに放り出されると思っていたんだけど、そうはならなくて結局四日入院してた。いろいろあったし、あんまり食べてなかったのがよくなかったんだと思う。でも食べなかったのは、わたしのせいじゃないんだけどね。どっちにしろ、わたしは太りすぎだったからちょうどよかったの。診療所はそれなりに長く置いてくれたんだけど、ベッドを空けてほしいみたいだったから、町に戻った。もうどうでもよかったから。そこでミセス・ドゥウィンターに会って、彼女がしばらくここに置いてくれることになった。申し訳ない気になったけど、彼女がどうしてもって言ってくれたし、あのカビをもう見なくていいのはうれしかったからそうさせてもらったの。彼女があなたの写真とトロイの木馬をくれて、ものすごくうれしかった。セント・メアリーを出るとき、置いてこなきゃいけなかったんだもの。そうしたらテーブルにリモコンが落ちたの。わたしは座標を計算して、ミセス・ドゥウィンターが必要なものを揃えてくれた。でもどれほど必死にがんばっても、一日後より近くにはならなかった。コンピューターが受け付けてくれなかったの。だから、祈りながら一番近い座標を入れて、ジャンプした。外のひどい状態を見たときは、遅すぎたって思った。でもわたしにはあなたのコンピューターの安全基準を上書きできるほどの能力はなくて、だから一日より前に行くことはできなかった。本当にごめんなさい」

一気にそこまで言うと、息切れして気分が悪くなってきた。

これほど恐ろしい沈黙はなかった。本当にぞっとした。彼がなにも言わないというだけではない。触れられることのない事実が怖かった。沈黙はさらに続いた。彼はまず、なにから訊いてくるだろうか。わたしはこぶしを胸に当て、咳をこらえた。

「〝もうどうでもよかった〟っていうのはどういう意味だい？」

まったく予期していない質問だった。「え？」

「きみは〝町に戻った。もうどうでもよかったから〟と言った。それはどういうことかな？」

あれだけぺらぺらとまくしたてたのに、彼はあのひとことを聞き逃さなかった。言うのよ。いま、話すのよ。

わたしはかろうじて息を吸った。「だって、あなたはいなくなった。セント・メアリーからは追い出された。なにもかもなくなったの。お金もない、仕事もない、仕事につける望みもない。寒くて病気だった。頭が痛かったし、心が痛かったし、もうなにもかもどうでもよくなっていた。わたしがなにかすごいことをしたみたいに、あなたは〝来てくれるってわかっていた〟って言ったけど、全然そうじゃない。あなたたちは自分の力で生き延びたのよ。わたしじゃない」

「それじゃあきみは、まだ重病から完全に回復してないうちに退院したんだね。午前……一一時だった？　早めのランチをとっていたら友人に会って、厳重警備の施設からポッドを盗み出し、複雑な計算をして、一時間後には白亜紀を駆けまわって四人の男を救出し、催涙スプレーで世界最大の肉食恐竜と対決したわけだ。きみは本当に素晴らしいよ」

わたしは笑みを浮かべ、首を振り、ひとしきり咳をして、紅茶を飲み干した。本当に話さなければいけないことを話していない。

「それでマックス、具合はどうなんだ？　本当のところ？」

いまこそ話すべきときだ。けれどわたしはまたおじけづいた。

「あなたにまた会えて、本当にうれしい」

そのときは過ぎてしまった。彼は身を乗り出して、ベッド脇のテーブルから写真を手に取った。「このときのこと、覚えているよ」

わたしは彼から写真を受け取り、指で額をなぞってから、彼に返した。

「きみがセント・メアリーから持ち出したのはこれだけ？」

「ううん。あの人たちは、なにも持ち出すのを許してくれなかった」〝あの人たち〟がだれを意味しているのか、ふたりともよくわかっていた。くそ女のバークレー。「昨日、やっとこれが戻ってきたのよ」

　彼は写真を見ながら微笑んだ。「この日が、遠い昔のことみたいに思えるね。きみの顔を忘れたことは一度もないよ。目を閉じるたびに、きみの顔が浮かぶんだ。きみがなんと言おうと、来てくれることはわかっていた。みんなにもそう言ったんだ。きみはそうは思わないかもしれないが、きみは実際に来る前からぼくたちを助けてくれていたんだよ。この写真でぼくの顔を思い出してくれたんだね」

「あなたの顔を思い出すのに写真なんていらない。あなたの顔は知ってる。声も知ってる。そっちを見なくったって、あなたが部屋に入ってくればわかる。あなたに触られたら、どんな感じがするかはわかってる。写真なんていらないの。この写真と木馬が大切なのは、あなたがくれたからよ」

　沈黙の中で、わたしは考えていた。バカ、バカ、バカ。この惑星には、黙っているべきときを知っている女性がいるはずなのに。どうしてわたしはそのひとりじゃないの？

「マックス、ぼくを見て。ぼくを見て」彼の声にはなにかがあった。わたしは彼の顔を見た。わたしの目にはきっとなにかが浮かんでいたはずだ。

それでもまだ彼には話せなかった。

朝食はにぎやかだった。わたしは片方の耳で彼らの軽口を聞きながら、テーブルに料理をこぼしたマーカムを手伝って片付け、時折レオンと視線を見交わし、そのあいだ中、ずっと考えていた。

一時間ほどたち、トースターがオーバーヒートしかかったところで、どうやってセント・メアリーに戻るかということに話題が移った。わたしは、心の奥になにかが引っかかっているのを感じていた。それは数カ月前からあったのだが、なにもかもどうでもよくなっていたわたしは深く考えることをしなかった。とはいえ、いまそのなにかを追いかけていけば、煙のように消えてしまうことがわかっていたから、ただぼんやりと物思いにふけっていた。

どっとあがった笑い声とピーターソンの言葉に、わたしは現実に引き戻された。「……だからあのあと、ぼくたち四人はまた南に向かって……」なにが引っかかっていたのか、わたしは唐突に理解した。それはわたしの想像よりもずっとずっとひどいことだった。

どういうことなのかを考えている間、わたしは黙って座っていた。確信が持てるまではなにも言いたくない。表情には出していないつもりだったけれど、あたりが静かになったことに気づいて顔をあげると、全員がわたしを見つめていた。

「サー、お話ししたいことがあるんですが、いいでしょうか？」

「もちろんだとも」ボスが立ちあがった。「外の空気を吸いに行くかね？」

「すぐ戻るわ」わたしはだれにともなく言うと、ボスを追って外に出た。

わたしたちは庭をゆっくりと歩いた。寒かったけれど、日が照っている。道の突き当たりまでやってくると、そこには堆肥の山があった。話をするのにふさわしい場所だろう。

わたしは時間をかけ、ゆっくりと話した。いまは、べらべらと話しているときではない。言葉遣いも気をつけた。これは仕事で、重要事項だ。ボスが病棟へと運ばれていってからのことを語った。彼はたいして驚いた様子を見せなかったから、だいたいのところはすでに聞いていたのだろう。

バークレーが戻ってきたこと、彼女が吐いたこと、救出チームを送ろうとせず、彼らは死んだと言い張ったことを語った。

ボスは一方の足からもう一方へ体重を移し変えながら訊いた。「なにが言いたいのだね、ミス・マックスウェル？」

わたしは渋々答えた。「サー、わたしの記憶によれば、彼女の言葉はこうでした。〝みんな死んだ。四人とも〟」

「それで？」

「四人いたことを彼女はどうして知っていたんでしょう？　マーカムはわたしのチームでした。彼がいないことをわたしが報告したのは、彼女が戻ってくる前です。わたしは彼女を嫌っていますから、こんなことは言いたくないんですが、あの夜どこかの段階で、彼女は彼らを見かけたに違いありません。四人が混乱状態にあることを知り、あなたが負傷したことを聞いて、そのチャンスを逃すことなくひとりで戻ってきたんだと思います。一撃で、あなた、ファレル、ガスリーを追い払ったんです。彼女は暫定の所長になりました。ほかにだれもいないことも、それが恒久的なものになることも承知のうえで。唯一の障害がわたしでしたから、彼女は戻ってきてから二〇分もたたないうちにわたしをくびにしました。そうする必要があったんです。彼女が背を向けたとたんにわたしは白亜紀に戻っていたでしょうし、彼女にもそのことはよくわかっていた。それからミス・ブラックですが、彼女が耐えられなくなってミスター・ディーターと一緒に出ていくように、バークレーが挑発していたんだと思います。認めなくてはいけないと思います、サー。完璧な計画です。冷酷ですが、完璧です」

ボスはじっとわたしを見つめている。「ちょっといいかね」

彼は電話機を取り出すと、わたしから離れ、数分間静かに話していた。わたしは邪魔にならないように背を向け、ぴょんぴょんと跳ねまわっているコマドリを眺めていた。ボスは電話機をしまって、戻ってきた。その顔にはなんの表情も浮かんでいない。

「ミス・バークレーが、死体を見たと書いた報告書を提出したことを知っているかね？」

「本当ですか？　それなら彼女を追及できます」

「ミス・マックスウェル、先だって話したとおり、この件はきみに任せたいと思っている。ほかの人たちがいる場で、個人的な感情を交えてやってくれたまえ」

「喜んでそうさせてもらいます、サー。個人的な感情をたっぷりと交えて」

そのあとはずっとどうするべきかを話し合い、作戦を練った。もちろん正面玄関から入っていくこともできたけれど、それでは面白くない。セント・メアリー流でやるつもりだった。

イアン・ガスリーがわたしを片隅に連れていった。「保安部となにか問題が起きたら、〝ホーソーン〟とひとこと言えばいい」

「どうして？　どういう意味？」

「そう言えばいいんだ。そうしたら、奴らはきみに手出しはしない。それ以上、なにも訊くんじゃないぞ。でないと殺すからな」

「ホーソーン！」

「大変よろしい！」

翌日、わたしたちは全員でポッドに乗りこんだ。置いていかれるのはごめんだときっぱり宣言したミセス・ドゥウィンターも一緒だったけれど、それも当然だろう。ポッドが塗料庫に到着すると、全員が無言でそれぞれの持ち場へと散っていった。

朝食が終わり、人々は毎日行われている朝礼のために集まっていたので、塗料庫のあたりに人気《ひとけ》はなかった。おそらく朝礼では、その日になにをしないかについて話し合うのだろう。彼女は自分の声を人に聞かせるのが好きらしい。

わたしは一番上の階まであがり、そこから建物の反対側に向かった。音をたてないようにしてドアを開けると、三階下から声が聞こえてきた。彼女は話し始めたばかりらしい。腕時計を見た。いいタイミングだ。

すりきれた絨毯から木の階段をゆっくりとおり始めた。これまでの経験から、それがどれほど音が響くものかはわかっている。ごくゆっくりと歩いた。時間を稼ぐためでもあったし、不安をかきたてる目的もあった。

踊り場に着き、向きを変えてさらに次の階段をおりていく。ゆったりした足音が壁に反響した。下からは、彼女の声がつかの間途切れ、いくらか険しい口調で再開したのが聞こえてきた。人々の意識が散漫になっているのがわかる。新しい体制の下では、それは死にも等しいことかもしれない。

わたしは通路を歩き始めた。壁に体を寄せていたから、ホールからはまだ見えない。あと六歩も進めば、最後の階段だ。

大きく深呼吸をしてから、クリント・イーストウッド風にコートに両手を突っ込み、ぐいっと顎を突き出して、階段をおり始めた。

ショータイム！

第十四章

「よくもあの人たちを置き去りにしたわね、臆病者のくそ女！　あんたは彼らを置いて、ひとりで逃げた。あんたは彼らを殺したのよ。自分の手で引き金を引いたも同然だわ」

バークレーはさっと振り向いた。あんぐりと口が開いている。その目にパニックと恐怖がよぎったのを見て取り、わたしは自分が正しかったことを知った。心臓の鼓動が落ち着き、すっと体が冷えるのがわかった。あの女は倒す。

「マックスウェル！　どうやってここに？」

わたしはごく静かに話そうと思った。静かな口調で話すほど、人々は耳を傾けるものだからだ。なにかいい話が聞けるに違いないと思ったらしく、セント・メアリーの面々は揃って身を乗り出した。

「残念なことに、わたしにはどうにもできない諸事情のせいで、セント・メアリーでの最後の任務の最終報告書を提出できなかったでしょう？」

わたしは書見台に近づき、そこに置かれていたメモの束を手に取ると、視線を向けることすらせず、嘲笑うように床に落とした。ベアストウ博士はこんなものを使ったことなどない。

「足りなかった部分を修正させてもらいたいの」

バークレーはぴくりと体を動かしたが、やがて一歩あとずさった。わたしが自滅するだろうと思って、好きにさせることにしたらしい。

わたしは深々と息を吸うと、本当に報告書を読んでいるかのようなゆったりとした口調で話し始めた。

「現地時間二二時前後、三号機、五号機、六号機の三機のポッドは、約六七〇〇万年前の白亜紀の事前にプログラムされていた場所に着地した。

ミス・バークレー――いまはバークレー所長ね――は指示どおりにＥＭＰ装置を発射し、敵の電子機器が使用不能になるのを待って、定められていた二〇分間にできるかぎりの損傷を敵に与えるため、保安部のチームが出動した。

予期されていなかったのが（バークレー所長が予期していた可能性はあるけれど）、捕獲されていた恐竜を閉じこめていた檻の鍵がこのパルスの発射によって開いてしまったことだった。その結果、二〇から三〇頭の危険な肉食恐竜が作戦現場に放たれることになった。

当然ながら、セント・メアリーの人員は全速力でそれぞれのポッドへと戻り始めた。

しかしながら……」わたしはそこで言葉を切った。ミミズのくしゃみすら聞こえそうだ。

全員がじっと耳を傾けている。

「しかしながら、まったく予想外の大規模な爆発によって、彼らの退却はさらに妨害されることになった。すべてが混乱に陥り、ここにいるバークレー所長によれば、チーフ・ファレル、ガスリー少佐、ミスター・ピーターソン、ミスター・マーカムの四人が死亡した。この施設に戻ってきたバークレー所長は四人の死を報告し、一切の救出作戦を禁止した。自らを代理の所長に任命し、それ以来、この施設を徐々に衰退させている」

わたしは彼女に目を向け、ホール中に響くように声のトーンをあげた。

「選ばせてあげるわ……所長。ただちにわたしの前から消えれば、命を助けてあげる。一〇分のうちにこの建物から出ていくのね。持っていっていいのは、命だけ。それでもありがたいと思ってほしいわ。もしくは……」

わたしは思わせぶりに言葉を切った。

バークレーは両手を腰に当て、わたしをにらみつけた。「もしくはなに？」

彼女は落ち着きを取り戻し、わたしとやり合うつもりでいる。

上等だ。

「もしくは……所長、あなたの髪をつかんでホーキングに引きずっていく。白亜紀に連れ戻してあげるわ。夜中に外に放り出して、ドアを閉めて、あなたを置き去りにする。絶対に来ることのない助けを求めて泣き叫ぶあなたを、ひとりで残していく。教えてあげましょうか……所長……わたしがそうしても、ここにいる人はだれひとり、あなたを助けるために指一本動かさないから。さあ、どちらか選んで」

「どっちもごめんよ。保安部、この女を逮捕して。わたしが収監の手配をするまで、監禁していてちょうだい」

彼女のうしろにいたマードック——いまは保安部の責任者なのだろう——と、二、三人の男たちがゆっくりと立ちあがった。

わたしは彼の目を見つめながら言った。「ホーソーン」

彼はその場に凍りつき、しばらく動けずにいたが、やがてほかの男たちに座るようにと身振りで示した。彼は無言のまま列の最後尾に移動し、そこで今後の進展を見守ることにしたようだ。

わたしはバークレーに向き直った。「いままでの話は、あなたが報告したことね。今度は本当の話をしましょうか」

彼女は食いしばった歯の間から言った。「それが本当の話よ。彼らは死んだの。四人とも」

　彼女はホールにいる人々に背を向け、わたしと顔を突き合わせて立っている。

「実際になにがあったのかを話すのはどう？」

「もう話したわよ。保安部——」

　わたしは彼女を遮って言った。

「二二時〇五分頃、保安部がポッドを出た。二二時一二分頃、爆発が起きた。この事実は間違いない。

二二時一五分、バークレー所長はチーフ・ファレルとガスリー少佐を探させるために、ミスター・ピーターソンを送り出し、ひとりポッドに残った。二二時二〇分、彼女は負傷したベアストウ博士を連れて基地に戻るようにミス・ブラックに命じた。二分後、セント・メアリーに戻るようにわたしに命じた。ミスター・マーカムが戻ってきていないことをわたしが報告する前に」

　ホールに動揺が広がった。マードックが手をあげると、人々は静かになった。

「それで？　全部記録されていることばかりよ。わたしが知らないことを教えてよ」

「わたしがわからないことならあるわ」わたしは静かに告げた。「どうして四人がいないことをあなたが知っていたのかが、わからないのよ」

「言っている意味が理解できない」

けれど彼女にはわかっていた。顔が真っ青になったので、化粧ごしにでもそばかすが見て取れるほどだ。わたしの心臓がばくばく言い始めた。

「ミスター・マーカムはわたしのチームだった。あなたじゃない。彼の行方がわからなくなっていることを報告したのは、あなたが戻ってくる前だった。もう一度訊く——どうして四人が死んだことを知っていたの？」

沈黙。

「なにがあったのか、教えてあげるわ、所長」わたしはその言葉にありったけの侮辱をこめた。「彼らは煙と爆発から逃げ出して、あなたのポッドを目指して走った。命からがら逃げてきた彼らの前で、あなたはドアを閉めてロックしたの。彼らが死ぬのをわかっていて置き去りにした。彼らがドアを叩くのを聞いた？　彼らはあなたの名前を呼んだ？　入れてくれって懇願した？　ドアを蹴り、空になった銃で叩く音が聞こえていた？　あなたはどれくらい待ったの？　すぐにはジャンプできなかったわよね。帰るのは最後じゃなくちゃならなかったから。だからあなたは待って、待って、その間も彼らは叫び続けた。そしてあなたはボタンを押し、あなたは安全な場所へとジャンプし、あなたは彼らを置き去りにした。餌の奪い合いのただなかに。食べ物も水も避難場所もない戦場のただなかに。彼らを置き去りにしたの！」

だれか——ヘレンだったと思う——が震えながら息を吸ったのが聞こえた。

「そうじゃない。そうじゃなかった」バークレーが言った。

そのとおりだとはわかっていたけれど、わたしは彼女に墓穴を掘らせたかった。もっと深い穴を。

口を閉じているべきときだと気づかず、彼女はわたしの望みどおりに言葉を継いだ。「わたしは……」彼女はごくりと唾を飲んだ。涙が出るくらいに勇敢だ。わたしはうずうずした。「確認するために外に出た。ベアストゥ博士の命令に反していることはわかっていたけれど、自分の目で確かめたかった。完全な……形では残っていなかったけれど、でも間違いなく彼らだった」

彼女は不意に、爆発のあとピーターソンを送り出したことを思い出したらしい。「ピーターソンは少し離れたところに倒れていた。撃たれていた」

嘘だと立証できないことがわかっているから、彼女はなんのためらいもなく、しらじらしい嘘を口にした。だれもそれを確かめるためにあそこに戻ることはない。

わたし以外は。

「あなたは四人の死体を見たということ？」彼女をさらに深みにはまらせたくて、わたしはあえて不安をにじませてみた。

彼女はぐっと顎をあげ、躊躇することなく断言した。「そうよ。四人の死体を見たの。損傷はしていたけれど、見分けはついた」

「彼らだってわかったのね？」

「ええ」

「あなたが見たというその四つの死体だけれど――それっていまあなたのうしろに立っている四人と同じ人かしら？」

彼女は動かなかった。あざけるようなかすかな笑みがその顔をよぎった。

わたしは穏やかに、けれどありったけの軽蔑をこめて言った。「まだわからないの？だからあなたは決してわたしたちの一員にはなれないのよ。わたしたちはセント・メアリーのメンバーなの。絶対に、なにがあろうと、仲間を置き去りにはしないのよ」

ようやく彼女は理解した。ゆっくりと振り返った。四人はチーフ・ファレルを先頭にして、ホールのうしろに静かに立っていた。わたしが知っているチーフは穏やかで人好きのする男性だけれど、いまその顔に浮かんでいる表情にわたしは震えあがった。

静まりかえった部屋のなかで、だれかが小さく毒づいた。

ヘレンが震えながら立ちあがり、椅子の背にしがみついた。「ピーターソン？」

「ヘレン！」ピーターソンは椅子と人々を乗り越えて、彼女に近づこうとした。それがきっかけだった。人々は笑ったり、叫んだり、歓声をあげたりしながら、一斉に彼らに駆け寄った。

わたしは自分がどこにいるかを思い出し、バークレーに向き直った。彼女はぽかんと口を開けたまま、チーフを見つめていた。

「ちょっと！」声をかけると、彼女はさっとこちらを振り返った。わたしたちはほんの数センチのところで見つめ合う格好になった。激しい憎悪が彼女から伝わってくる。わたしはと言えば、いまこの場で彼女の首をはねたいくらいだった。ホールは喜びの声をあげる人々であふれていたけれど、わたしには彼女しか見えていなかった。

千もの感情が彼女の顔をよぎった。すぐには声が出ないようだったが、ようやくのことで言葉を絞り出した。

「あんたはわたしの人生を盗んだ」

まったく予想もしていない台詞だった。

「これ全部」彼女は後方を頭で示した。それがレオン・ファレルのことなのか、うしろで騒いでいる人々のことなのか、それともセント・メアリー全体を指しているのかは、わたしにはわからなかった。

「あんたはわたしの人生を奪った。輝く未来が待っていたのはわたしだったのに。必死で働いた……いつかは彼もわたしに気づいてくれるはずだった。わたしが差し出せるものに気づくはずだった。これ全部——全部わたしのものになるはずだった。なってもおかしくなかった」彼女は目を細くした。「いつかはそうなる」彼女の唇から唾が飛んだ。押し殺した怒りのあまり、体を震わせている。「マックスウェル、いつかあんたにとどめを刺してやる。絶対に」

聞き流すべきだったのだろうけれど、わたしは失ったもののことを思い出した。復讐すべきことを。

怒りと報復を乗せたわたしのこぶしは、見事に彼女の鼻柱をとらえた。なにかが折れる胸のすくような音がして、噴き出した血がきれいにアイロンをかけた彼女の制服の胸を汚した。彼女はうしろ向きに吹っ飛んで、ばかみたいな書見台と一緒に床の上に倒れこんだ。

わたしは回廊を見あげた。「これでよかったですか、サー？」

ボスは拍手喝采の中、ゆっくりと階段をおりてきた。本当に見せ方を心得ているんだから！　わたしたちは並んで立ち、イジー・バークレーとからまりあって転がっている壊れた書見台を眺めた。

「申し分ない」ボスはそう言うと、ミセス・パートリッジのほうへと歩きだした。

チーフがやってきて、あのゆったりした笑みを浮かべながらわたしを見おろした。わたしたちは、言葉を必要としない会話を交わした。

ややあってから、彼が口を開いた。「指が折れただろう？」

「ええ」

「親指を出すのを忘れた？」

「ええ」

「すごく痛む？」

「ええ」

ボスが咳払いをした。「はっきりさせておくことがある。わたしはエドワード・ベアストウ博士で、セント・メアリー歴史学研究所の所長だ」

人々が歓声をあげた。彼はかすかに身じろぎしているバークレーにかがみこんだ。

「マダム、きみはくびだ！」

わたしたちは全員が病棟へと連れていかれた。バークレーもだ。ジュネーブ条約だか人権のなんたらだか知らないが、出血している人間を放っておくことはできないらしい。わたしは自分を納得させなければならなかった。

わたしはスキャナーにかけられ、そうだろうと思っていたとおり、プリントアウトをひと目見た看護師のハンターはすぐに出ていってしまった。わたしはため息をつくと、片手でブーツの紐をほどこうとした。ハンターが戻ってきて、手を貸してくれた。わたしは白い病衣姿で座り、嵐が始まるのを待った。隣の小部屋にだれかが連れてこられた。いま病棟にいる人間はすべて、直接的であれ間接的であれ、わたしのせいでここにいるのだと気づいた。記録更新に違いない。ハンターが手の手当をしてくれて、痛みがましになった。

ヘレンがせわしない足取りでやってきた。「さてと、マックス。胸の音を聞かせて」わたしは息を吸って、吐いた——昔ながらのやり方だ。「そこで止めて。今度は吐いて」わたしが前かがみになると、ヘレンは背中を何度もトントンと叩いた。わたしは再び、息を吸って吐いた。少し咳をし、さらにもう少し咳をした。

「横になってくれる？　膝を抱えて」

「それって合法なの？」

彼女は黙って見つめるだけだったので、わたしは言われたとおりにした。

「感心したわ、ヘレン。まるで、本当の医者みたいじゃない」

ヘレンはわたしの言葉を無視して、手袋をはずした。「ハンター、紅茶をいれてもらえるかしら？」

ハンターがいなくなると、小部屋はひどく静かになった。ヘレンは深々とため息をついた。「いまのあなたはひとりで出かけられるような体じゃないのよ」

「どこが悪いの？」

「どこから説明してほしい？　頭のてっぺんから？　アルファベット順？　時系列で？」

「任せる」

「まずあなたの足は問題ない」

「よかった。それなら、もう行っていいわね」

「なにがあったのか、話してちょうだい」

「あなたの検査の結果どおりよ」

「そうじゃなくて、あなたの口から聞きたい。それまで帰さないから」

そういうわけで、わたしはまたすべてを話した。ハンターが紅茶を運んできた。ヘレンがカルテを渡すと、ハンターは出ていった。

ヘレンは煙草に火をつけ、窓際のいつもの場所に座った。「いいでしょう、あなたは栄養失調になっている。一日に少なくとも四回は食事をすること。毎回、果物と野菜を摂ること。たっぷり水を飲むこと。ただしアルコールはだめ。感染には抗生物質を出すから、全部飲みきってちょうだい。貧血になっているから、鉄分の多いものを食べて。ミセス・マックにリストを渡しておく。眠れなくても、毎晩八時間はベッドの中にいること。読書はいいけれど、テレビやホログラムやコンピューターはだめ。一週間は病欠をとってね。そのあいだ一切の仕事は禁止よ。毎日、外で軽い運動をするように。自転車はだめ、走るのもだめよ」

わたしは床を見つめていた。

「反論はなし。それがいやなら、ここで七日間過ごしてもらうわ。いま言ったとおりにすると誓ったら、解放する。どちらにしろ、マックス、あなたは従わなきゃいけないのよ」

「まったく。あなたってサイボーグかなにか？」

沈黙。

「わかったわよ。睡眠、読書、食事、トイレ、ね」

「彼に話すつもり？」

難しい質問だった。わからないというのが正直なところだ。「多分話さない」

「どうして？」

「話したくないから。わたしの問題だから。彼がひどく傷つくにしろ、まったく意に介さないにしろ、どちらであってもわたしは傷つくから。彼が失った子供の数を増やしたくないから。好きな答えを選んで」

「あなたの気持ちはわかる。でも彼には知る権利があるのよ」

言葉が見つからなかった。

「立場が逆だったら、あなたはどう思う？」

「彼は知らなくてもいいの」

「流産は恥じることじゃない」

「わたしは自分が妊娠していることを二〇分しか知らなかったし、彼は全然知らなかった。話す資格はないわ」自分の耳にもうつろに響いた。

「彼が知ったらどうするの？」

「どうやって知るっていうの？」わたしは険しいまなざしを彼女に向けた。

「もう一度よく考えて、マックス。あなただけのことじゃないのよ」

彼女は立ちあがったが、すぐに出ていこうとはしなかった。わたしは待った。彼女はこの手のことがものすごく苦手だ。わたしの顔を見ることなく、ぎこちない口調で言った。

「ピーターソンを連れて帰ってきてくれてありがとう」

「どういたしまして」

彼女は話題を変えた。「あなたの服はここよ。そうしてほしければ洗っておく。あなたはガウンで戻ればいいわ」

「お断り。いまのわたしの持ち物はこれだけなんだから」

「ミセス・パートリッジとわたしがあなたのものを預かっておいたから。彼女があとで会いにいくわ。それでどうする？　これはわたしが預かる？」

「いいえ、けっこうよ」わたしは自分の服に手を伸ばした。

かつての自分の部屋に戻ったわたしは、空の棚にトロイの馬を、ベッドの横に写真を置いた。家に帰ってきた。いるべき場所に帰ってきた。セント・メアリーの日々の暮らしの音が聞こえてくる。ドアが開き、閉じる音。人々が互いに呼びかける声。ラジエーターが温まるにつれ、床板がきしむ。わたしは鼻をひくひくさせた――今日のランチはカレーらしい。先週の今頃は、セント・メアリーに戻ることだけがわたしの望みだった。この一週間、たくさんのことがあった。どうしてもっとうれしいと感じないんだろう？

ソファに寝転がっていると、次々に人がやってきた。病棟から解放されたピーターソンが一番乗りで、段ボール箱をふたつ抱えていた。「きみの本の一部だ。どう並べる？」

「面白い順に」

「なるほど、助かるよ」

「フィクションは一番上の棚にアルファベット順で。それ以外はその下に年代順にお願い」

「バークレーがここに来る前に、みんながなにかしら少しずつ持って出ていったんだそうだ。ヘレンはきみの本を、カルは服の一部を持っていった。じきに全部戻ってくるよ」

ミセス・パートリッジがフォルダーを抱え、プリントアウトしたものを引きずりながらやってきた。

「ミス・マックスウェル、片付けなければならない書類仕事があるのよ」彼女はにおいを嗅ぎながら、部屋を見まわした。「洗濯したほうがいいわね」

「書類を見る前に」わたしは彼女を遮った。「あのふたつの品物を取っておいてくれたこと、お礼を言わせて。あれはとても大切なものなの。本当にありがとう」

「どういたしまして、ミス・マックスウェル。それで、始めてもいいかしら？　ベアストウ博士は次のことに関しての支出を承認したから。ひとつめ、不当解雇。あなたは不当に解雇されて、正しい手続きが取られなかった。ふたつめ、あなたが施設外にいたあいだ、特別手当が発生する。三つめ、所有物とコンピューターを不法に没収されたことに対する補償金。残念だけれど、あなたの絵や作品は残っていないの。全部、破棄されたわ。コンピューターは初期化されて、オペレーティング・システムもなくなっている。四つめ、解雇されてから復職した今日までの未払い賃金」

「えーと、矛盾があるんじゃないかしら？　解雇されたことを補償しておきながら、給料は払えないでしょう？　どっちかじゃない？　それに金額の計算が間違っていると思うけれど」

　ミセス・パートリッジに間違いを指摘するなんて。自殺願望でもあるのかと言われてしまいそうだ。

　彼女は淡々と告げた。「いいえ、ベアストウ博士の出した数字は正しいわ」

「でも……」

「この数字は正しいのよ、ミス・マックスウェル」

「でも……」

「いいからサインしろよ、マックス」ピーターソンが言った。「ぼくも同じような申し出を受けた。きみほどたっぷりじゃないが、充分な額だ。きみはだれよりも大変な目に遭ったんだ。にっこり笑ってサインすればいいさ」

　これがボスだ。事態を収拾しようとする彼なりのやり方だ。わたしは数字を見た。多い。多すぎる。わたしは首を振った。「でもミセス・パートリッジ……」

　ドアが勢いよく開き、すでにへこみができている壁にぶつかったと思ったときには、チーフ・ファレルがそこに立っていた。ひどい顔だ。数時間前に会ったときより、さらにひどい。げっそりやつれて、ぎらぎらしている目の下には紫がかった緑色の隈ができている。わたしはなにか言おうとして息を吸ったけれど、言葉が出てくることはなかった。胃を締めつけられるような思いと共に、わたしは悟った。彼は知っている。どういうわけか知っていて、そして怒っている。いや、怒っているどころじゃない。わたしは大きな、大きな間違いを犯した。

彼が口を開いた。その声は震えていて、理性を失いかけているのだとわかった。厄介なことになる。ぞくりとした。まるで悪魔祓いをしているみたいなかすれ声だ。息が苦しくなった。

「いつ話すつもりだったんだ？　こういうことはもう乗り越えたと思っていたのに、そうじゃなかったわけだ。きみはやっぱり変わらないんだな。ぼくは時間を無駄にしたようだ。どうして話してくれなかった？」

なにか言わなければ。彼が息を継ぐために言葉を切ったその一瞬、わずかなチャンスがあった。けれど言葉が出てこなかった。ピーターソンとミセス・パートリッジは動けなくなってしまったようだ。

「きみはぼくに話すつもりはなかったんだろう？　いまですら、なにも言えないじゃないか。どうしたっていうんだ？　みんな――ああ、そうか、そういうことか。ぼくがばかだったってわけだ。よくわかった。ぼくの子じゃなかったんだ。だれの子だ？　おまえか、ピーターソン？　おまえの子なのか？　おまえたちは親しかったもんな。いや、違うな。あのくそったれのサスマンだろう？　きみはあのろくでなしに興味があったってわけだ。ぼくの子だと言い張ろうとしたが、幸いにも死んでしまったから、もうなにも言う必要はなくなったんだろう？　だれもぼくに教えてくれなかった。バークレーだけだ。きみは彼女をくそ女と呼んでいたが、きみも同じようなもんだ」

　彼はくるりときびすを返すと、出ていった。部屋中の空気がなくなってしまったようだ。世界が砕けた気がした。わたしはかろうじて落ち着きを取り戻すと、大きく息を吸った。大丈夫。機能している。

　ミセス・パートリッジに向き直り、明るい口調で言った。「ごめんなさい、どこにサインすればいいんだったかしら？　もう一度教えてもらえる？」

　彼女は黙って指さし、わたしはなにも考えることなくペンを動かした。サインの半分は書類の外にはみ出ていたけれど、彼女はなにも言わなかった。書類をまとめてわたしの目を見つめ「洗濯しなさいね、ミス・マックスウェル」と言い置いて、部屋を出ていった。

振り返ると、ピーターソンはわたしの本に囲まれてロトの妻（旧約聖書に登場する女性。振り返るなと神に言われたのに振り返ったために、塩柱にされた）のように座っていた。

「ティム、どうしたの？」

なにかに取りつかれたような目つきだった。いい兆候とは言えない。「ティム、わたしを見て。見てってば」わたしは彼の冷たい手を取った。ようやく彼の視線がわたしに向けられたのでほっとしたけれど、それでもまだその目はうつろだった。どういうことなのかはわかっていた。ショックが大きすぎたのだ。

「大丈夫よ、ティム。いいから座っていて。紅茶をいれるから。それともヘレンを呼んできてほしい？」彼女には説明してもらわなくてはいけないことがある。

「きみたちは決してこんなことにならないと思っていた。絶対大丈夫だと思っていたんだ。まさか彼があんな……あんなことを……向こうに取り残されていたとき、きみが来る前から彼はずっと〝彼女は来る。彼女は来るよ〟って言い続けていた。一瞬たりとも疑わなかった。〝自分で来られないなら、だれかをよこす〟って言うこともあった。ずっと信じていたんだ。だからぼくはそれを信じた」

彼はごくりと唾を飲んだ。「向こうにいた間、ぼくたち四人のうち、だれが最初にくたばるだろうって考えていた。もちろんマーカムだ。手があんなだったからね。次はチーフだろうと思った。マーカムを守ろうとして死ぬんだ。彼はそういう男だから。それからガスリーがチーフと一緒になって戦って死ぬ。最後に残されるのがぼくで、そうなったらどう感じるだろうって考えていた。あんなところでひとりで残されるのは？　でもチーフはきみへの信頼を失うことはなかった。スピーカーからきみの声が聞こえてきたとき、彼は岩に腰かけて、涙を流しながら言ったんだ。〝彼女が来るってわかっていた〟って。ぼくはきみたちふたりを知っているから、きみたちはなにがあっても離れることはないと信じていた。それが、あれから四八時間もたっていないのに、彼がきみにあんなことを言うなんて、あんなふうに言うなんて、それもぼくたちがいるところで……」ピーターソンは首を振った。

　わたしは彼の手をさらに強く握った。「なんでもないから、ティム。彼がなにを言っているのか、わたしにはさっぱり……」

　ピーターソンはもう一度首を振った。「いいや、きみにはわかっている。ぼくにもね」

　そのとおりだ。バークレーが知っていたように。でもどうして？　どうしてバークレーはファレルと話をしたの？　その答えなら簡単だ――彼女はトラブルを起こしたかった。問題は、どうして彼がバークレーと話をしたのかということだったけれど、いまはとても考えられる状態ではなかった。

　わたしたちは長い間、黙って座っていた。わたしは彼の手を握ったまま、もう一方の手で背中を撫でた。彼はため息をついた。「辛いのはぼくじゃないのに」

「わたしでもないわ」わたしは明るく応じた。「お腹すいてる？」

「いいや。だが、一日四回を命じられている食事に行くかい？」

「いいわね。一〇分待って。顔と手を洗うから」一〇分必要なのは、わたしではなく彼のほうだった。

「食堂で待ってる」ピーターソンはぎくしゃくと立ちあがったものの、その場から動こうとしなかったので、わたしは笑顔で言った。「ほら、さっさと行って」

とりあえず身だしなみを整えて、屋根裏の階段を踊り場までおりた。衣装部の前を通りかかったところで、いたちのウィッセルが不意に現われたので、わたしはぎょっとした。白亜紀で彼がわたしのチームの一員だったことを思い出した——鼻を折ったのが彼だ。見た目がますますひどくなっていた。訓練生時代のことも思い出した。わたしは彼が嫌いだったし、彼もそれを知っている。わたしは足を止めた。うなじの毛が逆立っている。まずいと本能が囁いた。くそっ、くそっ、くそっ。

彼が近づいてきた。「尻軽女！」

ここの人みんなが知っているの？　どうしてこれほど早く広まったりするの？　これからずっとこんなふうに言われるってこと？

「間抜け！」

「なんだって？」彼は呆気に取られて訊き返した。

「間違えた。耳の悪い間抜け！」

「メス豚！」ああ、始まってしまった。「あんたはずっとミス・パーフェクトみたいに振る舞ってきたよな。おれたちとは住む世界が違うとでも言わんばかりに。それがどうだ、だれでもあんたとやれるってことがわかったじゃないか、ミス・尻軽女」

彼はわたしの腕をつかむと、衣装部へと引っ張りこんだ。顔が壁にぶつかった。

セント・メアリーに来て五年になる。難しい人間関係の扱い方を教わったことはないが、あらゆる時代の暴行未遂についての話はいやになるほど聞かされている。

わたしはウィッセルがジャケットをつかむのを待ってから、両手をうしろに伸ばして体を引いた。するりとジャケットが脱げた。彼に力ではかなわないが、手の届くところにモップがあることに気づいていた。あれなら使える！　わたしはモップの柄をつかむと、振り回した。〝赤い霧が飛び散った……〟という表現があるが、まさにそのとおりだった。わたしは怒っていた。猛烈に、カンカンに、はらわたが煮えくりかえるほど怒っていた。怒り狂う太陽のように、なにかがわたしのなかではじけた。いまはただだれかを痛めつけたくて、そして彼が目の前にいる。素晴らしい獲物だ！

　わたしは息を切らしながら、ようやくうしろにさがった。ウィッセルはふらついているけれど、それでもまだ立っている。わたしは一歩前に出て、痛めていないほうの手でパンチをお見舞いした。今度は親指を伸ばしておくことを忘れなかったけれど、それでもやっぱり痛かった。彼は床に倒れこんだ。わたしは痛みをこらえながら、彼が立ちあがるのを待った。

　ショックと信じられないという思いが、わたしの中で渦巻いていた。ここはセント・メアリーなのに。どうしてこんなことが起きるの？　ここは崩壊しかかっている。バークレーがこの施設に与えたダメージは、あまりに大きい。

　気がつけば、ピーターソンが隣に立っていた。いまにもだれかを殴りつけんばかりの顔だ。「いったい……？」

　唐突に、なにもかもいやになった。もうここにはいられない。ここの人々に信用してもらうことがわたしには大切だったのに、それが失われてしまった。セント・メアリーに戻ることだけが、わたしの望みだったのに。セント・メアリーはわたしの体にしみこんでいたけれど、それがすっかり汚れてしまった。出ていこう。わたしは作業台に近づいた。マグカップにたくさんのペンやマーカーが突っ込んである。油性のものを選んで、ウィッセルの脇にしゃがみこみ、彼の額に〝辞めます〟と書き、日付とサインを添えた。

　ピーターソンはくすくす笑いながら近づいてくると、わたしからマーカーを受け取った。片方の頰に〝ぼくも〟、もう片方の頰に日付とサインを書くと、わたしのジャケットを拾いあげ、わたしたちは揃って歩きだした。階段を半分ほどおりたところで、彼が言った。

「そのモップを置いていくつもりはないわけ？」

「まあね。お腹は空いてないの。これからバーに行って、セント・メアリーでの最後の夜はへべれけになるつもり！　付き合ってくれる気はある、ミスター・ピーターソン？」

「光栄だね、ミス・マックスウェル。アルコール暴飲に恥ずべき行動、それからどれくらいの人間を怒らせるか、記録を作ろうじゃないか」

「わたしたち、順調なスタートを切ったんじゃない？」

「そうだな。だがもっとうまくできると思うぞ。努力あるのみだ」

　わたしたちは挑戦的な態度もあらわにバーへと入っていったが、そういうときにかぎって、バーのスタッフ以外だれもいなかった。彼らが不安そうなまなざしをこちらに向けてきた。「さてと」ピーターソンが彼らに言った。「ぼくたちはもうここの従業員じゃないんだ。だから勘定をつけておいてくれるかな。今夜遅くか、明日の朝早くに清算するから。彼女にはマルガリータ、ぼくにはシングルモルトを頼む。どんどんお代わりを持ってきてくれ。

ぼくがサインするから」

わたしは文句を言った。

「そうだろうとも、きみはペンを持てるからね。いいから」

わたしたちはテーブルにつき、腰を据えて飲み始めた。わたしはアルコールで、怒りと裏切りを紛らわせようとした。わたしはセント・メアリーに裏切られた。お代わりが運ばれてきた。ピーターソンがサインをし、わたしの顔を見ながら、さらにお代わりを頼んだ。

午後の遅い時間だった。あるいは、考え方次第で夕方の早い時間と言ってもいいかもしれない。ウィッセルはすでに病棟に運ばれているはずだから、偉い人たちが事情を訊きに来ないのは驚きだった。まあ、いずれ来るだろう。セント・メアリーが崩壊の危機にあるいま、彼らも顔を見せるべきときを知っているはずだ。わたしはまたもや一気飲みし、いい気分になってくるのを感じていた。

「ティム、あなたはこんなことをする必要はないのよ。わたしの問題なんだから」

「冗談じゃない」彼はおののいているような表情を作った。「まさかあんな大きないじめっ子たちがいるところに、ぼくひとりを残していくつもりじゃないだろう?」

わたしは彼を見つめた。「真面目な話」

「真面目に言ってるのさ。ぼくはこうしなきゃいけない。ひとつめ、ぼくはきみがしてくれたことを忘れていない。たとえ、ほかのやつらが忘れてもね。四つめ、ぼくたちはなんの見返りも求めることなく、このいまいましい施設にすべてを捧げてきた。今日きみはだれかを必要としていたのに、その肝心なときにみんなはどこにいるんだ？」ピーターソンはグラスを持っていないほうの手で、がらんとした部屋を示した。「三つめ、ぼくには今後のことについて素晴らしいアイディアがある。ふたつめ、歴史家なしでここがどういうことになるのか見てやろうじゃないか。バークレーはそれをやろうとして、どうなった？そういえばマックス、これは言っておかなきゃいけないな。一日にふたりをこてんぱんに叩きのめした人間をぼくは初めて見たよ。きみと一緒に飲めるのは本当に光栄だ。おーい、ウェイターくん、お代わりを頼む」

「戻ってきたときにわたしたちがいなくなっていたら、カルはどうするかしら？」

「ここに火をつけて、さっさと出ていくだろうな」

「あなたとヘレンはどうなる？」

彼は肩をすくめた。「事情を話して、ぼくの住所を置いていくさ。ぼくに会いたければ、連絡はつく」

「カルとディーターは？」

「マックス、きみが全員の責任を負うことはないんだ。ぼくたちはみんな、自分の始末は自分でつけられる。きみは自分のことだけ、考えていればいい。さあ、飲んで」

というわけで、わたしは下唇についた塩をなめ、マルガリータを飲んだ。部屋の端のほうがぼやけ始めた。

ぽつりぽつりと他の人たちがやってきた。しげしげとわたしたちを眺めているけれど、無理もない。わたしは点々と血の染みがついている自分のTシャツを見おろした。「ほかに着るものがないのよ」わたしは鼻をすすり、痛む鼻を袖でぬぐった。

「きみは本当に上品だよ」ピーターソンが文句を言った。「遅い時間になってきたけれど、抗生物質を飲まなくてもいいの？」

「大丈夫。お酒を飲むために、薬はやめたから」

「たいした優先順位だ」

「それで、その素晴らしい計画ってなに？」

「きみはきっと気に入るよ。ぼくたちの強みを生かすんだ」

「わたしに強みなんてあるとは思えないけれど」

「マックス、きみのプレゼンテーションは伝説的だよ。学生相手にアジャンクールについて話をしたときは、本当に素晴らしかった」

「Vサインを下から突きあげる侮辱の仕草が、どこで始まったのかを教えたんだった。あのときの先生の顔を見た？」

「学生は喜んでいたよね。きみの話に熱中していた。きみは聞いている人間が興味を持つように話していた。ぴったりだったよ――泥、血、戦い、暴力、そして華々しい最後。みんな、本当に夢中になって聞いていた。いわゆる〝はまった〟ってやつだ。でもぼくはずっと、その〝はまった〟って言葉をまったく別の意味に理解していたんだ。年を取ったってことかもしれないな」ピーターソンは年を取ることについて考え始めたので、わたしは彼をつついて現実に引き戻した。

「おっと、そうだった、ぼくが言いたいのは、そいつを仕事にしようってことなんだ。学校のカリキュラムを手に入れて、それに即したプレゼンテーションをするんだよ。小学生には面白くて気軽なものを、ティーンエージャーには血や暴力が出てくるものを、試験を控えた生徒には学術的な真面目なものをやるんだ。よろいかぶとをつけさせてやるのもいいね。ｅＢａｙかなにかで手に入れられるようにしておけばいい。武器を見せて、動きをいくつか教えてやる。ペストにかかったときとか、おできや潰瘍や吹き出物ができたときみたいなメークをしてやるのも面白いな。ふたり合わせれば、仕事として始められるくらいの金はあるから、最初は安い値段でやるんだ。で、おれたちが優秀だってことがわかったら、値段をあげる。実際、おれたちふたりには充分な資格があるじゃないか。なにも知らない人間からしたら、おれたちはかなり立派だぞ」

ピーターソンの口調には熱がこもっていたし、わたしもそのアイディアは気に入った。彼はさらに言った。「ぼくはアーチェリーの実演ができる。中世の料理を作ってもいいし、ローマ時代のメニューでディナーパーティーなんていうのもいいな。学校だけじゃない。プライベートのグループやどこかの団体、夜間コースでもできる。マックス、楽しいぞ。それに一国一城の主になれる。金だって稼げるんだ。考えてみてくれ――歴史で利益をあげるんだ」

わたしは表情を変えることなく、落ち着いた手つきでグラスを置いた。頭の中では、いろいろな考えが駆け巡っている。歴史で利益――それがすべての始まりじゃなかった？　未来で大惨事を引き起こすことになるセント・メアリーの〝分派〟は、わたしに責任があったの？　こんな罪のないアイディアから始まったことだったの？　ふたりの人間が起業した組織が、セント・メアリーとタイムラインそのものを脅かすようになるの？　ティムとわたしがひどい一日を過ごし、いいアイディアを思いついたせいで？

わたしはなんて答えたのだろう？　「すごいアイディアだわ、ティム。ぜひ、やろう」だろうか？　未来を危険な方向へは進ませないと自信を持っていた？

それとも「だめよ、ティム。やめておこう」と答えて、彼がひとりで話を進めるのではないかと不安を抱いただろうか？　もしくは、わたしと違って先のことを知らないだれかと一緒に始めてしまったら？　あるいは、わたしがどんな選択をしようと、未来は変わらないんだろうか？　カルビン主義の予定説のように？　ああ、もう。わたしは酔っている！

　さらにまたグラスを傾けていると、ミセス・パートリッジがやってきた。

「ベアストウ博士からの伝言よ。ミス・マックスウェルには、都合のいい時間にできるだけ早く会いにきていただきたいって」

「ミス・マックスウェルからの伝言」わたしはろれつが回っていなかった。「博士のオフィスがとんでもない数の階段の上にあることを考えると、大量に摂取したアルコールのせいで、都合が悪いだけじゃなくて、会いに行くのはほぼ不可能ね。ミス・マックスウェルが謝っていたと伝えてもらったほうがいいと思う。明日の朝じゃだめかしら？」

「ベアストウ博士はいま、階下にある図書室にいるわ」ミセス・パートリッジはいかにもうれしそうに言った。そういうことなら、問題は解決だ。

　わたしは手を貸してピーターソンを立たせ、ふたりでもたれ合うようにして歩きだした。ミセス・パートリッジが眉間にしわを寄せて彼を眺めた。「このエクササイズは、ミス・マックスウェルとぼくが腰でつながっているって考えるのが重要なんだ」ピーターソンが言った。わたしたちは、背中で非難している彼女のあとをついていった。

図書室にはベアストウ博士だけでなく、ガスリー少佐とラプソン教授も待っていた。三人とも苦々しい顔つきだ。わたしたちが腰をおろすと、ボスが切りだした。

「ミス・マックスウェル、セント・メアリーの上級スタッフを代表してきみに謝罪したい。今日の午後の出来事は、とても弁明できることではない。ただただ腹立たしいばかりだ。どうか謝罪を受け入れてもらいたい」

わたしは口の中でもごもごとつぶやいた。

「きみはとても寛大だね」わたしが謝罪を受け入れたと解釈したようだ。「フォスター医師の適切な治療を受けたあと（わたしのせいで病棟送りがまたひとり。今日のわたしは絶好調だ！）、ミスター・ウィッセルはこの施設から追放されたことを伝えておきたい。きみができるだけ早くこの一件を忘れられることを祈るばかりだ。きみが出ていくのであれ、残るのであれ、この施設内では二度と同じようなことは起きないとわたしがはっきり約束する」

ボスは言葉を切って、飲み物を口に運んだ。わたしはガスリーに目を向ける勇気がなかった。ボスが立腹しているくらいだから、彼がどんな気持ちでいるのかは推して知るべしだ。隣でピーターソンが身じろぎした。

「そのとおりだ、ミスター・ピーターソン。だが、わたしが余計な口を出したくなかったのには理由がある。まずは、きみたちふたりとも自分の面倒は自分で見られるということ。それに、まずは憂さを晴らす必要があることもわかっていた。しっかりしろと人に命令することはできないからね。きみたちは子供ではないのだから」わたしたちがこんな状態にもかかわらず、ボスが言った。

「さてと、きみたちの辞職についてだが、ミス・マックスウェル、きみがここを去らなければならないと感じた理由も、ミスター・ピーターソン、きみが彼女を支えなければならないと感じた理由も、大変よく理解できる。だが今日のところは、きみたちを説得するつもりはない。そのような重要な決定を今日はするべきではないと思うからだ。しかしながら、この施設はこれから立て直す必要があり、そのためにはきみたちふたりの力が不可欠だ。それに、もし戻ってきてもらえるのならミス・ブラックも。そういうわけで、いまはきみたちの辞職を認めるわけにはいかない。三日後にきみたちの気持ちが変わっていなければ、そしてわたしがきみたちを翻意させることができなければ、残念ながらその時点で認めることにしよう。それでいいかね？」

ずる賢い古ダヌキ！

「彼女の分も言わせてもらいますが」ピーターソンがゆっくりと切りだした。「そういうことでけっこうです。ですがこれは言っておくべきでしょうが、マックスとぼくは今夜、先々のことについていろいろと話し合っていたんです。実のところ、これからのことをとても楽しみにしていた。新しい道に踏み出す潮時だと感じているんです。なのでサー、ぼくたちが出ていくと心の準備をしておいたほうがいいかもしれません」

ずる賢い若ダヌキ！　〝相当額の昇給〟という無言の訴えが、ピカピカとネオンサインのように輝いている。彼のあと押しをするため、わたしはできるかぎり落ちこんでいない風を装い、輝く未来がある人間のような顔をした。

ボスはまったく動じなかった。「三日後にはきみたちの気持ちも変わっているかもしれない。そのときに話し合おう」そう言ってゆっくりと立ちあがった。「それまでは、危ないことに手を出さないようにしてもらいたい。それからミス・マックスウェル、その手は明日診てもらうように」ボスは足を引きずりながら出ていった。

そのうしろで、ラプソン教授が伸びをしてから立ちあがった。「いい時期とは言えんが、きみたちが残ってくれることを願うよ」彼も出ていき、あとには、ウィッセルのボスならこんな表情をしているだろうという、まさにそのとおりのイアン・ガスリーが残された。

「いいのよ、少佐」わたしは言った。

「いいや」ピーターソンが怒りのこもった声で言った。「よくない」

「そうだ、よくない。本当にすまなかった、マックス」ガスリーはそう言って、出ていった。

「もうへとへと」わたしは言った。

「ぼくもだ。もう寝るよ」

けれど一日はまだ終わっていなかった。

わたしたちは助け合いながら階段をのぼった。手足の動きを確かめ、笑いをこらえるために途中で二度立ち止まらなければならなかった。『天国への階段』（レッド・ツェッペリンの代表曲）を全身を使って表現していたようなものだ。角を曲がったところで、屋根裏の階段の一番下に座りこみ、膝を抱えてうなだれているチーフにつまずいた。

「おっと！」引っぱたきたくてうずうずしているようなピーターソンの口ぶりだった。

ファレルが立ちあがった。「きみと話がしたい、ミス・マックスウェル」

「無理だね」ピーターソンは喧嘩腰だった。「彼女を見ろよ。あんたと話をしたせいで、こんな有様なんだ」

今日という日はいつまで続くんだろう？

チーフは滅多にしないことをした。命令をくだしたのだ。「消えたまえ、ミスター・ピーターソン」

　ピーターソンは鼻を鳴らした。「遅かったな。ぼくたちはもうここの人間じゃないんだ。だから命令はできない。消えるのはあんたのほうだよ」

「辞めるのか？」

「三日後に」わたしは答えた。「ティムとわたしはここを出ていくの」

「そんなことはできない」

「できるわよ」

「どうしてもきみと話さなきゃいけないようだ」

「聞こえていないみたいだな」ピーターソンが言った。「殴られたいのか？」

「その必要はない。ぼくも出ていくことを言いにきたんだ。だからそうしたくないのなら、きみが出て行く必要はない。ぼくは〝宇宙プログラム〟に応募した」わたしはボスのことを考えた。今日はスタッフに関しては受難の日だ。「ぼくはただ……」言葉が途切れた。自分でもどうしていいのかわからないのだろう。

　ピーターソンがわたしを見た。「きみ次第だ」

「わたしは大丈夫。彼ももう落ち着いたみたいだし」

「本当に？」

「これ以上、なにが起きるっていうの？」それも間違いだったことが、あとでわかる。

たら？」

ピーターソンは納得していないようだったが、うなずいた。「ヘレンを探しに行ってき

彼はうなずき、ため息をついた。「おやすみ」

「ティム、ありがとう」

彼はチーフをにらみつけた。「こいつがくだらないことを言っても、耳を傾けるなよ」

そう言い残し、ふらつく足で去っていった。

わたしはかろうじて残りの階段をあがり、自分の部屋に入った。そこがあまりにも殺風景なことに、改めてショックを受けた。ベッドは整えられているものの、部屋の隅には、悪臭を漂わせるスポーツバッグが置かれている。ミセス・パートリッジの声が聞こえた気がした。〝洗濯しなさいね、ミス・マックスウェル！〟本は、ピーターソンが床に散らかしたままだ。

わたしは座らなかった。彼が早く話を終わらせられるように部屋の真ん中に立ち、腕を組んで言った。「話ってなにかしら？」

彼はソファに腰でもたれただけで、なにを言えばいいのかわからないようだ。こういうのは大嫌いだ。厄介な感情はもうこれ以上必要ない。早くけりをつけたかった。けれど彼はそうしようとしなかったので、わたしは言った。「チーフ、あなたがここを出ていきた

いと思ったのはわかる。わたしもそう思ったもの。わたしたちはどちらも新しく始めることが必要なのよ。楽しかったけれど、でも間違いだった。ボスが職場での恋愛を勧めない理由が、いまならよくわかる。これ以上、ことをややこしくするのはやめない？　あなたが出ていく気になったのは残念だと思う。セント・メアリーにとっては損失だけど、宇宙プログラムにとってはよかったわよね。それほど遠くない未来にあなたがここでのことを――すべてを――振り返って、楽しい思い出もいくつかあったって思ってくれればいいと思う」

最高のスピーチとは言えないけれど、わたしは酔っているし、ぼろぼろだし、ストレスが溜まっているし、動揺しているのだから、こんなものだろう。これだけそろえば上等だ！　彼はしゃんと姿勢を正すと、しばしわたしを見つめたあと、彼のものとは思えないようなしゃがれた声を絞り出した。「ぼくはただの思い出になんてなりたくない。きみだって……きみにも……簡単じゃないことはわかっている。ぼくだってそうだ。多くは望まない。ただ、ぼくを愛していたことがあったと言ってほしいだけだ」

わたしは首を振った。「いいえ、それは無理」彼は顔を背けた。「いまもあなたを愛しているから」

彼はなにか言おうとしたけれど、不意に大きく息を吸い、ソファの肘掛けにがっくりと座りこんだ。堰を切ったように嗚咽を漏らし、両手で顔を覆った。どうすればいい？　わからなかった。彼に近づき、両手で抱きしめ、彼の頭に頬を乗せた。ある発見をした。

　人間の反応には移るものがある。目の前でだれかがあくびをすると、わたしはその日一日中、あくびが止まらなくなる。嘔吐もそうだ。だれかがえずくのを聞くだけで、食べたものをすっかり吐いてしまう。そしていま、三つめの反応を知った。泣くこと。こうやって彼のそばにいるだけで、なにかが胸にこみあげてきた。何度も。何度も。どうすることもできない。止められない。彼を抱きしめたまま、いっしょになって泣いた。

　少しもロマンチックではなかった。涙が優しく混ざり合うというようなものではなかった。苦しくて、生々しくて、びしょびしょだった。わたしの涙は彼の髪へとこぼれ落ち、彼の涙はすでにほかの体液をたっぷり吸っていたわたしのTシャツを濡らした。しばらくすると、いくらか涙は収まってきたものの、彼はわたしを離そうとはしなかった。最初から冷静とは言えなかったけれど、かなり精神的に参っている。だれにもこんな状態の彼を見せたくはなかった。

　わたしはそっと彼の手を離すと、バスルームに行き、タオルをお湯に浸した。彼の顔と手を拭い、ブーツを脱がせ、ベッドに寝かせた。彼はすぐに寝入った。

　わたしのほうはそう簡単にはいかなかった。こんなふうに泣いたのは初めてのことで、きっとそうだろうと思っていたとおり、とても不快だった。頭はがんがんするし（これは飲みすぎたせいかもしれない）、鼻はつまるし、喉はひりひりした。顔はひどい有様になっているうえ、胸と手も痛んだ。当分のあいだ、こんなことは繰り返さないと決めた。音を立てないようにして紅茶をいれ、座って本を片付けた。三〇分で終わったけれど、とても眠れそうにない。そもそもベッドはふさがっている。なにかすることはないだろうかと、部屋を見まわした。

スポーツバッグ。バッグを引き寄せ、悪臭を放つ中身を取り出した。バッグはあとで外の風に当てることにした。すべての服のポケットをひっくり返し、全部まとめて洗濯袋に押しこんだ。残ったのはジャケットだ。焼け焦げができていて、裂け目もあるけれど、いま着られるのはこれしかない。ポケットの中身を確かめようとしたら、底に開いていた穴からなにかが内側に入りこんでいることに気づいた。脇のところに引っかかっているのを見つけて、取り出した。そして世界のすべてが変わった。永遠に。

第十五章

気を失うかと思った。

なんていう一日になったんだろう。

ソファの背もたれにしがみついて、深呼吸をしようとした。なんの助けにもならなかった。その場にぺたりと座りこんで、両膝の間に顔をうずめた。だれかの膝の間だったなら、もっとよかったのだろうけれど、しばらくすると頭がはっきりしてきた。体を起こし、手を広げた。こんな小さなものが世界を変えるとはとても思えない。

手の中にあったのは、松ぼっくりだ。それほど大きなものではない。長さ九〜一〇センチくらいで、わたしと同じくらい散々な一日を過ごしたように見える。片側はほぼ完全に焼けてしまっていて、反対側もひどく焦げている。わたしはその松ぼっくりをそっとテーブルに載せると、両手で顔をこすって考えてみた。数分後、立ちあがって、音を立てないようにしてお湯を沸かした。様々な考えが頭の中を駆け巡っていたので、腰をおろし、思考を自由にさまよわせた。

二〇分ほどたったところで、立ちあがって紙とペンを取ってきた。思いつくまま、言葉を書き連ね、線を引いてそれをつないだ。わたしはあまり器用ではないし、鋭いほうでもないので一時間かかった。手が痛くてタイプを打てなかったので、データテーブルを起動して口述した。真夜中になっていた。わたしはわずかな光の中に座り、世界を変えていた。

データを並べ、索引を作り、色分けをした。猛烈に頭が回転していたので、必要な言葉が勝手に湧き出てくるようだった。最初から読み直し、組織図をいくつか描き、序論と結論を書き終えたところで、ひと息ついた。自分がどれほど疲れていて、寒くて、体ががちがちになっているのかにようやく気付いた。もう一度読んでみて、これ以上、修正するところはないと結論づけた。そのファイルに、〝ボス——きっと世界が揺るぎます〟とヘッダーをつけ——まだ完全に素面にはなっていなかったようだ——、彼に送った。

もうすぐ夜が明ける時間だったし、興奮のあまりとても眠れそうになかったので、また紅茶をいれ、それを持ってバスルームに向かった。たっぷり一時間お湯につかりながら、なにか見逃していることはあっただろうかと考えた。お風呂から出たあとは、それしかなかったので古いスウェットを着た。ファレルはまだぴくりとも動かない。彼が生きていることを確認してから、焦げたジャケットを持ってそっと部屋を出た。

階段に腰かけて通信システムを作動させ、ピーターソンを呼んだ。彼の声が聞こえてくるまで、しばらくかかった。「なんだ？」

「どこにいるの？」

「不思議なことにベッドの中だ」

「いますぐ起きて」

「なにがあった？」

「大事なことなの。できるだけ早く話がしたい」

「食堂で五分後に。コーヒーを頼んでおいてくれ」

彼はひどい有様だった。濡れた髪が逆立っているし、ゆうべ着ていたくしゃくしゃの服のままだ。わたしは彼にコーヒーを渡した。

キッチンスタッフの助手であるジェニー・フィールズが早番だった。「ベーコンサンドイッチをお願い、ジェニー。できるだけ早くね」

ピーターソンをテーブルに連れていった。

「ティム、起きてる？　集中してほしいの。すごく大事なことだから」

わたしの口調になにかを感じたらしく、彼はごくりとコーヒーを飲むと、しばし目を閉じてから言った。「いいぞ」

「白亜紀のことを思い出して」彼はうなずいた。「あなたは木立の切れ目にいて、ポッドのほうを見ていた。わたしはブラスター銃を構えていた」わたしはブラスター銃を構えている仕草をした。彼はうなずいた。「わたしはポッドから遠ざかるように走りだした。巨大なトカゲがわたしを追いかけてきて、チーフとガスリーがそのトカゲを追いかけた。あなたはマーカムをポッドに連れていった。そこまではいい？」

彼はうなずいた。

わたしは身を乗り出した。「そのあとはどうなったの？　全部話して。できるだけくわしく」

彼は本当にいい友人だ。なにも尋ねようとはせず、目を閉じて語りだした。「ぼくは彼をポッドに連れていって座らせ、すぐにドアのところに戻った。きみが戻ってくるだろうから、ドアは開けっ放しにしてあったが、余計なものには入ってきてほしくなかったからね。きみが身をかわしたり、体をかがめたりしているのが見えた。くぼみに隠れて――」

「わたしのことはいいの。あなたがなにをしたのかが聞きたい」

「ぼくはドアのそばに立って、眺めていた。なにかが焦げるにおいがした。きみのジャケットが燃え始めていた。踏んづけて火を消した」彼は言葉を切った。

「続けて」

「叫び声が聞こえたんでそっちを見ると、全員がポッドに向かって走ってくるところだった。ぼくはジャケットを拾いあげ、木切れや種を振り払った。ざっとあたりを見まわして、なにも外に残っていないことを確かめた――最悪のFODチェックだったよ。きみのジャケットをポッドに放りこみ、ぼくも続いた。きみたち三人がやってきた――きみがドアから飛びこんできて、ぼくの上に倒れこみ、ガスリーがその上に倒れこんだ。だれかがドアを閉めて――」

「いいえ、もういい。わたしが聞きたかったのはそこのところだから」

ベーコンサンドイッチが運ばれてきて、わたしたちはひどく空腹であることに気づいた。ピーターソンがサンドイッチを切り分けた。彼はコーヒーのお代わりを、わたしは紅茶のお代わりをそれぞれ頼んだ。彼はサンドイッチの追加を頼みに行き、戻ってきたところで訊いた。「いったいどういうことなのか、話してもらえるか？」

「ええ」わたしは手を開いて、焦げた松ぼっくりを彼に見せた。長い間、彼は黙ってそれを見つめていた――わたしがそうしたように。彼の顔から血の気が引いていくのがわかった――わたしがそうだったように。「なんてこった」彼は息を呑んだ。「なんてこった。なんてこった」

「シーッ！」早いシフトにつく人たちが食堂に姿を見せ始めていたので、わたしは肩越しにそちらを見ながら言った。

「どうしてこんなことが？」

「仮説を立てたの。そのことを話したかったのよ。図書室に来て」わたしたちは静かな場所に腰を落ち着けた。ほかにはだれもいなかったけれど、わたしは用心深くなっていた。わたしの辞書に用心深いなんていう言葉があったなんて。三〇分かけてだいたいのところを説明してから、訊いた。「どう思う？」

「たまげたよ、マックス。どう思うって？　これでなにもかも変わってしまうぞ。ぼくは……ぼくたちは三日後にここを出ていけないと思う」

「そうね」

「ボスにはいつ話すつもりだ？」

「もう話した。徹夜で提案書を書いたの。今後の展望や施設の再編成について。朝起きてメールを開いたら、きっとひっくり返るわ」

「そのときの顔が見たかったな」

「見るわよ。これはあなたがしたことだもの」

「え？」

「だって、この子がわたしのジャケットの裏地に引っかかっていたのは、あなたのせいでしょう？　そのせいで、異なるタイムラインに持ってきてしまった。あなたがしたことよ、ティム。わたしはたまたまそこにいただけ。

考えてみて。これはわたしのジャケットに引っかかっていた。わたしはジャケットをラッシュフォードに持っていった。洗濯するから出してとミセス・ドゥウィンターに言われたのに、面倒だったからそうしなかった。これは、そのときに失われていたかもしれない。病棟に行くとき、わたしはこのジャケットを着ていった。言われたとおり、あそこで着替えていたら、やっぱりそこで失われていたかもしれない。ウィッセルに襲われたときもこのジャケットを着ていて、そのあとこれは床に転がっていた。だれかに踏まれてもおかしくなかった。そして夜になって、眠れなくて、なにかすることはないかと考えていたら、ミセス・パートリッジの声が聞こえた気がしたの。〝洗濯しなさい、ミス・マックスウェル〟って。そして、ついに、ようやく、この子を見つけたというわけ――いまにも死にそうだけれど、かろうじてへばりついて、やっと無事にセント・メアリーにたどり着いた」

わたしたちは大切なものを見るようなまなざしで、その子を眺めた。「そうか。だが、それが重要なんだろう？　死にそうだったから、可能になったんだ」

わかってもらえた！

「上にコーヒーを持っていってくる」わたしは何気なさそうに言った。「すぐに戻るから」

「きみはコーヒーを飲まないんじゃなかった？」

「ええ。大嫌いよ」

わたしはコーヒーのフラスクとベーコンサンドイッチをもう二皿頼み、自分の部屋へと向かった。チーフはまだ死んだように眠っていた。もう一度、生きていることを確認し、ベッド脇のテーブルに持ってきたものを置いて、部屋を出た。

ピーターソンのところに戻ったちょうどそのとき、ミセス・パートリッジがやってきた。彼女も眠らない女らしい。

「洗濯したわよ」彼女が口を開く前にわたしは言った。冗談のつもりだったのに、安堵のようなひどく不可解な表情が彼女の顔に浮かんだ。面白い。あとでゆっくり考えようと思った。いまは、ボスがわたしたちにまた会いたがっているということだった。

「さあ、行くぞ」階段をあがりながらピーターソンが言った。

ベアストウ博士は机の向こうでわたしたちを出迎えた。

「きみたちふたりはいつもわたしの前に立っているようだな」気の利いた台詞を思いつかなかったので、博士をいらだたせるためにわたしはにやりと笑った。

「座りたまえ。きみたちふたりから話が聞きたい。順を追って、詳細に。まずはこの――

物体――が白亜紀から来たもので、地元の公園のものではないということを確認したい。見せてもらえるかね？　ジャケットも？」

わたしは机にジャケットを広げ、裂けた裏地を見せた。ひと月前、リサイクルショップで買ったときは、裏地は破けていなかったと説明した。机に松ぼっくりを置いた。焚きつけに使うため、ジャケットで松ぼっくりと木切れを集めたことを話した。ピーターソンは、ジャケットをポッドに放りこんだくだりを語った。

ボスが言った。「これは教授に見てもらおう。あまり調べるところは残っていないが、彼なら種を判別してくれるかもしれない。この一〇〇万年ばかり、存在していなかったものであるといいんだが。それで反論の余地はなくなる。さてと、取りかかろうか」

それから二時間、わたしたちは提案書について話し合った。ボスは一行ごとに異議を申し立て、わたしはひとつずつ根拠を示さなくてはならなかった。彼が攻めてきて、わたしはそれを押し返した。考えられるあらゆる角度から説明し、可能性のあるあらゆる議論を推し進めた。大変だった――ボスは情けをかけることをしない。

その間も、ピーターソンはずっとわたしのあと押しをしてくれた。絨毯に落ちる影が場所を移し、ランチタイムになった。わたしの口はカラカラになり、ピーターソンの声はしゃがれた。わたしはほんのわずかも譲るつもりはなかったから、守りから攻撃に転じた。

セント・メアリーの業務について尋ね、現在の方針に疑問を呈した。夢中になってまくしたてていると、ボスが片手をあげた。

「もういい」

彼はしばらく窓の外を見つめていた。「午後、上級スタッフと話をする。六時に会いに来てもらいたい。時間を割いてくれて感謝する」それで終わりだった。

「どう思う？」食堂へと向かいながら、わたしはピーターソンに訊いた。

「ぼくは腹が減った」

「そうじゃなくて、ボスはやると思う？」

「もちろんやるさ。あれは素晴らしいアイディアだ。彼はただきみの熱意を試していただけさ。辞めるっていま彼に言ってみるといい！」

ミセス・マックから渡されたのは、葉っぱが載った皿だった。

「これはなに？」

「マッシュルームオムレツとサラダよ。先生の指示」

「でも、これって緑色してるけど」

「緑の食べ物は体にいいの」

「これの代わりに、ミントチョコのアイスクリームじゃだめ？」

「それからオレンジジュース」

「え？」

「あなたもよ、ミスター・ピーターソン」

「なんだって？」

「全部食べたら、あなたたちの名前が書いてあるグーズベリー・クランブルがあるから」

彼女がわたしたちを失望させることはないとわかっていた。

「ヘレンに会ってくるよ」食べ終えたところでピーターソンが言った。うっすらと顔を赤らめている。「ぼくたちには、取り戻さなきゃいけないものがあるからね」

「ほどほどにね」わたしはそう言って、彼に背を向けた。

ファレルはベッドに座り、わたしが持ってきたフラスクからコーヒーを飲んでいた。ベーコンサンドイッチはなくなっている。脂肪、カロリー、塩分、糖分、コレステロールをたっぷりと摂取したあとはそうなるように、かなり具合はよくなったように見えた。疲れた様子だし、ひげも剃っていないけれど、ずいぶんましだ。わたしは椅子をひっぱってきて、ベッドに足を乗せた。互いを見つめ合い、用心深く話を切りだした。

彼がカップを掲げて言った。「ありがとう」

「どういたしまして」わたしは大きく息を吸った。「どうしてわかったの？」

彼はため息をついた。「バークレーと話をしに行った。訊きたいことがあったんだ。ウィッセルが彼女のそばにいた。彼女の口を開かせるのは難しいだろうと思っていたんだが、実際は黙らせることができないくらいだったよ。ぼくに話したくてうずうずしていたんだ。きみがなにをしたのか知らないが、彼女は本当にきみが嫌いなんだね」

「彼女はどうして知っていたの？」

「隣の小部屋で治療を受けていたんだそうだ。ウィッセルも一緒に。きみの言葉を全部聞いていたらしい」

「彼女はいまどこに？」

会いに行こうかと思った。「ここにはいない」

彼は言葉を濁した。

会ってどうするというの？

「それで」彼は話題を変えた。「いまなにが起きているんだい？」

「ボスに提案書を出したの。いま検討中よ。午後に上級スタッフと会うって」

「これを飲んだら、ぼくは行くよ」

「急がなくてもいい」

沈黙。

「それで、具合はどう？」

「とても元気――」と言いかけて、それが間違いであることに気づいた。深呼吸をして言い直した。「疲れてる。すごく、すごく、疲れてる。骨の髄まで疲れてる。途方に暮れてる。自分がどこにいるのかわからない。自分が英雄なのか、悪党なのかもわからない。わたしの世界が悲しみと喪失と痛みでいっぱいで、なにひとつ元通りにならないことはわかってる」

彼はうなずいた。

「あなたは？」

彼の表情がまた暗くなった。「恥じている。世界で一番愛していたものを、ぼくは壊してしまったんだ。二度と取り戻せない」

わたしはウィッセルに対して抱いた怒りと恐怖を思い出した。あれは、目の前に立ちはだかるものすべてを壊したいという強烈な衝動だった。近くにあるものを攻撃することで、自分の痛みを和らげようとしていたのだと、いまならわかる。

「取り戻せるわ。どこにも行っていないもの」わたしはそう言って、彼の隣に腰をおろした。彼はわたしの肩に手をまわし、頭に頬を当てた。

静かな口調で彼が言った。「本当にすまない」

「あなたは自分を見失っていただけ。わたしたちみんながそうよ。みんな、ちょっとおかしくなっていたんだと思う」

「話してくれないか。本当はなにがあったのかを話してほしい、ルーシー」

わたしは深々と息を吸った。「よくわからないの。いったいなにを言われているのかを理解したときには、もう手遅れだった」

わたしは目を閉じ、延々と語りつづけた。彼の涙がわたしの髪を伝っていることには気づかないふりをしながら。

目が覚めたときには、彼はいなかった。わたしはシャワーを浴びて、ボスに会いに行った。

ピーターソンがミセス・パートリッジといっしょにわたしを待っていた。わたしたちはすぐに招き入れられた。ボスはガスリー少佐、ラプソン教授、チーフ・ファレルと一緒に座っていた。机の上はディスクや、キューブや、USBや、タブレットや、書類や、ファイルが散乱している。午後はずっとこれにかかりきりだったことがよくわかった。

「よく来てくれた」ボスが言った。「見てわかるとおり、我々はあらゆる可能性について入念に話し合った。お二方、なにか付け加えたいことはあるかね？　ない？　ミス・マックスウェル、明朝一一時に全員を集めて会合を行う。その場できみの提案を発表してもらいたい。すべてはそこからだ」

わたしは仰天した。「あなたから話したほうがいいと思います、サー」

「いや、きみにやってもらいたい」

「わかりました」

なんてこと！

カルとディーターがその夜戻ってきた。カルがわたしの部屋のドアをノックした。彼女の顔を見て初めて、わたしは彼女がいないことをどれほど寂しく思っていたのかを悟った。カルはワインを持ってきていたので、わたしたちは嬉々として飲み始めた。他の人とは違い、カルはボスを病棟に運んでからいままで起きたことをすべて知っていた。わたしたちは、セント・メアリーの独創的な反抗方法を話題にして笑い合った。わたしは松ぼっくりについて語り、夜遅くまでその話をした。ひとつ深呼吸をして、クリニックのことを打ち明けた。彼女はなにも言わずに、わたしの肩を抱いた。わたしは彼女の肩に頭をもたせかけ、わたしたちはそのまま眠りに落ちた。

「おはよう、諸君。またきみたちに会えたことをうれしく思う。ミス・ブラック、ミスター・ディーター、よく戻ってきてくれた。白亜紀に長らく滞在していた仲間たちの帰還は実に喜ばしい。そして、小惑星の衝突にも等しい衝撃と共に市民生活から戻ってきたミス・マックスウェルを心から歓迎する。

　この数カ月は全員にとって大変な日々だったが、失ったものよりも得たもののほうが多いとわたしは考えている。辛い時期はもう過去のものとなった。新たな方向に進むべきときがやってきたのだ。心躍るようなときが我々を待ち受けている――」

「これまでは退屈極まりなかったってことだ」ピーターソンがつぶやいた。

「――我々の今後の役割について、ミス・マックスウェルから概略を話してもらおう」

　わたしは不安を覚えながら、話を引き継いだ。サースクでプレゼンテーションしたときよりも、緊張ははるかに大きかった。

「おはようございます。まずはみなさんにこの子を紹介させてください」わたしは松ぼっくり――標本瓶に入れてある――をテーブルに置いた。人々が首を伸ばしたので、よく見えるように持ちあげた。「これは小さな松ぼっくりです。長さ一〇センチほどで、ひどく焼け焦げていて、種類はわかりません。ほんの三日か四日前まで、この子は白亜紀で友人たちと一緒に幸せに暮らしていました」あたりは静かになり、どういうことだろうと人々が考えているのがわかった。わたしはわかりやすく説明した。

「みなさんが見ているのは、元々のタイムラインからわたしたちのタイムラインに運ばれてきた初めての、史上初めての物体です。ひとことで言えば、わたしたちは意図することなく不可能を実現させたのです。これを利用すればどんなことができるか、想像してみてください」

「でもどうやって？」だれのものかわからない声がした。「それはできないってずっと言われていたのに」同意のざわめきが起きた。

「そのとおりです」わたしは答えた。「ですが、この松ぼっくりをひと目見れば、ひどく傷んでいることがわかると思います。あと数分もすれば、完全に焼けてしまっていたでしょう」わたしは言葉を切り、だれが最初に気づくだろうと思いながら人々を眺めた。

ディーターが立ちあがった。「持ってこれたのは、焼けてしまうはずだったからだ。その松ぼっくりに未来はなかった。未来に存在しないものだから、タイムラインに影響を与えることはできない。そういうことだろう？」

わたしは彼に微笑みかけた。いい子だ！

「これまでの試みがすべて失敗したのは、それらの物体が未来にも存在していたからだと思います。それぞれになんらかの役割があったために、異なるタイムラインに行くことを歴史が許さなかった。たとえばモナ・リザを例にとってみましょう。何世紀ものあいだに起きた、あの絵にまつわる様々な出来事を思い出してください。さて、わたしたちがレオナルドのところから絵具が乾く前にあの絵を盗み出して、現在に持ってきたとしましょう。その後の様々な出来事は起こらなくなります。それは歴史を変えることなので、いいこととは言えません。ですが、捜索救助という観点から見れば、あらゆる可能性が開けてきます」

　興味を示した人間もいれば、そうでない者もいた。

「例をあげさせてください。ミスター・マードック、前に出てきてもらえますか？」彼を選んだのは、ピーターソンやディーターだとあらかじめ打ちあわせができていると思われるかもしれないからだ。

「おめでとう、ミスター・マードック」落ち着かない様子で隣に立った彼に、わたしは言った。「あなたはタルクィニウス・スペルブス、ローマの最後の王さまよ」

「作り話かい？　スペルブスなんていう人間はいない」

「いいえ、いたのよ。みなさん、タルクィニウス・スペルブス王を紹介します。情け深く、見識あるローマの支配者です」共和制主義者からやじや冷やかしの声があがったが、ディヴはしゃんと背筋を伸ばして、威厳たっぷりに手を振った。

ホールの一番うしろでは、シビル・ドゥウィンターが腕を組み、妙な顔でわたしを見ていた。

「タルクィニウス王はその日の執務を始めようとしていました。裁定を行い、税金を増やし、そのほか統治に必要な様々なことを行おうとしていたとき、みすぼらしい老女――いいえ、わたしのことじゃないわよ、ミスター・マーカム――が拝謁を賜りたいと言っていると聞かされます。驚いたことに、王は側近たちの異議を却下し、老女と会うことに同意します。老女はぼろをまとい、薄汚れていて、福祉の網からこぼれていることは明らかでした。老女は王の前に九部の本を置きます。もちろん当時は巻物でしたから、ひとつずつ、王の足元に丁寧に並べたのでしょう。そしてそれを買わないかと王に持ちかけますが、なかを見ることは許しませんでした。王は面白がって、値段を尋ねます。老女が口にしたのは、国の一年分の予算に匹敵するほどの額でした。王も含め、その場にいた全員が笑いました」

「はっはっは」マードックが自分の役割を演じた。

「どうしてその巻物にそれほどの金額を払わなければいけないのだと王は尋ねます。その巻物にはどれほどの価値があるのかと。老女は答えず、ただ〝イエス？　それともノー？〟と訊いただけでした。もちろん王はノーと答えました」

「ノー」マードックは威厳に満ちた声で言った。

「老女は無言のまま巻物を拾いあげると、謁見室を出ていきます。王はふと思いついて、側近のひとりに彼女のあとを追わせました」――マードックが手を振ったので、危うくわたしの頭が吹っ飛ぶところだった――「老女は中庭に行き、持っていた本のうちの三部を燃やしてから王宮を出ていったと、戻ってきた側近は報告しました。

老女は頭がおかしいのだとだれもが言い、それ以上考えることはありませんでした。ところが翌日、驚いたことにその老女がまたやってきたのです。今度は六部の巻物を持っていました。老女はまたもや王の前にそれを並べ、同じ金額を提示します。六部の巻物に国の一年の予算と同じ金額。今回はだれも笑いませんでした。さて、ミスター・マードック、あなたならどうする？」

そう訊いてしまってから、彼は老女を殺して本を奪うと答えるだろうと気づいた。けれどその予想ははずれた。彼は完璧だった。のちに彼の身になにが起きたかを思うと、ひどく胸が痛む。

マードックはしばらく無言だったが、やがて答えた。「その本にはなにが書いてあるんだ？」

「だれも知らない。なにも書いていないかもしれないし、宇宙の秘密が記されているかもしれない。けれどそれを知るためには、国にあるすべてのお金を払わなくてはいけない。どうする？」

「イエス」ホールのうしろからだれかが叫んだ。

「ノー」別の声があがった。

マードックは眉間にしわを寄せ、わたしを見た。「なにが書いてあるかを知ることはできないんだな？」

「できない」

「それなら、ノーだ。金を無駄にはしない。買わなければ、暮らしが悪くなることはない」

「本当にそれでいいのね？」

「わからない」

「王もわかりませんでした。長い時間、悩んだと言われていますが、最後には彼もノーと言いました。老女は再び、黙って巻物を手に取り、出ていきました」

マードック王はわたしがなにか言うのを待つことなく、彼女のあとをつけて報告するようにと側近に命じる仕草をした。わたしが意味ありげな顔を向けると、彼はにやりと笑ってみせた。ボスの気持ちが少しわかる気がした。

ミセス・ドゥウィンターは笑みを浮かべ、小さく首を振った。

わたしは話を続けた。

「戻ってきた側近は、老女は巻物を三部燃やしたので、あと三部残っていると報告しました。王はなにも言いませんでした。

三日め、またもや老女は残った三部を持ってやってきて、王の足元に並べました。〝いくらだ？〟答えを知りながら、王が尋ねます。老女は金額を答えました。王は残った三部を見つめています。謁見室は静まりかえりました。それまでどおり、老女はなにも言いませんでした。その必要はなかったからです。王が断れば、残りの三部を燃やし、だれも二度と彼女に会うことはないでしょう。さて、ミスター・マードック。**これはあなたに与えられた唯一のチャンスです**」

その言葉は妙に頭に残った。ミセス・ドゥウィンターのほうを見ると、彼女はかすかに微笑んでいた。わたしはマードック王に意識を戻した。「さあ、どうします？」

全員が彼を見つめた。彼は首のうしろを撫でながら、自信なさげにわたしを見ている。本当にそこに三部の巻物があって、国の未来が彼の答えにかかっていると思いたくなるほどだ。

「イエスだ」彼は声を張りあげた。「買おう」だれもがこのドラマにすっかり夢中になっていたので、ひとしきり歓声があがった。わたしは彼の肩を叩いて言った。「ありがとう、デイヴ。素晴らしかったわ。もう座ってくれていいから」

「いや、だめだ、だめだ。その巻物になにが書いてあるのかが知りたい。金を払ったんだから」

「その三部の巻物はユピテル神殿の地下で厳重に保管され、国でもっとも聡明な人間によって検証されました。そこに書かれていたのは、多くの人間が考えていたような預言ではなく、災害を避けるために必要とされる宗教儀式でした。ローマ人にとってはとても大切なものだったので、当初は一〇人、のちに一五人の人間が任命されて、保管にあたっていました。彼らの仕事はその本が損傷しないようにすること、ただそれだけでした。

ご存知のとおり、ローマはイタリアを征服し、やがて世界へと勢力を広げていきます。その本は、かつての持ち主であった老女シビュラにちなんで、『シビュラの書』と呼ばれるようになりました。ローマが直面する危機に対する助言が、三部の『シビュラの書』に記されていると言われていました。この巻物は帝国にとってもっとも大切なもののひとつで、誤った人間の手に渡ることのないように昼も夜も厳重に警備されていました。ですが最後は、アラリック（西ゴート族の最初の王）率いる蛮族が攻めてきたときに、スティリコ（西ローマ帝国の軍人）の命令によって燃やされています。だれもがこう考えるでしょう——三部の巻物にそれだけのことが記されていたのなら、九部全部あればなにができただろうと」

ポリー・パーキンスが立ちあがった。「六部の『シビュラの書』を救出できるって言っているの？」

「そのとおりよ、ミス・パーキンス。でもどうせなら九部全部のほうがよくない？」

「でも、彼らは三部は手元に置いたのよ」

「でも最後はそれも燃やされた。問題はどのタイミングを選ぶかということだけよ」

ホールに電流が走ったようだった。

ミセス・ドゥウィンターは笑っている。

「それだけじゃない。少し考えればわかることだけれど、失われた宝物はいくらでもある。世界中のあらゆる本を保管していたと言われているアレクサンドリア図書館は、少なくとも三回、火事に遭っている。どれほどのものが失われたか、想像できる？　ローマは皇帝ネロの時代に大火に遭っているし、一六六六年のロンドン大火では、セントポール大聖堂が燃えた。可能性は無限だわ」

だれかが言った。「でも、どうやるっていうんだ？　言わせてもらうが、マックス、歴史家はきみたち三人しかいないんだぞ。サースクの仕事の代わりにやるのか？　それともそれもやるってことか？」

待っていた瞬間だった。ちらりとボスに目を向けると、彼はかすかにうなずいた。

「考えてもらいたいの。歴史家は三人だけじゃないでしょう？　ここには少なくとも一一人いる」すぐには理解できないようだったが、やがて人々はホールのうしろを振り返った。そこにはいかにも訓練生らしい、疲労と困惑と恐怖の表情を浮かべた八人が座っていた。

わたしはずばりと切り込んだ。

「この施設を三つの部門に分割することを提案しました。最初の部門は、すでに行われている仕事を継続します。この部門のメンバーは、〝先導者〟と呼ばれることになります。あなたたちの仕事が」わたしはうしろの席に語りかけた。「それにあたります。道を見つけること。あなたたちには重要な歴史的出来事を訪れ、立証し、座標を確認してもらいます。多くの場合、そこに行く最初の人間があなたたちになります。わたしたちのタイムマップを構築し、維持するのがあなたたちの仕事です。今後経験を積んでいくにつれ、ほかの活動の支援にも呼ばれることになるでしょう。また、新たな先導者の訓練にも参加してもらいます。おめでとう——あなたたちはたったいま昇進しました。

ふたつめの部門は、タイムラインの取り締まりと異常の検出を担います。高度な介入が必要とされ、臆病な人間には務まりません。通常の仕事に伴う危険に加え、まず間違いなく未来からの敵意ある妨害が行われるでしょう。白亜紀では成功を収めましたが、わたしたちは確かに幸運でした。少なくともわたしたちには、取り返しのつかないダメージはありませんでした。ですが今後は、もっと慎重になる必要があります。そこにいるのはわたしたちだけではないからです。利益があげられるのであれば時間の連続性など屁とも思っていない連中がいます。その愚かさのせいで、すべてが危険にさらされることになるでしょう。この部門は永続的なものではなく、必要なときに設置されます。言うまでもないことですが、この部門の要請はほかのあらゆる業務よりも優先されます。

　三つめの部門は、わたしが先ほど説明したとおり、捜索救助活動に従事します。将来的にはこれがわたしたちのメインの活動になり、この施設全体で関わっていきます。アレクサンドリア図書館を例に取りましょう。そこの蔵書を救出することを想像してみてください。この任務にあたるチームには、少なくとも歴史家が一人、消火活動の訓練を受けた保安部、なにを救出するべきかのアドバイスをするために研究チームのメンバーが不可欠です。それだけではありません。医療班、その品物を保存するもっともよい方法を助言できる記録官、さらにはそれをどこに隠すべきかがわかる考古学の知識がある人間も必要になってきます。考えてみてください。品物をただ持って帰ってきて、現代のものに汚染させる危険を冒すわけにはいかないのです。サースクに――これが重要なところですが――情報を与えるまでは、すべてをあるがままの状態《in situ》で保管し、隠しておかなければいけません。サースクは、わたしたちが与える情報に基づいて調査を行い、一〇年に一度、あるいは一〇〇年に一度の考古学的発見をすることになります。数回こういうことを繰り返せば、わたしたちに対する評価は確かなものになり、これまでとは逆に彼らはわたしたちの指示に従って、どこでも行くようになるでしょう。そしてわたしたちは二度と、資金調達について心配する必要がなくなります」

一度息を継いだ。彼らがこんなに静かになったのは初めてだ。ボスが話をしている最中に口をはさむ勇気のある人間はいないが、このあたりでなにかやじが飛んでくるだろうと覚悟していたのだ。

「あなたたちが考えていた仕事でないことはわかっています。確かに一度この施設は、歴史家を使い尽くしました。改めて言っておきますが、これは強制ではありません。やりたくなければ、それはそれでかまいません。だからといって居場所がなくなるようなことはないと、わたしが保証します。よく考えてみてください。それぞれの部門の責任者と話し合って――」

「おれはやる」ディーターが立ちあがった。

「あら、ずいぶん記憶力が悪いのね」わたしは笑いながら言った。「最後に話したときには、わたしがいるなら食堂にも足を踏み入れないって言っていたのに」

「まあ、そうだが、きみが運転しないならきっと大丈夫だ。だが、イエスだ。おれはやりたい。おれの名前を書いてくれ」

ほかにも数人が立ちあがった。勇気づけられる。いい方向に向かっている。ラプソン教授が印刷したものをひらひらと振ってみせた。

「今後救出したいものを書き出してみた。大きなものもあれば小さなものもある。なにか提案があれば大歓迎だ」興奮のざわめきが広がった。

「バイユーのタペストリー（ノルマンディー公のちのイングランド王ウィリアム一世によるイングランド征服の物語の刺繍画）の失われた場面」

「太陽中心説について書いたアリスタルコスの本」

「なんだって？」

「地球は太陽のまわりをまわっていると主張した男だよ」

「そうなんだ」

「行方のわからなくなっている、ウィリアム・ブレイクの山ほどの作品」

「ホメロスのマルギーテース（ホメロスの作と考えられている古代ギリシア喜劇的作品）は？」わたしはつい、口を出してしまった。歴史家の欠点だ。

片隅にジェニー・フィールズの姿が見えた。唇が動いているのがわかったが、普段から物静かな彼女の声を聞き取ることはできなかった。「ちょっと黙って」わたしは叫んだ。

「なんて言ったの、ジェニー？」

「ドードー。ドードーを連れてこれるわ」

決定的な瞬間だった。わたしたちになにができるのか、その本当の可能性がはっきりわかった瞬間。全員の想像が勢いよくはばたき始め、止まらなくなった瞬間だった。

第十六章

ディーターが難しい顔をした。「もしアレクサンドリアに行くのなら、通常のものより大きなポッドが必要になる。そうだな、一〇人が寝泊まりできて、それなりの作業スペースもあるようなものが」

「装備も運ばなきゃいけない」だれかが言い添えた。

「それに保管を考える必要がある」研究開発部のだれかが言った。「巻物を長期間、保存するのにふさわしい容器がいる。それと、容器に封をするヤニのようなものか、もしくはそれを作るための材料」

「タールはどう？　死海文書は壺に入れられて、タールで封印されていたのよ」

「だが、大きすぎるのはだめだ。目立たないようなものでないと。市役所みたいなサイズのものを作るわけにはいかないんだ。サンダーバード2《TB2》号の話をしているんじゃないんだから」

チーフが口をはさんだ。「大きなポッドもいいが、通常のポッドで補給品や装備、交代要員を運ぶことも可能だ。シャトルサービスみたいに」

「消火設備を運べるくらいの大きさは必要だ」ガスリーが言った。

「消火、水中からの引き揚げ、発掘。それぞれに必要な装備を入れるケースを作って、どれか必要なものを乗せればいい」

「どれが必要になるのか、どうすればわかるんだ？」

カルとピーターソンが割って入った。「予備調査のジャンプが必要になるわね。まずは図書館を調べるの。どこになにがあるのか。建物はなにでできているのか。一番近い水源はどこか。先導者にやってもらえばいい」

「おれのチームが戦力になれそうだ」ガスリーが言った。「元消防隊員がふたりいる」彼はウェラーとエヴァンズの名を呼びながら移動し、彼らのまわりに小さな人だかりができた。

ピーターソンが口を開いた。「適切な保管方法と容器を調べるチームも必要だ。なにもかも現場で調達しなければいけない。その時代に存在しているものでなきゃだめだ。それ以外のものはなんであれ、厄介な事態になりかねない」

「その仕事にはドーソン博士が適任だ」ラプソン教授が言った。「持ち返るべき本のリストも彼が作れるはずだ。手あたり次第つかんでとっとと逃げるという、いつもながらのセント・メアリー流ではなく、選んでいるだけの時間があればの話だが」

ディーターがタブレットを取り出し、ひたすらキーを叩き始めた。「一〇人が行くとして、一〇日分の水と食料は――ミセス・マック、どれくらいあれば……？」そう言いながら、キッチンへと走っていく。

いたるところで、人々がテーブルを寄せていた。タブレットを取り出している。いくつものグループが生まれている。プリントアウトした長い紙をひきずりながら、こちらのグループからあちらへと走りまわっている。データスタックが、きらめきながら姿を現わし始めていた。

「おやおや、怪物を生み出してしまったようだ」わたしの背後に立ったボスが穏やかな口調で言った。「ピーターソン、壁に書くのはやめたまえ。これは重要文化財建築物だと知らないのかね？」

何台ものホワイトボードが運び込まれてきた。すさまじいほどの騒音レベルだ。もうわたしの出る幕はない。振り返ると、ボスが肩をすくめて言った。「わたしの世界にようこそ」

チーフと彼の部下たちは、テーブルの上に映し出されたホログラムを囲んで話し合っていた。

「両側にドアをつければ、設備や装置やその他もろもろはスムーズに出し入れできる。前に移動させればいいわけだから。装置を運び出したあとは、倍になった空間を作業スペースとして使える。生活空間は、邪魔にならない二階か中二階に作る。そうすれば、タンクはここに置けるから……」反論の嵐が巻き起こった。

議論している彼らを残し、わたしはガスリーに近づいた。

「泡は使えないと言っている——現代的すぎる。水もだめだ——本を火事から救うのに、水浸しにしては意味がない。耐火マットが必要だ——ラプソン教授を呼んできて、なにから作ればいいのかを訊くんだ。フックのついた棒もいる。それから木の梯子も。だがどれも、なんらかの難燃剤で処理しなければ……」

「ですが、防火服はどうするんです？　おれたちはなにを着るんですか？　サンダルとチュニックで消火しなきゃいけないんですか？　あの時代のものがあるんですか？　おれたちはどれくらい、あの時代の人間になりきらなきゃいけないんです？　教授……？」

「フィールド医学が重要だ。全員が火傷と挫傷の手当を学ぶ必要がある。もしくは、チームにひとり医者を入れるべきかもしれない。フォスター先生……？」

わたしは彼らから離れ、ミセス・マックのところに向かった。

「一〇人が一〇日間、一日三食としましょう。三〇×一〇……調理設備はあるのかしら？

それとも運びこんだものをそのまま食べるわけ？　水はどうなの？　きっと暑くて喉が渇くわよね。水の重さってどれくらい？」

ミセス・マックはわたしに気づいた。「ミス・マックスウェル、鳩の群れに猫を放りこんだようね。ほんの二日前まで、わたしたちは終わりかけていたのに」

わたしはにっこり笑って応じた。「邪魔はしたくないんだけれど、この状態をできるだけ長く続けたいのよ。みんな、いい感じなんだもの。なにか食べるものと飲み物を持ってきてもらえるかしら？」

「もう手配済みよ。一〇分後にスープとサンドイッチが届くわ」

「さすがね。あなたたちのチームはどうなの、ミセス・マック？　セント・メアリーの外に出てみる気はある？」

彼女はにやりと笑い、わたしはその笑みの中に、カーディフ（ウェールズの首都）からファシストたちを追い出した夜、夫と背中合わせで立っていた少女の面影を見て取った。きっと彼女も行くだろう。

ランチのあとも勢いが弱まることはなかった。二時間後、ホールは紛争地帯のようになっていた。不要なプリントアウトがプラスチックのコップやお皿と一緒に、床の上に散乱している。文字通り、あらゆる場所がタブレットやディスクやＵＳＢやデータキューブ、書類やファイルやなにかの残骸で埋まっている。三〜四個の未完成のデータスタックがゆっくりと回転している。ホワイトボードはびっしりと書き込みがされている。騒音レベルは格段にさがっていた。人々はすでに細かい問題に取り組み始めていた。

わたしはカルとピーターソンと一緒に階段に座って暫定的なスケジュールを立て、ほかのメンバーに対する質問をまとめていた。

だれかが叫んだ。「マックス！　こっちに来てくれ！」わたしは立ちあがり、ディーターのテーブルに近づいた。何百枚という紙が散乱している。数式、図、スケッチ、走り書きのリスト——真剣に取り組んでいたことがよくわかった。

「見てくれ」ディーターは散乱する諸々の上に大きな紙を広げた。「おれたちがいま考えているものを外から見たところのスケッチだ」彼は紙の四隅を、冷めたコーヒーが入ったマグカップ、ふたつのキューブ、だれかのタブレットで押さえた。わたしたちはそのまわりに集まった。

それは屋根が平らな、長方形の建物だった。「屋根をもうひとつの作業スペースとして使える。ポッドの両側にドアがあるんだ。こことここだ。ドアをおろすとスロープになる」ディーターが言った。「それからここは……」

ボスがそっとわたしの肩に触れた。「きみがまとめてくれたまえ、ミス・マックスウェル。猶予はひと月だ」

　というわけで、わたしたちはアレクサンドリアに向けて走りだした。

　わたしはドアの外で足を止め、落ち着けと自分に言い聞かせた。この件に関しては必死で取り組んできた。わたしたち全員が必死で取り組んだ。けれど最終的にまとめるのはわたしだ。説明するのもわたし。与えられたひと月は過ぎた。実現させるときだ。

　わたしはぐいっと顎を突き出し、ドアを開けた。ミセス・パートリッジが顔をあげた。

「さあ、入って、ミス・マックスウェル。みんな、あなたを待っているのよ」

　わたしは説明用の書類をさらに強く握りしめ、中に入った。彼女の言ったとおりだ。全員がわたしを待っていた。ボスがテーブルの上座のいつもの場所に座り、その右側にチーフ・ファレル、左側にガスリー少佐がいた。彼の隣にはヘレン・フォスターが座っていて、その横にミセス・マック、衣装部のミセス・エンダビーが並んでいる。反対側はラプソン教授とドーソン博士だったが、このふたりは並んで座らせるべきではないかもしれない。

　全員が揃っていた。すべての部署の代表に出席してほしいとは言ったけれど、そのときは説明をするのが自分だとは思っていなかった。

　ミセス・パートリッジがやってきて、カル、ピーターソン、ディーター、研究開発部のジェイミー・キャメロンと一緒に壁際に腰をおろした。全員がタブレットを手にしていて、全員が期待に満ちた目でわたしを見つめている。ボスがわたしに向かってうなずいた。このままきびすを返して、逃げ出したくなった。

「こんにちは、みなさん。今日の説明は三つのパートに分かれています。簡単な背景説明、すべてのチームの進展具合、そして暫定スケジュールです。

まずは背景から説明します。

紀元前三世紀の初め頃、エジプトのプトレマイオス二世がアレクサンドリアに図書館を設立しました。蔵書数は四〇万から七〇万と言われていますが、実際の数はそれよりはるかに多かったかもしれませんし、少なかったかもしれません。わかりません。ですが、そんなにがっかりしなくても大丈夫です。わたしたちは、そのごく一部しか救うことはできませんから。

主となる図書館の蔵書についてはいろいろとわからない点があるので、文書による裏付けがあるセラピス神殿《セラペイオン》――アレクサンドリアの分館になります――の破壊について説明します。

紀元後三九一年、アレクサンドリアのキリスト教会司教テオフィロスが、反異教徒運動を扇動しました。セラペイオンやそのほかの異教徒の拠点を破壊するように、キリスト教徒たちをそそのかしたのです。キリスト教徒たちは暴徒化し、嬉々として指示に従いました。というわけで、図書館が燃え、いたるところで争いが勃発しているところに、わたしたちは向かうことになります。

先導者たちのおかげで、セラペイオンの正確な位置はわかっています。内部のレイアウトも判明しています。中にはたくさんのエリアがあって、それぞれにひとつのテーマが割り当てられています——数学、天文学、自然科学、解剖学、古代の歴史、科学論文などです。

詳しいレイアウトはお持ちのフォルダーをご覧ください。着地点には黄色で印をつけてあり、その横にポッド番号が書いてあります。ここは広いところですが、ものすごく広いというわけではありません。壁の内側に着地するようなことがあると困るので、座標はすべてチーフ・ファレルに入力してもらいます。

わたしたちが心配しなくてはならないのは、周辺で大規模な破壊が起きることです。ですが、十分な予防措置を取れば問題はないはずです」

だれかが鼻を鳴らした。

「ここまででなにか質問は？」

ないようだ。

「チーフ・ファレル、新しいポッドの進展具合について話してもらえますか？」

彼が顔をあげた。「すべてはスケジュールどおりだ。内部のレイアウトについては、資材の問題があるが、なんとかなるだろう。外観を整えている時間はなさそうだが、それはあとから考えればいい。ほかのだれかに見せるわけではない。この機会に言っておくが、明後日から三日間、ホーキングはミスター・ディーターとわたしを除いて、立ち入り禁止とする。わたしたちが許可するまで、いかなる理由があろうとも何者も立ち入ることはできないと、それぞれのチームのメンバーに伝えておいてもらいたい」

ふたりがなにをするつもりなのかはだれも知らない。訊いても無駄だ。わたしは何度か尋ねたが、彼はにやりと笑うだけだった。まったくいらつくったら。

「フォスター先生、あなたは医療面での責任者だけれど、訓練の進展具合はどう？」

「Ⅰ度、Ⅱ度、Ⅲ度、Ⅳ度の熱傷と煙の吸入については終わった。いまは、挫滅外傷に進んだところ。任務に参加する人は全員に、フィールド医学の試験をもう一度受けてもらうわ。でも、すべてスケジュールどおりよ」

わたしはうなずいた。「ドーソン博士？」

「救出できたものを隠すのにふさわしい場所を見つけた。アレクサンドリアにそこそこ近いが、二〇〇〇年近く、だれの目にも触れないところだ。だが、絶対の保証はできないとわかっているだろうね?」

「わかっています、博士。もちろんそこはエジプトですよね? これは絶対に破ってはならないルールです。なんであれ救出したものは、その国に留める。これはエジプトの宝物ですから、エジプトから外には出しません。

ラプソン教授、アレクサンドリアに行かれましたよね?」

教授には、ぼんやりしている学者の扮装をしてもらった。実際は、たいして変装させる必要はなく、ただ彼にシーツを巻きつけ、挑発し、アレクサンドリアっぽくするだけでよかった。

「ふさわしいと思える陶器の壺を手に入れられるところを見つけたよ、マックス。きみの準備ができ次第、戻って取引をまとめるつもりだ」

「支払いはどうします?」その時代のもので支払う必要がある。

「うむ、サースクのエジプト学部門に、ひとつかふたつ、ちょっとした貴重品を提供してくれるよう頼んでおいた」

「素晴らしいわ。ミセス・マック」

「なにかしら、マックス」タブレットを手にした彼女は、全身を耳にしていた。

「あなたにはわたしたちの飢えと渇きを満たしてもらわなくてはいけないの。ドーソン博士によれば、サイトBにはまったく給水源がないそうなの。どれくらいの資料を救えるのか、砂漠の暑さの中でそれを梱包するのにどれくらいの時間がかかるのか、いまの段階ではわからないから、どれくらいの食料を準備すればいいのか、まったく見当がつかないのよ」

チーフが口をはさんだ。「それは問題ないと思う。必要に応じて補給品や人員を運ぶシャトル・ポッドを用意できる」

「よかった。ふたりで詳細を詰めて、あとで報告してちょうだい」

ここまでわたしは不親切だったかもしれない。ミセス・エンダビーはわたしの隣で興奮のあまりうずうずしていた。「ミセス・エンダビー」わたしは彼女に微笑みかけた。

彼女はぱっと顔を輝かせた。

「衣装部には、耐火性の服と日差しを遮るキャンバス地の日よけ、それから作業するときに着る滅菌した服を用意してもらう必要があります。

これがもっとも重要な点ですが、考古学上のあらゆる発見は厳しく精査されます。わたしたちがしようとしていることは、それがさらに倍になると考えてください。ほんのわずかでもおかしな点があれば、人々は〝偽物だ〟とわめくでしょう。今回の件で失敗すれば、二度と信用してもらえません。終わりです。なので、すべてを正しく行う必要があります。

そういうわけで、巻物との接触は最小限にすることが重要です。髪は全部覆ってください――宗教や日光とは関係ありません。巻物に髪が紛れこんでいたりしては困るからです。とりわけ、その髪に現代のヘア製品が使われているときには。二千年後までなにが残っているのかはわかりませんが、危険を冒したくはありません。古代の人々はフケ防止シャンプーを使っていたのだろうかなどと、科学者たちの頭を悩ませる必要はないんです。そういうわけで、ミセス・エンダビー、衣装部には徹底したチェックをお願いします。それから、巻物を扱うときには日焼け止めクリームは使わないように。コットンの手袋をしてください。化学物質がパピルスにどんな影響を与えるのかはわかっていません。

スケジュールの話に移る前に、なにか質問はありますか？」

全員が首を振り、書類をめくり、タブレットをオフにしたので、わたしは話を進めた。

「ラプソン教授、あなたたちのチームはアレクサンドリアのサイトAにジャンプして、壺、タールを作る材料、食糧などを入手し、サイトBのドーソン博士にそれを渡してください。使うのは三号機で、ミスター・ディーターが同乗します。

ドーソン博士、あなたのチームはTB2で再埋設地点であるサイトBに向かい、教授を待ってください。チーフ・ファレルが同行します。

巻物救出チームが使うのは、小型の一号機です。チームは三つ。わたし、マーカム、ヴァン・オーウェンのチーム、ミスター・ピーターソン、シラー、エヴァンズのチーム、そして、ミス・ブラック、ウェラー、クラークのチームです。歴史家、先導者、保安部の人間がそれぞれひとりずつになります。

医療班は二号機、消火班と保安部は五号機と六号機です。全員が一緒にサイトＡに飛び、図書館で作業を開始します。

セラペイオンですべきことを終えたら、救助したものをサイトＢに運びます。医療班は重傷者を連れてセント・メアリーに戻ってもらいます。

ドーソン博士とラプソン教授の指示に従って巻物をおろし、容器に入れて封をします。さっきも言いましたが、できるだけ無菌状態にすることが望ましいです。その後ドーソン博士の決定に従って、容器を埋めるか、どこかに塗りこめるか、あるいは谷に落としたものを、わたしたちの提言によって編成されるサースクとエジプトの合同調査チームが、のちに発見することになります。その後わたしたちは、世界一厳しいＦＯＤチェックを行い、現代に戻ってきます。

なにか質問かコメントはありますか？」

ラプソン教授が考えこみながら言った。「死海文書はタールで封をされていたが、どうだろう、ヤニのほうがいいかもしれない」

ドーソン博士が鼻を鳴らした。「どうやって封がはがれないようにする?」

「なにかの糞を使ったらどうだろう? 植物繊維は素晴らしい結合剤だ。馬の糞を試してみるつもりだ。ウサギでもいいかもしれない。それとも人間の排泄物とか。有機体から排出されて、再生可能な材料だ」

幸運を祈るばかりだ。わたしに任せられたら、容器は永遠に封ができないままだろう。何年も携行食料ばかりだったせいで、わたしは一年に二度くらい――たいていは、夏至と冬至――しか用を足さないからだ。

一時間以上話し合いは続き、いくつか変更点はあったものの、基本的な計画は完成した。

指示どおり、ひと月の期限内に最終計画書をボスに提出した。彼はうなずいて言った。「悪くないようだ」満足してもらえたらしい。「緊急時の対応策はあるのだろうね?」

「あるともないとも言えます。不運の法則によれば、物事にうまくいかない可能性があるときはうまくいかないものらしいですから。できるかぎりの準備はしましたが、予測していないなにかが起きたときには、その場で対処するしかありません」

「なるほど。歴史局のモットーだな」彼は小さく微笑んだ。「きみがうらやましいよ」

わたしは資料をまとめていた手を止めた。「一緒に行きますか?」

ボスはその場に立ち尽くし、わたしたちは見つめ合った。

「だめな理由があります？」

長い沈黙のあと、ボスは穏やかに答えた。「そうだな、理由はない。だが図書館はやめておこう。そこではなにも役に立たないだろうからな。だがサイトBなら行ってもいいかもしれない」

「あなた次第です、サー。でも歓迎します」

部屋を出たところで、ミセス・パートリッジに腕をつかまれた。「ボスはアレクサンドリアに行くの？」

「行くべきじゃない」

わたしはひどく驚いた。つかまれた腕が痛い。「ボスが望むのなら」

「ボス次第です」

「あなたが責任者だわ。あなたがだめだと言ってちょうだい」

「どうしてですか？」

緊迫したのは一瞬だった。彼女の表情は穏やかになり、わたしの腕を離してうしろにさがった。「なにか預かるものはあるかしら、ミス・マックスウェル？」

またミス・マックスウェルに戻ったということは、わたしは彼女に本当に嫌われているらしい。データ・キューブと予定表と配布先リストを渡した。彼女はうなずき、受け取ったものを机にしまうと、猛烈な勢いでキーボードを叩き始めた。

わたしは静かに部屋を出た。


二階はひどいにおいがした。なにをしているのか調べに行くことにした。話は聞こえていたのに、どうしてそんな気になったのかは謎だ。

「ウサギの糞？　きみはここでウサギの糞を煮ているのか？　頭がどうかしたのか？　冗談じゃない、ウサギの糞を調理するのはやめてくれ。本当に……？」

「ドーソン博士」わたしはなだめるように声をかけた。「どうしたんですか？」

彼は震える指で部屋の奥を示した。「このいかれた男が……この間抜けがウサギの糞を煮ているんだ。信じられるか？　ウサギの糞だぞ。ありえない……」博士はあえぐように言った。

「落ち着きたまえ、オクタヴィウス」暗がりから現われたラプソン教授は、顔の下半分を覆ったハンカチをはずしながら、いささかも動じることなく応じた。「そんな調子だとひきつけをおこすぞ。ジェイミー、窓を開けてくれないか？」

ひどいにおいがいくらかましになった。火災報知器は作動しない。わたしはテーブルに乗り、火災報知器のカバーをはずしてみた。電池がない。

「教授……」

「仕方ないんだよ、マックス。この馬鹿な機械はしょっちゅう鳴るんだ。ひどくいらいらするんでね」

「ウサギの糞」ドーソン博士はセント・メアリーでは珍しく、さっきまでの話題を覚えていたようだ。「馬鹿げているにもほどがある。よりによって……」

「おいおい、オクシー、少しは感謝の気持ちを見せてくれてもいいだろう。わたしたちはヤニのレシピを考えているんだ。繊維質の結合剤が必要なんだよ。きみが文句を言ってくるまで、とてもうまくいっていたんだ。感謝してほしいね」

ドーソン博士は怒りのあまり、顔を赤くした。「感謝？　なにに？　わたしは研究開発部のあと始末をすることになるんだぞ。教えてくれないか、アンドリュー、町中でどれくらいのウサギの糞が手に入ると思っているんだ？　エジプトだぞ？　あの暑さだぞ？　砂漠の中だぞ？　きみは時間を無駄にしている。牛、ラクダ、もしくはロバの糞のほうが絶対にいい。充分な量が手に入るし、一頭からたっぷり得られる。一頭の牛の糞と同量を手に入れるのに、どれくらいのウサギの糞が必要なのかわかっているのか？」

「ふむ、その計算は簡単にできる」ありがたいことに、ラプソン教授の気を逸らすのは簡単だった。「一頭の牛の糞には七〇から一〇〇頭分のウサギの糞が必要だろう——もちろん重量で計算することもできるが……ジェイミー、牛の糞を手に入れてくれないか。植物繊維がどれくらい含まれているかを調べる必要があるから、ミセス・マックからフォークも何本か借りてきてくれ。さてとオクシー、ヤニの材料を考えなくてはならないんだが……」

ふたりは暗がりの中へと戻っていった。

ガスリー少佐の最終説明は、歯に衣を着せないものだった。

「全員よく聞いてくれ。一度しか言わない。着地したらただちに——外に出る前に——全員がおれに報告すること。特に歴史家に言っておく。これが呑めないやつは行かせない。単純だ。つまり、おれがいいと言わなければ、ポッドからは出さない。それから、おれが〝撤退〟と言ったら、撤退すること。足を止めて巻物をあと数本つかんだり、その先になにがあるのかを調べに行ったりするな。すぐに退却するんだ。なにをしていようとも中断して、ポッドに戻る。わかったな？」

わたしたちはぼそぼそと同意の言葉をつぶやいた。

「よし、おれのチームにはすでに話したが、いま全員に言っておく。おれたちは火事を消しに行くわけじゃない。あんたたちが作業しているあいだ、火が広がらないようにはするが、おれたちの仕事はあんたたちを守ることだ。あんたたちの目的が果たせるようにできるだけのことはするが、あんたたちの身の安全がおれたちにとっての最優先事項だ。だからおれの部下に巻物を持たせたりしないように。それはおれたちの仕事ではない。

おれたちの一部は完全防備の防火服を着る。それ以外は全員が保護用の耐火服だ。歴史局がどれほど文句を言っても無駄だ。歴史的にありえなかろうがなんだろうが、おれにはどうでもいい。あきらめてくれ。

消火をしない保安部のメンバーは群衆整理にあたる――敵意のある現地の人間からあんたたちを守るってことだ。ここでも巻物救出の作業に彼らを巻きこまないでくれ。彼らの仕事は、あんたたちがポッドに戻るまでその身を守ることだ。

二号機は医療目的に使われることになったので、フォスター先生と彼女のチームはそこで待機する。負傷者が出た場合は、そのチームのメンバー全員が二号機に向かうこと。常にチームで行動しなくてはいけない。だれもひとりでうろついたりはしないでほしい。

どういうことになろうと、現場に二時間以上は滞在しない。どれほどうまくことが運んでいようとだ。六号機の操縦者が酸素レベルをモニターする。撤退の時間を見極めるためのタイムキーパーもしてもらう。これでまた最初の話に戻るわけだ。帰るとおれが言ったら、帰るんだ。なにか質問は？」

ヘレンの最終説明はさらにひどかった。彼女は、目的を果たすのにふさわしくない状況や怪我の恐ろしく長いリストを配布した。軽い頭痛よりほんのわずかでも深刻な症状がある場合は、なんであれ戻らなくてはならないらしい。

わたしは椅子の上で落ち着きなく身じろぎした。隣に座っていたピーターソンが小声で言った。「おい、マックス、素人は置いていったほうがいいんじゃないか。この調子じゃ、なにもできないぞ」

間の悪いことに、ちょうどヘレンが言葉を切ったところだったので、ピーターソンの声はホール中に響いた。

「おれたち歴史家は、磁石みたいに惨事を引きつける紅茶漬けの存在かもしれないが、必要なときには素早く考えを巡らせることができるはずだろう？」ピーターソンは座ったまま振り返り、驚いた顔のイアン・ガスリーをにらみつけた。「シーッ！」

それで終わるはずもなかった。わたしはできるかぎりのことをしたが、ヘレンはピーターソンをどこかへ連れ出し、ようやく彼女から解放されたかと思うと、今度は復讐心に燃えたイアン・ガスリーが彼を待ち受けていた。

その後、わたしはピーターソンを飲みに誘い、優しく言った。「ばかね」

「まあね」彼はグラスの中身を一気に飲み干した。「だがいつだって、仲直りのセックスってやつがある」

「確かに。教えてくれる？　前からずっと知りたかったのよ。彼って、ベッドの中ではどんななの？」

チーフ・ファレルが一連の座標を伝えてきた。ＴＢ２と呼ばれることになった大きなポッドは、予定から遅れることわずか二日で完成し、荷積みも終了した。それ以外のポッドも準備は整った。彼が興奮するようなことはなにもなかった。悲鳴があがることもなければ、警報も鳴らなかった。

「つまらなかったわね」わたしは言った。

そして、気がつけばすることはなにもなくなり、すべての準備は整った。

ごわごわする新しい耐火服に身を包んだわたしたちは、ホーキングに集まった。

ドーソン博士とチーフ・ファレルがＴＢ２のスロープに立って、運びこんだものの最終確認をしている。ヘレンと彼女のチームは二号機の外で待っている。すでに防火服をまとっているガスリーのチームは五号機と六号機の外に並んでいる。ピーターソンとカルとわたしは自分たちのチームを集め、一号機に連れていった。ラプソン教授は三号機の外で興奮に体を震わせていた。構台は大勢の人であふれそうだ。施設の全員がホーキングに集まっていた。これは本当に大がかりな作戦だ。わたしたちの未来はこの作戦にかかっている。すべてのポッドが使われ、施設の人間の半分以上が関わっている。サースクは待機している。これが失敗したら、セント・メアリーは終わりだ。

わたしはなにをしてしまったんだろう?

わたしたちは黙って立っていた。これ以上、ぐずぐずしている理由はない。わたしは指示を与え、世界が白くなった。

第十七章

すべてがうまくいかなかった。最初から、うまくいっていなかった。

着いたのは予定より一時間遅い時刻で、図書館の優に半分はすでに炎に包まれていた。幸い、着地地点は火元とは反対側だった。熱狂的な信仰とは相容れない知能レベルの持ち主であるキリスト教徒たちは、すでにいなくなっている。わたしたちはすさまじい熱さと騒音の中へと降り立った。まるで、地獄に足を踏み入れたかのようだ。ぐずぐずしている時間はない。すぐに取りかかった。

ポッドから二歩進んだだけで、わたしは汗だくになった。息がつまるほどの熱さだ。頭の中に自分の苦しそうな息遣いが響く。視界の隅に燃えあがる炎が見えた。図書館の様子はよくわからない。すべては煙に隠れてしまっていた。わたしに見える世界は、目の前の数メートルだけだった。

三つのチームはそれぞれの位置についた。わたしのチームはマーカムと若いヴァン・オーウェンだ。幸運を祈ってうなずき合い、作業を開始した。このための予行練習はしていたけれど、予想していたよりもはるかに大変だった。ほんのわずか体を動かすだけで、滝のように汗が噴き出す。頭ががんがんする。呼吸を整えることができなかった。

手順は決めてあった。マーカムが棚のドアを開け、ヴァン・オーウェンとわたしが前に出る。マーカムが松明を掲げ、わたしたちは上の棚から順にそこに置かれているものを容器に入れていく。容器を外に出し、新しい容器を持ってくる。次の棚に移動する。マーカムがドアを開け……を繰り返した。

時折、だれかから水が手渡された。炎に負けないように声を張りあげながら、部屋を横切っていく黒っぽい人影があった。わたしは無視して、作業を続けた。それがだれであれ、ガスリーがわたしたちを守ってくれると信じて、自分のすべきことだけ考えた。いまは目の前のことに集中するだけだ。息をして。増す一方の熱さもがんがん痛む頭もかすむ視界も無視して。とにかく手を動かして。

次の棚に移動した。マーカムがドアを壊した。いまいましい巻物は際限なく並んでいる。上の棚に手を伸ばしたときだった。騒々しい物音のなかに、新たな音が混じったことに気づいた。

なにか大きな音がした。炎が床の上をこちらに向かって伸びているのが見えた。床は大理石だ。どうして燃えるの？　オイルに違いない——ランプが倒れたのだろう。いや、違う。ランプじゃない。キリスト教徒たちが戻ってきたのだ。煙の向こうから、叫び声が聞こえてきた。わたしたちの姿を見たか、声を聞いたかしたのだろう。わたしたちは、一切身を隠そうとはしていなかった。マーカムがわたしたちから一歩離れ、動けるスペースを作った。

保安部のチームが行動を起こした。彼らに与えられている指示ははっきりしている。いかなるものであれ、暴力は禁止。現地の人間を絶対に負傷させてはならない。防火服に身を包んだ異様な姿の彼らは血も凍るような叫び声をあげ、両手を振りまわしながら、ひとかたまりになって暴徒に向かっていった。キリスト教徒たちは一斉にきびすを返し、逃げ出した。聖堂を守ろうとする異教徒の悪魔だと思ったのかもしれない。いずれまた気を取り直し、勇気と宗教への情熱を持って引き返してくるだろう。まずいことになる。退却する潮時だ。

不意に気圧の変化を感じ、ガスリーが声を張りあげた。だれかが叫んでいる。「伏せろ、伏せろ、伏せろ」

この数ヵ月、時間を無駄にしていたものはだれもいない。わたしたちは一斉に床に伏せた。

遅かった。熱い風が激しく吹きつけてきて、わたしは背中から棚に叩きつけられた。棚が倒れ、一〇〇万もの巻物と一緒にわたしの上に落ちてきた。耐えられないほどの熱さに包まれた。火がついたの？　わたしは悲鳴をあげて、押しつぶされそうな重さからなんとかして逃れようとしてもがいた。

目を開けると、オレンジの炎にうしろから照らされながら、マーカムがわたしの顔をのぞきこんでいた。「マックス、聞こえるか？」

うなずいた。彼がわたしの片方の腕を、ヴァン・オーウェンがもう一方の腕をつかんだ。

「待って」わたしはそう叫んでふたりの手を振りほどき、半分中身が埋まった容器をつかんだ。ここになにかが記されているかもしれない。アレクサンドロス（古代マケドニアの王。墓のありかが特定されていない）の墓の正確な場所、カンビュセス二世（アケメネス朝ペルシアの王。砂嵐によって五万人の軍勢が失われたと言われている）の失われた軍隊にまつわる真実、ひょっとしたらアトランティスに関する著述はすべて無視するようにと書かれたプラトンのメモも——夜中にチーズを食べすぎて書いただけのことだったのかもしれない。なんであれ、置いていくつもりはなかった。

まわりでは、だれもが持てるだけのものを持ってポッドを目指して走りだしていた。頭上でなにかが割れるような音がしたかと思うと、天井から大きなものが落ちてきて大理石の床の上で砕けた。炎が轟音と共に押し寄せてきた。

ガスリーが叫んだ。「撤退だ。いますぐ。全員、退避。急げ、急げ」

わたしはまた腕をつかまれ、レンガ細工やタイルや燃えている木が次々と落ちてくる中を、一号機に駆け戻った。屋根が燃え落ちた。図書館は失われた。わたしはドアの前で足を止めた。世界最大の図書館を最後にもう一度見たかったけれど、すでにそこには存在してなかった。ただ炎と煙と瓦礫があるだけだ。なにが失われたのかは想像するほかはない。炎をあげる柱がドア口の前に落ちてきて、だれかにポッドの中に引きずりこまれた。

ピーターソンがジャンプを命じる声が聞こえ、世界が白くなった。

歴史家の神さまがわたしたちを気にしてくれていたらしい。到着した砂漠のサイトは夜だった。ポッドは満員で、息苦しいくらいだった。ピーターソンが乱暴にドアを開け、わたしたちは早く息がつきたくて、きんと冷えた夜の空気の中に転がり出た。わたしはくすぶっている耐火服を必死になって脱ごうとした。熱くて熱くて、もう一秒たりとも耐えられない。いますぐ脱ぎたくて、悲鳴をあげたくなった。けれど手袋をした手ではファスナーのつまみをつかむことができず、わたしはパニックを起こした。かすかにチーフ・ファレルの声が聞こえた。彼がわたしの手を押さえ、だれかがファスナーをはずしてくれた。これほど大勢の人に服を脱がされたのは初めてだ。ブーツが脱がされ、Tシャツとショートパンツ姿になったところで、だれかが冷たい濡れタオルでわたしをくるんだ。ほっとして、思わず声が漏れた。頭と首に水がかけられた。わたしは地面にぺたりと座りこみ、しばらくそのままでいた。飲み物が差し出され、不意にどれほど喉が渇いているかに気づいて、ひったくるようにしてそれを受け取った。

「落ち着いて」隣にしゃがみこんだレオンが言った。「ゆっくり飲むんだ」

彼はわたしの手からボトルを取り、わたしの顎を拭いてから、もう少し飲ませてくれた。

「うまくいったんだね？」彼が笑顔で尋ねた。

「どうしてわかるの？」

「きみがここにいる。だれにも火がついていない。ポッドは無傷だ。だれも叫んでいない。観察眼と知性のある男は、そういうささいなサインを読み取ることができるんだ」

「わたしはいつかそんなふうになれると思う？」

彼はなにかひんやりしたものでわたしの顔を拭った。「一度、ドレス姿のきみを見たよ。きれいだったし、いいにおいがしていた。時々、あれは夢だったのかと思うよ」彼はわたしの腕を撫でると、ほかの人たちのところへ行ってしまった。

わたしはしばらくその場に仰向けになり、白亜紀よりもさらに星が多い夜空を眺めていた。時折、頬が緩んだ。やり遂げた。アレクサンドリア図書館の蔵書の一部を救い出すことができた。たいした量ではない。ごくごく一部に過ぎないけれど、それでもゼロよりはいい。やり遂げたのだ。そのうえだれも死ななかった。歴史はよそ見をしていたのか、それとも、セント・メアリーについてはあきらめたのかもしれない。

これはほんの始まりにすぎないのだ！　この作戦がうまくいけば……

わたしたちはほぼ正方形の空間に着地していた。一辺に沿ってＴＢ２、そこから直角に三号機が立っている。いまはそこに五号機、六号機、一号機も着地していた。すべてのポッドのドアは中央に向かって開け放たれ、なにか問題が起きたときのために防御しやすい形になっていた。砂の上にはいくらかでも居心地がよくなるように、そして無駄だろうけれどポッドに砂が入らないようにするために、マットが敷かれている。ポッドのまわりにはキャンバス地の日よけが張り巡らされて、昼間は日陰ができるようになっていた。

そこは行き止まりになっている狭い峡谷で、岩にはさまれた一本の細い道からしかたどり着くことができない場所だった。このあたりの険しい岩山のどこかに人目につかない洞窟があって、そこに巻物を隠すことになっていた。

峡谷には熱がこもる。焼けるように、うだるように暑くなる。猛火の図書館から大釜の中へとやってきたようなものだ。昼間は耐えがたいほどになるはずだ。ほこりとよどんだ空気と熱せられた岩のにおいがした。キャンバス地の日よけは日陰を作ってはくれるものの、涼しくはしてくれない。

　ボスが近づいてきたので、わたしはかろうじて立ちあがった。

「よくやった」彼の口調は穏やかだった。給料分の仕事をしなければ。わたしは声を張りあげた。「報告して」

「ほぼそろっている」ガスリーがしわがれた声で言った。「ほぼ問題ない。エヴァンズとリターは医療班と戻った。重傷ではないが、砂漠は火傷の治療にふさわしい場所ではないからな。全員が軽い火傷を負ったが、焼け死んだ者はだれもいない」

「成果は？」

　ピーターソンは咳きこみ、唾を吐いてから答えた。「計画どおりだ。概算だが一五〇〇から一七〇〇の巻物を取ってきたと思う。内容はわからない。図書館のあらゆるところから取ってきたから、うまい具合に混ざっているはずだ。もちろん、ぼくたちのことだから、全部家具の目録だってこともありうるけれどね」

　そう言いながらも、彼はにやついていた。全員が笑っている。わたしもだ。一五〇〇の巻物。古代世界の秘密が書かれている一五〇〇の巻物。

「ご苦労だった」ベアストゥ博士が言った。「申し分のない仕事だ」

　ラプソン教授とドーソン博士が興奮に我を忘れて、わたしの手を握りしめた。一号機が運んできたものを調べるのはあとにするようにと、わたしたちはふたりを説得した。

「さあ、みんな、休みましょう。明日から始めるわよ」わたしは言った。

ガスリーが見張りを配置した。わたしたちは明かりを消し、地面に横になり、眠りに落ちた。

彼らは夜にやってきた。いい時間を選んだと言えるだろう。すべきことが満載の一日だったから、わたしたちのほとんどはあっと言う間に眠りに落ちていた。

立て続けの銃声にわたしは目を覚まし、さっと体を起こした。頭がぼんやりしている。ガスリーが騒ぎの中で叫んでいる。だれかがピストルと弾倉をふたつ、わたしに投げてよこした。ポッドを守れとボスが指示を出した。

わたしはヴァン・オーウェンとシラー、そのほかの先導者たちと研究開発部のメンバーをポッドに戻し、絶対に出てくるなと命じた。なにがあっても。わたし自身は、中に入れという命令を無視してブーツを手に取り、峡谷への狭い入り口に身を隠している人たちに加わった。いったいなにが起きているのかを見て取ろうと、暗闇に目を凝らした。

もう銃声は聞こえない。まわりにいる人たちの息遣いだけだ。

ガスリーは優れた拠点を確保していた。ここは、わたしたちのポッドが並ぶ峡谷への唯一の入り口だ。常に狭い地形を利用しろ。レオニダス（アギス朝のスパルタ王）はテルモピュライの戦いでその戦略を取り、ギリシア軍が準備を整えるまで、ペルシア軍を相手に三日という貴重な時間を稼いだ。ヘンリー五世はアジャンクールの戦いでふたつの森の隘路に兵を置き、フランス軍の騎兵たちが泥濘状態の地面で身動きがつかなくなるのを眺めていた。レオニダスとヘンリー五世。ふたりが顔を合わせることがあったなら、互いに言いたいことはたくさんあっただろう。わたしたちが必要としているいま、彼らはどこにいるのだろう?

なにが起きているのか、わたしはさっぱりわかっていなかった。みんなそうだ。ガスリーが答えをくれた。

「おれたちはここにいる。セント・メアリーの残りの面々はポッドの中だ。だから、この道をやってくるやつがいたら、迷わず撃て。やつらは現地の人間じゃない。現代の武器を使っているから、正真正銘の敵だ。やっつけてやれ」

それなら話は簡単だ。わたしたちは歴史家だから、物事は簡単にしてもらわないと困る。

わたしは銃を調べて弾を装塡し、ブーツを叩いて忍びこんでいるかもしれないサソリを追い出し、防弾チョッキがあればよかったのにと思いながら、ブーツに足を入れて紐を締めた。マードックが現状を報告してくれた。岩場で物音がしたため、人影らしいものに誰《すい》何《か》したのだという。その返答の一斉射撃で全員が目を覚ましたというわけだ。だがそれ以降、なにひとつ物音はしていない。いまもなにも聞こえない。わたしたちはじっと待ったが、なにも起きなかった。

誤報だったのではないかと思い始めた頃、彼らが暗がりから姿を現わした。ガスリーが命じた。「来たぞ。好きに撃ってくれ。幸運を祈る」

わたしは岩陰にしゃがみこみ、銃口の閃光をめがけて撃った。耳をつんざくような音と充満する無煙火薬のにおい。飛び散る薬莢。わたしは心の片隅で、ＦＯＤチェックはとんでもなく大変だと考えていた。わたしが手にしているのは小さなピストルだったから反動はそれほどでもなかったが、動かないように支えている手と手首と前腕が痛み始めていた。銃撃はずいぶん長く続いたように思えた。わたしは弾がなくなるまで撃ち続け、再び装弾し、また撃った。峡谷に銃声が反響した。すさまじい音だ。汗ばんだ手の中で銃が熱を帯び、つんと鼻をつくにおいにわたしは再び喉の渇きを覚えた。何者かが叫び、彼らは後退した。沈黙が広がった。

「点呼だ」ガスリーに言われ、わたしたちはそのとおりにした。わたしのグループはマードック、ピーターソン、マーカムとわたし。ガスリーともうひとつのグループはわたしたちの左側、少し上の位置に陣取っている。道の反対側にいるチームはボスが指揮していた。わたしたちはうまく封鎖していた。だれひとりここを通してはいない。

間違いだった。

わたしは自分を責めた。レオニダスとヘンリー五世に自分たちを重ね合わせていたというのに。考えが浅かった。ふたりは同じような戦術を取り、同じような問題に直面した。この戦術がうまくいくのは、背後からだれも攻めてきていないときだけだ。もしそうなれば、狭い場所で身動きがつかなくなる。

ヘンリー五世の場合、彼らの身を守るためとのちに賠償金を求めるために後方に退避させていたフランス軍の戦争捕虜が問題となった。自分たちの軍が非常に危険な位置にいることを悟ったヘンリー五世はルールを忘れ、捕虜全員を殺した。これで問題解決だ。

レオニダスはエフィアルテスに裏切られた。ペルシア軍の構成部隊がスパルタ軍の背後にまわれるように、山中の道を教えたのだ。その攻撃が成功することはなかったが、レオニダスと彼の軍は最後まで戦ったものの、敗れた。

彼らは再び正面攻撃を仕掛けてきた。すさまじい猛攻だった。石の破片があたりを飛び交っている。動けなかった。ここから出られない。けれど、相手がだれであれ彼らもここを通ることはできない。ポッドは安全だし、わたしたちの身にもたいした危険は迫っていない。

またもや間違いだった。

銃声が止み、水を打ったような静けさの中に、数丁の強力なブラスター銃の安全装置をはずす、間違いようのない音が響いた。わたしたちのうしろで。彼らはうしろにいる。一斉射撃の陰で、ひそかに背後にまわりこんでいたのだ。ガスリーが恐ろしい声で毒づくのが聞こえた。とことん戦うことはできるけれど、実際のところ、勝てる望みはない。

　武器を捨てろと、暗がりからだれかが叫んだ。わたしは最後まで戦う気満々だったけれど、ボスがこの状況で唯一可能な命令をくだした。みなが茫然とする中に、ガスリーの静かな声が響いた。「ベアストゥ博士の指示がないかぎり、だれもポッドを開けてはいけない。これは命令だ」ぼんやりしたいくつもの人影が暗がりから現われ、わたしたちは銃を突きつけられながら、ポッドが並ぶ野営地へと戻った。

　空が白み始めていた。山の向こうで夜が明けようとしている。太陽がのぼれば、また暑くなるだろう。

　彼らはわたしたちよりも数こそ少なかったが、武器や装備は上回っていた。なにより、不意をついたという利点があった。

　彼らはポッドの前にわたしたちを立たせ、向かい合うようにして二列に並ばせた。両手を頭のうしろで組ませ、膝をつかせた。乱暴だった。これから三〇分ほどは、楽しい時間になりそうもない。命令がくだされ、数人がその場を離れてあたりの岩を調べに行き、残りはわたしたちのうしろに立った。

あたりを見まわした。ファレル、ピーターソン、ボス、マーカム、ディーターがいる。先導者の姿は見当たらなかった。彼らと巻物が、一号機の中で無事でいることを願った。わたしは歴史家だ。襲ってきたやつらは巻物が目的なのだと思っていた。のちに、それもまた間違いだったことがわかるのだけれど。

研究開発部のジェイミー・キャメロンの姿はあったけれど、ドーソン博士もラプソン教授も見当たらない。ＴＢ２の中だろう。ふたりがドアを開けないことを祈った。三号機、五号機、六号機は空で、ロックされているはずだ。わたしたちの大部分はここにいる。なにもできずに。

彼らは重装備だった。あたりが明るくなっていたので、迷彩服をまとい、防弾チョッキにヘッドセットをつけ、クーデターを起こせそうなほどの武器を携行しているのが見て取れた。全員が無言だ。いかにもプロらしくタフに見える。どれほどプロでタフなのかは、すぐにわかるだろう。

ひとりが前に出て、ヘルメットをはずした。

ロナン。

サスマンを殺した男。

以前わたしたちは彼に不意打ちをかけたけれど、いま彼が同じことをわたしたちにしている。わたしは落ち込むまいとした。まずいことになった。彼になにができるのか、わたしはこの目で見ている。

近くで見ると、彼は驚くほど特徴がなかった。恐ろしい傷もなければ、邪悪な笑みを浮かべているわけでもない。黒い髪は薄くなりかけていて、しわの多い顔のせいで、わたしが思っていた年齢よりも老けて見えるけれど、それでもとても健康そうだ。

過去の世界で生きるのは簡単だと思われがちだ。金がいっぱいに詰まった大きな鞄と、勝ち馬に、もしくは勝つ王に、あるいは勝つ企業に賭けるだけの未来の知識があれば、あとはのんびりと財布の中身を数えていればいいと。

ことはそれほど単純ではない。

たとえば一〇〇年ほど前に遡ったとしよう。国民保険番号や身分証明書や信用格付けがなければ、存在する人間とは認めてもらえない。昨年、アメリカが国境を閉鎖して以降は、その手の証明書がなければあらゆる警報機が鳴り響く。

そういった面倒な記録が発明される以前に戻ればいいと思うかもしれない。けれど、それもうまくはいかない。昔の社会は融通がきかなかった。人々は自分たちの社会で暮らす人間全員を知っていた。世の中の仕組みの中で、自分の場所を持っていた。家族や、仲間や、村や、組合といったものに属していなければ、存在しているとは言えなかった。共通の知り合いや、推薦状や、紹介状がなければ、どこかに移住することもできなかった。どんな時代であれ、どんな社会であれ、その端で生きていくのは大変だ。わたしにはよくわかっていた。ラッシュフォードでひとり過ごした四カ月があったから。

彼らがそうやって生き延びてきたのだとしたら、ひどい有様になっているはずだ。彼らのポッドも。ポッドは定期的な点検をしなければ、どこかへ流されてしまう。けれど彼らはそれほど悪い状態には見えなかった。いまのわたしたちよりもましだ。どこかに基地があるのだろう。そうに違いない。だれかが、どこかで、隠れ場所を提供しているのだ。

わたしはより緊迫した現在の問題に意識を戻した。

ロナンは膝をついているわたしたちを眺めている。いつものごとく、死体ほどにも感情が浮かんでいない。なにか感じているとしても、完全に内側に抑えこんでいた。わたしは、だれひとりとしてその時々の感情を表に出すことを躊躇しないセント・メアリーに慣れていたから、彼の冷ややかな落ち着き具合が恐ろしくてたまらなかった。

彼は適当に狙いをつけた。一発の銃声が轟き、顔の一部を吹き飛ばされたジェイミー・キャメロンが砂の上に前のめりに倒れた。

ショックに心臓が止まった。ジェイミー・キャメロン。いつも眉毛を焦がしていたぼさぼさの黒髪の若者。たったいままで生きていたのに、次の瞬間には――わたしはパニックを起こしそうになるのをぐっとこらえ、目を逸らした。次はだれ？　必ず次があるはずだ。ロナンが要望を告げ、ボスがそれを拒否しているあいだは、これが繰り返される。

彼らはマーカムを立たせた。

「ポッドを開けろ」

わたしは息を止めた。たったいまジェイミーが殺されるのを見たばかりだ。惨事ばかり起こしている不器用な彼がどう応じるのか、見当もつかなかった。

わたしは彼を過小評価していたようだ。彼には金《きん》の価値がある。薄汚れた金だけれど、それでも金には違いない。

彼は、たいして高くもない背を伸ばすように胸を張り、静かに答えた。「ベアストウ博士の命令にしか従わない」

ロナンは恐ろしげな笑みを浮かべ、銃を持ちあげた。

「それもできなくなるぞ。ポッドを開けろ」

よりによって、屈したのはチーフ・ファレルだった。彼はさっと立ちあがって言った。

「やめろ。そんなことはするな」ふたりの男が彼をつかんだ。

わたしは茫然として彼を見つめた。いったいなにをしているの？

ロナンは表情を変えることなくしばし彼を見つめていたが、やがてマーカムに視線を戻し、引き金を引いた。再び銃声が反響し、マーカムがくずおれた。彼の下の砂に血が広がっていく。

ボスの表情は険しかった。この場さえ切り抜けることができたなら、彼がロナンに屈することはないだろうと思えた。ファレルにも。

「なにが望みだ、クライヴ？」

「わたしの望みだって？　全部だよ、エドワード。わたしはきみのポッドがほしい。そこにある大きくてぴかぴかの素敵なポッドもね。その中身もいただこう。あの巻物は莫大な利益を生んでくれるからね。そしてきみの哀れな施設がこれで終わりだということを、きみに教えたい。だがなによりも、エドワード、きみの素晴らしい部下たちが目の前で死んでいくのを、きみにはしっかりと見届けてもらおうじゃないか。わたしが勝ったということをきみに教えたいんだ。きみが必死になって成し遂げようとしたことが、まさにわたしの望むものを与えてくれたんだとね」

ふたりのあいだで憎悪がはじけた。空気が憎しみに歪むのが感じられるほどだ。まわりにいる者のことはふたりの頭から消えている。これはふたりの問題だった。わたしたちはいま、セント・メアリーの終焉を見ていた。ボスは来るべきではなかったのだ。彼を連れてきたのが間違いだった。彼が安全な場所に残っていたなら、ここでわたしたちの身になにが起きようとも、それで終わりということにはならない。また新たにやり直すことができただろう。ミセス・パートリッジが珍しく動揺したのは、そのせいだったのだろうか？

「ノー」

短いけれどはっきりした答えだった。反論するのではなく、懇願するのでもなく、喧嘩を売るわけでもない。ただひとこと〝ノー〟。

ロナンは再び笑みを浮かべた。「前にもこんなことがあったな、エドワード。その結果がどうなったか覚えているだろう？　脚はどうだ？」

「何人になった、クライヴ？　アニーのあと、いったい何人殺したんだ？」

「わたしはアニーを殺していない。セント・メアリーが殺したんだ」

「いま彼女がここにいたら、きみはどうしていた？」

「いま彼女がここにいたら、最初にあの世に行くのは彼女だっただろうな。きみが彼女のことをどう思っていたかを知っているからね。だがここには、おおいに満足できる代役がいるじゃないか。そうだろう？　おはよう、ミス・マックスウェル」

くそっ、くそっ、くそっ。

だれかがわたしのうしろに立ったのがわかった。砂の上を歩く音と衣擦れの音。そして安全装置をはずす、間違いようのない音。

わたしはすっくと背筋を伸ばして顎をあげ、事務仕事をしていればよかったと心の底から願った。終わりだ。目を閉じた。

待っている時間が永遠に感じられた。顔と背中を汗が伝うのがわかった。体が揺れた――暑さのせいなのか、恐怖のせいなのか、それともその両方なのかはわからない。これからどうなるだろう？　最初に殺されるほうがましだろうか？　友人たちが次々に殺されるところを見ずにすむから？　痛いのだろうか？　死ぬ覚悟を決めたそのとき――

「やめろ！」

突然の叫び声に、わたしはぎくりとした。身構えていたせいで、危うく漏らすところだった。

「言っただろう。やめろ。ぼくがポッドを開ける」

ボスが鞭を打つようにぴしりと命じた。「さがるんだ、ファレル」

「いいえ」彼の声はしわがれていた。「あなたはアニーを失った。今度は彼女を失うわけにはいかない。ぼくがポッドを開ける。だから、彼女を撃たないでくれ」

安堵と恥ずかしさが半々だった。「やめて、チーフ、わたしは……」

だれかがわたしの顔を地面に押しつけた。「黙れ」

なにが起きているのかをどうしても見たかったから、わたしは首をねじり、口に入った砂を吐き出した。だれかがわたしの首筋をつかんで引っ張り起こしたので、そのあと起きたことはよく見えた。

チーフ・ファレルとロナンが砂の上をポッドに向かって歩いていく。

ボスが声をあげた。「ファレル、やめるんだ。止まれ」その声は蔑みに満ちていた。そしていくらかの絶望感と。

胸が締めつけられて、息が苦しくなった。こんなはずじゃなかった。彼がこんなことをするはずがない。よりによって彼が。わたしたちが生きてここを出られると、本気で考えているの？　彼は、わたしたちの唯一の強みを手放そうとしている。こんな事態になるのを防ぐために未来から来たはずなのに、どうして？　答えはわかっていたから、わたしは罪悪感を覚えた。わたしのせいで、彼はわたしたち全員を殺してしまう。わたしのせいで……

わたしは全身の筋肉に力をこめ、勢いよく立ちあがる準備を整えた。立ちあがって、死ぬ準備を。わたしが死ねば、彼はドアを開ける必要はなくなるから……

そこに存在しない声が風に乗って流れてきた。「待って」

だれ？　わたしはあわててあたりを見まわし、とまどっているあいだにチャンスを逃した。ファレルはＴＢ２にたどり着いていた。彼は片側に寄り、ロナンと部下たちはうしろにさがって広がった。

　ファレルがはっきりした声で言った。「ドア」

　スロープがおりてきた。


　赤みがかった金色の薔薇のような炎が、彼らの顔の前に広がった。

　ラプソン教授とドーソン博士がドア口に立っている。教授はポッドの砂を掃除するために持ってきた工業用の掃除機を手にしていて、左右に振り回しているその先端から鮮やかな色の炎が噴き出していた。彼のうしろでは、ドーソン博士が牛乳容器のようなものをくっつけた自家製らしい手押しポンプを猛烈な勢いで動かしている。こんなものをいつ、どうやって作ったんだろう？　ふたりは煤だらけで、残っている髪は逆立っている。教授が叫んだ。「神はヘンリーの側にあり！　イングランド、そしてセント・ジョージ！」

（シェイクスピア『ヘンリー五世』第三幕の台詞）

　ロナンは素早く地面に伏せた。彼の脇にいたふたりは反応が遅れ、炎に包まれて悲鳴をあげながら倒れこんだ。

　今度はわたしたちが不意をついた。

　ボスが叫んだ。「セント・メアリー――伏せろ！」わたしたちは地面に身を投げ出した。

巨大な炎の舌がその上をなめていく。ロナンの部下たちは闇雲に発砲している。わたしたちを撃つべきか、それともその場で火あぶりになるべきか、迷っているのだろう。ガスリーが敵のひとりの脚をはらい、銃に手を伸ばした。ほかの者たちも同じことをしている。ひとりで立ちあがれないボスは杖を振り回し、それが敵のひとりの膝に当たった。男は痛みに悲鳴をあげながら倒れこみ、わたしは彼に飛びかかって銃を奪おうとした。

近くで銃声が轟き、ガスリーがディーターの名を呼ぶのが聞こえた。

ロナンの部下がわたしの手を逃れて砂の上を走りだし、マードックとわたしはそのあとを追った。だれもが必死になって銃を奪い合っていた。

機関銃の銃声が峡谷の岩壁に反響した。どこから撃ってきているのかさっぱりわからない。マードックがわたしを前方に押しやった。そのひと押しがわたしの命を救い、彼の命を奪った。わたしたちはからまり合うようにして倒れた。わたしは彼の下敷きになり、その後の銃撃から守られる格好になった。首をひねって彼の様子を確かめた。両脚の膝から下がずたずただ。ぐちゃぐちゃになった肉片の中に白い骨の破片が見える。気分が悪くなった。彼の顔はわたしから数センチのところにあった。彼はわかっていた。わたしは彼の目をのぞきこんだ。痛みに歯を食いしばり、激しく体を震わせている。かすかな彼の声が聞こえた。

「マックス……」

「デイヴ……」

しっかりしてと言いたかった。すぐにここから連れ出すから、大丈夫だからと言いたかったけれど、その時間はなかった。彼の目から光が消えたのがわかった。彼は死に、わたしの一部も彼と一緒に消えた。

彼の下から這い出て、身を隠せるところを目指して走った。

背後では、ラプソン教授とドーソン博士がポッドの外に出てきていた。自家製の火炎放射器を巧みに扱い、敵とみなしたものすべてに炎を浴びせている。ふたりがどうしてまだ生きているのかは謎だ。博士は「目を覚ませ《アウェイク》！　目を覚ませ《アウェイク》、ヘリワード・ザ・ウェイク！（ロビン・フッドのモデルのひとりと言われる伝説的なサクソン人）」と叫んでいた。

そして、大混乱が起きた。

教授は様々な動物の糞を大量に集めていた。どれくらい必要になるのかわからなかったため、とにかくひたすら集めたのだ。もちろん、ポッドからできるだけ離れた峡谷の北の端に保管してあったが、その距離は充分ではなかった。教授が運んできたとき糞はまだ新しく、数日間、日光に当たるところに置かれていたため、発酵していた。メタンガスが発生していた。そしてそこに火炎放射器が使われた。当然の結果だ。セント・メアリーの人間は、湿ったティッシュペーパーの束でも爆発させるかもしれない。

遠くでガスリーの叫ぶ声がした。「気をつけろ、教授」

わたしは熱い砂の上に体を投げ出し、いわゆる胎児のポーズを取って、できるかぎり小さくなった。

永遠にも思える一秒が過ぎた。肺の中の空気が一気に押し出された。すべてが黒くなり、それから赤くなり、鋭い音のあとに轟音が響き、さらに熱さが襲ってきて、わたしは宙を飛んでいた。地面に叩きつけられ、山の半分がわたしの上に落ちてきた。

子供の頃、シーソーで遊んでいたとき、わたしがまだ高いところにいるあいだに相手の子が急にシーソーから降りたことがあった。地面に勢いよく落ちたときの衝撃をいまでも思い出すことができる。肺からすべての空気が押し出され、わたしは地面に倒れこんだ。息がしたくてたまらなかったけれど、息をしたら辛い思いをすることもわかっていた。いまもそれと同じだ。ただ何倍にもなっているだけで。

耐えられる間は耐えたけれど、それでもいつかは息をしなくてはならない。わたしは息を吸った。そしてもう一度。さらにもう一度。熱く焼けた有刺鉄線で胸の中を引っかかれるようだった。

目は見えたけれど、ひどく痛かった。まばたきをして涙を出そうとしたものの、瞼がまるで紙やすりのように感じられた。どちらにしろ、それほど見るものはなかった。ほこりの黒い雲があたり一面を覆っている。大勢が地面に倒れていた。

　わたしは恐る恐る首を動かした。瓦礫の山の下敷きになっているのがわかった。左腕がなくなっている。どこにも見当たらない。痛みがなくてよかったと思った。右腕はあったし、まだ肩についている。両脚も無事だったけれど、なにひとつまともに動かないようだ。瞼が重くなってきた……

　なにかに足首をつかまれた。その衝撃にわたしはぱっと目を開き、同時に痛みが始まった。全身のすべてが痛んだ。なくなった左腕さえ痛い。足首をつかんでいた手が離れたが、代わりに脚をつかまれた。

　もう一度頭を持ちあげてみると、ほこりまみれの人影がわたしの脚を使ってがれきの上でじりじりと体を引っ張りあげているのが見えた。やめて欲しかった。それでなくても痛くてたまらないのに。腕が伸びてきて、今度はＴシャツをつかんだ。その人影は顔をあげ、わたしはこれが深刻な事態であることを知った。

　イジー・バークレー。

　彼女がどうやってここに来たのかなどと考えて、時間を無駄にしたりはしなかった。いま問題なのは、いまここでなにをしようとしているかだ。彼女はわたしの心を読んだかのように片手であたりを探り、石をつかんだ。

彼女はひどい有様だった。鼻は曲がっていたし、頭と腕に負った深い切り傷から出血している。流れてきた血が目に入るのか、しきりに頭を振っていた。そんな状態にもかかわらず、彼女がわたしから目を逸らすことはなかったし、その意図はこれ以上ないほどはっきりしていた。これほどの激しい憎悪を見たことはない。とても逃れられそうになかった。

彼女はなにか言った。唇が動くのが見えた。

「聞こえない」わたしが言うと、彼女はけげんそうな顔をした。彼女も聞こえていないようだ。

彼女は腕を持ちあげ、石を振りおろした。最後の瞬間にわたしは頭を動かして、それをよけた。それほど力強い一撃ではなかった——彼女は理性を失っている。けれど時間の問題だろう。いずれわたしの顔はぐちゃぐちゃにされる。彼女の口は動き続けていた。どれほどわたしを憎んでいるかを延々と語っているのだろう。彼女はさらに体をずらしてわたしに馬乗りになると、両手で石を持って振りかぶった。こんな死に方はごめんだったのに。

けれど、そのときが来ることはなかった。

ひんやりした風に顔の汗がひいていくのがわかった。ほっとしてため息をついた。わたしは死んだのだ。

ミセス・パートリッジが岩に腰かけ、表情のない顔でわたしを見つめていた。黒い髪をゆるくまとめあげて、銀の留め具で留めている。ゆったりとした美しいローブをまとっていた。裸足で一本の巻物を手にしていた。

「わたしは死んだんでしょう？」わたしは訊いた。あまり口にすることのない台詞だ。

彼女は首を振った。

それともこれは幻覚かもしれない。

頭を持ちあげようとしたけれど、なにひとつ動かすことができなかった。すべてが止まっている。痛みも感じない。耳鳴りはかすかな音楽のように聞こえた。だれかがワイングラスの縁を指でなぞっているような。

唐突にわたしは悟った。最初から答えはそこにあったのだ。ミセス・パートリッジが何者なのか、わたしはようやく気づいた。いままでわからなかったことが信じられない。頭を揺すぶられたせいで、すべてがあるべきところに収まったのかもしれない。クレオではない――クレイオだ！　彼女はクレイオ。歴史の女神のクレイオだ。いつも肝心なときにそこにいたのはだれだった？　ラッシュフォードに行く計画をたてていたとき、バークレーも誘おうとしたわたしを止めたのはだれだった？　彼女がいたなら、レオン・ファレルはわたしの部屋には来ていなかっただろう。環境を変えるようにアドバイスしてくれたのは？　松ぼっくりが見つかるように、洗濯しろとしつこく言っていたのは？　本当に必要になるときまで、トロイの木馬を預かってくれていたのは？　ボスを危険な目に遭わせないようにしていたのは？　そこまで考えて、シビル・ドゥウィンターが何者であるかにも気づいた。マードックをスペルブス王に仕立てたとき、彼女が笑ったのも無理はない。横っ面を引っぱたかれなくて運がよかった。

「あなたが待てって言ったんですね。あなただった」

彼女はうなずいた。

「命を助けてくれた」

またうなずいた。

「どうして？」彼女はジェイミーを助けなかった。マーカムもマードックも。どうしてわたしだけ？

彼女は答えなかった。

「どうしてセント・メアリーにいるんです？」

時を越えてかすかな声が返ってきた。

「歴史は大事だから。ほとんどの人が考えているよりも、はるかに大事だから。その歴史が攻撃を受けているから。なにかが起きているから」

それはわかっていた。いま起きていることだ。セント・メアリーの優秀な人々が撃たれたり、燃え盛る肥料の下敷きになったりしている。

見慣れた怒りの表情が彼女の顔に浮かんだ。彼女が言っているのは違うことらしい。

「なにが起きているんですか？」

「四段目の下にあるの」

「なにが？」

「逸脱したものが」

「逸脱？」

けれど彼女は消えてしまい、わたしは現実に戻された。

山の向こうから、待ちきれないかのように太陽が顔を出した。まばゆいほどの光がまともにバークレーの顔に当たり、彼女の視界を奪った。

わたしは必死になって彼女を押しのけようとしたけれど、無駄だった。まったく動くことができない。そのとき、見えないところで〝ズシン〟という音がした。彼女の目が裏返り、わたしの顔の上に倒れてきた。わたしは息ができなくなった。

ミセス・パートリッジの声が聞こえた気がした。「あなたのことは好きじゃなかったのよ、イザベラ」

わたしのことも好きじゃなくて、一石二鳥を狙ったのかもしれない。

わたしは首をねじり、なんとかして自由の身になろうとした。今度は、ヘレンが診断書を読みあげる声が聞こえてきた。広範囲に及ぶ熱傷、爆発による損傷、挫滅外傷、頭部外傷、四肢損傷がありましたが、ミス・マックスウェルは窒息死でした。

だれかがバークレーをわたしの上から引きずりおろした。わたしは大きく息を吸い、そこにあるロナンの顔を見あげた。顔の片側と髪が焼けている。ヘルメットをつけたままにしておくべきだったのに。痛みは激しいはずなのに、恐ろしいほどの無表情はそのままだった。

「あんたか」彼はひとことだけ言うと、ブラスター銃をわたしに向けた。わたしはまたあの世を見つめることになった。

またもや銃声が響き、だれかがロナンの名を呼ぶのが聞こえた。彼のブラスター銃は泣くような音を立てている。まだ充電できていないのだ。再び叫び声。さっきよりも切羽詰まった声だ。ロナンは振り返り、それからわたしに視線を戻した。人々がよろめきながら立ちあがろうとしている。充電が終わるまであと数秒待って捕まる危険を冒すか、それとも分別のある行動を取るか。彼は後者を選んだ。向きを変えて走りだす。わたしは弱々しい声で「だめ」と言い、ごろりと転がって彼の足首をつかもうとした。つかめなかった。

わたしたちの作業場は原型をとどめていなかった。ポッドは無事だが、一面焼け焦げた残骸だらけで、あちこちに人が倒れている。日よけはすべてずたずたで焦げていた。

そういうわけで、キャンバス地の覆いがかかっていないTB2を見るのはこれが初めてだった。冗談好きなだれかが、横の壁に黄色いペンキで〝THUNDERBIRD TWO〟とステンシルで描いていた。わたしは全身の血液が凍りつくのを感じながら、その文字を見つめた。白亜紀で命からがら逃げていたとき、RD　Tと書かれたねじれた金属の板を見たことが不意に蘇った。

チーフ・ファレルとディーターがホーキングで三日間なにをしていたのか、理解したのはそのときだった。どうしてふたりがだれも入れようとしなかったのか——入れることができなかったのか——を悟った。ファレルとボスが繰り広げていたのは、仕組まれたお芝居だったことも。なんていう危険なことを。信じられないくらい、まともとは思えないくらい、とんでもなく危険だ。うまくいかない可能性がどれほどあったか……

わたしはなにか言おうとしたが、ざらざらした熱い手に口をふさがれた。「静かに」せいいっぱい抗ったもののなんの効果もなく、ファレルは再び言った。「黙って。なにも言うんじゃない。じっとしているんだ」

わたしは、ロナンが三人の男と共にＴＢ２に乗りこむのを眺めた。ほかの男たちはそれぞれのポッドに戻っていった。スロープがあがっていく。しばらくはなにも起きなかった。やがて、いつものように熱い空気が流れ、ＴＢ２は消えた。彼らは行ってしまった。

ファレルはわたしの口を押さえていた手をゆっくり離し、わたしを立たせた。わたしは大きく息を吸い、この場で彼を殺す準備を整えた。

彼が訊いた。「怪我はないかい、マックス？」

わたしは固い声で応じた。「ろくでなし」すべての山がぼやけ、わたしは暗闇の中へとくずおれた。

第十八章

二四時間後、わたしはほかの怪我人たちと共に気持ちよく冷えた六号機に横たわっていた。わたしの腕は見つかった。肩と手首にはさまれて、あるべきところにあった。ただ体の下敷きになっていただけだった。ばかみたいだ。

ジェイミーとマードックとマーカムは、セント・メアリーに最後の帰還をした。ボスが付き添った。それ以外は怪我の応急手当をしてもらい、水分補給をした。わたしは壁に頭を当てて、どういうことなのかを考えていた。

彼らはＴＢ２を奪っていった。いずれ、あれに乗って白亜紀に行く。そこにわたしたちが現れて、ＥＭＰを発射する。ＴＢ２を破壊してロナンの部下たちを大勢道づれにした爆発のカウントダウンが、それによって始まるのだ。ロナン自身も死んだかもしれない。わたしたちが無事であることはわかっている。一度経験したことだから。わたしたちにとっては過去だ。彼らには未来。

そしてバークレー。死んだんだろうか？　復讐心に燃えた女神に殴られていたけれど、彼女のことだから……

　そしていまいましいレオン・ファレル。爆弾を作っておきながら、わたしに黙っていた。わたしはこの任務の責任者だったというのに。彼は巨大な爆弾が設置された場所でわたしたちに作業をさせていたのだ。引き金を引くまでは無害だと言うのは簡単だけれど、なにがきっかけとなって爆発するかはわからない。そうなれば、全員があの世行きだったのに。

　いや、そうじゃない。わかっていたことだ――あれは白亜紀で爆発する。わたしたちに危害が及ぶことはない。彼は、わたしたち全員を殺そうとするロナンを阻止するために、できるかぎりのことをした。ゲームの内情を知らせることなく。わたしがなにかばかなことをするのではないかと思って、気が気ではなかっただろう。実際、もう少しでばかなことをするところだった。でもそれはだれのせい？　彼が話してくれなかったからだと思うと、怒りがまた戻ってきた。

　そして、そのばかなことを止めてくれたミセス・パートリッジは？　彼女は本当に歴史の女神なのだろうか？　セント・メアリーで静かに座っていた女性はゼウスの娘で、人々や出来事を操っていたの？　彼女はセント・メアリーのために働いていた？　それともセント・メアリーが彼女のために働いていたんだろうか？

目を開くと、だれかがボスに椅子を運んできたところだった。ボスが戻ってきていた。濃い疲労の色はそのままだったけれど、最後に見たときより一〇〇万倍は元気そうだ。

「ミス・マックスウェル、具合はどうだね？」

「大丈夫です、サー。あと一時間休んで、甘い飲み物をあと一本飲んだら、作業できます。壺はもうおろしたってドーソン博士から聞きましたし、ヤニもまだ作れるって教授が言っていました。ただ——わたしたちが材料の一部を寄付しなきゃいけないようですけれど」

ボスは面白がっているような顔をした。「きみにいい知らせがある。ミスター・マーカムを最後に見かけたとき、彼はどこかぼうっとしながらも看護師のハンターにトランプのゲームをしようと持ちかけていたよ。負けたほうが着ているものを脱いでいくというゲームだった。彼はなんとしてもそのゲームをやるつもりらしかったから、うまくいったとしても驚きはしないね」

その知らせは、医療チームが施したどんな手当よりもわたしを元気づけてくれた。

「彼は生きているんですか？」

「もちろんだ。不死身だという評判は伊達じゃない」

わたしは涙がこみあげてくるのを感じて、壁にもたれて目を閉じた。

「きみに会いたがっている男がいる。優しくしてやってくれ」ボスは笑顔でそう言うと、離れていった。

「そばに来ないでよ、腹黒くて二枚舌で卑怯者のろくでなし。錆だらけのパンナイフであんたのはらわたをかき出して、その尻にハチミツ塗って、真昼間のアリ塚の上にさらしてやるから」

「今日のきみは機嫌が悪いみたいだね。砂の上からきみを抱きあげて、この涼しいきれいなポッドに連れてきたのはぼくなんだが、感謝はしてくれないのかな?」

「わたしは銃を向けられて、吹き飛ばされて、糞まみれになって、石で頭をたたき割られるところだったの。そのうえ嘘をつかれた。機嫌が悪くて当然じゃない?」

「ぼくは嘘なんてついていないよ。きみは一度でも〝TB2に爆弾を仕掛けた?〟と訊いたかい? 訊いていないよね。ほかの件についてだが、きみに弾は当たらなかったし、吹き飛ばされたのはみんなだ。きみだけじゃない。だから、文句を言うのはもうやめないか? それに、きみがイジー・バークレーになにをしたのかは知らないが、彼女が帰っていったときはきみよりずっとひどい有様だった。いったいなにが不満なんだ?」

彼は落ち着いていて、穏やかで、その説明はどれももっともだった。だからこそ、どんな女でも我慢するべきじゃない。

「ひとつだけ答えて。そもそも彼女はどうして帰れたの？」

「ぼくが帰した」

　わたしは大きく息を吸った。

　彼は一歩うしろにさがった。

　ポッドにいた人たちが少しずつ減っていた。

「落ち着いて。きみが教授の肥料の山みたいに爆発する前に説明するから。彼女は行かせなきゃならなかったんだ」

　片方の眉を吊りあげて疑念の表情を作ろうとしたけれど、顔が痛くてたまらなかったので、いかにも信じていませんという素振りで飲み物を口に運ぶのがせいいっぱいだった。

「だれか黒幕がいる。サスマンを雇って、彼の口座に金を振りこんだ人間。バークレーをセント・メアリーに送りこんだ人間。ロナンが活動できるように避難所を用意した人間。ぼくたち――ぼく――はバークレーを自由の身にすれば、その男――女かもしれないし、複数かもしれないが――のところに案内してくれるんじゃないかと思ったんだ」

「あらそう」わたしはありったけの皮肉をこめて言った。バークレーを自由の身にせずとも、同じ結論に達していたからだ。「それでどうなったの？」

「ふむ、もっとうまくいくと思ったんだが。必要な情報は得られなかった」

「彼女はまんまと逃げて、どこかでロナンとその謎のＸと会ったのに、それがどこのだれなのかわからないままだっていうことね？　彼らはＴＢ２を奪った。わたしたちの装備の多くも。彼らが乗ってきたポッドも。これって、〝完全なる大失敗〟って言いかえてもいいんじゃない？　今頃彼は白亜紀でばらばらになっているなんて言わないでよ。そんなこと、聞きたくないから」

「きみは少しばかり、調子が悪いみたいだね」彼はなだめるように言った。「歴史家がそういうものだっていうのはわかっているが、あんまり過去のことばかり考えないほうがいい。この任務は大成功を収めるんだ。現代に戻ったらぼくたちはヒーローだし、エドワードはもう新しい任務の計画を立てている。だからもっと前向きになったほうがいい」

　わたしは表情を変えなかった。

「愛すべきふたりのならず者と彼らお手製の火炎放射器がぼくたちを救ってくれたことは確かだけれどね。メタンガスに感謝する日が来るなんて考えたことがあるかい？」

　その頃にはポッドは空になっていた。具合の悪い人たちもベッドから起きあがり、外に出ていった。わたしが仕掛けようとしていた猛烈な口論よりも、猛烈な日光のほうがましだと思ったようだ。結局、口論にはならなかったのだけれど。

　彼がとどめを刺してきた。「きみを愛しているってこと、わかっているだろう？」

「全然わからない。あなたはわたしを車の前に押し出しておいて、気がふれたサイみたいに突進してきたのよ」

彼はにやりと笑った。「確かにね」

いらだちのあまり、ため息がこぼれた。

彼は傷だらけのわたしの手を取って、キスをした。「ぼくはもう行かないと。これが片付いたら――全部終わったら、二、三日きみをどこかに連れていきたいな。どうだい？」

「キャンプじゃないわよね？」

「今度は柔らかいベッドがいいね――大きくて柔らかいベッドと、おいしい料理と、たっぷりの酒。もちろんちゃんとした配管工事がしてあるところでね。行くかい？」

何度だって行くというのが正しい答えだったのだろうけれど、わたしは考えるふりをした。

「どこか涼しいところなら」

「ベッドから出ることはそれほどないし、外に出ることはもっとないだろうから、たいして重要じゃないが、そうだな、きみがそうしたいならどこか涼しいところにしよう。さてと、きみは一日中そこに寝ているつもりかい？」

そんなこんなのあとだったから、巻物を壺にしまうのはさほど難しいことではなかった。ただ暑くて、骨が折れる作業だったというだけだ。

できるかぎりポッドの中で作業をし、ドーソン博士の指示に従って巻物を分類した。時間がかかったのは、ピーターソンとわたしがしばしば巻物を広げて中身に目を通していたせいだ。わたしは、なかなか上手なライオンとワニの絵が描かれた動物寓話集を見つけた。丁寧に描かれたなにかの技術的装置らしいものの絵もあって、わたしにはさっぱりわからなかったけれど、ラプソン教授はそれを見て卒倒しそうになり、発見されたあかつきには世界中が大騒ぎになると予言した。

照りつける太陽の下で熱いヤニの処理をするのは大変だったけれど、一番辛かったのは壺を岩場まで運び、そこから洞窟の中へと慎重におろす時だった。途中でいくつか割ってしまったけれど、たいした問題ではなかった。急ぐ必要はなかったし、だれかが熱中症で倒れるようなことがあっても困る。これは、完璧にこなさなければならない作業だった。このために命を落とした者がいる。わたしたちが手を抜いたせいで、やってきたサースクとエジプトの考古学者たちが発見したのが、ほこりの山と土器のかけらだったなどということになってはいけないのだ。

最後の壺がわたしの手に渡された。わたしは慎重な手つきでそれをほかの壺の間に押しこむと、このために支払った代償を思いながらゆっくりと体を起こした。それだけの価値があっただろうか？　わたしはポッドを守るために犠牲になる覚悟を決めた。ディヴ・マードックとジェイミー・キャメロンは実際に犠牲になった。わたしは感謝の気持ちを込めて、壺に向かって小さくうなずいた。

そしてすべての作業が終わった。

あとは、だれもここに足を踏み入れないことを祈るしかない。洞窟が崩壊しないことを。洪水が起こらないことを。巻物が時の試練に耐えることを……

ＦＯＤチェックには一週間を要した。一度行い、それからもう一度行った。金属探知機を使う必要があった。薬莢や銃弾の破片やその他もろもろがあったらどうしようと、わたしは不安でたまらなかった。考古学者たちはこのあたり一帯を隅々まで調べるだろう。二〇〇〇年前の銃弾が発見されたりしたら目も当てられない。

そして、発見されるべきものだけがあとに残された。安全で完全な状態で。

チーフが最終の座標を入力した。出発してから半年後のセント・メアリーに戻ることになっている。サースクの調査が始まってほぼ三カ月がたった頃だ。

全員が一緒に戻ることになった。これはチームとしての任務だから、チームとして戻るのだ。わたしは一号機のドア口に立ち、最後にもう一度あたりを見まわした。わたしたちの存在は、この地にとってのもっとも刺激的な出来事だったのかもしれない。まあ、数千年後には……。わたしはポッドの中に入り、ピーターソンがドアを閉めて、世界が白くなった。

発表が行われたのは、わたしたちが戻った日だった。戻ってくるなり、ボスは驚かせることがあると宣言し、大いに楽しい時間を演出してくれた。ホールに大きなスクリーンが設置されていた。わたしたちは誇らしい気分になった。サースクが洞窟を見つけ、二〇〇〇年近く前に――それとも先週と言うべきだろうか――わたしたちが慎重に埋めてきた宝物を発見したというニュースが、世界中で報道されていたからだ。

ポッドを出たときのわたしたちは火傷を負い、日焼けをし、髪はバリバリになり、全身砂まみれだった。セント・メアリーの建物は、中世の紋章旗、電飾、あらゆる国の国旗、モール、色紙の鎖、提灯、光る鼻のトナカイ、ミラーボール、旗布などで飾りつけされ、にぎやかな音楽がかかっていた。いかにもわたしたちらしい――うるさくて、見事なほどに趣味が悪い。

ニュースは世界中で繰り返し流され、わたしたちは一日中テレビを見続けた。発見したものの価値を理解している者はひとりもいなかったけれど、大変な発見であることはだれもがわかっていた。今回ばかりは、宇宙計画をトップニュースの座から蹴落としたのだ。
　その知らせを伝えるため、総長がじきじきにボスに電話をしてきた。

「彼女はなんて？」わたしは尋ねた。

「さあ」ボスはシャンパンを飲みながら答えた。「支離滅裂だったんでね。わかっているのは、買い物リストを読みあげていたということくらいだ」

　わたしたちは飲んで、食べた。さらに飲んだ。歌った。踊った。タイム・ワープをした――何度も。そしてまた飲んだ。

　レオンとわたしはおいしそうなものをいっぱい持って気づかれないようにその場を離れ、食べながら話ができる静かな場所を探した。見つけたのは静かな場所ではなく、ホールの先にある古い講義室でトランプをしているマーカムとハンターだった。

　ハンターは山ほど着込んでいた。マーカムはと言えば、傷を覆う包帯以外はなにも身に着けていないようだ。

　レオンがあとずさりした。「ぼくはもう二度とチポラータ（ソーセージの一種）を食べないぞ」

　マーカムはいつもと同じ陽気な笑顔をわたしたちに向けた。わたしは彼の顔だけを見るようにした。

　ハンターが笑いながら言った。「トランプがしたいって彼が言うから、トランプをしているの」

レオンは持っていた皿を置き、トランプの束を手に取った。「印がついているじゃないか」

「当たり前じゃない」ハンターが応じた。「わたしが印をつけたんだもの」

マーカムがにやにや笑った。

「消えて」ハンターに言われ、わたしたちはそのとおりにした。

わたしたちはホールに座り、保安部と技術部が階段を使って繰り広げている昔ながらのお盆レースを眺めていた。例によって、どちらも半分くらいのところから無様に転げ落ち、建物全体が震えるくらいの勢いでホールの床に激突した。なにも壊れなかったのが幸いだ。

あのときとは違う……あのとき……

顔をあげると、〝ようやくね〟といった表情で部屋の向こうからわたしを見つめているミセス・パートリッジが目に入った。その傍らで、ミセス・ドゥウィンターが小さく微笑んでいる。かすかに音楽のような音が聞こえた気がしたけれど、あたりの騒々しさを考えればありえないことだ。

……ディーターとわたしは八号機で勢いよく具現化し、その衝撃で玄関の上のパイナップルの形の装飾がはずれて落ちたのだった。そのせいで、外の階段の一部が壊れた。

どの段だった？

階段の下でうめいている人たちをまたいだ。彼らは大丈夫だ。さらにアルコールを摂取することで、すぐにまた立てるようになる――ほんのつかの間のことだとしても。

わたしはひどくふらつく足で、同じくらいふらついている人たちの脇を通り過ぎた。ドーソン博士とラプソン教授は、ヤツメウナギの食べすぎで死ぬことがあるかどうかを機嫌よく議論している。玄関を出て、しばしその場でひんやりした夜の空気を堪能した。今回の任務で、涼しさの価値をいやというほど教わった。二度と寒いと文句を言うことはないだろう。

四段目が壊れていた。小さな丸い穴があって、そこから四方に蜘蛛の巣のようなひびが入っている。ボスがわたしのあとを追ってきていた。

「おや」彼が壊れた段を見ながら言った。「これも、きみの予定外の白亜紀への訪問の結果だね」

給料がいくら減るのかを聞かされるのかと思ったが、ボスはそこそこ機嫌がいいようだ。

足で軽くつついてみると、石の一部がはずれた。わたしはしげしげとそれを眺め、ボスはそんなわたしを面白そうに見つめている。

「修理しなくてはいけませんね」わたしは言った。「危険な職場環境です」

建物の中からバンという大きな音が聞こえてきた。陶器を割る音が続き、皮肉っぽい歓声があがった。

「確かに。望ましいことではないが、きみの言うとおりだ。修理が必要だ。ひと息入れる時間ができたから、わたしがＳＰＯＨＢに連絡しておこう」

歴史的建造物保護協会《The Society for the Protection of Historical Buildings》は、ぼろぼろではあるけれど重要文化財に指定されているわたしたちの愛すべき建物の修理と維持管理を担っている公的機関だ。わたしたちはその電話番号を短縮ボタンに登録している。彼らはわたしたちをブラックリストに載せているはずだ。

中から再び大きな音がした。「いまは、きみが頭を悩ませることはなにもないよ、ミス・マックスウェル。パーティーに戻ろうか？」

火災報知器が鳴りだした。

「なんとまあ。ようやくか。レオンが喜ぶだろう」

レオンを喜ばせるには、もっと簡単でここまでうるさくない方法があるのだけれど、いまは言わないでおいたほうがいいだろう。

ピーターソンが建物から走り出てきた。「来いよ、マックス！　図書室に白鳥がいるぞ！」

「え？　どうして？」

「どうでもいいことだろう？」もっともだ。

遠くから叫び声が聞こえてきた。悲鳴も。よくあることだ。危機的状況をさらに悪化させるべく、セント・メアリーの面々が急いで駆けつけているのだ。

家に帰ってくるのはいいものだ。

エピローグ

三週間後、作業は終了した。書き終えたすべての報告書はファイルされ、肌の日焼けも薄くなり始めた。マードックとジェイミー・キャメロンの葬儀が行われた。記念碑にふたりの名前が記された。世界的な熱狂はまだ続いていたけれど、わたしたちには関係のないことだ。サースクは栄光を手に入れ、わたしたちは小切手を手に入れた。おかげでボスは上機嫌で、わたしたちに丸三日の休暇をくれた。

秋の美しい日だった。わたしたちは南の庭のヒマラヤスギの木陰で寝そべっていた。釣れもしない釣り糸を湖に垂らしている者がひとり、ふたりいたけれど、当然のように眠りに落ちている。本を読む者がいて、ギターを弾く者がいて、適当なトランプのゲームをしている者がいた。技術部の人間は足して二一になる数の計算もできなくなっているようだ。一五でも無理かもしれない。

「どうしようもないバカなんだから」カルがつぶやいた。

わたしはレオンの隣で、慣れない休暇を楽しんでいた。時折、彼の指がわたしの指に触れた。

ＳＰＯＨＢの人間（礼儀正しくするようにと言われていた）を先頭に、三人の男たちが商売道具を載せた手押し車を押しながらやってきて、外の階段の四段目の修理を始めたので、平穏なひとときは終わりを告げた。セント・メアリーの面々は体を起こした。だれかが仕事をするのを眺めるのは、いい息抜きになる。

わたしはミセス・パートリッジを眺めていて、彼女はボスを眺めていた。ボスは作業する男たちを眺めていて、彼をよく知っている人間であれば、その顔にかすかに不安の色が浮かんでいることに気づいただろう。

作業員たちの叫び声がして、わたしはそちらに目を向けた。なにかにかがみこんでいるようだ。ＳＰＯＨＢの男が数歩こちらに近づいてきて、わけのわからないことを叫びながら腕を振った。

「オクシー、きみの出番のようだ」ボスが言うと、ドーソン博士はよたよたしながら芝生の上を駆けていき、すべてを知っておきたいラプソン教授がそのあとを追った。

全員が穴をのぞきこんでいたが、やがて慎重な手つきでそろそろとなにかが取り出され、厚板の上に恭しく載せられた。一行は建物の中へと姿を消した。

「おやおや」ボスが言った。「なにかを見つけたんだろうか？」

その場にいた全員が、疑わしそうなまなざしをボスに向けた。

彼はにやりと笑った。まさに、にやりと笑った。「わくわくしないかね？」

わたしはかろうじて声を絞り出した。「なにを見つけたのか、知っているんですか、サー？」

「ふむ、推測しろと言うのなら――もちろん推測しているのだが――彼らが見つけたのは入念に防水加工を施した小さな箱ではないかと思うね。階段の四段目の下に五〇〇年前に埋められていたものだ。それともこのあいだの二月だったかもしれない。ああ、来たぞ」

あらかじめ手配してあったのだろう、シャンパンとグラスを載せた台車が二台、こちらに近づいてきた。

「諸君、よろしいかね？」

わたしたちは再び、ボスに視線を向けた。

「入念に防水加工を施した箱の中身を、改めて推測してもらえますか、サー？」ピーターソンが言った。

「もちろんだとも、ミスター・ピーターソン。わかっているだろうが、これはあくまでも推測だが、どうしてもと言うのなら、あの箱には書類の束が入っているのではないかと思うね。調べれば、戯曲かソネットであることがわかるかもしれない」

わたしはグラスを落としそうになった。

ピーターソンはグラスを落とした。

「ソネット？」彼が訊いた。

「戯曲？」わたしは言った。

ボスはシャンパンを口に運んだだけで、それ以上なにも言おうとしなかった。

わたしは彼に迫った。「サー、それって――シェイクスピアのことを言っているんですか？ 別のソネット集？ 失われた戯曲？ 『カルデーニオ（一六一三年に国王一座が上演したことで知られる戯曲。シェイクスピアの作品かどうかには議論がある）』ではなくて？」

「違う。彼が書いた最後の戯曲だ。主な登場人物はすでにこの世にいない人間にしたかったらしい。彼は気が進まなかったようだが、いくつかの約束とたっぷりの金《きん》と引き換えに書くことに同意してくれた」

「どんな戯曲ですか？」カルが尋ねた。「内容は？」

「『スコットランドの女王』だ。パート1と2」

全員が驚きと畏敬のまなざしで彼を見つめた。

ミセス・パートリッジがようやくわたしに目を向けた。わたしはかすかに不穏な気配を感じた。逸脱……

ラプソン教授が芝生を駆け戻って来た。長年の鍛錬のおかげで、ここぞというときはかなりのスピードが出せるようだ。

「エドワード」教授はどさりと椅子に座りこんだ。「問題が起きた」

「もうなくなったと言うんじゃないだろうな？」

「もっとひどい」教授はだれかのシャンパンをあおった。「あれは偽物だ」

「そんなはずはない。五〇〇年前に、わたしがこの手で埋めたんだ。間違いなく本物だし、どんな徹底した調査をされても問題はない」

「いや、そういうことじゃないんだ。違う女王が処刑されているんだ」

「どうして知っている？」

「ざっと目を通してみた……」

「なぜだ？」

「どんなふうに終わっているかが知りたかったんだ」教授は身構えるように言った。

「アンドリュー、わたしたちは歴史家だ。どんなふうに終わったのか、わたしたち以上に知っている人間はいない」

「違うんだ、エドワード。パート１はフォザリンゲイ城での処刑で終わっていた」

「知っている」

「そうじゃない。きみはわかっていない。違う女王が殺されていた。エリザベスだったんだ。イギリス女王が処刑されて、メアリー・スチュワートは生き延び、ふたつの王国を統合した」

「ありえない！　彼が書いているあいだ、わたしはずっと見張っていたんだ。そうせざるを得なかった。一瞬でも目を離せば、あの男は近くの居酒屋に行ってしまっただろうからね。作家というのはそういうものだ」

「きみは読んだのか？」

「その時間はなかった。完成するまで、彼を脅したり、すかしたりするのに忙しかったのだよ。わたしはできあがったものを持って急いでセント・メアリーに戻り、四段目の下に埋めて、すぐにその場を離れた。校正している暇などなかった」

「冗談のつもりだったんだろうか？」

「あの男にはユーモアのセンスなどかけらもない。彼の喜劇の台詞を読んだことはあるかね？　ともあれ、だれかに見られる前にあの原稿を取り戻さなくてはいかん。ほんのわずかでも疑念をもたれるようなことがあってはいけない」

「ああ、それなら問題ない」教授が応じた。「ここにある」彼はジャケットの下から、テスコの買い物袋に入った千金の値打ちがある原稿を取り出した。ボスは一瞬、目を閉じた。

「よくやった、アンドリュー。ソネットはどこだ？」

「オクシーの金庫の中だ」

「ふむ、ぜひそのままにしておいてもらおう。ダーク・レディ（シェイクスピアのソネットの一部で、ダーク・レディと呼ばれる愛人への愛が歌われている）の正体が書かれているはずだ。それで、ＳＰＯＨＢから来たあの男性はどこだね？」

「寝ている」

ボスは顔をしかめた。「明確な指示を与えたはずだ——暴力はなしだと」

「そうじゃない、彼は圧倒されたんだ」

「感情に？」

「そんなところだ」

賢明にも、ボスはそれ以上追及しなかった。「ふむ、いまできることはなにもない。月曜日に仕事に戻ったときに考えることのリストに加えておこう」

夕方の光を浴びて、セント・メアリーは優しく輝いている。柔らかな金色だ。秋色に染まった木の葉の中に、様々な色合いの金色が散らばっていた。わたしたちを除けば、すべてが穏やかで静かだった。平和と言ってもいいくらいだ。でもいつまで続くだろう？

ひんやりした風が木の葉を揺らした。太陽は丘の向こうに沈み、長い紫色の影がこちらに向かって伸びている。

わたしはシャンパンを口に運んだが、泡はなくなって気が抜けてしまっていた。顔をあげると、ボスがじっとわたしを見つめていた。わたしは彼に顔を寄せ、小さな声で訊いた。

「これで終わりじゃないですよね、サー？」

「とりあえず、いまのところは終わりだよ、ミス・マックスウェル。だがすまないね、まだ終わってはいない」

終わりではなく、むしろ休止だ……

解説

SF&ファンタジィ評論家 小谷真理

本書は、二〇一三年に刊行された*Just One Damned Thing After Another* の全訳です。

原題を見ただけで、次から次へと不吉なことがやってきそうな、あるいは、非常にめんどうくさそうな、危機的雰囲気がむんむん漂っている感じがします。が、惑星探査であろうと、時間旅行であろうと、苦難を乗り越え、創意工夫で成功を摑むお話が大好きな、七転び八起きSF&ファンタジーファンの読者の皆さんなら、待ってました!!　と舌舐めずりする、これはそういう類いのお話です。

期待通りの、いや、期待以上の、不運なことがてんこ盛り。そんなワクワク感満載の舞台となっているのは、邦題にちょこっと明かされている、壮大で厄介な歴史世界、というヤツです。

と、先走る前に、まずは、主人公をご紹介しましょう。

赤毛で小柄な女性マデリーン・マックスウェル。彼女はサースク大学で歴史学を学び、無事卒業に至った新進気鋭の学者の卵。博士号を取得したとはいうものの、高等教育が行き渡った昨今……のちょっと先の近未来では、おそらく就職はかなり難しい状況であろうと推察されます。世の中、ポスドクがあふれてますからね。そのせいかどうかは知りませんが、恩師であるミセス・シビル・ドゥウィンターから、セント・メアリー歴史学研究所への就職を勧められます。

給料にはちょっぴり不安があるものの、そこは直感の赴くまま、セント・メアリーを訪れてみると、業務内容の説明もないまま、契約書にサインを求められます。

ううむ。この秘密厳守な姿勢。なんだか、かなりいかがわしい、怪しげな就職先ではありませんか。

しかし、そこは我らが主人公、先生を信じて入所してみると、なんとポッドと呼ばれるタイムマシンを使って過去世界へ行き調査している、つまり、フィールドワーク型研究施設だったのです。

これはすごい。歴史学者にとって、ナマの歴史を調査に行くって、最高のシチュエーションではありませんか。なんてったって、百聞は一見に如かず。現地の見聞は一次資料の宝庫に他ならないからです。

このように、本書の場合、歴史学者とは、図書室に閉じこもって、埃に塗れた資料の山を地味にネチネチと検証するのではなく、現地調査に行くフィールドワーカーなんですね。

このアウトドア感満載のスタイルには、興奮しないわけがありません。

だがしかし！

このタイトルです。

主人公の心をときめかす期待の地平には、必ずとんでもないことが降りかかるのがあたかも予言されているかのように、「ステキ」の向こう側にはたくさんの不運のフラグが立っておりました。そもそもなんだってタイムトラベルという発明が公になってないんでしょう？

この根幹に横たわる大いなる謎を懐に、読者諸兄姉氏には一風変わった歴史学者たちが舐める辛酸を、これでもかという勢いで、ご一緒にたっぷりと堪能していただくことになります。

その全貌はもちろんネタを割るわけにはまいりませんが、試しに一例だけ挙げますと、まず手始めに、入所したマックスウェルを待っていたのは、のけぞるほどの強化訓練の嵐でした。

貴方がもし、ミリタリーＳＦが大好きな方だったら、軍事教練かよ、と言わんばかりの光景が繰り広げられることに感動を覚えるかもしれません。古い日本ＳＦのファンである評者は、偉大なＳＦ作家・平井和正が古典的傑作長篇『死霊狩り《ゾンビー・ハンター》』第一部で描いたような訓練かなーと懐かしく妄想しました。

そして、歴史家って、やっぱ体力なんだな、と納得したのでありました。なんてったって、過去世界です。何が起きるかわかりませんものね。

疾病、野生動物などの自然災害、戦争、火事、親父に予算カット。歴史家を襲う数限りない苦難がてんこもりになるエピソードに直面するたびに、あのボーイスカウトの有名なモットー「備えよ、常に」を思い出し、前半で行われる準備に感謝したものでした。

このように、幸運とは言い難い、破天荒な運命が続く展開は、たとえ気弱な人物でなくても参ってしまいそうですが、そこは本書の主人公マックス。かなり強気でしぶとい性格です。

現実にこういうタフな女性とはちょっと付き合いにくいのではと、腰が引ける方にも、このシチュエーションだとかなり安心して同行していただけるのではないでしょうか。他の登場人物たちも、曲者揃いというか、かなりアクの強いキャラが揃っているのが頼もしく、読者に対するサービス精神が非常に感じられるところです。

さて、過去世界への旅を描く本書は、明らかに「時間ＳＦ」のカテゴリーに分類されます。ＳＦ的なアイディアについては、結構オーソドックスな時間旅行小説の定石を守っており、時間ＳＦで最も大きな話題となるタイムパラドックス問題も健在です。未来人が過去世界へ行って、過去を変えてしまうと、未来も変化し、その結果、時間旅行者自体が存在しない未来になりかねない、というパラドックスですね。前提になっているのは「歴史を変えてはいけない」という厳然としたテーゼです。

そして、もし歴史が変わってしまった場合、発生したタイムパラドックスはどう解決されるのか、というのは時間ＳＦの中心的な話題の一つです。

こんなわけで映画『ターミネーター』や『バック・トゥ・ザ・フューチャー』などを例にとるまでもなく、つじつま合わせとも言うべき物語テクニックがこれでもか、というほど探究されてきました。昨今では、歴史が改変されると、別次元の新しい時間軸に沿った世界ができてしまう、というオールマイティーな超絶ロジックが幅広く浸透し、かつてのような厳格な歴史不変主義をそれほど気にかけなくなった気がしますが、それでもどっこい、そのゆるい感覚が一般的になっても、基本の大前提はまだまだ強い。歴史を変えてはイカンのです。

そうでなければ、幕末タイムスリップＳＦ『ＪＩＮ―仁―』を観ながら、えっ！　現代のお医者さんが現代医学を駆使して過去の患者さんを救っていいの？　なんて、あれほど倫理的にドキドキしないでしょう。

　本書の場合、歴史学者が過去世界へ赴く展開ですから、さらに事態は深刻です。歴史学者こそ、真実の歴史の探究者だからです。真実の探究者自らが真実を踏みにじってどうするの、と（おそらく）歴史学者自身が一番身に染みる話です。

　それなのに、図書館という安全地帯に身を置いて、ぬくぬくと古い文献を読んであれこれ推理するのと違って、タイムトラベルしてリアルな歴史世界へ突入したら、第三者的な科学者としての立場を果たして守れるのでしょうか。

　客観性を重要視するアカデミズムの世界では、学問の根幹を揺るがす危険な行為に他ならないでしょう。歴史学者はあくまで、第三者として、つまり観察者としてその立場を保証されているはずですが、タイムトラベルはその観察者を当事者にしてしまうわけですから、学問的権威は失墜せざるをえません。

　こうした観察者と当事者に関する問題を扱った時間ＳＦの先行作品では、アメリカの女性作家コニー・ウィリスの〈オックスフォード大学史学部〉シリーズがありました。ウィリスの場合、史学部の大学院生が過去世界に跳び、歴史世界を生々しく体験しつつ、当事者／観察者の境界を再考するというものでした。本書と多くを共有しています。ひょっとすると、本書の著者は、ウィリスの作品にインスパイアされてこの作品を書いたのかな、と思われるほどです。

しかし、ウィリスの場合、イギリスの名門オックスフォード大学の史学部を舞台にして、かなりリアリティに力を入れているのに対し、本書の舞台はセント・メアリーという怪しく謎めいた研究所であり、未熟とはいえ社会人である主人公がプロの学者として時間旅行に関わっていきます。そのスタンスの違いは、やがて、セント・メアリーという研究所に隠された秘密や時間旅行に関するある大発見へと繋がり、ウィリスの作品とは一線を画していきます。

セント・メアリーに集うクセのあるチームが毎回ぶつかったり助けあったり、ロマンスがあったりする、いわばTVドラマシリーズのようなノリが本書の魅力と言えそうです。

著者自身も、タイムトラベルと呼ばないで、これはね、とんでもないことが頻繁に起きる現代の歴史学者たちについてのお話なのよ、とのたまっており、あくまで、セント・メアリーという組織のドラマに、比重を置いているようです。

著者のジョディ・テイラーは、ブリストル生まれの英国人。長年、ヨークシャー州議会の図書館員を務めていました。インタビューによると、その図書館員時代の経験が、本書を構想し執筆するのに生かされた、とのこと。つまり、セント・メアリー歴史学研究所に勤める秘書ミセス・パートリッジのような立場から、本書の構想をたて、やがてセント・メアリーをマネージメントしているかのように、一人ひとりの所員のことに気を配りながら細かく造形したということでした。なるほど、言われてみれば、いかにも、有能な事務方の目線が行き届いているな、というエピソードが散見され、お話をよりリアリティのあるものにしています。

それにしても。最後の方で、「ここで終わりかな」と思っていたら、なんと（！）、まだ一波乱残っていたかと再び驚かされる、事件多発のこの展開。

こんなにまでして果たして過去に行く理由はあるのだろうか、と啞然とさせられつつ、最後に見事に着地したこのお話は、アクの強い過剰さが受け、たちまちベストセラーになり、その後人気シリーズへと成長していきました。

毎週大事件が起きるTVドラマと一緒で、事件続きの職場って、やっぱりエンターテインメントの基本なんですね。マックスたちの活躍を気に入っていただければ、また皆さんにお目にかかれることでしょう。

ブラックアウト（上・下）

Blackout

コニー・ウィリス
大森 望訳

〈ヒューゴー賞／ネビュラ賞／ローカス賞受賞〉二〇六〇年、オックスフォード大学の史学生三人は、第二次大戦の大空襲で灯火管制（ブラックアウト）下にあるロンドンの現地調査に送りだされた。ところが、現地に到着した三人はそれぞれ思いもよらぬ事態にまきこまれてしまう……。主要ＳＦ賞を総なめにした大作

ハヤカワ文庫

オール・クリア（上・下）

All Clear

コニー・ウィリス

大森　望訳

〔ヒューゴー賞／ネビュラ賞／ローカス賞受賞〕 二〇六〇年から、第二次大戦中英国での現地調査に送り出されたオックスフォード大学の史学生、マイク、ポリー、アイリーンの三人は、大空襲下のロンドンで奇跡的に再会を果たし、未来へ戻る方法を探すが……。『ブラックアウト』とともに主要ＳＦ賞を独占した大作

書架の探偵

A Borrowed Man

ジーン・ウルフ
酒井昭伸訳

図書館書架に住むＥ・Ａ・スミスは、推理作家Ｅ・Ａ・スミスの複生体《リクローン》である。生前のスミスの記憶や感情を備えて、図書館に収蔵されているのだ。そのスミスのもとを謎を携えた令嬢コレットが訪れた。彼女はスミスの著作が兄の死の鍵を握っていると考えていた。巨匠ウルフによるＳＦミステリ。解説／若島正

君の彼方、見えない星

Hold Back the Stars

ケイティ・カーン
赤尾秀子訳

予期せぬ事故でシャトルから放り出された、女性宇宙飛行士のカリスと料理人のマックス。恋人同士であるふたりには、酸素がそれぞれ90分ぶんしか残っていなかった。ふたりはどのように出会い、恋に落ちたかを振り返る。必死に生存の可能性を探りながら……。〝ゼロ・グラビティ〟下で展開するSFラブストーリー

ハヤカワ文庫

ケン・リュウ短篇傑作集2

もののあはれ

The Paper Menagerie and Other Stories

ケン・リュウ

古沢嘉通編・訳

巨大小惑星の地球への衝突が迫るなか、人類は世代宇宙船に選抜された人々を乗せてはるか宇宙へ送り出した。宇宙船が危機的状況に陥ったとき、日本人乗組員の清水大翔は「万物は流転する」という父の教えを回想し、ある決断をする。ヒューゴー賞受賞の表題作など、第一短篇集である単行本版『紙の動物園』から8篇を収録した傑作集

ハヤカワ文庫

ケン・リュウ短篇傑作集3

母の記憶に

Memories of My Mother and Other Stories

ケン・リュウ
古沢嘉通・他訳

不治の病を宣告された母は、わたしを見守り、残された時間をともに過ごすためにある選択をする……。母と娘の絆を描いた表題作、肉体を捨てて意識をアップロードした家族を見送った人々を描く「残されし者」など、最注目作家ケン・リュウによる第二短篇集である単行本版『母の記憶に』から9篇を収録した傑作集。